U0516549

中國古典文學基本叢書

王惲全集彙校

第十册

〔元〕王惲 著
楊亮 鍾彦飛 點校

中華書局

《秋澗集》卷三六《種柳記》：「今年春，命家僮斧東城之外七十有二木，植諸洄溪之上。」

《秋澗集》卷三六《洄溪記有銘》：「予久閑寂，若爲時所遺也。日以杖屨倘徉溪上，屏翁翳，遠馬牛，疏薉惡，以潔溪之流。……昔柳州謫永，易冉而爲愚；元結刺道，以浯而銘溪。今予扳二公之例，錫汝曰『洄溪』，其誰將不然？」

四月十六日，王惲與友人遊洄溪，作《遊洄溪序》。時退隱汲縣。

《秋澗集》卷四一《遊洄溪序》：「歲戊辰夏四月既望，時雨霽，景氣清，嘉苗濯秀，二麥含實，翰林先生拉二三子聯騎出郭，由郡之西南按轡邊隰，周覽物華。」

五月二日，作《非分説》，戒非分之求。時退隱汲縣。

《秋澗集》卷四四《非分説》：「甚矣，非分之不可求，猶鴆毒之不可懷也！鴆毒之殺人，世知避忌；非分之存心，其禍有不可測者。……至元戊辰夏五月重午前三日遺安坐書。」

六月十一日，作《遺廟記》，考究與金遺廟相關之事。時退隱汲縣。

《秋澗集》卷三七《遺廟記》：「金海陵煬王以天德七載乙亥定議南伐，明年正隆改元，詔大營汴京，擬混一江左，遷而都焉，故廟社之制於是乎興。然清廟寔前宋之故物也，……寔金爲之增廣加飾，非創作也。……至元五年夏六月十一日記。」

六月，作《種柳記》。時退隱汲縣。

《秋澗集》卷三六《種柳記》：「今年春，命家僮斧東城之外七十有二木，植諸洄溪之上。……時至元戊辰夏六月，洄溪主人記。」

七月十五日，觀所藏張嘉貞《北嶽廟碑》，作《跋張嘉貞書》以紀。

《秋澗集》卷七一《跋張嘉貞書》：「近攷《瘞鶴銘》，乃知爲右軍龍爪書也。予所藏唐中令張公嘉貞《北嶽廟碑》，其意韻骨氣敦龐古怪，如衝戈植劍，特龍爪遺法，爲正書之一變耳。……戊辰中元日書。」

七月，見鸜鵒食蝗，作《鸜鵒食蝗》以紀之。時退隱汲縣。

《秋澗集》卷四四《鸜鵒食蝗》：「秋七月，螟生牧野南。無幾，有鸜鵒自西北踰山來，方六七里間，林木皆滿。遂下啄螟，食且盡，乃作陣飛去。……時至元五年歲戊辰也。」

七月，元始建御史臺，高鳴、張德輝推薦王惲擔任裏行之職。十月，王惲赴御史臺。王惲擔任裏行之職共計三十二個月。

《秋澗集》卷首《文定王公神道碑銘》：「至元五年，肇立御史臺，首拜監察御史，政體多所裨益。」

《元史》卷一六七王惲本傳：「至元五年，建御史臺，首拜監察御史，知無不言，論列凡百五十餘章。」

《秋澗集》卷八三《烏臺筆補序》：「至元改元之五年秋七月，憲臺肇建，于以配肅天德，用昭太微執法之象。詔前平章政事塔察公爲御史大夫；曰中丞，曰殿中侍御史，以帖赤木八剌撥灰貳焉；曰侍御史，曰治書，曰監察御史，純用漢人。一切事宜，率循舊典。其裏行十有二人，令各舉所知以充員數。侍御史太原高公乃以相人梁貞〔二〕，前翰林修撰、左司都事惲俾膺遴選。……僕偎廁裏行，頗收薄用，比受更，凡三十有二月。」

《秋澗集》卷六三《辭墓祭文》：「維大元國至元九年歲次壬申四月乙未朔十七日辛亥，男孫惲謹以清酌之奠，敢昭告于曾祖王父、顯考王府君之靈：惲自至元五年冬十月被召赴臺，至九年春，用前資翰林修撰，由監察御史改授承直郎、平陽路總管府判官，已擇此月十九日赴任所。」

《秋澗集》卷六三《故吏部尚書高公祭文至元十五年閏十一月十一日大雪中拜奠》：「惟中統壬戌之春，惲以事累，退耕于壟畝者再罹寒暑。既而擇御史，開憲府，人文之選，公以予主。不肖誤蒙公知，擢置言路。」

《元朝名臣事略》卷十《宣慰使張公》：「五年春，起公侍御史，同平章塔齊兒行御史臺，辭不拜。……公以衰老懇請，命舉可任風憲者，公手疏烏庫哩貞〔三〕、張邦彥〔四〕、張肅〔五〕、李槃〔六〕、張昉〔七〕、曹椿年〔八〕、孫汝楫〔九〕、王惲、胡祗遹〔一〇〕、周砥〔一一〕、李謙、魏初〔一二〕、鄭宬等十餘人以聞〔一三〕。」

《秋澗集》卷五八《大元故正議大夫浙西道宣慰使行工部尚書孫公神道碑銘并序》：「公諱公亮〔一四〕，字繼明，世家渾源橫山里。……嗣子拱以墓碑來請，因憶至元戊辰憲臺初立，公與不肖同擢御史，引見世祖皇帝於廣寒殿。自爾，議事松廳，聯鑣驄馬，義氣交孚，相得爲甚歡，後偕官於相。」

七月，將赴任御史臺，與家鄉諸公告別，作《至元戊辰應聘憲臺留別淇上諸公夢中得》以紀。

《秋澗集》卷二四《至元戊辰應聘憲臺留別淇上諸公夢中得》。

十月，作《上御史臺書》，表述自己對御史職責之認識，亦抒發報效之意。

《秋澗集》卷三五《上御史臺書》：「至元五年十月日，前翰林修撰王惲言：蓋聞御史……至於天下之大姦，郡國之大豪，時務之得失，生民之利病，京官之迭居，內外郡吏之歷事臧否，莫不劾視按問，以之定功罪而賞罰，不待稽覆證左。……若惲也，草茅一介，遭遇明時，違遠朝廷，蓋八年于兹。雖越在草野，乃心未嘗一日不在王室，今復蒙被寵召，拔起於泥塗之中，犬馬之力思所以報效，而媿其孱弱不材。」

本年，作《題樂天不能忘情圖》，抒發鬢絲已白，時光易逝之歎。

《秋澗集》卷二七《題樂天不能忘情圖》：「春風不到豸冠霜，甚是温柔與醉鄉。展放畫圖還自笑，鬢絲先比樂天蒼。年四十二，髮已半白。」

〔一〕後正月，據陳垣《二十史朔閏表》，至元五年閏正月。

〔二〕梁貞（1229—1307），字幹臣，安陽人。歷清源縣尹。至元初，召拜監察御史。十一年，出知代州。十四年，擢淮東按察副使。十八年，移湖州道。大德十一年卒，年七十九。《新元史》卷一九五有傳。

〔三〕烏庫哩貞，即烏古論貞，見本年譜二十六歲條〔二〕。

〔四〕張邦彦，或爲張榮子，《元史》卷一五〇張榮本傳載「邦彦，權濟南行省」。

〔五〕張肅，或曾爲東平路宣撫副使，《元史》卷四載「姚樞爲東平路宣撫使，張肅副之」。

〔六〕李槃，字德復，漢中人。歷陝西廉訪司僉事。《元史》無傳，詳見王德毅《元人傳記資料索引》第四九〇頁所載。

〔七〕張昉，或爲東平汶上之張昉。張昉，字顯卿，東平汶上人。父汝明，金進士，官至治書侍御史。金亡，嚴實行臺東平，辟張昉爲掾。元憲宗五年，權知東平府事。中統元年六月，與劉郁、胡祗遹等乘傳赴闕。中統四年，參知中書省事。至元元年，入爲中書省左右司郎中四年，丁內憂，尋詔起復，録囚東平，多所平反。七年，轉尚書省左右司郎中。九年，改中書省左右司郎中。十一年，拜兵刑部尚書，上疏乞骸骨，致其事，卒。謚莊憲。《元史》卷一七〇有傳，詳見《元史》卷四、王德毅《元人傳記資料索引》第一〇五三頁所載。

〔八〕曹椿年，待考。

〔九〕孫汝楫，待考。

〔一〇〕胡祗遹（1227—1295），字紹開，號紫山，磁州武安人。中統元年，張文謙宣撫大名，辟員外郎。二年，入爲中書詳定官。至元元年，授應奉翰林文字，尋兼太常博士，調户部員外郎，轉右司員外郎，尋兼左司。忤阿合馬，出爲太原路治中，兼提舉本路鐵冶。改河東山西道提刑按察副使。宋平，爲荆湖北道宣慰副使。十九年，爲濟寧路總管。陞山東東西道提刑按察使。召拜翰林學士，不赴，改江南浙西道提刑按察使，未幾，以疾歸。二十九年，朝廷徵耆德者十人，祗遹爲之首，以疾辭。元貞元年卒，年六十九。追謚文靖。著有《紫山大全集》二十六卷。《元史》卷一七〇有傳，詳見王德毅《元人傳記資料索引》第八〇九頁、韋家驊《胡祗遹卒年和王惲生年考》（《文學遺産》一九九五年第二期，頁一一五—一一六）所載。

〔一一〕周砥，至元元年，商挺曾薦舉其修遼、金史，《元史》卷一五九商挺本傳載「至元元年，入拜參知政事。建議史事，附修遼、金二史，宜令王鶚、李治、徐世隆、高鳴、胡祗遹、周砥等爲之，甚合帝意。」

〔一二〕魏初，字大初，弘州順聖人。魏璠從孫。中統元年，辟爲中書省掾史，兼掌書記。未幾，以祖母老辭歸，隱居教授。授國史院編修官，尋拜監察御史。出僉陝西四川按察司事，歷陝西河東按察副使，入爲治書侍御史。二十一年，陞南臺侍御史，擢江西按察使。二十八年，改南臺御史中丞。二十九年卒，年六十一。追謚忠肅。著有《青崖集》五卷。

〔一三〕鄭㝎，至元九年，爲絳州屬掾。元貞間，爲稷山縣知縣。詳見《秋澗集》卷七一《絳州後園題名》、雍正《山西通志》卷三六。

〔一四〕孫公亮（1222—1300），字繼明，渾源人。孫威子。元太宗十二年，襲父職爲諸路中匠總管。中統元年，授都總管。五年，拜監察御史，官忠翊校尉。三年考滿，再任。十年，簽山東東西道提刑按察司事。十二年，陞山北遼東道提刑按察副使。十三年，進階朝列。十四年春，陞授中順大夫、彰德路總管。十六年冬，授正議大夫、浙西道宣慰使兼行工部事。十八年，左丞相阿剌罕等征日本，給辦艨衝戰具。二十二年，授江西等處行工部尚書。大德四年正月廿九日卒，年七十有九。追謚正憲。《元史》無傳，詳見王德毅《元人傳記資料索引》第八七六頁所載。

1269 己巳年　宋度宗咸淳五年　元世祖至元六年　四十三歲

當年時事：

正月，蒙古括諸路兵以益襄陽，遣史天澤與樞密副使呼剌出經畫。

二月，蒙古頒行八思巴所創新字，其字凡千餘，大要以諧聲爲宗。尋詔諸路蒙古字學各置教授。

六月，高麗國王禃遣其世子愖朝於蒙古。

七月，蒙古立國子學。

十月，蒙古定朝儀服色。

本年，元明善生〔一〕。

譜主事蹟：

八月，作詩奉送史天澤行臺河南。

《秋澗集》卷一六《奉送大丞相史公行臺河南時用兵襄陽封衛國公以平章政事副忽剌出附馬督視諸軍時至元六年八月也》。

八月一日，同馬甫游聖安寺〔二〕。《同馬才卿暇日登昊天寺寶嚴塔有懷》或亦作於此時前後〔三〕。

《秋澗集》卷一六《至元己巳八月一日偕馬才卿游聖安寺》。

《秋澗集》卷一六《同馬才卿暇日登昊天寺寶嚴塔有懷》。

十月，王惲奉命巡按四州〔四〕。

《秋澗集》卷一三《固安道中時至元六年冬十月巡按四州》：「十月燕南道，提封入按巡。」。

冬，王惲應御史辟，出真定，得與張德輝交遊。

《秋澗集》卷四一《故翰林學士河東南北路宣撫使張公挽詩序》：「六年己巳冬，不肖應御史辟，出真定，候公於頤齋，尊酒從容，言笑竟見，因及西臺故事。」

本年，衛輝府總管陳祐改任山東東西道提刑按察使，王惲爲撰去思碑。《送陳按察東還》、《送陳按察赴任山東》亦當作於此年。

《秋澗集》卷五三《總管陳公去思碑銘》：「至元三年，朝廷以衛之六城爲先大王分邑，許就設監郡，敞府治，跨有鄘邶，復爲河朔一路。是年夏四月，河南尹陳公承命分虎，來莅此邦。……朝廷嘉其能，擢充山東東西道提刑按察使。……既乃，衛民懷思不忘，求文於余。予以鄉國盛事，敢勉爲論譔之。」

《元史》卷一六八陳祐本傳：「三年，朝廷以祐降官無名，乃賜虎符，授嘉議大夫、衛輝路總管。……六年，置提刑按察司，首以祐爲山東東西道提刑按察使。」

《秋澗集》卷一六《送陳按察東還》。

《秋澗集》卷一六《送陳按察赴任山東》。

〔一〕元明善(1269—1322)，字復初，大名清河人。弱冠游吴中，能文章。浙東使者薦爲安豐、建康兩學正。辟掾，行樞密院。授樞密院照磨。轉中書左曹掾。元仁宗居東宫，首擢爲太子文學。及即位，改翰林待制。與修成宗、順宗《實録》，陞翰林直學士。奉旨出賑山東、河南饑，還，修《武宗實録》，又陞翰林侍講學士，預議科舉、服色等事。延祐二年，始會試天下進士，明善首充考試官，及廷試，又爲讀卷官，所取士後多爲名臣。改禮部尚書。擢參議中書省事，旋復入翰林爲侍讀，歲中拜湖廣行省參知政事。又召入集賢爲侍讀，議廣廟制。陞翰林學士，修《仁宗實録》。至治二年卒，年五十四。追謚文敏。《元史》卷一八一有傳。

〔二〕馬甫(1236—1275)，字才卿，相州人。至元八年左右，官都事。至元十二年，官濬州同知未滿，中堂見召。既至，以事阻。是年秋，復除孟州倅，南還至邢，病死，壽四十。詳見《秋澗集》之《哭馬孟州才卿名甫相州人》(卷一六)、《至元辛未秋八月廿八日同長老金燈義方暨馮君用聶文超劉敬臣王仲通馬才卿石壽之座主賈君叔良會飲于開泰之丈室約各賦詩道盍簪之歡因爲賦此》(卷一六)、《至元辛未歲八月十二日拉馬都事才卿遊韓氏南莊歸效樂天體得詩十絶皆書目前所見覺信手拈來也》（卷二五）、《遊玉泉山記》（卷三六）、《跋蔡中郎隸書後》（卷七一）、《舉都事馬甫并選用儒者事狀》（卷八七）。聖安寺，在今北京市宣武區南横街西口路北。創建於金章宗天會年間，明改名普濟寺，清復名聖安寺，文革中被毁。詳見史爲樂《中國歷史地名大辭典》第八八八頁聖安寺條。

〔三〕昊天寺，舊址今北京市西南，金大定四年建，明正統四年王振修改名隆恩寺。《畿輔通志》卷五一：「昊天寺在宛平縣西。金大定四年建。明正統四年，王振修改名隆恩寺。」《釋氏稽古略》卷四：「昊天寺，金國大長公主二月降錢三百萬，建寺於燕京城，額曰昊天。給田百頃，每歲度僧尼十人。」

〔四〕四州，當爲真定路四州。真定路，元時屬燕南河北道肅政廉訪司。然真定路轄趙州、冀州、深州、晉州、蠡州五州，不知王惲所言四州爲哪四州。詳見《元史》卷五八真定路條。

1270 庚午年　宋度宗咸淳六年　元世祖至元七年　四十四歲

當年時事：

正月，宋以李庭芝爲京湖制置大使，督師援襄、樊。

蒙古立尚書省，罷制國用使司。

二月，蒙古立司農司，設四道巡行勸農司。

三月，蒙古阿朮與劉整日練水軍以圖襄陽。

八月，蒙古築環城以逼襄陽。

十二月，蒙古改司農司爲大司農司。

蒙古以趙良弼爲秘書監、充國信使，使日本。

本年，張養浩生〔一〕。許謙生〔二〕。柳貫生〔三〕。

譜主事蹟：

正月初一，奉陪憲臺諸公闕下賀正〔四〕。

《秋澗集》卷一六《至元七年庚午奉陪憲臺諸公闕下賀正口號》。

四月二十一日，與憲臺諸公遊玉泉山〔五〕，作《遊玉泉山記》、《遊玉泉山》。

《秋澗集》卷三六《遊玉泉山記》：「玉泉，附都之名山也。……至元七年四月廿一日，與憲臺諸公出餞高、劉二侍御於高梁河上。客既去，相與並騎，且話且前，舉目瞻佇，已次甕山，因共爲玉泉之遊。……同遊者凡六人：范陽李公弼〔六〕、秦臺楊子秀〔七〕、鄗城韓君美〔八〕、洹水梁幹臣、太原温次霄〔九〕、汲郡王仲謀。期不至者，饒陽高瑞卿〔一〇〕、涑水邢良輔〔一一〕。餞不及者，固安王輔之〔一二〕、相州馬才卿。」

《秋澗集》卷一六《遊玉泉山》。

《秋澗集》卷三三《重遊玉泉并序》：「元貞二年龍集丙申三月二十八日，大駕北狩。同翰林諸君送次大口回，獨與孫筍西過玉泉。因憶至元七年御史裏行時，來遊者一十有五人，歲月如流，轉首廿五年，今在者李司卿輔之〔一三〕、温漕使次霄與不肖三人耳！人欲久不死，而于人世何如也？凡得詩三絶，留山間而去。」

七月三日，奉陪左丞張文謙、尚書李德輝〔一四〕、學士王磐、待制徒單公履赴禺卿觀稼，作文以紀。

《秋澗集》卷一六《奉陪左丞張公尚書李公王學士徒單待制赴禺卿觀稼之會偶得五十八字奉林下一笑也至元七年七月三日》。

十月二十二日，過順州，與梁御史話王子明死節事〔一五〕，賦詩以弔。

《秋澗集》卷二五《至元七年十月廿二日過順州與梁御史話金節使剛忠王公子明死節事馬上爲賦此詩以弔州舊治唐歸順州見大曆五年試太子洗馬鄭宣力所撰開元寺碑》。

十一月九日，作《僧傳古坐龍圖嚴東平所藏至元二年秋九月張簽省耀卿處觀七年閏十一月甲戌公退馬上偶得時秋苦旱冬天無雪》。

《秋澗集》卷七《僧傳古坐龍圖嚴東平所藏至元二年秋九月張簽省耀卿處觀七年閏十一月甲戌公退馬上偶得時秋苦旱冬天無雪》〔一六〕。

《秋澗集》卷九五《玉堂嘉話卷之三》「僧傳古坐龍」條：「至元元年宣慰張順齋爲春旱，於范大師觀迎此龍於嚴東平北宅。」

除夕夜，于京師作《木蘭花慢（五）》。

《秋澗集》卷七五《木蘭花慢(五)》:「至元七年京師除夜,燈下與兒子孺讀文正范公行己,且憶馬賓王『來事可爲』之語,因感而賦此,以見其志云。」

〔一〕張養浩(1270—1329),字希孟,號雲莊,濟南歷城人。曾爲東平學正、禮部令史,入御史臺。爲丞相掾,選授堂邑縣尹。元仁宗在東宫,召爲司經,未至,改文學,拜監察御史。除翰林待制。召爲右司都事。遷翰林直學士,改秘書少監。延祐初,設進士科,遂以禮部侍郎知貢舉。擢陝西行臺治書侍御史,改右司郎中,拜禮部尚書。英宗即位,命參議中書省事。天曆二年,特拜陝西行臺中丞,七月以勞卒,年六十。追謚文忠。著有《歸田類稿》二十二卷、《三事忠告》四卷。《元史》卷一七五有傳,詳見王德毅《元人傳記資料索引》第一一六八頁所載。

〔二〕許謙(1270—1337),字益之,號白雲,金華人。受業金履祥之門,不樂仕進。四方來受業者甚衆,咸有所得。後至元三年卒,年六十八。著有《讀書叢説》六卷、《詩集傳名物鈔》八卷、《讀四書叢説》四卷、《論語叢説》三卷、《讀中庸叢説》二卷、《白雲集》四卷。《元史》卷一八九有傳,詳見王德毅《元人傳記資料索引》第一二二七頁所載。

〔三〕柳貫(1270—1342),字道傳,號烏蜀山人,浦江人。早年就學於金履祥、方鳳、謝翺,延祐間,任國子助教。大德四年,任江山教諭。至大初,遷昌國州學正。延祐六年,除國子助教,陞博士。泰定元年,遷太常博士。三年,出爲江西儒學提舉,秩滿歸。至正元年,起爲翰林待制。至正二年卒,年七十三。門人私謚曰文肅。有《柳待制文集》二十卷。《元史》卷一八一有傳,詳見王德毅《元人傳記資料索引》第七五三頁所載。

〔四〕賀正,歲首元旦之日,群臣朝賀。

〔五〕玉泉山,史爲樂《中國歷史地名大辭典》第五三四頁:「玉泉山,西山分支。在今北京市海淀區。」

〔六〕李公弼,范陽人。從本文看,本年似在御史臺爲官。與王惲交好,王惲曾有詩寄之。詳見《秋澗集》之《遊玉泉山記》(卷三六)、《寄贈總管韓君通甫暨弟君美兼簡公弼良友》(卷一六)。

〔七〕楊子秀，秦臺人。從本條看，本年似在御史臺爲官。後曾爲宣慰。至元二十六年，在杭州曾與王惲相遇。詳見《秋澗集》之《遊玉泉山記》(卷三六)、《己丑冬仲三日與宣慰楊子秀總管高瑞卿侍郎田榮甫三君子邂逅於餘杭其喜有不勝者以詩留别情見乎辭》(卷一六)。

〔八〕韓君美，鄆城人。曾官監察御史，後又爲侍御史，又爲判府。王惲在燕京三年，與韓君美弟兄交好。韓君美兄弟築有遠風臺，士大夫多從之游。詳見《秋澗集》之《遊玉泉山記》(卷三六)、《寄贈總管韓君通甫暨弟君美兼簡公弼良友》(卷一六)、《遠風臺記》(卷三七)、《韓氏遵誨堂後記》(卷三七)、《木蘭花慢(九)》(卷七五)、《題韓幹畫馬圖韓御史君美所藏索賦》(卷六)、《送韓推官之任廣固文人韓侍御君美子》(卷三三)。

〔九〕温次霄，太原人。從本文看，本年似在御史臺爲官。後官漕使。元貞二年時仍在世。詳見《秋澗集》之《遊玉泉山記》(卷三六)、《重遊玉泉并序》(卷三三)。

〔一〇〕高瑞卿，饒陽人。曾官總管，與王惲交好。至元二十六年，在杭州曾與王惲相遇。詳見《秋澗集》之《遊玉泉山記》(卷三六)、《己丑冬仲三日與宣慰楊子秀總管高瑞卿侍郎田榮甫三君子邂逅於餘杭其喜有不勝者以詩留别情見乎辭》(卷一六)。

〔一一〕邢良輔，涞水人。詳見《秋澗集》之《遊玉泉山記》(卷三六)。

〔一二〕王輔之，固安人。詳見《秋澗集》之《遊玉泉山記》(卷三六)。

〔一三〕李輔之，即李天祐。李天祐，字輔之，安次人。至元五年，官監察御史。後官司卿、户部尚書。元貞二年時仍在世。詳見《秋澗集》之《遊玉泉山記》(卷三六)、《重遊玉泉并序》(卷三三)、《送李司卿輔之北還名天祐安次人同年御史也今爲户部尚書》(卷二〇)、《庚寅春三月與張參政獻子李司卿輔之會飲九仙絶頂其道室榜曰滿目雲山》

（卷二〇）、《御史箴後記》（卷三八）。

〔一四〕李德輝（1218—1280），字仲實，通州潞縣人。年十六，監酒豐州。世祖在潛藩，用劉秉忠薦，侍裕宗講讀，乃與竇默等皆就辟。元憲宗三年，爲從宜府使。中統元年，爲燕京宣撫使。三年，爲山西宣慰使。至元元年，罷宣慰司，授太原路總管。五年，征爲右三部尚書。七年，録囚山西、河東。皇子安西王鎮關中，奏以德輝爲輔，遂改安西王相。十二年，詔以王相撫蜀。十四年，爲西川行樞密院副使，仍兼王相。川蜀平，復以王相還邸。十七年，爲安西行省左丞。十七年卒，年六十三。謚忠宣。

〔一五〕梁御史，即梁貞，見本年譜四十二歲條〔二〕。王子明，待考。

〔一六〕嚴東平，當爲嚴忠濟，抑或爲嚴忠範。

嚴忠濟，一名忠翰。字紫芝，嚴實第二子。元太宗十三年，襲東平路行軍萬户、管民長官。中統二年，命嚴忠範代之。至元二十三年，特授資德大夫、中書左丞、行江浙省事，以老辭。三十年卒。後謚莊孝。《元史》卷一四八有傳，詳見王德毅《元人傳記資料索引》第二一〇七頁所載。

嚴忠範，嚴實第四子。中統二年，代嚴忠濟爲東平路行軍萬户、管民長官。至元十二年，副廉希憲使宋，至獨松關，爲宋將張濡所害。追謚節愍。《元史》卷一五九有傳，詳見王德毅《元人傳記資料索引》第一〇二七頁所載。《元史》無傳，詳見王德毅《元人傳記資料索引》第二一〇七頁所載。

1271 辛未年　宋度宗咸淳七年　元世祖至元八年　四十五歲

當年時事：

四月，蒙古阿朮敗范文虎於湍灘。

五月，蒙古以東道兵圍守襄陽，命賽音諤德齊、鄭鼎率諸將水陸並進，以趣嘉定；汪良臣、彭天祥出重慶，扎剌不花出瀘州，立吉思出汝州，以牽制之。所至順流縱筏，斷浮橋，獲將卒、戰艦甚衆。

十一月，蒙古罷諸路交鈔都提舉司。

蒙古從太保劉秉忠之請，建國號曰大元，取《易》「大哉乾元」之義。

本年，楊載生〔一〕。程端禮生〔二〕。

譜主事蹟：

正月初一，作《御史臺賀正旦表》。

《秋澗集》卷六八《御史臺賀正旦表至元八年爲御史時作》：「臣某等久侍瑶階，叨居憲府。獻可替否，詎能振臺閣之風；拜手揚休，仰以祝河山之壽。」

二月十九日，與李士觀遊長春宫，謁純真王鍊師〔三〕，且與姚樞、商挺暢談。

《秋澗集》卷一六《清明日拉友生李士觀遊長春宫因謁純真王鍊師且陪姚左轄商簽院二公高論時至元八年二月十九日也》。

五、六月間，爲順天清苑縣尉石昌璞作訴狀。

《秋澗集》卷八九《論順天清苑縣尉石昌璞繫獄事狀》：「今體訪得，順天路清苑縣尉石昌璞，强幹有爲，巡捕得法，察賊推情，遂破窟穴。……據此合行申理。至元八年六月初三日，尚書省陳放訖。」

六月十五日，作《投壺引》，借投壺之戲，闡釋心正意誠之學。時憲臺秩滿，居閑不出〔四〕。《御史秩滿日效樂天詩體書懷》或作於次月前後。王惲憲臺秩滿後，仍居於燕京，直至至元九年三月被授予平陽路總管府判官一職。

《秋澗集》卷四一《投壺引》：「古之人心正意誠之學無或不在也，予於投壺見之矣。……予自憲臺秩滿，居閑不出者動涉旬朔。……至元辛未夏六月望日序。」

《秋澗集》卷八三《烏臺筆補序》：「至元改元之五年秋七月，憲臺肇建，……前翰林修撰、左司都事惲俾膺遴選。……僕偎廁裏行，頗收薄用，比受更，凡三十有二月。」

《秋澗集》卷一六《御史秩滿日效樂天詩體書懷》。

《秋澗集》卷四五《政問》：「至元九年春，予以御史滿秩，除平陽路判官，過辭諸公，以臨民處己之教爲請。」

《秋澗集》卷六五《鳴榔曲》：「壬申春三月，予自京師南還。」

八月十二日，與都事馬才卿遊韓氏南莊〔五〕，賦詩十首。

《秋澗集》卷二五《至元辛未歲八月十二日拉馬都事才卿遊韓氏南莊歸效樂天體得

詩十絶皆書目前所見覺信手拈來也》。

八月十三日，同馬才卿觀《蔡中郎隸書》於省掾吴蔓慶之舍〔六〕。

《秋澗集》卷七一《跋蔡中郎隸書後》：「至元辛未中秋前二日，同相人馬才卿觀於省掾吴蔓慶之寓舍，衛人王某斂衽書。」

八月廿八日，同友人會飲于開泰丈室并賦詩。

《秋澗集》卷一六《至元辛未秋八月廿八日同長老金燈義方〔七〕暨馮君用〔八〕聶文超〔九〕劉敬臣〔一〇〕王仲通〔一一〕馬才卿石壽之〔一二〕座主賈君叔良〔一三〕會飲于開泰〔一四〕之丈室約各賦詩道盍簪之歡因爲賦此》。

九月三日，作《壽房祖》〔一五〕。

《秋澗集》卷一六《壽房祖至元八年九月三日》。

九月十四日，作文爲徒單公履賀壽。

《秋澗集》卷一六《壽徒單待制至元八年九月十四日》。

九月二十九日，拜謁左丞姚樞，并同姚樞一起觀賞太保劉秉忠家藏懷素《自叙帖》。

《秋澗集》卷七一《跋手臨懷素自敍帖》：「至元辛未秋九月晦，余謁左轄姚公，出示太保劉公家藏帖，前三十三字亦云子美補亡，按玩之余，令人仿像意韻，盤礴於胷中者累月。」

九月，蒙古太廟柱壞，王惲劾都水劉晸監造不敬〔一六〕**，晸以憂卒。**

《秋澗集》卷八八《爲太廟中柱損壞事狀》：「今體知得：太常寺申都城所呈，相驗到太廟中心等柱損壞訖一十四條。訪聞先爲劉晸監修太宫完備，特注朝官，重加賞賚。今者未及數年，朽壞如此，顯見當間滅裂，多不如法。……今省部雖令劉晸用木填塞了畢，終非可待歲月，理合治罪，以彰其咎。」

《元史》卷一六七王惲本傳：「時都水劉晸交結權勢，任用頗專，陷沒官糧四十餘萬石，惲劾之，暴其奸利，權貴側目。又言：『晸監修太廟畢功，特轉官錫賞，今才數年，樑柱摧朽，事涉不敬，宜論如法。』晸竟以憂卒。」

《元史》卷七：「（至元八年九月）太廟殿柱朽壞，監察御史劾都水劉晸監造不敬，晸以憂卒。」

《續資治通鑒》卷一七九：「九月，蒙古太廟柱壞，御史劾都水劉晸監造不敬，晸以憂卒。」

九月，王惲以省覲來涿州〔一七〕**，因拜謁孔子廟。**

《秋澗集》卷四五《涿州移置攷》：「至元八年秋九月，予以省覲來涿，因拜謁孔子清廟，遂讀唐貞元中使持節都督幽州諸軍事彭城劉公建孔廟碑，乃知州治本幽州盧龍軍屬邑范陽縣也。」

九月，作《祭諸葛丞相乞靈文》，昭告諸葛亮之靈。

《秋澗集》卷六二《祭諸葛丞相乞靈文》：「維大元至元八年歲次辛未九月壬戌朔某日，承事郎、前監察御史、衛人王某，敢昭告于漢大丞相忠武侯諸葛公之靈。」

十月四日，臨懷素《自敘帖》，作文以紀。

《秋澗集》卷七一《跋手臨懷素自敘帖》：「至元辛未秋九月晦，余謁左轄姚公，出示太保劉公家藏帖，前三十三字亦云子美補亡，按玩之餘，令人仿像意韻，盤礴於胷中者累月。冬十月甲午，是日極暄妍可愛，乘筆墨調利，喜爲臨此，拙惡非所慮，庶幾見其典刑云耳。監察御史、汲郡王某仲謀甫題識。」

十一月十三日，作《鏡箴》，借醉酒傷額事，表述做事宜從容中道之意。

《秋澗集》卷四四《鏡箴》：「王子醉，墮馬傷額。既愈，日引鏡自照，色黳如凝鬱者旬餘，因愀然曰：『樂正子春下堂足傷，追悔不踰閾者累月。蓋聖人以毀傷髮膚爲深戒，必全而歸之爲至孝，矧陷身非義，一敗瓦裂之酷哉？是以墨子悲其絲染，馬遷痛其刑餘，柳州悼其躁進也。惟其居易俟命，不行險，毋苟得，從容中道，乃爲合理，吾知免夫。至於游居食寢，則體安而氣平。不然，事變之來，少有磋跌又何翅髮膚之毀傷、物議之輕重者耶？嗚呼！小子孺，其戒之慎之！』於是乎書。時至元辛未冬十一月十有三日也。」

十一月二十四日，與子王公孺觀《孫過庭書》於京師咸寧里之寓舍，作文以紀。《跋孫過庭書譜名虔禮唐高宗時人**》亦或作於此時。**

《秋澗集》卷七一《跋孫過庭書》：「至元辛未冬十一月廿四日，與兒子孺重觀於京師咸寧里之寓舍，時雪霽氣清，率爾而作。汲郡王某謹題。」

《秋澗集》卷七三《跋孫過庭書譜名虔禮唐高宗時人》。

十一月二十四日夜或二十五日晨，作《至元辛未冬仲廿四日夜五鼓夢衛南郊行夢中得領聯兩句既覺爲足成之》。

《秋澗集》卷一六《至元辛未冬仲廿四日夜五鼓夢衛南郊行夢中得領聯兩句既覺爲足成之》。

除夕，作《辛未歲除夕言懷此月廿八日尚書省復併入中書省**》。**

《秋澗集》卷一六《辛未歲除夕言懷此月廿八日尚書省復併入中書省》。

冬，初識張子文〔一八〕**於大都李溥光**〔一九〕**南庵。**

《秋澗集》卷一五《餞張子文驛送戈甲前赴成都子文雲中人至元八年冬相識於大都

李玄暉南庵》。

冬，見郝提舉子某於京師楊氏書院。

《秋澗集》卷十五《郝提舉子某至元八年冬見於京師楊氏書院與之語温醇有禮愉色睟然意謂奉身周謹篤於其親者也今年春予官平陽一日介吴君子明來謁具道郝南還之事相與擊節嘉歎久之噫方衰俗頽波中其孝養有如此者孰謂曾閔之門和樂之氣有時而息邪此心不匱豈特錫類而已哉故傳曰惟孝友于兄弟施于有政其是之謂歟喜爲賦詩以贈且廣其敬養致樂之心色難無違之旨云》。

本年，許衡力辭中書左丞，王惲上章力挽。

《秋澗集》卷八六《論左丞許公退位奏狀》：「其自立中省，迄今十有二年，前後相臣，如衡竭盡者多矣，未若許之切直敢言，不以榮貴爲心者。……其於謀王體，斷國論，必能進盡忠言，有所廣益，以慰中外之望，誠未宜聽其去位，以塞忠諫之路也。」

《元史》卷一五八許衡本傳：「七年，……俄除左丞，衡屢入辭免，帝命左右掖衡出。……帝久欲開太學，會衡請罷益力，乃從其請。八年，以爲集賢大學士，兼國子祭酒，親爲擇蒙古弟子俾教之。」

《元朝名臣事略》卷八《左丞許文正公》：「七年正月，拜中書左丞，力辭不允。八年四月，改集賢大學士兼國子祭酒。」

《元史》卷四：「（中統元年）夏四月戊戌朔，立中書省，以王文統爲平章政事，張文謙爲左丞。」

本年，與趙文昌唱和〔二〇〕，作《和趙明叔言懷》。

《秋澗集》卷一六《和趙明叔言懷》：「我初識子禹卿筵，秋月金盆上碧天。翔集柏臺幾二載，稱停文賦每終篇。孤忠自信恒多苦，萬事安心恐偶然。白髮行年四十五，向誰重理伯牙絃。」

〔一〕楊載（1271—1323），字仲弘，杭州人。年四十不仕，户部賈國英數薦於朝，以布衣召爲翰林國史院編修官，與修《武宗實録》，調管領繫官海船萬户府照磨，兼提控案牘。延祐二年，登進士第。授承務郎、饒州路同知浮梁州事，遷儒林郎、寧國路總管府推官。至治三年卒，年五十三。工詩，有《楊仲弘集》八卷。《元史》卷一九〇有傳，詳見王德毅《元人傳記資料索引》第一五二八頁所載。

〔二〕程端禮（1271—345），字敬叔，號畏齋，鄞縣人。治朱子之學，薦授建平縣學教諭，累遷建康江東書院山長，除鉛山州學教授，以台州教授致仕。至正五年卒，年七十五。著有《讀書分年日程》三卷、《畏齋集》六卷。《元史》卷一九〇有傳，詳見王德毅《元人傳記資料索引》第一四三三頁所載。

〔三〕純真王鍊師，長春宫道士。詳見《秋澗集》卷一六《清明日拉友生李士觀遊長春宫因謁純真王鍊師且陪姚左轄商簽院二公高論時至元八年二月十九日也》。

〔四〕王惲憲臺秩滿的時間有令人費解處。本條引文明言本年六月時已經秩滿，且《秋澗集》卷八七亦有「烏臺日事自至元五年冬十一月終至元辛未夏四月」之記載，似乎王惲在本年四月時已經秩滿。按王惲擔任御史三十二月來計算，其最遲當於本年六月秩滿。然本年九月條又有彈劾劉晸事，出現如此情況，則有四種可能：一，王惲於六月秩滿後再次擔任御史一職，故其在九月時還在行使御史之權；二，此條之時間記載有誤，所謂本年九月指劉晸卒時，並非指王惲彈劾其之時，王惲彈劾劉晸在本年六月之前；三，王惲憲臺秩滿後，雖不在其位，但仍然上章彈劾了劉晸；四，王惲代其他御史寫了彈劾劉晸的奏章，并由其他御史上奏，後整理文集時，將本篇奏章收入自己集中，這和王惲至元三年、至元四年代替陳祐上《聖壽節賀表》（卷六八）有相似處。

〔五〕韓氏南莊，在燕京，爲韓通甫、韓君美弟兄寓所，士大夫多愛在此聚會遊玩。詳見《秋澗集》之《遠風臺記》（卷三七）、《韓氏遵誨堂後記》（卷三七）。

〔六〕吴蔓慶，曾爲御史臺掾，或曾爲憲副。詳見《秋澗集》之《跋蔡中郎隸書後》（卷七一）、《□□蔓慶憲副良友》（卷一九）。

〔七〕金燈義方，開泰寺長老。詳見《秋澗集》卷一六《至元辛未秋八月廿八日同長老金燈義方暨馮君用聶文超劉敬臣王仲通馬才卿石壽之座主賈君叔良會飲于開泰之丈室約各賦詩道盍簪之歡因爲賦此》。

〔八〕馮君用，待考。

〔九〕聶文超，待考。

〔一〇〕劉敬臣，待考。

〔一一〕王仲通，待考。

〔一二〕石壽之，待考。

〔一三〕賈叔良，當爲秦中人，在京師居半年左右後西歸。曾官別駕之職。卒後，王惲作詩以悼之。詳見《秋澗集》之《至元辛未秋八月廿八日同長老金燈義方暨馮君用聶文超劉敬臣王仲通馬才卿石壽之座主賈君叔良會飲于開泰之丈室約各賦詩道盍簪之歡因爲賦此》（卷一六）、《叔良西歸秦中感而賦此》（卷一六）、《哭賈叔良別駕》（卷一七）。

〔一四〕開泰寺，始建於遼，金、元以來屢加修治，至明遂廢。至元間，雪堂禪師曾將搜集到的經卷分貯開泰寺。《元一統志》卷一大開泰寺條：「大開泰寺，在昊天寺之西北。寺之故基，遼統軍鄴王宅也。始於樞密使魏王所置，賜名聖壽，作十方大道場。聖宗開泰六年改名開泰，殿宇樓觀雄壯冠於全燕。至金國又增之，厥後毁於兵塵，獨存大殿。壬子春海雲諸大老請雲山珍公開堂演法，遂爲此寺之五代祖。憲宗深加崇重，賜以金帛，常有異恩。」《日下舊聞考》卷一五五：「開泰寺始建於遼，金、元以來屢加修治，見《元統志》。至明遂廢，天順時《統志》已不載。」《秋澗集》卷五七《大元國大都創建天慶寺碑銘并序》：「大元至元壬申，有僧雪堂者始來結庵而主之。……後三歲，奉皇孫匳香禮江浙名刹，起造藏經，師冒涉江湖，往返萬里，存神過化，高風所及，奔走供養，且有金仙通靈、茄藍主護之應。吁，亦異哉！凡得經四藏，計二萬八千餘卷，分貯大都之開泰、天慶，汴洛之惠安、法祥及永豐法藏院，仍以法物付之。」

〔一五〕房祖，當指軍資府君族祖九翁，居范陽，至元十二年卒。妻慕容氏。王惲曾爲兩人分別作詩慶壽。詳見《秋澗集》之《壽房祖至元八年九月三日》（卷一六）、《范陽房族祖九翁祭文》（卷六三）、《點絳唇·七爲房祖母壽》（卷七七）。

〔一六〕劉晸，都水人。至元五年左右，負責漕司事務，陷没官粮四十餘万石。又兼修太廟，致使太廟中柱損壞。王惲先後兩次彈劾劉晸，劉晸竟以憂卒。詳見《秋澗集》之《爲太廟中柱損壞事狀》（卷八八）、《彈漕司失陷官糧事狀》（卷八九）。

〔一七〕涿州，元時屬中書省之大都路。《元史》卷五八：「涿州，下。唐范陽縣，復改涿州。宋因之。元太宗八年，爲涿州路。中統四年，復爲涿州。領二縣：范陽，下。倚郭。房山。下。金奉先縣，至元二十七年，改今名。」

〔一八〕張子文，至元八年冬與王惲相識於大都，後曾驛送戈甲前赴成都。又善方伎，好與士大夫游。曾贈王惲龍尾龍尾研、竹杖等物，王惲作文以爲酬。詳見《秋澗集》之《餞張子文驛送戈甲前赴成都子文雲中人至元八年冬相識於大都李玄暉南庵》（卷一五）、《謝子文龍尾藤策之贈》（卷三）。

〔一九〕李溥光，字玄暉，號雪庵，大同人。頭陀教宗師，賜號玄悟大師，封昭文館大學士。工詩善書，喜與士大夫遊。有《雪庵字要》一卷。《元史》無傳，詳見王德毅《元人傳記資料索引》第五四六頁所載。

〔二〇〕趙文昌，字明叔，號西皋，濟南人。累遷長清縣尹。至元十四年，除南臺御史。歷益都路同知、浙西按察副使，擢南臺侍御史。《元史》無傳，詳見王德毅《元人傳記資料索引》第一七二〇頁所載。

1272 壬申年　宋度宗咸淳八年　元世祖至元九年　四十六歲

當年時事：

正月，元併尚書省入中書省，罷給事中、中書舍人、檢正等官，仍設左右司。省六部爲四，改稱中書。

二月，元改中都爲大都。

元建中書省署於大都。

本年，虞集生〔一〕。范梈生〔二〕。

譜主事蹟：

正月一日，作《壬申門帖子》，抒終會被用之意。

《秋澗集》卷二六《壬申門帖子》：「任運喜尋蕭遠論，廣騷慵擬楚人辭。 里兒莫訝三冬蟄，一寸丹心用有時。」

二月九日，與趙仲器言〔三〕，作《鈍説》，表引重致遠之意。

《秋澗集》卷四五《鈍説》：「趙君仲器博物多藝能，喜筮而絶市道，觀化而樂誘人，古所謂不居朝廷而隱、醫、卜之中者之流也。……予聞其説而韙之。吾將藏吾器，養吾鈍，斂吾圭角，息吾氣機，引重致遠，俟時而動，以利天下，可乎？……至元壬申二月九日題。」

二月十四日，劉傑出示亡友王仲蔚詩軸〔四〕，王惲睹物思人，作《懷舊詩并序》。

《秋澗集》卷一六《懷舊詩并序》「至元九年二月十四日，濟南劉漢卿出示亡友王仲蔚詩軸，三復之餘，嘅焉興傷。……因爲賦此以抒梗概云。」

三月初，王惲授承直郎〔五〕、平陽路總管府判官〔六〕。 王惲官平陽路總管府判官約三年。

《秋澗集》卷首《文定王公神道碑銘》：「九年，陞授承直郎、平陽路總管府判官。」

《元史》卷一百六十七王惲本傳：「九年，授承直郎、平陽路總管府判官。」

《秋澗集》卷六三《辭墓祭文》：「惲自至元五年冬十月被召赴臺，至九年春，用前資翰林修撰，由監察御史改授承直郎、平陽路總管府判官。」

《秋澗集》卷三六《登鸛雀樓記》：「至元壬申春三月，由御史裏行來官晉府，因竊喜幸，曰：『蒲爲屬郡，且判府職固廳幕，而開掌有顓務。』」

《秋澗集》卷十七《哭張總判行甫（并序）》：「至元壬申，余官冀府，暇日與君徜徉其間者，蓋三年于兹。」

三月初，王惲授承直郎、平陽路總管府判官後，與史天澤、王磐、許衡等諸老道别，諸老皆有言以勉之。

《秋澗集》卷四五《政問》：「至元九年春，予以御史滿秩，除平陽路判官，過辭諸公，以臨民處己之教爲請。右丞相史公曰：『汝讀書年長，久在朝行，今官外郡，寅奉之心當常若在朝野時。至於事機變轉，不可預料，臨時制宜可也。』翰林學士鹿庵先生曰：『長次不睦及首沽虚聲，今天下之通患，推讓有終爲上。《詩》云：「靖恭爾位，好是正直。神之聽之，介爾多福。」況人事乎？餘何言。』祭酒許魯齋曰：『臨政譬之二人對奕，機有淺深，不可心必於勝，因其勢而順導之。同僚間勿以氣類匪同而有彼此，或有扞格，當以至誠感發，無所争矣。』」

《秋澗集》卷二七《故開府儀同三司中書左丞相贈太尉謚忠武史公挽詞有序》：「九年壬申，繇御史得調平陽，謁公，授嗾去曰：『若綿歷頗久，同列貴和，餘復何云？』」

三月初，王惲授承直郎、平陽路總管府判官後，先回家鄉，後赴任所。

《秋澗集》卷六五《嗚榔曲》：「壬申春三月，予自京師南還。」

《秋澗集》卷五九《故將仕郎潞州襄垣縣尹李公墓碣銘》：「公諱瑞，字天祥，其先潞州上黨人，系出唐昭武公抱玉之裔。……九年夏，予調官晉府，過家上冢，胙飲水濱，話平生甚悉。」

三月初九日，到達唐山〔七〕。

《秋澗集》卷一六《唐山道中早發時至元九年三月初九日自燕達洪上》。

三月十八日夜半，過平棘西洨水上〔八〕，聞漁人嗚榔中流，作《嗚榔曲》。

《秋澗集》卷六五《嗚榔曲》：「壬申春三月，予自京師南還。十八日夜半，過平棘西洨水上，聞漁人嗚榔中流，聲響甚厲，駐車起聽，令人杳然有江灣漁樂之思，作《嗚榔曲》以寫其音節云。」

三月下旬左右，回到家鄉。

《秋澗集》卷四四卷《魚歎》：「至元九年春三月，余自燕南還，前次淇右。」

春，夢於張易府第見衆多彩圖繪本、金文玉牒。

《秋澗集》卷四一《書畫目録序》：「九年春，予一夕夢謁平章張公名易，字仲一，太原人。於府第之東堂，酒數行，發書一櫃示予，皆彩圖繪本、金文玉牒，今觀中秘所有，璀璨輝赫，與夢中所見者盡同。」

《秋澗集》卷九四《玉堂嘉話卷之二》之「聖上御極十有八年」條：「九年春，予一夕夢謁平章公於府第之東堂，酒數行，發書一櫃示予，皆粉圖繪本、金文玉牒。今觀中秘所有，璀璨溢目，與夢中所見略同。」

春，郝提舉子某來謁〔九〕。

《秋澗集》卷一五《郝提舉子某至元八年冬見於京師楊氏書院與之語温醇有禮愉色晬然意謂奉身周謹篤於其親者也今年春予官平陽一日介吴君子明來謁具道郝南還之事相與擊節嘉歎久之噫方衰俗頹波中其孝養有如此者孰謂曾閔之門和樂之氣有時而息邪此心不匱豈特錫類而已哉故傳曰惟孝友于兄弟施于有政其是之謂歟喜爲賦詩以贈且廣其敬養致樂之心色難無違之旨云》。

四月十七日，因將要赴任平陽路總管府判官，作《辭墓祭文》，昭告于祖先之靈。

《秋澗集》卷六三《辭墓祭文》：「維大元國至元九年歲次壬申四月乙未朔十七日辛

亥，男孫惲謹以清酌之奠，敢昭告于曾祖王父、顯考王府君之靈：惲自至元五年冬十月被召赴臺，至九年春，用前資翰林修撰，由監察御史改授承直郎、平陽路總管府判官，已擇此月十九日赴任所。今當遠離墓次，伏冀明靈，特垂陰祐。尚享！」

四月十九日，從家鄉前往平陽，赴平陽路總管府判官之任。

《秋澗集》卷六三《辭墓祭文》：「惲自至元五年冬十月被召赴臺，至九年春，用前資翰林修撰，由監察御史改授承直郎、平陽路總管府判官，已擇此月十九日赴任所。」

四月，作《負籠行至元九年四月邢臺〔一〇〕作命植於易等處》

《秋澗集》卷九《負籠行至元九年四月邢臺作命植於易等處》。

四五月間，王惲從家鄉前往平陽，路經澤州〔一一〕，屬州尹皇甫琰完故天井關夫子廟〔一二〕。

《秋澗集》卷三六《澤州新脩天井關夫子廟記》：「舜澤南逕太行左腹百里而遥，走懷洛道也。當天井關衝，有殿屋巍然高出林表，曰夫子廟。……某以至元九年夏四月調官平陽，道出祠下，……於是屬州尹皇甫琰以營新圖。」

五月，作《諭平陽路官吏文爲判官初任時作時九年五月也》，勸勉官吏恪盡職守。《敦諭百姓文》、《勸農詩》、《勸農文》亦或作於此時前後。

《秋澗集》卷六二《諭平陽路官吏文爲判官初任時作時九年五月也》：「自今以往計，能强其所當行，勉其所未盡，以一體爲心，共理爲務，遠懲積習，作新斯民，使一道元元霑被王澤而遂有生之樂，寔公等之力，總府敢叨其功乎？所以集衆思、廣忠益者，惟期王事有成，則總府亦庶乎其寡過矣。」

《秋澗集》卷六二《敦諭百姓文》。

《秋澗集》卷六二《勸農文》。

《秋澗集》卷六二《勸農詩》。

五月左右，更新平陽府星丸漏，至元十年春二月告成。

《秋澗集》卷三六《平陽府新修星丸漏記》：「平陽府治舊有漏，設臺門上，近代來，名存器亡，具鐘鼓而已。視事初，思有以更張之，遂得遺法所謂『木漏星丸』者也。……至元十年春二月丁未，新漏告成，法簡而易知，理明而度應，信乎可恒用而不息者也。」

五月左右，王惲到官方四日，奉憲部符，鞠絳州獄〔一三〕，作《祭皋陶文》以求神佑。

《秋澗集》卷六三《祭皋陶文》：「惲以到官四日，奉憲部符，鞠絳陽獄。大小之情，心敢不盡？恍惚曖昧，有不可致詰者。使讞議適當，生死兩明。愚衷不逮，神惟能誘之；寃滯沉痛，捶楚之下求而不獲者，神惟能伸之。伏惟明靈，尚克顯相。」

六月初，王惲授館絳園，讞陽威人獄疑。六月八日，作《祭斛律丞相文》，祈求斛律神的佑護。《題斛律王廟壁》或作於此時前後。

《秋澗集》卷七一《絳州後園題名》：「絳以兩州六縣三十萬户之盛，守治一園，甲河東而名天下者宜矣。至元壬申春，予自霜臺來官平陽，適陽威人有獄疑而未能決者四年，遂被命來讞，授館絳園，留十有七日。」

《秋澗集》卷六三《祭斛律丞相文》：「大元國至元九年歲次壬申六月丁亥朔八日甲午，承直郎、平陽路總管府判官、汲郡王惲，謹以清酌之奠，致祭于有齊忠臣、大丞相、咸陽王斛律公之神：伏念某以監察御史，叨承郡幕，視事之初，來讞兹獄，求情罔獲，非神疇依。……某授館絳園，迫近神廡，號呶扑擊，不無震驚。然兇悍禍賊，寔神所憝，尚矜不逮，俾集厥事。式伸明薦，以克來享。」

《秋澗集》卷首《文定王公神道碑銘》：「絳兵卒陳姓者殺同産兄，杜獄因瞖緩，逮繫者三百餘人，延滯至五年之久，遠近爲憤惋。省檄鞫問，廉得實跡，一問即服。時晉絳久旱，是夕大雨霑足，咸謂伸理寃抑所致。」

《大明一統志》卷二〇：「王惲，中統間平陽路總管府判官。太平縣有疑獄久不決，惲一訊即得其實，乃盡出所逮繫者。時境内久旱，一夕大雨。」

《秋澗集》卷二五《題斛律王廟壁》：「祝融堆廩表韓公，神理雖冥正可通。自愧不求來折獄，亦蒙陰相誘愚衷。」

六月初伏後二日，與屬掾李諶〔一四〕、鄭宸，子王公孺遊絳園，作《絳州後園題名》。《讀絳陽園池記》、《絳州公廨即事》亦或作於此時。

《秋澗集》卷七一《絳州後園題名》：「絳以兩州六縣三十萬户之盛，守治一園，甲河東而名天下者宜矣。至元壬申春，予自霜臺來官平陽，適陽威人有獄疑而未能決者四年，遂被命來讞，授館絳園，留十有七日。既集事因，披讀唐已來園池圖記，按觀遺迹，莽爲汙宫，獨有老樹欹臺，荒池漲水。……同來者：屬掾李諶、鄭宸，子公孺侍行。是歲夏六月初伏後二日，汲郡王惲題。」

《秋澗集》卷二五《題斛律王廟壁》。

《秋澗集》卷七一《絳州公廨即事》：「終朝據按訊纍囚，日暗風凄動鬼幽。草暗池荒人不見，絳紗燈影看懸流。」

夏，王惲在潞州襄垣見縣尹李瑞〔一五〕。王惲亦或在此時結識張著〔一六〕。

《秋澗集》卷五九《故將仕郎潞州襄垣縣尹李公墓碣銘》：「公諱瑞，字天祥，其先潞州上黨人，系出唐昭武公抱玉之裔。……九年夏，予調官晉府，過家上冢，胙飲水濱，話平生甚悉。」

《秋澗集》卷六〇《大元故濛溪先生張君墓碣銘并序》：「余官晉府者四年，得進修之士一人，曰濛溪張君……君諱著，字仲明，姓張氏，世爲襄陵縣張相里人。」

七月間，李瑞卒，王惲爲之作墓碣銘。

《秋澗集》卷五九《故將仕郎潞州襄垣縣尹李公墓碣銘》：「公諱瑞，字天祥，其先潞州上黨人，系出唐昭武公抱玉之裔。……九年夏，予調官晉府，過家上冢，胙飲水濱，話平生甚悉。翼日雞一鳴，送予遠郊外，泣且言曰：『吾老矣，不能爲升斗禄走形勢途，弟相見期邈，未知復無恙否？』遂哽噎訣去。予亦歔欷久之，且訝其遽如許也。其秋，以訃來告，嗚呼哀哉！……春秋六十有四，實九年壬申七月十九日也。」

九月五日，見王安石手跡，作《跋荆公墨迹》。

《秋澗集》卷七一《跋荆公墨迹》：「予嘗觀壽國高公所藏《心畫水鏡》，知此爲臨川所書無疑。……至元壬申重陽前四日書於平陽官舍。」

九月六日，寓待旦軒，追思所見，作《魚歎》。

《秋澗集》卷四四《魚歎》：「至元九年春三月，余自燕南還，前次淇右。逆旅主人絛桑徹土，束藁作炬。詢其故，曰：『此取魚之具也。』……是歲重九前三日，寓平陽牙城官舍之待旦軒，坐聽秋霖，耿不能寐，追思所見，作《魚嘆》云。」

九月，登秋風亭觀雨〔一七〕，作詩以呈周貞。

《秋澗集》卷七七《浣溪沙·八》：「至元九年秋九月，登秋風亭觀雨，呈賦曹參軍周幹臣。」

秋，絳州重修夫子廟，王惲作文以紀。

《秋澗集》卷五二《絳州重修夫子廟碑》：「絳爲州甚劇，……獨夫子廟學據城之東北隅……廢撤既久，莽爲榛墟。……至元九年秋，奉議馬公來尹斯郡，既謁告，顧瞻咨嗟，憫夫垂成之功日就隊剥，乃以完故益新爲任。……廟既成，……來謁文於余，因勉爲撰述，且寓夫予之所感焉。」

秋，結識忽德輝〔一八〕，爲之作《忽治中名字説》。

《秋澗集》卷四六《忽治中名字説》：「予官御史時，聞尚書、工部郎中、今治中别乘合剌思憙功名，樂善言，而與士君子游。……至元壬申秋，得同僚平陽，相接如平生懽。共事既久，愛其材識通敏廉介，有守處心，臨政多中事宜，殆與曩聞無異。一日請名於予，且求其説。」

十一月，按部蒲州，命屬吏作新孤竹二賢廟。

《秋澗集》卷五三《重修孤竹二賢廟碑》：「後四十載，當至元九年玄黓歲，某自御史裏行來官河東。以是年冬十有一月按部，至於蒲坂，適致祭令下，遂齋沐奉祝，祗拜墟墓。……於是祇會屬吏，作新是圖。」

十一月二十四日，按事蒲州，遂與友人登鸛雀樓，作文以紀。

《秋澗集》卷三六《登鸛雀樓記》：「予少從進士泌陽趙府君學，先生河中人，故兒時得聞此州樓觀雄天下，而鸛雀者尤爲之甲。……至元壬申春三月，由御史裏行來官晉府，……其歲冬十一月戊寅，奉堂移，偕來伻，按事此州，遂獲登故基，徙倚盤礴，情逸雲上。……是歲陽復後一日，承直郎、汲郡王惲仲謀甫記。」

十二月十四日，遊舜泉。

《秋澗集》卷二《舜泉》：「在河中府南三十里夏陽村東歷山聖人嶺下舜峪内，至元壬申冬十二月十四日來遊。」

十二月十六，拜奠夷齊墓〔一九〕，作文以紀。《夷齊墓》亦或作於此時。

《秋澗集》卷六三《拜奠夷齊墓文》：「維大元國至元九祀歲玄黓涒灘冬十二月既望，承直郎、平陽路總管府判官王某，恭以牢醴之奠致祭于孤竹二賢之墓。」

《秋澗集》卷一二《夷齊墓》。

冬，於雪後謁司馬光墓，作詩以紀。

《秋澗集》卷二六《題松陰訪古圖》：「舟横遠水翻蘭棹，人倚長林諷楚詞。卻憶來河南畔路，松崗晴雪晚遊時。予壬申冬大雪後，曾謁司馬相公墳，故云。」

《秋澗集》卷二五《謁司馬温公墓》「河山兩界夏西分，孕秀鍾靈産異人。可惜秉鈞纔八月，不教仁澤浸生民。」

本年，自御史調官平陽，將私居之處命名爲待旦軒。

《秋澗集》卷三七《待旦軒記》：「至元壬申歲，予自御史調官平陽，扁私居之軒曰待旦，蓋祈以礪厥志而儆不逮也。」

本年，調官平陽，欲求曹之謙遺文觀覽〔二〇〕，不果。

《秋澗集》卷四十二《兑齋曹先生文集序》：「北渡後，斯文命脈主盟而不絶者，賴遺老數公而已。夤緣蒙元、李諸公與進，親承指授，惟貽溪兑齋未之見也。及調官平陽，私竊喜幸，雖不獲瞻拜履綦，而遺文得遂觀覽。逮識公仲子輗，首爲詢及，謝以纂録未就，然徵文獻、論家世而私淑諸人者，固已昭昭矣。」

本年，結識張傃〔二一〕，相知三年左右。

《秋澗集》卷一七《哭張總判行甫并序》：「公諱傃，北燕人，姓張氏，字行甫。姿藴藉，好賓客，官至平陽府判官，……至元壬申，余官冀府，暇日與君徜徉其間者，蓋三年于兹。」

本年，録事參軍周貞贈王惲一奇石〔三〕。

《秋澗集》卷七《風秀丹山歌至元壬申來官平陽得之於録事參軍周幹臣處周予弱冠時同舍郎也十一年春三月十五日與兒子孺讀王黼朱勔傳及僧祖秀華陽宫記因作此詩以贈周云》：「宣和寶石真淵藪，萬狀卿雲照靈囿。當年幾鑿太湖空，嬴得綱船枯九有。……一杯下咽歌者誰，南鄘小子王共谿。」

〔一〕虞集（1272—1348），字伯生，號道園，世稱邵庵先生，撫州崇仁人。大德六年，任大都路儒學教授。歷國子助教、博士，改太常博士。仁宗時，爲集賢修撰。泰定初，爲秘書少監，拜翰林直學士。文宗時，爲奎章閣侍讀學士。至正八年卒，年七十七。謚文靖。有《道園學古録》五十卷、《道園遺稿》六卷。《元史》卷一八一有傳，詳見王德毅《元人傳記資料索引》第一六一六頁所載。

〔二〕范梈（1272—1330），字亨父，一字德機，人稱文白先生，清江人。年三十六遊京師，以薦充翰林編修，出爲北憲司知事，入爲翰林應奉，改閔海憲知事，以疾辭。天曆二年，授嶺北憲司經歷，以養母，辭不赴。至順元年卒，年五十九。工詩，與虞集、楊載、揭傒斯齊名，有《范德機詩集》七卷。《元史》卷一八一有傳，詳見王德毅《元人傳記資料索引》第八一九頁所載。

〔三〕趙鉉，字仲器，自號鈍軒逸皓，盧龍人。多巧思，精藝術。精通易學，兼通音律占卜，不樂仕進。王惲與之交好，曾有多首詩文贈之。詳見《秋澗集》之《題趙仲器治古齋》（卷七）、《慶趙仲器母八秩》（卷一八）、《題趙仲器銅芝蟾瓶滴》（卷二五）、《鈍説》（卷四五）、《盧龍趙氏家傳》（卷四八）、《趙徵士畫贊》（卷六六）。

〔四〕王仲蔚，曾與王惲同居東平，相交甚歡。後從事濟南幕府，病疽，死歷下（今山東濟南市西）。詳見《秋澗集》之《懷舊詩并序》（卷一六）、《追挽省郎王仲蔚》（卷一六）。

〔五〕承直郎，散官名，正六品。見《元史》卷九一「散官」條。

〔六〕平陽路總管府判官，秩待考，似亦當與承直郎同，爲正六品。平陽路，元大德九年改晉寧路，《元史》卷五八：「晉寧路，上。唐晉州。金爲平陽府。元初爲平陽路，大德九年，以地震改晉寧路。户一十二萬六百二十，口二十七萬一百二十一。領司一、縣六、府一、州九。府領六縣，州領四十縣。」

〔七〕唐山，元時屬中書省順德路，在今河北唐縣北。詳見《元史》卷五八「順德路」條、史爲樂《中國歷史地名大辭典》第二一八二頁所載。

〔八〕平棘，元時屬中書省真定路中山府，治所在今河北趙縣東南三里縣前村。詳見《元史》卷五八「中山府」條、史爲樂《中國歷史地名大辭典》第六六八頁所載。

王惲從燕京到衛州，應先經平棘，後過唐山。王惲不知何故先經唐山，後過平棘。

〔九〕郝提舉子，待考。

〔一〇〕邢臺，元時屬中書省順德路，治所即今河北邢臺市。詳見《元史》卷五八「順德路」條、史爲樂《中國歷史地名大辭典》第八九二頁所載。

〔一一〕澤州，元時屬中書省晉寧路河中府，治所即今山西晉城市東北三十里高都鎮。詳見《元史》卷五八「晉寧路」條、史爲樂《中國歷史地名大辭典》第一六七六頁所載。

〔一二〕皇甫琰，字邦瑞，東平人。至元九年時，官澤州州尹。至元二十年，知澤州。遷知濮州。詳見《秋澗集》卷三六《澤州新脩天井關夫子廟記》、王德毅《元人傳記資料索引》第七七三頁所載。

〔一三〕絳州，元時屬中書省晉寧路河中府，治所即今山西聞喜縣東北二十八里。詳見《元史》卷五八「晉寧路」條、史爲樂《中國歷史地名大辭典》第二〇二六頁所載。

〔一四〕李諶，至元九年，爲絳州屬掾。詳見《秋澗集》卷七一《絳州後園題名》。

〔一五〕李瑞（1209—1272），字天祥，汲縣人。元憲宗二年，王昌齡薦其爲衛州典簿領。俄薦授録事參軍兼汲邑長。至元三年，河南府總管陳祐薦其爲衛輝府從事。六年，授潞州判官。仕至將仕郎、潞州襄垣縣尹。九年七月十九日卒，年六十四。《元史》無傳，詳見王德毅《元人傳記資料索引》第四八七頁所載。

李瑞於王天鐸執弟子禮三十年，始終如一日。李瑞能得到王昌齡、陳祐提攜，和他與王惲父子有密切關係是分不開的。李瑞卒後，王惲爲之作墓碣銘。

〔一六〕張著（1224—1292），字仲明，襄陵縣張相里人。元太宗十年，中詞賦選。沉潛伊洛諸書，以樂育諸生爲業。中統元年，擢主潞城簿。至元二十二年，授平陽路儒學教授。至元二十九年六月廿六日卒，年六十九。《元史》無傳，詳見王德毅《元人傳記資料索引》第一〇八四頁所載。

〔一七〕秋風亭，待考。

〔一八〕忽德輝，字英甫，以父字爲姓，原名别乘合剌思，西域人。歷工部郎中，至元九年出爲平陽路治中。《元史》無傳，詳見王德毅《元人傳記資料索引》第六六七頁所載。

〔一九〕夷齊墓，在今山西永濟市西南蒲州鎮南首陽山上，又名二賢祠，即殷朝伯夷、叔齊之墓。《大明一統志》卷二〇「祠廟」條：「夷齊墓在（蒲州府永濟縣）首陽山上，前有祠，今名二賢祠。」雍正《山西通志》卷二四：「首陽山在縣南三十里，即雷首南支也。峰巒巉崒，競爽二華，一名方山。殷伯夷、叔齊隱此，歿葬山麓。」史爲樂《中國歷史地名大辭典》第一九六五頁：「又名首山、雷首山。在今山西永濟市西南蒲州鎮南。」

〔二〇〕曹之謙，字益甫，號兑齋，應州人，寓臨汾。金興地進士，講明道學，遠近多從遊者。有詩一卷，收入《河汾諸老詩集》。《元史》無傳，詳見王德毅《元人傳記資料索引》第一一八四頁所載。

〔二一〕張儀，字行甫，北燕人。歷平陽路判，坐事去職。卒年五十七。《元史》無傳，詳見王德毅《元人傳記資料索引》第一〇七五頁所載。

〔二二〕周貞（？—1292），字幹臣，號曲山，長清人。中統五年左右，任府從事。至元九年左右，官平陽路録事參軍。後河東肅政廉訪司知事守潞州。至元二十六年左右，任南樂令。至元二十九年三月左右卒，年六十餘。與王惲弱冠定交，同在王磐門下求學，相交四十餘年。酷愛作詩，被王惲戲稱爲「詩魔」，曾欲將與王惲唱和之詩編集成帙以示來者。卒後，王惲作挽章以悼之，并親自爲其送葬。詳見《秋澗集》之《風秀丹山歌至元壬申來官平陽得之於録事參軍周幹臣處周予弱冠時同舍郎也十一年春三月十五日與兒子孺讀王黼朱勔傳及僧祖秀華陽宮記因作此詩以贈周云》（卷七）、《贈周曲山》（卷一二）《和曲山冬夜即事韻二首》（卷一三）、《和幹臣詩魔韻》（卷二〇）、《周曲山挽章壬辰三月十五日》（卷二一）、《和曲山見示十六夜詩》（卷二一）、《爲曲山久病作詩以慰之》（卷二一）、《題王明村老黄店壁八絶壬辰歲三月廿五日葬曲山回作》（卷三一）、《哀友生季子辭并序》（卷六五）、《玉漏遲答南樂令周幹臣來篇》（卷七六）、《南鄉子・七》（卷七六），雍正《山西通志》卷七七、卷九一，萬曆《衛輝府志》卷一四《衛輝路廟學興建記》。

1273 癸酉年　宋度宗咸淳九年　元世祖至元十年　四十七歲

當年時事：

正月，元軍破樊城。

二月，宋京西安撫副使吕文煥以襄陽降元。元主以吕文煥爲襄陽大都督。

三月，元立皇子燕王真金爲太子，守中書令兼判樞密院事。

五月，元定内外官，復舊制，三歲一遷。

本年，汪澤民生〔一〕。

譜主事蹟：

二月二十四日，平陽府新星丸漏告成，作《平陽府新修星丸漏記》以紀始末。

《秋澗集》卷三六《平陽府新修星丸漏記》：「至元十年春二月丁未，新漏告成，法簡而易知，理明而度應，信乎可恒用而不息者也。」

五月二日，作《待旦軒記》，以克勤自警。

《秋澗集》卷三七《待旦軒記》：「至元壬申歲，予自御史調官平陽，扁私居之軒曰待旦，蓋祈以礪厥志而儆不逮也。……明年夏五月二日，靖共堂主人、汲郡王惲記。」

五月二十三日，至解梁〔二〕，得王黄州所題《解池詩》〔三〕，王惲作三詩以附。

《秋澗集》卷二五《解州廳壁題示》：「至元癸酉夏五月二十三日，奉宣明詔至於解梁，因得王黄州壁間所題《解池詩》，……僕竊有所感焉，因勉成三詩以附驥尾之末，庶幾因公而使天下知有惲云。……承直郎、平陽總判、汲郡王惲題。」

五月，再次行縣，到達蒲州。屬吏告知王惲，已將二賢廟修繕一新。

《秋澗集》卷五三《重修孤竹二賢廟碑》：「後四十載，當至元九年玄黓歲，某自御史裹行來官河東。以是年冬十有一月按部，至於蒲坂，適致祭令下，遂齋沐奉祝，祗拜墟墓。……逮明年夏五月，復行縣次蒲，吏告訖功。」

五月，趙良弼奉使日本回〔四〕，王惲作《壽趙秘監輔之時奉使日本迴西歸京兆》以贊之。

《秋澗集》卷一五《壽趙秘監輔之時奉使日本迴西歸京兆》：「報國心丹氣益振，一帆直徹海東垠。三年契闊中朝客，百險歸來萬里身。曠古使華清議在，照人精彩壽毫新。終當清淺蓬萊水，經制金華要老臣。」

《元史》卷一五九趙良弼本傳：「十年五月，良弼至自日本，入見，帝詢知其故，曰：『卿可謂不辱君命矣。』」

六月五日，同河中府官員宴白雲樓上〔五〕，作《點絳唇》。席間，監郡出示鸚鵡螺勸客。

《秋澗集》卷七七《點絳唇·四癸酉夏六月五日同河中府官宴白雲樓》。

《秋澗集》卷一八《鸚鵡螺》：「隴禽辨惠世同誇，何事將身學海蝸。江月洞空珠有淚，卿雲覆體玉生花。回天不入深宮夢，樂聖欣歸左相家。長憶郡樓初飲處，頓令觥斝失光華。至元十年官居平陽時，監郡邀余飲，白雲樓上出此器勸客，余初見之，故云。」

六月六日，率僚屬以少牢之奠敬妥孤竹二賢之靈，作文記載二賢祠修繕始末。《安二賢神文》亦當作於此時。

《秋澗集》卷五三《重修孤竹二賢廟碑》：「後四十載，當至元九年玄黓歲，某自御史裏行來官河東。以是年冬十有一月按部，至於蒲坂，適致祭令下，遂齋沐奉祝，祗拜壚墓。……逮明年夏五月，復行縣次蒲，吏告訖功。用六月丁亥，躬率僚屬以少牢之奠敬妥神棲，帶河表華，新宮敞然，山煙庭木，奕奕動色，守吏不任之責庶乎其少塞矣。知府楊居寬請書其事于石以詔來者〔六〕。」

《秋澗集》卷六三《安二賢神文》：「某以壬申之冬來拜祠墓，悼其傾圮，几像暴露。載經載營，今也告成，睠彼雷首，肅焉神庭。」

六月十一日，自河解北還〔七〕，過絳，作《李氏子名説》於華萼堂。

《秋澗集》卷四六《李氏子名説》：「故河東連帥李公以忠勇佐征伐，建殊績，受封河東，蓋三世矣。……至元十年歲癸酉前六月十一日，予自河解北還，過絳，書于園池之華萼堂。」

六月十九日，僕夫李老死于平陽寓舍，王惲遂遣發其櫬，歸葬淇上。

《秋澗集》卷二二《遣發僕夫李老櫬歸瘞淇上》：「至元癸酉後六月十九日死于平陽寓舍。」

六月廿六日，惲行縣，抵洪洞〔八〕。《洪洞道中望霍岳諸峯》亦當作於此時。

《秋澗集》卷七一《祭霍山祠題名》：「至元九年冬，朝廷以郡邑鎮山大浸載諸典秩者，所司三載一祀。霍岳在河東，實爲靈鎮。故事，每歲以仲夏土極之日，用信報禮，昭虔度也。明年癸酉夏六月廿六日，惲行縣，北走霍邑，前次洪洞，雨，不克邁越。」

《秋澗集》卷二六《洪洞道中望霍岳諸峯》：「老澗灣環兩翼分，一川草木氣如薰。土人更説山靈異，欲雨先占霧頂雲。」

六月廿七日，抵趙城〔九〕，率霍州下屬肇祀霍岳祠下。《留題霍岳》、《霍州》亦當作於此時前後。

《秋澗集》卷七一《祭霍山祠題名》：「至元九年冬，朝廷以郡邑鎮山大浸載諸典秩者，所司三載一祀。霍岳在河東，寔爲靈鎮，故事，每歲以仲夏土極之日用信報禮，昭虔度也。明年癸酉夏六月廿二日，惲行縣，北走霍邑，前次洪洞，雨不克邁。越翼日，抵趙城，適嚴祀省牲之夕，迺率霍州判官連漢臣〔一〇〕、監縣事塔的〔一一〕、尹裴國用〔一二〕、主縣簿劉偉齋宿祠下〔一三〕。……承直郎、平陽路總管府判官、汲郡王惲題記。從行者，閻山張思誠〔一四〕、子翁儒。」

《秋澗集》卷六三《霍岳肇祀記》：「至元九年冬，朝廷以郡邑鎮山大浸載諸典秩者，所司三載一祀。霍岳在河東，實爲靈鎮。故事，每歲以仲夏土極之日，用信報禮，昭虔度也。明年癸酉夏六月廿六日，惲行縣，北走霍邑，前次洪洞，雨，不克邁越。翼日，抵趙城，適嚴祀省牲之夕，乃率霍州判官連漢臣、監縣事塔的、尹裴國用、主縣簿劉偉齊宿祠下。……承直郎、平陽路總管府判官、前監察御史、汲郡王惲題記。從行者，閻山張思誠、子公聘。」

《秋澗集》卷三九《肇祭霍岳文》：「大元國至元十三年（案：誤，當爲十年）〔一五〕歲次癸酉六月壬午朔二十有六日丁未，承直郎、平陽路總管府判官王某，謹以牢醴之奠，致祭于霍岳中鎮應靈王之神：……顧維守吏，歲奉嚴禋，籩豆孔修，敢告駿奔。」

《秋澗集》卷二六《留題霍岳》〔一六〕：「喜遂平時景霍心，適逢嚴祀一登臨。感通固愧潮陽筆，霧雨重開萬壑陰。」

《秋澗集》卷二六《霍州》：「四擁中坳一拳牢，快心唯有霍山高。一條彘水從中過，日夜隔城聞怒號。」

後六月二十二日，同府僚宴飲白雲樓上，應忽德輝之請，作《點絳唇》。

《秋澗集》卷七七《點絳唇・六》：「後六月二十二日，同府僚宴飲白雲樓，時積雨新晴，川原四開，青障白波，非復塵境。忽治中英甫堅索鄙語，酒酣耳熱，以樂府歌之。」

八月，作《太平縣宣聖廟重建賢廊記》，記述太平縣宣聖廟重建始末〔一七〕。

《秋澗集》卷三六《太平縣宣聖廟重建賢廊記》：「太平，晉國故封，今爲縫之劇邑，襟山帶河，衝會南北，故其俗率勤儉剛義，憂深思遠，有陶唐之遺風焉。……以至元癸酉秋八月，行釋菜之禮，用安神棲，邦人向化，士興于學。若任君者，其於承宣之職，可謂知所先務矣。爰作詩以歌之。」

九月，師巖卿攜酒過門〔一八〕，出示《蒲中十詠》并徵詩於王惲。

《秋澗集》卷二六《蒲中十詠爲巖卿師君賦并序》：「中條山水雄秀，照映河華。予兩年以事抵蒲，略獲遊賞，然雲煙勝概旦夕不去其懷，嘗思以數語道其髣髴，心在而未暇也。至元十年秋九月，蒲人師巖卿拉王國器、李仲和、張師諸人攜酒過門。杯數行，袖出錦囊巨軸曰：『此《河中十詠》也。』」因徵詩於不肖。」

十二月一日，祈雪于康澤王之神。

《秋澗集》卷六三《康澤王廟祈雪文》「大元國至元十年十二月己酉朔，承直郎、平陽路總管府判官王惲，謹以清酌之奠，敢致禱于康澤王之神。」

十二月十五日，陳季淵子次翁道出平陽〔一九〕，以其父喪來告，賦《陳季淵挽章三首》以悼之。

《秋澗集》卷十五《陳季淵挽章三首》：「至元十年十二月望，陳季淵子次翁道出平陽，以其父季淵喪來告，且請詩哀挽，故勉爲賦此。」

本年，王鶚卒，王惲作《追挽承旨王文康公》以悼之。

《秋澗集》卷一九《追挽承旨王文康公》。

〔一〕汪澤民，字叔志，自號堪老真逸，宣城人。延祐五年進士。授平江州同知，轉南安路推官，遷平江路，陞兗州知州，所至有能聲。至正三年，召入爲國子司業，與修遼、宋、金三史。書成，除集賢直學士。未兩月，以禮部尚書致仕歸。至正十五年賊陷城，被執不屈，遇害，年八十三。謚文節。與張師愚合編《苑陵群英集》十二卷。《元史》卷一八五有傳，詳見王德毅《元人傳記資料索引》第五九二頁所載。

〔二〕解梁，史爲樂《中國歷史地名大辭典》第一四〇〇頁：「在今山西臨猗縣西南城東、城西村之間。」

〔三〕王黄州，待考。

〔四〕趙良弼，字輔之，趙州贊皇人。世祖在潛藩，立邢州安撫司，擢爲幕長。爲陝西參議司事。元憲宗九年七月，世祖南征，召參議元帥事，兼江淮安撫使。中統初，爲陝西四川宣撫司參議。陞參議陝西省事。至元七年，爲經略使，領高麗屯田。八年，以秘書監奉使日本。十年五月，自日本回。十一年十二月，同僉書樞密院事。十九年致仕。二十三年卒，年七十。謚文正。《元史》卷一五九有傳，詳見王德毅《元人傳記資料索引》第一七三二頁所載。

〔五〕白雲樓，從本年「六月五日」、「六月六日」條來看，此白雲樓當在河中府永濟縣（今山西永濟市）内。可參考本年譜四十六歲條〔十九〕夷齊墓。

〔六〕楊居寬，至元十年，任河中府知府。詳見《秋澗集》卷五三《重修孤竹二賢廟碑》。

〔七〕河解，當指河解二州，元時屬河中府，可參考本年譜十五歲條〔六〕。

〔八〕洪洞，元時屬中書省晉寧路，治所即今山西洪洞縣。詳見《元史》卷五八「晉寧路」條、史爲樂《中國歷史地名大辭典》第一九七二頁所載。

〔九〕趙城，元時屬中書省晉寧路霍州，治所在今山西洪洞縣北趙城鎮東北。詳見《元史》卷五八「霍州」條、史爲樂《中國歷史地名大辭典》第一七五七頁所載。

〔一〇〕連漢臣，至元十年，官霍州判官。詳見《秋澗集》之《霍岳肇祀記》（卷六三）、《祭霍山祠題名》（卷七一）。

〔一一〕塔的，至元十年，監霍邑縣事。詳見《秋澗集》之《霍岳肇祀記》（卷六三）、《祭霍山祠題名》（卷七一）。

〔一二〕裴國用，至元十年，官霍邑縣尹。詳見《秋澗集》之《霍岳肇祀記》（卷六三）、《祭霍山祠題名》（卷七一）。

〔一三〕劉偉，至元十年，官霍邑縣簿。詳見《秋澗集》之《霍岳肇祀記》（卷六三）、《祭霍山祠題名》（卷七一）。又，《秘書監志》卷一一「典書」條載「劉偉至元十八年三月準。至元十九年五月，司徒府差兼集賢院令史」，不知此二者是否爲同一人。

〔一四〕張思誠，字誠叔，營州閭山（今遼寧朝陽縣）人。張傃（見本年譜四十六歲條〔二一〕）之子。王惲官平陽後，與之關係密切，常帶其共遊。詳見《秋澗集》之《至元十一年歲在甲戌上巳日會府倅張侯明卿治中忽英甫前總判張行甫禊飲于晉源鄉蘭莊刁氏之醒心亭張侯行甫之子思誠息翁孺侍讌》(卷一五)、《登鸛雀樓記》(卷三六)、《霍岳肇祀記》(卷六三)、《祭霍山祠題名》(卷七一)。又,王德毅《元人傳記資料索引》第一一四四頁載「張思誠,至元三十年任南臺御史」,不知此二者是否爲同一人。

〔一五〕至元十三年,誤,當爲至元十年,本條引文中「癸酉」二字即爲明證。又,王惲在至元十三年六月時,與陳祐考試河南四道,詳見本年譜五十歲「四月初三」條。

〔一六〕霍岳,即霍山,亦名霍太山、太岳山,在今山西霍州市東南。元時屬中書省晉寧路霍州霍邑。詳見《元史》卷五八「霍州」條、史爲樂《中國歷史地名大辭典》第二九〇八頁所載。

〔一七〕太平縣,元時屬中書省晉寧路絳州,治所在今山西襄汾縣西北二十里古城鎮。詳見《元史》卷五八「絳州」條、史爲樂《中國歷史地名大辭典》第三五八頁所載。

〔一八〕師巖卿,蒲州人。曾以《蒲中十詠》向王惲徵詩。詳見《秋澗集》卷二六《蒲中十詠爲巖卿師君賦并序》。

〔一九〕陳季淵,待考。

1274 甲戌年　宋度宗咸淳十年　元世祖至元十一年　四十八歲

當年時事:

六月,元主命諸將率兵南伐,且數賈似道負約執郝經之罪。

七月,宋度宗崩,宋恭宗即位,皇太后臨朝聽政。

元伯顏出師伐宋。

九月,元左丞相河南行省伯顏會師于襄陽,分軍爲三道並進。

十月，宋詔以明年爲德祐元年。

十二月，宋詔天下勤王。

元伯顔攻鄂州，鄂州降，引兵東下，直逼臨安。

本年，揭傒斯生〔一〕。

譜主事蹟：

正月一日，作《甲戌歲門帖子》。

《秋澗集》卷二六《甲戌歲門帖子》。

正月三日，以微恙閉閣少休，作《蒲中十詠爲巖卿師君賦并序》。

《秋澗集》卷二六《蒲中十詠爲巖卿師君賦并序》：「至元十年秋九月，蒲人師巖卿拉王國器、李仲和、張師諸人攜酒過門，杯數行，袖出錦囊巨軸曰：『此《河中十詠》也。』因徵詩於不肖。逮明年甲戌正月辛巳，予以微恙閉閣少休，隱几瞑坐，神與境會。既覺，晴日滿窗，幽思發越，眷焉十題卒然而就，顧不足發山水之清音，聊以移方寸而外形骸也，且爲四老人一盧胡云。」

正月五日，學懷素草書并作文以紀。

《秋澗集》卷七一《題懷素草書千文後》：「十一年正月五日，風日清麗，手柔筆利，乘興學書，覺胷中煩滯拂然從筆端出矣。」

正月十六日，作《澤州新脩天井關夫子廟記》，記天井關夫子廟修成始末。

《秋澗集》卷三六《澤州新脩天井關夫子廟記》：「十一年歲在甲戌正月既望，承直郎、平陽路總管府判官、汲郡王惲謹記。」

正月二十九日，遊姑射山神居洞〔二〕。

《秋澗集》卷三七《遊姑射山神居洞至元十一年正月二十九日也》。

二月十二日，祭靖應真人姜善信之靈并作文以紀。

《秋澗集》卷六三《祭靖應真人姜公文》：「大元國至元十一年歲在甲戌二月戊申朔十有二日己未，承直郎、平陽路總管府判官王某，謹以茗果之奠，設祭于靖應真人姜公之靈。」

二月十三日，同治中忽德輝、提舉劉若哥〔三〕會飲于平陽府倅張昊〔四〕處，作《酹江月》。

《秋澗集》卷七四《酹江月·二》：「平陽府倅第，有來禽兩株，以杙根官舍，有空谷幽居之嘆。逮亞尹明卿來，培植顧護，始知重惜。今年清明前花盛開，芳姿綽約，頻增容色。俟置酒高會，遂極歡賞。余因念草木之微，豈輕重顯晦，亦有數存其間邪？乃以

《酹江月》歌之，同飲者忽治中英甫、劉提舉若哥。時至元甲戌春二月十有三日也。」

三月三日，與友人禊飲於晉源鄉藺莊刁氏之醒心亭。

《秋澗集》卷一五《至元十一年歲在甲戌上巳日會府倅張侯明卿治中忽英甫前總判張行甫禊飲于晉源鄉藺莊刁氏之醒心亭張侯行甫之子思誠息翁孺侍讌》。

三月四日，奉命簽南征新軍。

《秋澗集》卷一五《至元十一年歲在甲戌上巳日會府倅張侯明卿治中忽英甫前總判張行甫禊飲于晉源鄉藺莊刁氏之醒心亭張侯行甫之子思誠息翁孺侍讌》：「一樽快趁芳時醉，明日池塘是緑陰。次日奉命簽南征新軍，中外騷然者數月。」

三月十五日，作詩以贈周貞。

《秋澗集》卷七《風秀丹山歌至元壬申來官平陽得之於録事參軍周幹臣處周予弱冠時同舍郎也十一年春三月十五日與兒子孺讀王黼朱勔傳及僧祖秀華陽宫記因作此詩以贈周云》。

三月，作詩哀悼吕遜〔五〕**。**

《秋澗集》卷一五《挽吕權漕子謙》：「維至元十年歲癸酉夏六月□日，江淮都轉運司幕官吕公終於私第之正寢，饗年六十五。越明年春三月，東平尹信弘毅自衛過晉，始知公墓草已宿，嗚呼哀哉！公諱遜，字子謙，系出東平望族。……某辱知最厚，悼斯文之不幸，痛知己之難遇，非歌詩無以攄予衷也，乃作是詩告公墓左。」

春，王惲受劉瑞之請〔六〕，作《解州聞喜縣重修廟學碑銘》。

《秋澗集》卷五三《解州聞喜縣重修廟學碑銘》：「聞喜在秦曰左邑桐鄉，逮漢元鼎間始易今名。……縣廟學舊矣，……浸淫于壞蘩草棘而宅狐狸，蓋有年于兹。至元己巳，從仕郎張君來尹是縣，首以營治爲任。……用十年春二月釋菜禮，告成厥功，百年偉觀頓還于舊。粤明年春，史劉瑞介汾西前尹王延年持温國文正公學記踵門而請曰……不肖素陋於文，以懇請堅切，辭不能已，敢勉爲書之。」

四月十二日，以分閱澤、潞州兵，且需後命，乘暇同州尹皇甫琰遊青蓮寺。《遊澤州青蓮寺知州皇甫琰》、《遊青蓮寺》亦當作於此時。

《秋澗集》卷七一《遊澤州青蓮寺題示》：「至元甲戌夏四月戊午，予以分閱澤潞州兵，且需後命。乘暇同州尹皇甫琰來遊兹山，相與登福嚴佛閣，置酒小酌，欻林風振響，山雨驟至，煩襟塵思灑然一醒。……從遊者：沁水尹太原李汝翼〔七〕、屬吏丘山甫。承直郎、平陽路總管府判官、汲郡王惲題，子翁孺侍行。」

《秋澗集》卷一五《遊澤州青蓮寺知州皇甫琰》：「浩浩兵塵滿河朔，天風吹不到禪關。」

《秋澗集》卷二六《遊青蓮寺》「上方層閣倚晴煙，回合諸峯聳碧蓮。午枕不容詩夢就，天風吹雨下危巔。」

五月七日，作文昭告于靈源王，祈求神佑。

《秋澗集》卷六三《兵次孟津祭靈源王文》：「維十有一年甲戌夏五月丙子朔越七日壬午，承直郎、平陽路總管府判官王某，敢昭告于靈源王殿下。」

六月，檢括民田澮溝，取道于虞〔八〕，遊中條山王官谷，作《遊王官谷記》以紀。《謁王官谷唐司空表聖祠堂》亦當作於此時。

《秋澗集》卷三七《遊王官谷記》：「至元甲戌夏六月，予以撿括牧田會蒲，已而奔命珣瑕，取道于虞，王官諸峯，指顧東邁。後八日，因恙小休，暑雨向霽，遐想風煙，情逸雲上，遂幡然來游。……庚伏中旬后三日，共溪雲隱記。」

《秋澗集》卷一五《謁王官谷唐司空表聖祠堂》。

六月，宿李將軍林館，作詩寄王復。

《秋澗集》卷七《鵯鵊詞甲戌夏六月宿李將軍林館聞之有感而作寄友生王宣慰子初》。

十月廿五日，由稷山〔九〕入萬泉〔一〇〕，道出故城〔一一〕，作《玉璧城懷書》〔一二〕。

《秋澗集》卷七《玉璧城懷古至元甲戌冬十月廿五日由稷山入萬泉道出故城臨風弔

古慨然有作》。

十月底左右，爲原寧晉縣令李讓作墓碣銘〔一三〕。

《秋澗集》卷六〇《大元故廣威將・軍寧晉縣令李公墓碣銘》：「公諱讓，姓李氏，其先易水黄山人也。……以至元十一年十月廿二日考終牖下，享年八十有七。越四日，葬縣西北下王里之新塋，禮也，祖送者幾萬人。……既襄事，贄禮幣百拜來請銘。」

冬，亞尹張昊請王惲作文記述夷齊二賢事蹟，王惲于至元十三年春正元日完成了《懷先賢記》。

《秋澗集》卷三七《懷先賢記》：「至元甲戌冬，予既復首陽山夷齊祠繹之日，亞尹張侯聿來會祭，遐想故家，佇瞻墟墓，對越靈威，泫焉泣下，蓋風誼激衷，有不能已焉者。顧謂予曰：『走世爲孤竹人，自稚及壯，經行游獵，往來南山故城間。覩夫廟貌不稱，旌記寂寥，言念于懷，顔寔有靦。吾子幸爲我大書特書，歸揭海濱，以爲邦人光，且表夫山川之重鎮，二賢出處之大致也。』……侯諱昊，字明卿。……十有三年丙子春正元日謹記。」

本年，平陽刁國器欲將家藏龍巖山水圖贈王惲〔一四〕，王惲辭不受。

《秋澗集》卷三七《畫記》：「平陽刁君嘗飲予於私第，酒酣，出古畫一簏，中得龍巖山水兩幅。……迄至元甲戌，九十餘載矣。余歎賞者久之，刁即前用爲壽，辭焉。」

本年，在河南府拜祭參政楊果〔一五〕。

《秋澗集》卷一七《參政楊公挽章公墓在河南府甲戌以事入路拜其下賦是詩以弔》。

〔一〕揭傒斯，字曼碩，豐城人。延祐元年，授翰林編修，進應奉。文宗立奎章閣，擢授經郎，陞藝文監丞。後至元元年，遷翰林待制，歷集賢、翰林二院直學士。至正二年，陞翰林侍講。四年卒，年七十一。謚文安。有《揭文安公集》十四卷。《元史》卷一八一有傳，詳見王德毅《元人傳記資料索引》第一三八五頁所載。

〔二〕姑射山，即藐姑射山，在今山西臨汾市西北，元時屬中書省晉寧路。雍正《山西通志》卷一八：「姑射山在縣西三十五里。……有故堯城及堯祠，山迤南姑射洞一名神居洞，宋政和八年敕立。又有蓮花洞。西北有分水嶺。」史爲樂《中國歷史地名大辭典》第一四〇〇頁：「即藐姑射山，在今山西臨汾市西北。」

〔三〕劉若哥，至元十一年，官平陽府提舉。詳見《秋澗集》卷七四《酹江月·二》。

〔四〕張昊，字明卿。至元十一年前後，官平陽府同知。嗜好魯《論》，與王惲多有往來。詳見《秋澗集》之《醉歌行燕平湖作時爲平陽府判》（卷七）、《至元十一年歲在甲戌上巳日會府倅張侯明卿治中忽英甫前總判張行甫禊飲于晉源鄉藺莊刁氏之醒心亭張侯行甫之子思誠息翁孺侍讌》（卷一五）、《懷先賢記》（卷三七）、《酹江月·二》（卷七四）。

〔五〕吕遜（1209—1273），字子謙，東平人。至元十年六月卒，年六十五。官至江淮都轉運司幕。生平喜作詩，格律精嚴，長於七言近體。卒後，王惲作挽章悼之。詳見《秋澗集》之《秋雨有懷吕丈子謙時奔喪夏津》（卷一四）、《挽吕權漕子謙》（卷一五）。

〔六〕劉瑞，至元十一年左右，任解州聞喜縣佐史。詳見《秋澗集》卷五三《解州聞喜縣重修廟學碑銘》。

〔七〕李汝翼，字飛卿，太原人。至元十一年前後，官沁水縣尹。詳見《秋澗集》之《遊澤州青蓮寺題示》（卷七一）、

《過鹿臺西崦》（卷二）。沁水，元時屬中書省晉寧路澤州，治所即今山西沁水縣。詳見《元史》卷五八「澤州」條、史爲樂《中國歷史地名大辭典》第一三五〇頁所載。

〔八〕虞，指虞鄉縣，至元三年併入臨晉縣，元時屬中書省晉寧路河中府，治所即今山西永濟市東北二十里古城村。詳見《元史》卷五八「河中府」條、史爲樂《中國歷史地名大辭典》第二六八七頁所載。

〔九〕稷山，指稷山縣，元時屬中書省晉寧路絳州，治所即今山西稷山縣。詳見《元史》卷五八「絳州」條、史爲樂《中國歷史地名大辭典》第二八六三頁所載。

〔一〇〕萬泉，指萬泉縣，元時屬中書省晉寧路河中府，治所在今山西萬榮縣西南萬泉村南。詳見《元史》卷五八「澤州」條、史爲樂《中國歷史地名大辭典》第一七〇頁所載。

〔一一〕故城，指故市鎮，元時屬中書省晉寧路，在今山西永濟市東北。清朝時屬蒲州府，在虞鄉縣東十里。詳見史爲樂《中國歷史地名大辭典》第一七七七頁、《大清一統志》卷一〇一「蒲州府」條所載。

〔一二〕玉璧城，又作玉壁城，在今山西稷山縣西南，元時屬中書省晉寧路。詳見史爲樂《中國歷史地名大辭典》第五三八頁所載。

〔一三〕李讓（1188—1274），寧晉唐城鄉人。金興地三年，李讓與兄李直首率里人降蒙古，授李直行寧晉縣事，李讓管軍總校。歷寧晉縣簿、行鼓城帥府右監軍、寧晉縣令。元憲宗三年，以老致仕。至元十一年十月廿二日卒，年八十有七。卒後，王惲爲之作墓碣銘。《元史》無傳，詳見王德毅《元人傳記資料索引》第五〇四頁所載。

〔一四〕刁國器，平陽人。早以勳閥爲征西帥，臨敵決戰，以果毅稱軍中。至元十二年卒。曾贈王惲龍巖山水圖。詳見《秋澗集》卷三七《畫記》。

〔一五〕楊果（1197—1271），字正卿，號西庵，祁州蒲陰人。金正大元年，登進士第。歷偃師令、蒲城令，陝縣令。

金亡，史天澤經略河南，爲參議。中統元年，爲北京宣撫使。明年，拜參知政事。及例罷，猶詔與左丞姚樞等日赴省議事。至元六年，出爲懷孟路總管，大修學廟。至元八年卒，年七十五。謚文獻。著有《西庵集》。

1275 乙亥年　宋恭宗德祐元年　元世祖至元十二年　四十九歲

當年時事：

正月，宋葬度宗於永紹陵。

二月，元郝經被釋歸國，本年七月十六日卒。

三月，元分置翰林院，專掌蒙古文字；其翰林兼國史院，仍舊纂修國史，典制誥，備顧問。

本年，元取宋黄州、蘄州、江州、池州、饒州、和州、漣州、滁州、西海州、岳州、泰州、常州，進逼臨安。

王結生〔一〕。

譜主事蹟：

正月一日，作《乙亥歲門帖子》。

《秋澗集》卷二六《乙亥歲門帖子》：「三年判府初無補，一寸孤衷老謾丹。最喜元正即春節，併將和氣到門闌。」

二月七日，史天澤卒。王惲聞訊後連續作文以悼之，并受託爲史天澤作家傳。

《元史》卷一五五史天澤本傳：「以十二年二月七日薨，年七十四。訃聞，帝震悼，遣近臣賻以白金二千五百兩，贈太尉，謚忠武。後累贈太師，進封鎮陽王，立廟。」

《秋澗集》卷一七《奉詠大丞相忠武史公贈太尉敕撰神道碑翰林學士王磐文》。

《秋澗集》卷一九《左丞史公哀辭并序》。

《秋澗集》卷二七《故開府儀同三司中書左丞相贈太尉謚忠武史公挽詞有序》。

《秋澗集》卷四八《開府儀同三司中書左丞相忠武史公家傳》。

二月，作文記述平陽路景行里新修岱嶽行祠事。

《秋澗集》卷三七《平陽路景行里新修岱嶽行祠記》：「岱宗，東方之鎮山，有國者得以旅焉。……平陽故族張士信等信之篤，事之尤謹者也。常以匪廟而貌之，不足妥靈揭虔，牖人於善也，於是傾貲擇勝，得東南陬景行里爽塏之地甚延，奠其神觀焉。寔經始于辛卯歲之三月，落成于至元之戊辰，……一日，來丐文於予，將紀其興建本末洎信助者之名氏，永昭于後，因略爲論述之。……十有二年春二月，平陽路總管府判官、汲郡王惲謹記。」

二月朔越日，作文祭莫王復母陳氏之靈。

《秋澗集》卷六二《祭王府君夫人陳氏文》：「大元國至元十二年歲次乙亥二月壬寅朔越日，承直郎、平陽路總管府判官王惲，謹以香酌之奠，致祭于河南路宣慰副使王君太夫人陳氏之靈。」

《秋澗集》卷四七《故真定五路萬户府參議兼領衛州事王公行狀》：「夫人姓陳氏，齊樂安人，生子男一人，諱復。」

《秋澗集》卷四九《故正議大夫前御史中丞王公墓誌銘并序》：「公諱復，字子初，初名趾，麟伯其字。……八年辛未春，自中書舍人出知歸德府。……繼丁母夫人憂，去職。未期，詔起君充河南道宣慰副使。」

三月七日，同平陽府同知張昊、治中忽德輝飲平湖上，作《醉歌行燕平湖作時爲平陽府判》、《平湖樂·十一》、《平湖樂·十二》、《平湖樂·十三》。《平湖樂十章》亦當作於此時。

《秋澗集》卷七《醉歌行燕平湖作時爲平陽府判》：「至元乙亥三月春，元巳纔過日在寅。浩歌月底還自笑，醉裏詩成似有神。上二公謂同知張明卿、治中忽英甫。」

三月七日，宴湖上，賦《平湖樂》。

《秋澗集》卷七七《平湖樂·十一乙亥三月七日宴湖上賦》。

《秋澗集》卷七七《平湖樂·十二》：「山陰修禊説蘭亭，似覺平湖勝。春服初成靚粧瑩，玉雙瓶。興來徑入無何境。使君高燕，年年此日，歌舞樂昇平。」

《秋澗集》卷七七《平湖樂・十三》：「柳邊飛蓋簇晴煙，人在平湖讌。碧瀲瑶翻映歌扇，綺羅筵。人生幾度春風面。江山畫裹，一時人物，斜日重留連。」

《秋澗集》卷七七《平湖樂十章》。

春，范陽房族祖九翁訃告來，因公未能親去奔喪。第二日即祭於府北郊之僧舍，感不視事者五日。

《秋澗集》卷六三《范陽房族祖九翁祭文》：「十二年春，予守官平陽，祖母慕容氏書來，以公訃告。國有常制，莫敢擅離，然聞母弟忱自疾亟，於引柩納壙皆與及喪次，雖不獲戴星奔赴，中爲少逞也。越翼日，即縞素爲位於府北郊之僧舍，發哀以祭。婦推氏、子公孺、新婦石氏在焉，感不視事者五日。」

春，作《畫記》，悼念平陽刁國器。

《秋澗集》卷三七《畫記》：「平陽刁君嘗飲予於私第，酒酣，出古畫一篚，中得龍巖山水兩幅。……明年乙亥春，君以疾終。既卒哭，其家持畫來貺，遵治命也。……君諱國器，資敦純，早以勳閥爲征西帥，臨敵決戰，以果毅稱軍中。」

四月四日，野莫崇福院，聽祥師彈琴，作文以紀。

《秋澗集》卷七《聽祥師彈琴十二年四月初四日野莫崇福院作》。

四月六日，卧病中書《跋中興頌》于謝企家〔二〕。

《秋澗集》卷七一《跋中興頌》：「至元十二年乙亥歲夏四月六日，卧病中書于謝帥第之北軒。」

《秋澗集》卷四三《大元國故河中府南北道船橋總管謝公墓碣銘》：「公諱某，字仲進。其先燕之香河人，世守儒業。父某，國初拜金吾衛上將軍，河東路總帥。公其仲子也。……君於予，西道之主人也，從游讌語，姁姁然蓋三年于兹，殆非過客之有頃，其可辭不敏？」

四月十四夜或十五日晨，賦詩哀悼曹松年〔三〕。

《秋澗集》卷一二《哀曹府君詞》：「維至元乙亥夏四月癸卯，前行尚書省左右司郎中曹君卒於鄉里。後九日聞訃，適有令開廩拯隰，予特請行，將致一哀，既而不果。逮十四夜，見居於夢，邀予坐故第前楹，汎滌供具，促膝晤言，話其平生甚悉。夢中相對，爲歔欷也。覺而賦此，聊伸白馬素車之願。」

四月十六日，作挽詩三篇祭奠尚書高鳴。

《秋澗集》卷十三《哀尚書高公詞》：「維至元十一年甲戌十月壬子，故吏禮部尚書高公以疾薨於位，嗚呼哀哉！　明年乙亥夏四月丁巳，考工使者蔡鉉自相抵晉，始知公靈櫬歸葬安陽秋口鄉，臨穴者幾萬人，僚屬士友會哭皆失聲。　惲辱知最厚，歎斯民之無禄，痛知己之難遇，自非歌詞，無以寓餘哀而露情臆也。　迺作挽詩三篇，表於素旂之末，尚冀神靈鑑兹哀悃。」

四月二十日，王惲命屬吏代替自己往奠曹松年。

《秋澗集》卷一一二《哀曹府君詞》：「維至元乙亥夏四月癸卯，前行尚書省左右司郎中曹君卒於鄉里。……二十日辛酉，命州屬吏路材代予往奠，俾火其詩於柏原以告君墓。……君諱松年，字壽之，享年七十有五，世爲隰州隰川人。」

四月，請友人王友仁臨寫孔子畫像，作《宣聖小影後跋語》以紀。

《秋澗集》卷七一《宣聖小影後跋語金正隆六年大學生馬雲卿筆襲封衍聖公孔元措題識》：「至元乙亥夏四月，命士人王友仁臨寫，小子惲百拜敬書。」

六月廿四日，馬上望姑山〔四〕，賦詩以紀其奇觀。

《秋澗集》卷一五《乙亥夏六月廿四日西城即事馬上望姑山煙雨濃淡開闔有不可端倪者偶賦是詩以紀其奇觀云》。

七月一日，得《魯公書臧氏碑》於參政李德輝，作文以紀。

《秋澗集》卷七一《題魯公書臧氏碑後》：「至元乙亥秋七月朔，得此帖於參政李公。」

七月七日，作《七夕祭竈文》。

《秋澗集》卷六二《七夕祭竈文至元乙亥平陽府作》。

七月廿七日前，受安西王命[五]，採文石於晉。七月廿七日，到達襄陵。八月二日，開工伐石。八月四日至七日，巡視西山。伐石活動至少持續到了九月份。

《秋澗集》卷三七《西山經行記》：「至元乙亥秋七月，被藩府檄，偕來伻盧君採文石於晉。丙申，如襄陵，董治厥事，館許氏東堂。借榻普照僧舍，凡再宿。……壬寅，馬北首，旁山行入臨汾界，過侯氏、四水等峪，踰山尾得王莊峪。……癸卯，下井峪，渡麻栅澗，自獅子鼻登山，越石門，是爲姑峪。……甲辰，由鄭峪入義成，分循澗槽西行，逕嶮狹，草木蒙茂，步履錯迕。……乙巳，復自羊坂東降，取姑射北道，過龍堂澗、望仙門，謁王母洞。……日昃還府。」

《秋澗集》卷三七《平陽府臨汾縣姑射山新道記》：「皇子安西王以維城之重，分茅開府，胥宇雍土，爰命幹使，伐石兹山，輦出之途，仍宣理焉。……其始至於迄工，才十有八日。於是山輸委貨，人休永勞，逶迤安舒，坦坦東下，籠負車牽，魚貫而出。」

《秋澗集》卷二八《武元直雪霽早行圖謝宣慰》：「亂峯疊巘玉崚嶒，危棧何人趁早行。

似我姑山新道就，神居東崦聽雞聲。予官平陽時，開姑山道。甫成，夜雪大作，明試車下，故云『神居』。」

《秋澗集》卷六二《爲虎害移澤州山靈文》：「大元國至元十二年九月日，承直郎、平陽路總管府判官王惲，近被藩府檄，伐石東鄙，有以虎害言者，謹移文以告。」

《秋澗集》卷二《過鹿臺山》：「在澤州沁水縣南二十里，時被安西王命伐石於此。」

七月，郝經卒，王惲作《哭郝内翰奉使》以悼之。

《秋澗集》卷一五《哭郝内翰奉使》：「大河東匯杞連城，之子南來氣宇盈。義契重於平昔友，斯文公與後來盟。苦心問學唐韓愈，全節歸來漢子卿。十六年間成底事，長編惟見使華名。」

八月二十九日，偕沁水縣尹李汝翼視治道，作《過鹿臺西崦》。

《秋澗集》卷二《過鹿臺西崦》：「乙亥八月二十九日，偕沁水縣尹李君飛卿視治道，馬上作。」

秋，作詩祭莫馬甫。

《秋澗集》卷一六《哭馬孟州才卿名甫相州人》：「性情遠出機張外，禍福真成倚伏中。至元乙亥，濬州同知未滿，中堂見召。既至，以事阻。是年秋，復除孟州倅，南還至邢，病死，壽四十。久别已增懷抱惡，與君終訣恨何窮。」

九月九日，客板橋里，作詩以紀。

《秋澗集》卷二六《乙亥重九日客□臺鄉板橋里》：「無人對菊情逾遠，有酒盈樽意倦斟。十日板橋田舍底，似教平子遂初心。」

九月，伐石澤州，有以虎害言者，作《爲虎害移澤州山靈文》。

《秋澗集》卷六二《爲虎害移澤州山靈文》：「大元國至元十二年九月日，承直郎、平陽路總管府判官王惲，近被藩府檄，伐石東鄙，有以虎害言者，謹移文以告。」

十一月，自蒲州趨華州，路遇商挺，歸作《三峯晴雪賦并序》以寄。

《秋澗集》卷一《三峯晴雪賦并序》：「乙亥歲冬十一月，余以守吏將事，自蒲抵華，倉惶待命於塵坌間。望三峯晴雪，焕爛高潔，皜不可尚已。顧而自憐，豈勝慚穢？適與左山商公遇於祠南柏行間，歸作是賦以寄。其詞曰：華於衆嶽〔六〕，峻極莫之京兮。三峯絶觀，松雪益其清兮。……對清都而不克往，世故驅以東兮。掉塵鞅而北騖，刺梗滿吾胸兮。」

《秋澗集》卷四三《遺安郭先生文集引》：「關輔，天下形勝地，有終南、太華、洪河、涇、渭爲之襟帶。……至元乙亥冬，猥判晉幕，夤緣迎謁，抵華陰東歸，殊悵然也。」

《元史》卷一五九商挺本傳：「九年，封皇子忙阿剌爲安西王，立王相府，以挺爲王相。」

十一、十二月間，自蒲州抵華州迎謁〔七〕，抵華陰東歸〔八〕。

《秋澗集》卷四三《遺安郭先生文集引》：「至元乙亥冬，猥判晉幕，貪緣迎謁，抵華陰東歸，殊悵然也。」

本年，王惲生日，作《浣溪沙》。

《秋澗集》卷七七《浣溪沙·九》：「乙亥自壽，時二孫□行一女孫□兒時避人事，在汾西廣福院。」

本年，平陽刁國器卒，托家人將家藏龍巖山水圖贈王惲，王惲作文以紀。

《秋澗集》卷三七《遊王官谷記》：「平陽刁君嘗飲予於私第，酒酣，出古畫一簏，中得龍巖山水兩幅。……迄至元甲戌，九十餘載矣。余歎賞者久之，刁即前，用爲壽，辭焉。明年乙亥春，君以疾終。既卒哭，其家持畫來貺，遵治命也。……君諱國器，資敦純，早以勳閥爲征西帥，臨敵決戰，以果毅稱軍中。」

〔一〕王結（1275—1336），字儀伯，易州定興人。徙中山。大德十一年，爲典牧太監，階太中大夫。仁宗即位，遷集賢直學士。出爲順德路總管，遷揚州，又遷寧國，改東昌路。至治二年，參議中書省事。未幾，除吏部尚書。泰定元年春，廷試進士，充讀卷官。遷集賢侍讀學士、中奉大夫。是歲，知經筵，扈從上都。泰定二年，除浙西廉訪使，中途以疾還。歲余，拜遼陽行省參知政事。召拜刑部尚書。天曆元年，拜陝西行省參知政事，改同知儲慶司事。二年，拜中書參知政事。又命爲集賢侍讀學士，丁内艱，不起。元統元年，復除浙西廉訪使，未行，召拜翰林學士、資善大夫、知制誥同修國史。拜中書左丞。後至元二年正月二十八日卒，年六十二。謚文忠。有《王文忠集》六卷。《元史》卷一七八有傳，詳見王德毅《元人傳記資料索引》第一一七頁所載。

〔二〕謝仲進(1221—1275)，平陽府崇道里人。嘗從父西破川蜀，用勞充秦鞏路軍儲大使。官至河中府船橋總管。至元十二年十二月廿六日卒，年五十五。王惲官平陽期間，與之常有往來。卒後，王惲爲之作墓碣銘。詳見《秋澗集》之《大元國故河中府南北道船橋總管謝公墓碣銘》(卷四三)、《跋中興頌》(卷七一)。

〔三〕曹松年(1201—1275)，字壽之，隰州隰川人。仕至行尚書省左右司郎中。至元十二年四月卒，年七十有五。詳見《秋澗集》卷一二《哀曹府君詞》。

〔四〕姑山，即姑射山，詳見本年譜四十八歲條〔二〕。《秋澗集》卷二八《武元直雪霽早行圖謝宣慰》：「似我姑山新道就，神居東崦聽雞聲。予官平陽時，開姑山道。甫成，夜雪大作，明試車下，故云『神居』。」此處亦將姑射山簡稱爲姑山。

〔五〕安西王，指忙哥剌，世祖子。至元九年，封安西王。至元十七年卒。詳見王德毅《元人傳記資料索引》第二四八〇頁所載。

安西王此次在山西開採文石，約從七月份開始，至少持續到了九月份。採石範圍西起襄陵縣西山、臨汾縣姑射山，東到澤州沁水縣南二十里鹿臺山。王惲經歷了開採文石的全過程，曾親自到西山考察，並爲姑射山新道立石，期間寫下大量詩文記録這一事件。詳見《秋澗集》之《答老農語》(卷二)、《汾水道中》(卷二)、《陳村待渡》(卷二)、《感寓》(卷二)、《宿板橋田舍》(卷二)、《新道成車中即事》(卷七)、《山中瓏研歌寄商左山副樞》(卷七)、《姑射北仙洞予既爲新道立石且會諸君子明日大雪仲明賢良賦詩光賀因次嚴韻以答佳貺》（卷一六）、《西山經行記》（卷三七）、《平陽府臨汾縣姑射山新道記》（卷三七）。

西山，即首陽山，元時屬中書省晉寧路襄陵縣，在今山西永濟市西南蒲州鎮南。詳見《元史》卷五八「晉寧路」條、史爲樂《中國歷史地名大辭典》第九一三頁所載。

鹿臺山，元時屬中書省晉寧路澤州沁水縣，在今山西襄垣縣南。詳見《元史》卷五八「澤州」條、史爲樂《中國歷史地名大辭典》第二四〇六頁所載。

〔六〕華，即華山，此指太華山，元時屬陝西行省奉元路華州，在今陝西華陰市南十里。詳見《元史》卷六〇「華州」條、史爲樂《中國歷史地名大辭典》第一〇一六頁所載。

〔七〕華州，元時屬陝西行省奉元路，治所在今陝西華縣西。詳見《元史》卷六〇「奉元路」條、史爲樂《中國歷史地名大辭典》第一〇一七頁所載。

〔八〕華陰，元時屬陝西行省奉元路華州，治所在今陝西華陰市東南五里。詳見《元史》卷六〇「華州」條、史爲樂《中國歷史地名大辭典》第一〇一八頁所載。

1276 丙子年　宋恭宗德祐二年、宋端宗景炎元年　元世祖至元十三年　五十歲

當年時事：

正月十八日，元將伯顔領兵至皋亭山，宋太皇太后謝氏遣監察御史楊應奎上降書與傳國璽。

三月，伯顔入臨安。遣宋恭宗、全太后、福王趙與芮、隆國夫人王昭儀離杭赴大都。

太皇太后以疾留內。

五月，宋益王趙昰即帝位於福州，改元景炎，是爲端宗。

宋以文天祥爲右丞相兼知樞密院事。

七月，秦州、揚州守將降元，淮東盡陷。

本年，杜本生〔二〕。

譜主事蹟：

正月一日，應平陽府同知張昊之請，作《懷先賢記》紀念夷、齊二賢。

《秋澗集》卷三七《懷先賢記》：「至元甲戌冬，予既復首陽山夷齊祠繹之日，亞尹張侯聿來會祭，遐想故家，佇瞻墟墓，對越靈威，泫焉泣下，蓋風誼激衷，有不能已焉者。……十有三年丙子春正元日謹記。」

正月七日，於西山之讀易龕作《跋郎官石柱記後》。

《秋澗集》卷七十一《跋郎官石柱記後唐尚書左司員外郎陳九言文》：「十有三年春正月人日，題於西山之讀易龕。」

立春后三日（正月廿一日左右），醉入奉御宅。明日，作《羽林萬騎歌并引》，書付表弟韓從益。

《秋澗集》卷八《羽林萬騎歌并引》：「至元丙子歲立春後三日，醉入奉御宅。明日，酒惡，隱几坐，殆不能爲懷，遂取《通鑑》，閱唐明皇帝華清宫事迹。作古樂府一章，號曰《羽林萬騎歌》，書示表弟韓從益。且浮大白數四，覺酒氣拂拂從指間出去矣。」

清明前三日（二月十五日左右），榜賈德玉堂名曰崇德〔二〕，并作文以紀。

《秋澗集》卷四四《崇德堂記》：「余猊不揚，寫之者未得盡肖。建賈君一猊，而見者皆以爲余，且曰：『仲器爲人，不止技稱。其於奉親事嫂，以孝友聞鄉間，殊侃侃也。』既而，求名其堂且叙其世家。……故以崇德榜之，且用篤其所已至，勉其所未盡者焉。至元丙子清明前三日題。」

清明日（二月十八日左右），賦《木蘭花慢》。時平陽秩滿。

《秋澗集》卷七五《木蘭花慢·七十三年平陽秩滿清明日賦》。

清明日（二月十八日左右），作《題王生臨道子横吹等圖後》于行館之敬止堂。

《秋澗集》卷七一《題王生臨道子横吹等圖後》：「蒲江王生以讀書餘暇游藝丹青，於臨放爲尤能，蓋致思詳雅，不爲法度窘束，筆與意會，探天機所到。近爲予點道子《馬融横吹》、營丘《寒江晚捕》爲可見。……丙子清明日，書于行館之敬止堂。」

二月，觀《夷門市廛圖》於平陽寓舍。

《秋澗集》卷七三《夷門圖後語》：「近閲《夷門市廛圖》，其風物氣習備見政和間流宕浮靡之俗，然非盛極無以臻此。……至元丙子二月，觀於平陽寓舍，夏六月，重見於汴京試院中。明年夏六月立秋後一日，連雨中静坐，偶書於燕東開陽坊李黄門之故堂。」

三月初，作文記述平陽府臨汾縣更新縣署事。

《秋澗集》卷三七《平陽府臨汾縣新廨記》：「平陽當河汾間，爲鉅鎮，屬邑五十餘城，臨汾劇而最要。……縣舊署在府右廂康寧坊之南城，易代來，爲工人氏豪據。……逮今縣監某洎尹某稔其如是，……遂經辦焉。應直得景行里次氏之故第，凡成室一十有五楹，……既而……贄禮幣來謁文。……至元丙子三月日記。」

三月初，東還。時平陽秩滿。《留别忽治中英甫》、《留别總府諸公》當作於此時。

《秋澗集》卷六三《范陽房族祖九翁祭文》：「維至元十三年歲次丙子冬十月壬戌朔十有八日己卯，房孫謹以清酌少牢之奠，百拜致祭于故軍資府君族祖九翁之靈……迨今年春三月，秩滿東還，將爲指日即路，得哭墓而唁親老也。復爲中書檄去，考試河南四道，滿三月而歸。日月逾邁，霜露之感積諸中而至于攸久也如是，曠慢不恭之責將何所逭？今兹之來，駿奔露處，不遑安者，凡十有四日。含凄茹辛，實以祭告爲事，伏惟神靈鑑兹哀悃。嗚呼哀哉！尚饗！」

《秋澗集》卷七五《木蘭花慢・七十三年平陽秩滿清明日賦》。

《秋澗集》卷一六《留別忽治中英甫》：「四年相待情偏厚，千里分攜恨若何。別駕見淹時共惜，當官能處我尤多。輩流自是青雲器，金印行懸瑞錦窠。調古自知終寡和，青天白眼望君歌。」

《秋澗集》卷一七《留別總府諸公》：「超超天馬五花紋，少日能空冀北羣。事梗不成旬月雅，材駑空抱四年勤。情馳北闕煙花禁，夢到西山日暮雲。一曲驪歌應恨別，麒麟高閣總殊勳。」

三月，自晉東還，取道共城，爲友人作一日留。

《秋澗集》卷四一《總尹湯侯月臺圖詩序》：「至元丙子春，予自晉東還，取道共城，友人於焉觴予，爲一日留。」

四月初，爲故河中府南北道船橋總管謝企作墓碣銘。

《秋澗集》卷四三《大元國故河中府南北道船橋總管謝公墓碣銘》：「公諱企，字仲進。其先燕之香河人，……至元乙亥冬十二月廿有六日，以疾終平陽府崇道里私第之正寢，得年五十有五。官至河中府船橋總管。……既卒哭，嗣子純來求表其墓道。」

四月初三，奉堂移，同陳祐考試河南五路儒士〔三〕，歷時七十餘日（一說滿三月）。

《秋澗集》卷首《文定王公神道碑銘》：「十三年，奉命同陳節齋考試河南五路儒士，語於陳曰：『吾道如綫，不宜用平時取法，凡就試者，皆以通文學第之。』」

《元史》卷一六七王惲本傳：「十三年，奉命試儒人於河南。」

《秋澗集》卷六五《故中奉大夫浙東宣慰使趙郡陳公哀辭》：「維十有三年夏四月壬辰朏，堂移考試河南，得貳公行，躍躍不能寐。遂自梁抵申，由宛、葉入洛，而竟事於汴，寢飰游居，不斯須離者餘七十日。」

《秋澗集》卷六三《范陽房族祖九翁祭文》：「維至元十三年歲次丙子冬十月壬戌朔十有八日己卯，房孫謹以清酌少牢之奠，百拜致祭于故軍資府君族祖九翁之靈……迨今年春三月，秩滿東還，將爲指日即路，得哭墓而唁親老也。復爲中書檄去，考試河南四道，滿三月而歸。」

四月十九日，待渡中灤，作詩以紀。

《秋澗集》卷二六《十三年四月十九日待中灤渡》：「泛泛輕航破浪花，春風自信動檣牙。不煩更擊中流楫，六合澄清到一家。」

四月十九日抵汴京，與陳祐握手話舊。四月廿日晨，作詩以紀。

《秋澗集》卷一五《題開封府後堂壁至元十三年被省院檄同開封尹陳侯試河南儒士

四月十九日抵京授館開封後署相與握手話舊且及包范二公事業時予耳疾止酒談噱間暮雨大作連明因述鄙語奉一笑云》。

四月，考試河南，同陳祐過潁封人廟〔四〕，作《潁封人廟》以紀。

《秋澗集》卷一五《夜宿朝元閣下》、《留别節齋公因次嚴韻》、《宛葉道中》、《次宿汝樓韻二首》、《南陽北城同陳節齋晚眺》、《南陽府試院中作》、《寄李士觀時在襄陽兼簡好古郎中》、《投宿洧川驛時病耳》、《許昌道中》皆作於此時。又，《秋澗集》卷八《虎牢關行至元二年夏六月予與總管陳慶甫考試洛陽東還汴京道出其下》亦作於此時，「至元二年」當爲至元十三年。

《秋澗集》卷一五《潁封人廟》：「在宋樓鎮西三里古堤上。至元十三年夏四月，考試河南，同陳節齋過其廟。陳爲索賦，故有是作。」

五月，考試河南，館望崧樓下〔五〕，歷覽後圃，得趙思文所撰亭記。

《秋澗集》卷四十二《禮部尚書趙公文集序》：「至元丙子夏五月，予考試河南，道出臨汝，館望崧樓下，經宿歷覽後圃、縱求陳迹。所謂汝海虚舟者，於蒼煙老樹間巋然獨存，因得防禦趙公亭記於壁間，倚杖披讀者久之，令人想見承平官府之盛，惜公遺文不多見也。……先生諱思文，字庭玉。」

六月二十日，陪姚樞、許衡、許國禎〔六〕朝賀太子真金〔七〕。禮畢，觀交趾所進緑毛

龜〔八〕。

《秋澗集》卷一八《緑毛龜》：「扙扶行歎陪三老，夢繞春煙鶴禁花。唐州城北一并專産此龜，至元十三年千秋節陪姚左丞、許祭酒、許榮禄行香東朝，禮畢，觀交趾所進緑毛大蔡，故云。」

《秋澗集》卷二七《太子府戊寅夏六月廿日千秋節同承旨姚公尚書許公行香口號》：「入朝已盡三嚴鼓，禮佛重行繞殿香。洞户啓時宫燭迥，五雲朝處少微光。」

《秋澗集》卷六八《千秋節賀牋至元十八年六月》：「欽惟皇太子殿下德粹元良，道隆純孝。允當楚璧，歷試堯難。」

《元史》卷一一五裕宗本傳：「裕宗文惠明孝皇帝，諱真金，世祖嫡子也。……十年二月，立爲皇太子，仍兼中書令，判樞密院事。」

六月，重見《夷門市廛圖》於汴京試院中。

《秋澗集》卷七三《夷門圖後語》：「近閲《夷門市廛圖》，其風物氣習備見政和間流宕浮靡之俗，然非盛極無以臻此。……至元丙子二月，觀於平陽寓舍，夏六月，重見於汴京試院中。」

六月，考試在汴，曾與丁居實交往〔九〕。

《秋澗集》卷六三《故尚書禮部郎中致仕丁公祭文》：「維至元十三年夏六月，惲考試河南，拜公牀下，留語終日，言不及私。」

《秋澗集》卷五二《大元故奉訓大夫尚書禮部郎中致仕丁公墓碑銘并序》：「公諱居實，字仲華。……十三年夏，予考試在汴，尚憶公危坐一榻，吐論猶健。」

六月，與王好禮在汴梁試院中交談〔一〇〕。此次考試儒士結束時，王惲作詩以贈之。

《秋澗集》卷四四《紀異》：「至元十三年夏六月，王按察立夫同在汴梁試院中，告予云……』

《秋澗集》卷一五《贈別按察王立夫二首時在洛陽試院中作》：「當年畫省憶同襟，此日南來又盍簪。」

六月，偕陳祐東之偃師〔一一〕，過田横墓，作《田横墓歌辭》。

《秋澗集》卷六五《田横墓歌辭》：「至元丙子夏六月，奉堂移，偕節齋陳公，以事東之偃師。過横墓下，慨慕耿光，悲歌而去。」

夏，考試河南。由汝抵洛，欲遊少林，不果。

《秋澗集》卷四三《雪庭裕公和尚語録序》：「至元丙子夏，予考試河南。由汝抵洛，崧前勝概盡在目中，只欠少林一遊耳。東行，擬取道轘轅，庶饜宿願，竟以事奪，不果。」

《秋澗集》卷四《望崧吟至元丙戌長至日追作廿韻》：「往歲試洛師，憶與節齋約。同作崧少游，心賞爲一豁。羸驂鞭欲前，竟爲事所卻。」

夏，與宋漢臣會府署之梅花堂〔二二〕**。東歸時，宋漢臣悉以近作贐王惲。**

《秋澗集》卷四一《宋東溪墨梅圖引》：「總尹漢臣善寫梅，樂之終身而不厭，且梅以墨繪，黯淡枯寂，無聲色臭味可嗜而悅，蓋性之所得，有不容自已者。……後考試洛陽，復與君會府署之梅花堂，庭之所植者，皆是也，……東歸，悉以近作贐予，其風味之勝，瀟灑之工，又非向時吴下矣。」

《秋澗集》卷四三《雪庭裕公和尚語録序》：「至元丙子夏，予考試河南。由汝抵洛，崧前勝概盡在目中，只欠少林一遊耳。」

秋，淇州爲故江淮都轉運使周惠創建祠堂，王惲爲之作碑銘。

秋澗集》卷五四《淇州創建故江淮都轉運使周府君祠堂碑銘》：「十三年秋，適嗣侯自魏府別駕代歸，良等邀過妹邦，大合樂以落之，相與請予文以紀其實。走早辱公知，敢以不敏辭？……公諱某，字德甫，晉之隰人。」

十月四日左右，起身到范陽祭奠房族祖九翁。

《秋澗集》卷六三《范陽房族祖九翁祭文》：「維至元十三年歲次丙子冬十月壬戌朔十有八日己卯，房孫謹以清酌少牢之奠，百拜致祭于故軍資府君族祖九翁之靈……今兹之來，駿奔露處，不遑安者，凡十有四日。含凄茹辛，實以祭告爲事，伏惟神靈鑑兹哀悃。嗚呼哀哉！尚饗！」

十月十八日，親祭故軍資府君族祖九翁之靈。

《秋澗集》卷六三《范陽房族祖九翁祭文》：「維至元十三年歲次丙子冬十月壬戌朔十有八日己卯，房孫謹以清酌少牢之奠，百拜致祭于故軍資府君族祖九翁之靈。」

十月廿八日，作詩記述亡宋太皇太后謝氏次衛州唐津渡及舟行東下事。時王惲在衛州。

《秋澗集》卷七《吳娃行至元十三年丙子歲冬十月廿八日亡宋皇太后謝氏次衛州唐津渡是日即舟行東下故有是作》。

《元史》卷九：「(十三年三月)丁丑，阿塔海、阿剌罕、董文炳詣宋主宮，趣宋主㬎同太后入覲。……宋主㬎拜畢，子母皆肩輿出宮，唯太皇太后謝氏以疾留。」

十二月，調官都下，與商挺披閱亡宋之圖書、禮器等物，作《書畫目録序》。《書中興頌後》亦作於此時。

《秋澗集》卷四一《書畫目録序》：「聖天子御極十有八年，當至元丙子春正月，江左平。冬十二月，圖書禮器並送京師，勑平章太原張公兼領監事，仍以故左丞相忠武史公子杠爲之貳，尋詔許京朝士假觀。予適調官都下，日飽食無事，遂與左山商台符叩閤，披閲者竟日，凡得二百餘幅。書字一百四十七幅，畫八十一幅。……作《書畫目録序》。」

《元史》卷九：「（十三年三月）伯顔入臨安，遣郎中孟祺籍宋太廟四祖殿，景靈宫禮樂器、册寶暨郊天儀仗，及秘書省、國子監、國史院、學士院、太常寺圖書祭器樂器等物。」

《秋澗集》卷七三《書中興頌後》：「唐《中興頌》石刻，字徑數最大，立法最密。就魯公平生所書合而論之，此爲最善。……至元十三年春正月，江左平，圖書珍異悉達京師，孟秀州德卿以是本見贈，把玩不釋手者累月。從弟韓從益求予臨寫，因勉爲刻鵠耳。」

冬，石珱德玉卒〔一三〕，王惲爲之作墓碣銘。

《秋澗集》卷六〇《共喦老人石珱公墓碣銘并序》：「公姓石珱氏，諱德玉，字君寳，遼東蓋州人。……歲丙子，公年八十有五，嘗繪《共山歸隱圖》以自歌其所樂，因號共喦老人。是歲冬，灑然而逝，若委蜕焉。……家府與公交款，曲篤世契三十年，一别終天，有恨何如！尋步入街西故里，眄睞竹樹，慨然有聞，箋懷人之愴，老淚濡毫，而有斯作。」

冬，與共城總尹湯侯會燕〔一四〕。湯侯出所繪《月臺圖》，請王惲爲之序。

《秋澗集》卷四一《總尹湯侯月臺圖詩序》：「至元丙子春，予自晉東還，取道共城，友人於焉觴予，爲一日留。……是年冬，與湯會燕，出所繪《月臺圖》，且曰：『爲仕宦牽率，罔獲徜徉其間以遂初心。今欲求諸公題詠，庶見其素藴，雖南北東西，時得展玩，猶一到其中也。吾子爲我序之。』」

冬，同張著入燕〔一五〕，聞姜迪禄亡〔一六〕，作《義士姜侯歌并序》。

《秋澗集》卷八《義士姜侯歌并序》：「歲辛亥秋，燕留守府參謀劉坐事就死，屬其孤於友人姜君，諾焉。既藉沒，姜爲伸理其子。達官怒其僭，張弓擬之，姜不少懼，即裸胸以逆。遂義而從其請。自是，姜以義烈聞燕趙間。後折節從趙雲夢學，非其義，一介不取諸人。丞相史公賢之，以賓客禮焉。至元丙子冬，同張彦魯入燕，聞姜云亡，追念往事，爲欷歔者久之。渡易水之悲風，荆卿已去；念朱家之長者，今復何人？爰作歌詩，庶幾紹擊筑之遺音云。姜諱迪禄，世燕人，子尚，其字也。劉字正卿。」

本年，在燕京，作《觀光三首》。

《秋澗集》卷一七《觀光三首十三年在都下作》：「大元天子壯陪京，盡敞燕雲作苑城。彩鳳應門千仗肅，蒼龍雙闕五雲明。千秋日月低宸極，萬國衣冠拜紞鉉。蟣蝨小臣何所祝，年年嵩岳聽呼聲。」

〔一〕杜本(1276—1350)，字伯原（原父），號清碧，清江人。不求仕進，隱居武夷山中。至正三年，以薦召爲翰林待制、奉議大夫，兼國史院編修官。至杭州，稱疾固辭，遂不行。至正十年卒，年七十五。著有《清江碧嶂集》一卷，又輯宋末遺民詩爲《谷音》兩卷，學者稱爲清碧先生。《元史》卷一九九有傳，詳見王德毅《元人傳記資料索引》第五五八頁所載。

〔二〕賈德玉，字仲器，中山永平人。精於刻書，時推爲第一。又善畫，嘗爲王惲作畫像，極肖。爲人誠信，多巧思。《元史》無傳，詳見王德毅《元人傳記資料索引》第一六三六頁所載。

〔三〕此次考試河南儒士，當爲南陽府、汝寧府、河南府路、汴梁路四道，並非五路。《秋澗集》卷六五《故中奉大夫浙東宣慰使趙郡陳公哀辭》：「遂自梁抵申，由宛、葉入洛，而竟事於汴，寢飫游居，不斯須離者餘七十日。」其中，梁指梁縣，元時屬河南江北行省南陽府汝州；申指申州，元時爲河南江北行省汝寧府信陽州；宛指宛州，元時爲河南江北行省南陽府；葉指葉縣，元時屬河南江北行省南陽府裕州；洛指洛陽，元時屬河南江北行省河南府路；汴指汴梁，元時爲河南江北行省汴梁路。即梁、宛、葉屬南陽府，申屬汝寧府，洛屬河南府路，汴屬汴梁路。詳見《元史》卷五九「南陽府」、「汝寧府」、「河南府路」、「汴梁路」條。亦可參考本年條〔四〕、〔五〕、〔十一〕。

〔四〕潁封人廟。潁指潁谷，在今河南登封市西南。詳見史爲樂《中國歷史地名大辭典》第二五八六頁所載。《元遺山集》卷一有《潁谷封人廟》一詩，可參考。封人，古官名。《周禮》地官司徒的屬官，掌守帝王社壇及京畿的疆界。春秋時爲典守封疆之官。《左傳·隱公元年》：「潁考叔爲潁谷封人。」此處之封人當指潁考叔。

〔五〕望崧樓，在今河南臨汝縣城内。詳見史爲樂《中國歷史地名大辭典》第二四一三頁所載。臨汝，宋時爲臨汝郡陸海軍度使，金爲汝州，元時汝州屬河南江北行省南陽府。詳見《金史》卷二五「汝州」條、《元史》卷五九「南陽府」條。

〔六〕許國禎，字進之，絳州曲沃人。博通經史，尤精醫術。世祖在潛邸，國禎以醫征至翰海，留守掌醫藥。憲宗三年，從征雲南。世祖即位，授榮禄大夫、提點太醫院事。至元十二年，遷禮部尚書。拜集賢大學士，進階光禄大夫。

陞翰林集賢大學士。卒年七十六。謚忠憲。《元史》卷一六八有傳，詳見王德毅《元人傳記資料索引》第一二三四頁所載。

〔七〕真金（1243—1285），即裕宗文惠明孝皇帝，世祖嫡子。母昭睿順聖皇后，弘吉烈氏。少從姚樞、竇默受《孝經》。中統三年，封燕王，守中書令。四年，兼判樞密院事。至元七年秋，受詔巡撫稱海，至冬還京。十年二月，立爲皇太子，仍兼中書令，判樞密院事。二十二年卒，年四十有三。《元史》卷一一五有傳，詳見王德毅《元人傳記資料索引》第二四一七頁所載。

〔八〕交趾，舊時對安南、越南的別稱。詳見《元史》附録之「安南郡縣附録」條、史爲樂《中國歷史地名大辭典》第一〇六二頁所載。

〔九〕丁居實（1203—1277），字仲華。金時曾官權尚書省令史。後累官昭信校尉、動雲騎尉。金亡，流寓天德黑水間。中統建元，入史天澤幕府，官諮議幕府事。四年，署大名宣慰司幕官。五年，授吏部員外郎。後以能陞奉訓大夫、尚書、禮部郎中。不久請老還家。至元十四年八月卒，年七十五。卒後，王惲爲之作墓碑銘。丁居實與王天鐸爲故交，王惲與丁居實也常有往來。《元史》無傳，詳見《秋澗集》之《大元故奉訓大夫尚書禮部郎中致仕丁公墓碑銘并序》（卷五二）、《故尚書禮部郎中致仕丁公祭文》（六三）、《碑陰先友記》（卷五九）、《文通先生墓表》（卷五九）。

〔一〇〕王好禮，字立夫，真定人。中統元年，官中書省奉使官。至元十三年，官按察使，與王惲在汴梁邂逅。考試河南儒士，王好禮似乎亦參與其中。又曾官宣慰之職。《元史》無傳，詳見《秋澗集》之《木蘭花慢・廿二寄王宣慰立夫》（卷七五）、《紀異》（卷四四）、《贈別按察王立夫二首時在洛陽試院中作》（卷一五）、《中堂事記上》（卷八〇）。

〔一一〕偃師，元時屬河南江北行省河南府路，治所即今河南偃師縣。詳見《元史》卷五九「河南府路」條、史爲樂《中國歷史地名大辭典》第一二三七四頁所載。

〔一二〕宋漢臣，字或爲鑑山，號東溪，或爲耀州人。曾到延安任職。歷官洛陽縣尹、京兆漕使、河南府路總管。善畫梅，與士大夫交好。卒後，王惲、魏初、趙孟頫皆作詩以悼之。《元史》無傳，詳見《秋澗集》之《送宋大使漢臣之任延安》（卷二）、《挽宋耀州漢臣二首》（卷一三）、《題花光墨梅二絶》（卷二七）、《宋東溪墨梅圖引》（卷四一）、《宋總尹母夫人慶八秩詩序》（卷四一）、《跋宋漢臣臨丹華經後》（卷七三），魏初《青崖集》之《挽宋漢臣鑑山》（卷二）、《跋宋漢臣諸賢尺牘手軸》（卷五），趙孟頫《松雪齋集》之《追挽宋漢臣副使》（卷四）。

耀州，元時屬陝西行省奉元路，治所在今陝西耀縣。詳見《元史》卷六〇「奉元路」條、史爲樂《中國歷史地名大辭典》第二九六七頁所載。

〔一三〕石琖德玉（1192—1276），字君寶，號共嵒老人，遼東蓋州人。金朝時，積勞至武德將軍。至元十三年卒，年八十五。或云元曲家平陽石君寶即德玉，則今存《秋胡戲妻》、《紫雲亭》、《曲江池》、《金錢記》等雜劇皆其作也。《元史》無傳，詳見王德毅《元人傳記資料索引》第二七九頁所載。

石琖德玉與王天鐸交款，相交三十餘年。卒後，王惲爲之作墓碣銘。

〔一四〕共城總尹湯侯，待考。

〔一五〕張著，字彦魯，遼東人。至元十三年，與王惲一起入燕。《元史》無傳，詳見《秋澗集》之《義士姜侯歌并序》（卷八）、《贈友人張彦魯并序》（卷一七）。

〔一六〕姜迪禄，字子尚，燕人。曾勇護友人燕留守府參謀劉正卿之子，以義烈聞燕趙間。史天澤曾以賓客禮待之。至元十三年左右卒。詳見《秋澗集》卷八《義士姜侯歌并序》。

1277丁丑年　宋端宗景炎二年　元世祖至元十四年　五十一歲

當年時事：

正月，嗣漢天師張宗演召至大都，元世祖命其領江西諸路道教。

二月，元軍取廣州，破廣東諸郡。

七月，置御史臺於揚州，以都元帥相威爲御史大夫，置八道提刑按察司。

本年，黄溍生〔一〕。

譜主事蹟：

正月六日夜，作《瑞雪歌》。

《秋澗集》卷八《瑞雪歌丁丑歲正月初六日夜作》。

正月十五，應總尹湯侯之請，作《總尹湯侯月臺圖詩序》。

《秋澗集》卷四一《總尹湯侯月臺圖詩序》：「至元丙子春，予自晉東還，取道共城，友人於焉觴予，爲一日留。……是年冬，與湯會燕，出所繪《月臺圖》，且曰：『爲仕宦牽率，罔獲徜徉其間以遂初心。今欲求諸公題詠，庶見其素藴，雖南北東西，時得展玩，猶一到其中也。吾子爲我序之。』……十四年上元日序。」

二月，王惲授翰林待制、奉訓大夫〔二〕。

《秋澗集》卷首《文定王公神道碑銘》：「十四年，授翰林待制、奉訓大夫。鹿庵大學士方執文衡，屢稱其文章精妙。」

《元史》卷一六七王惲本傳：「十四年，除翰林待制，拜朝列大夫、河南北道提刑按察副使，尋改置諸道制下，遷燕南河北道，按部諸郡，臟吏多所罷黜。」

《秋澗集》卷九三《玉堂嘉話卷第一》：「至元十四年丁丑歲春二月庚申朔，復授翰林待制，是日赴院供職。」

三月七日，與長清尹趙文昌會於京師，作《泰安州長清縣樂育堂記》以歌其功〔三〕。

《秋澗集》卷三七《泰安州長清縣樂育堂記》：「趙君明叔尹長清之明年，政夷訟簡，眂其民可教，迺就廟垣爲構泮宮。……已而，以學記來請。嘗試論之。……至元丁丑歲三月丙申記。」

三、四月間，著成《博古要覽》并爲之序。

《秋澗集》卷四一《博古要覽序》：「十四年春，余入翰林四十有七日，侍左丞相耶律公於玉堂，坐間出《宣和博古圖》三十卷示予。因假以歸，與院史趙復取《鐘鼎韻》，歐陽子、薛尚功《款誌》，吕氏《博古》，李𦓐舒《考古》等圖參讀而節約之。……筆削既已，從其類而作若干卷，題之曰《博古要覽》。……客笑而退，於是乎書以爲序。」

春，爲故金吾衛上將軍、景州節度使賈德作行狀〔四〕。

《秋澗集》卷四七《故金吾衛上將軍景州節度使賈公行狀》：「公諱德，字克仁，姓賈氏，景州蓨縣從教鄉劉卿里人，其系緒見學官王鼎所撰衍慶碑。……十四年丁丑春，元帥嗣侯茂暨弟仲温，介參謀趙君禹卿、提點李練師子玄來謁予，曰：『先都帥祔葬，墓木已拱。比年，國朝方平一江左，不肖忝居戎右，用是，其表見神道者未即樹立，以慰下泉，霜露之愴，不遑寧處。今將託立言君子圖其不朽焉，敢再拜，以事狀爲囑。』遂勉爲次第之。」

四月十六日，作《趙穆篆隸歌》。

《秋澗集》卷八《趙穆篆隸歌丁丑歲四月十六日作》。

四月，與益都路總管于也孫觧子某會燕，王惲詢以公卒時情形。

《秋澗集》卷四四《紀異》：「明年丁丑夏四月，與公之子某會燕，以向所聞審焉，不少異。」

六月立秋後一日，作《夷門圖後語》於燕東開陽坊李黄門之故堂。

《秋澗集》卷七三《夷門圖後語》：「近閲《夷門市廛圖》，其風物氣習備見政和間流宕浮靡之俗，然非盛極無以臻此。……至元丙子二月，觀於平陽寓舍，夏六月，重見於汴京試院中。明年夏六月立秋後一日，連雨中静坐，偶書於燕東開陽坊李黄門之故堂。」

八月，丁居實卒，王惲作詩以悼之。

《秋澗集》卷一八《挽禮部丁公郎中》。

《秋澗集》卷五二《大元故奉訓大夫尚書禮部郎中致仕丁公墓碑銘并序》：「公諱居實，字仲華。……十三年夏，予考試在汴，尚憶公危坐一榻，吐論猶健。……明年秋八月，遘疾，卒于家，春秋七十有五。」

本年（當在八月中），代中省作《聖壽節賀表》。

《秋澗集》卷六七《聖壽節賀表至元十四年丁丑代中省作》：「欽惟陛下長策遠御，叡斷有臨。凡經制於宏規，思光昭於先業，修振古未修之典，集累朝未集之勳。……虎拜手而揚休，祝天子萬年之壽！」

《秋澗集》卷六八《聖壽節賀表至元十七年八月初二作》：「臣等叨持使節，違遠天威。」

《元史》卷四：「世祖聖德神功文武皇帝，諱忽必烈，……以乙亥歲八月乙卯生。」

九月二十三日夜或九月二十四日晨，作詩悼念陳祐。《哭節齋陳公五詩時爲浙東宣慰使按行屬邑回過新昌縣值玉山羣盜被害年五十有六至元丁丑歲九月七日事也》、《故中奉大夫浙東宣慰使趙郡陳公哀辭》亦作於此時前後。

《秋澗集》卷八《歸夢謡丁丑歲九月二十三日夜夢陳總管作時爲浙東宣慰使十二月

二十日密縣王縣尹至知公於九月七日爲越之玉山賊所害》。

《秋澗集》卷十八《哭節齋陳公五詩時爲浙東宣慰使按行屬邑回過新昌縣值玉山羣盜被害年五十有六至元丁丑歲九月七日事也》。

《秋澗集》卷六五《故中奉大夫浙東宣慰使趙郡陳公哀辭》：「至元十四年歲次丁丑秋，中奉大夫、浙東道宣慰使陳公按營田東下，歷明逾台。九月七日，歸屯新昌，爲賊姦所乘，遇害，嗚呼哀哉！」

秋，得王磐提攜，作《順德府大開元寺重建普門塔碑銘》。

《秋澗集》卷六七《順德府大開元寺重建普門塔碑銘》：「至元丁丑秋，懇輦真國師以其事請于朝。制可，命奉御脱烈傳旨翰林院，定撰合立碑文者。臣謹按提點僧崇湛具列事迹。」

《秋澗集》卷九五《玉堂嘉話卷之三》：「丁丑秋，奉御脱烈傳旨本院定撰《順德資戒碑》及《普門塔碑銘》，鹿庵曰：『老夫作資戒文。』乃令不肖撰塔銘。惲謝不敏，先生曰：『但作，吾深意存焉。』及畢，聞奏頗稱旨。令日乃悟先生其誘掖成就後生如此。」

秋，爲張德輝作《故翰林學士河東南北路宣撫使張公挽詩序》。

《秋澗集》卷四一《故翰林學士河東南北路宣撫使張公挽詩序》：「公殁后三年，甥王革來過，進惟疇昔，愴然動零落丘山之感，余亦爲歔欷也。想遺直之不復，悼斯文之如綫，勉爲哀挽，庶答顧遇知己之厚，且代封龍招來之些。……公字耀卿，姓張氏，太原友城人。……至元丁丑秋謹序。」

十月一日，日蝕，作詩以紀。

《秋澗集》卷八《日蝕詩》：「至元十四載，維龍集丁丑。孟冬丙辰朔，詰旦陰風吼。朝家有移告，日蝕百司守。」

《元史》卷九：「冬十月丙辰朔，日有食之。」

《續資治通鑒》卷一八三：「冬，十月，丙辰朔，日有食之。」

十月底至十一月初，爲南塘處士宋珍作墓誌銘〔五〕。

《秋澗集》卷四九《故南塘處士宋公墓誌銘并序》：「南塘處士宋公捐館之九年，當强圉赤奮若歲千插亥，夫人魏氏奄棄榮養，仲子繼祖等託參卿趙君禹卿，致其命來請曰：『先人墓壙未克埋銘，今將啓幽堂，祔安妣喪于柩之左窆有日，幸吾子速銘以光此大事。』某追惟雒尹平生之言，重以禹卿孔懷之義，勉爲次序之。公諱珍，字子玉。……夫人之歿，實至元十四年冬十月廿五日也，壽八十。」

本年，王惲爲蘇門林氏作家傳。

《秋澗集》卷四九《蘇門林氏家傳》：「至元丁丑，予列職太史，元來謁拜而請曰：『元無所肖似，析薪之責，固不克負荷。惟是先世行業，非得名筆約而暢之，將不能傳遠而大見於後，先生尚胥暨顧。』予以林世叙雖邈，其聞而知之，見而知之者，班班可紀，加以世姻之好，故勉爲傳述之。」

本年，向簽院趙良弼求取歐蘇集，作詩以紀其事。

《秋澗集》卷八《簽院趙公許惠歐蘇集作詩以問之》：「只今五十眼昏花，清晝看時滿行黑。」

《元史》卷一五九趙良弼本傳：「(至元)十一年十二月，以良弼同僉書樞密院事。」

本年，題朱彦暉三陪手卷〔六〕，作詩以紀。

《秋澗集》卷二七《題朱彦暉三陪手卷謂木庵〔七〕陪飯竇漢卿陪針陳學士陪口也陳時可〔八〕字秀玉》：「余年五十覺籠東，左臂偏枯右耳聾。説道燕城陪手客，此針傳授到朱公。」

本年，王惲牙齒雖牢，但食不能多，右耳聽力也有所下降，作詩以嘆。

《秋澗集》卷八《食梅子有感》：「我今五十齒雖牢，食不能多行亦憊。」

《秋澗集》卷二一《耳聵自感》：「人生五十未全老，天遺吾聰用晦明。」

《秋澗集》卷二七《題朱彦暉三陪手卷謂木庵陪飯竇漢卿陪針陳學士陪口也陳時可字秀玉》：「余

年五十覺籠東，左臂偏枯右耳聾。」

〔一〕黄溍（1277—1357），字晉卿，義烏人。中延祐二年進士第，授寧海縣丞。歷兩浙都轉運鹽使司石堰西場監運、諸暨州判官，入爲應奉翰林文字、同知制誥，兼國史院編修官，轉國子博士。出爲江浙儒學提舉。至正三年，以秘書少監致仕。七年，起爲翰林直學士、知制誥同修國史，陞侍講。十年，復歸。十七年卒，年八十一。謚文獻。工詩，有《金華黄先生文集》四十三卷、《日損齋筆記》一卷。《元史》卷一八一有傳，詳見王德毅《元人傳記資料索引》第一四七四頁所載。

〔二〕翰林待制、奉訓大夫。翰林待制，從五品。《元史》卷八七：「翰林兼國史院，秩正二品。……待制五員，從五品。」奉訓大夫，從五品，詳見《元史》卷九一「散官」條。

〔三〕長清縣，元時屬中書省泰安州，治所在今山東長清縣東南三十里。詳見《元史》卷五八「泰安州」條、史爲樂《中國歷史地名大辭典》第四三九頁所載。

〔四〕賈德（1192—1274），字克仁，景州蓨縣人。金末，爲故城縣丞。降木華黎，授定遠大將軍，提控本州兵馬事。遷鎮國上將軍、節度副使兼右副元帥。陞授金吾衛上將軍、景州節度使。年五十二致仕。至元十一年七月廿八日卒，年八十三。《元史》無傳，詳見王德毅《元人傳記資料索引》第一六三一頁所載。

〔五〕宋珍（1193—1269），字子玉，河東人。耶律楚材薦爲朝廷侍從官，既而辭去。蒙古乃馬真后稱制三年，從家燕都，日以琴書自娱，與楊奂、姚樞、王磐、商挺諸人交好。至元六年八月卒，年七十七。《元史》無傳，詳見《秋澗集》卷四九《故南塘處士宋公墓誌銘并序》。

〔六〕朱彦暉，或爲燕城人。《元史》無傳，詳見《秋澗集》卷二七《題朱彦暉三陪手卷謂木庵陪飯竇漢卿陪針陳學士陪口也陳時可字秀玉》。楊弘道《小亨集》卷三有《贈朱彦暉》一詩，二者或爲同一人。

〔七〕木庵，歸義寺長老，姓英，字粹中，自號木庵。善書，與金源大老多有交往。曾有詩集，元好問爲之作序。詳見魏初《青崖集》卷三《素庵先生事言補序》，楊弘道《小亨集》卷一《代茶榜原注歸義寺長老勸余作此詩長老姓英字粹中自號木庵》，元好問《遺山集》之《木庵詩集序》（卷三七）、《懷粹中》（卷七）。

〔八〕陳時可，字秀玉，晚號寂通老人，燕人。金翰林學士。仕元爲燕京路課税所官。《元史》無傳，詳見《秋澗集》卷二七《題朱彦暉三陪手卷謂木庵陪飯竇漢卿陪針陳學士陪口也陳時可字秀玉》、王德毅《元人傳記資料索引》第一三二九頁所載。

1278 戊寅年　宋端宗景炎三年、衛王祥興元年　元世祖至元十五年　五十二歲

當年時事：

二月，元置太史院。

四月，宋端宗殂，年十一。

五月，宋改元祥興。

十二月，文天祥被張弘範執於五坡嶺。

本年，元雲南行省奏招降諸蠻城砦一百二十餘所，安西王相府奏西蜀俱平。

譜主事蹟：

正月一日，隨百官朝賀。

《秋澗集》卷九五《玉堂嘉話卷之三》：「至元十五年戊寅正月甲寅乙酉朔，同李侍講德新、應奉李謙陪百官就位，望拜行在所，凡七拜。」

正月十五日夜，作《戊寅歲燕都元夕》。

《秋澗集》卷二七《戊寅歲燕都元夕》：「萬家簫鼓憶陞平，九陌銀華璧月澄。此夕薊門南北望，風檐隨分兩三燈。」

三月清明日（三月九日左右），爲趙昶母劉氏作慶八十詩序〔一〕。

《秋澗集》卷四一《趙德明母劉氏慶八十詩序》：「鼓邑趙君德明，予官晉府時幕從事也，每與之接，不下帶而存者，皆和氣愉色。……戊寅春，會京師，稱其母劉氏……今歲壽開八秩，將南歸省慶，尚賴賢士大夫見之歌詠，歸慰母心，以爲閭里光。……至元十五年季春清明日序。」

三月三十日，應史弼之請〔二〕，爲其祖史忠作行狀〔三〕。

《秋澗集》卷四七《故蠡州管匠提領史府君行狀》：「府君諱忠，字良臣，姓史氏，蠡州博野縣孟家里人。……至元戊寅三月晦日謹狀。」

春，與友人聽李溥光鼓琴，作《熙春阮賦并序》以紀。

《秋澗集》卷一《熙春阮賦并序》：「玄暉上人得隆德故閤餘材，斲而爲阮，因以『熙春』

目之，亦文殊之義也。至元戊寅春，同甯尹端甫〔四〕、劉御史叔謙〔五〕、趙太博彦伯〔六〕坐心遠軒。師爲鼓《緑水》、《悲風》二曲，清越悲壯，坐客感歎興亡，有愴然于懷者。師請予賦之。」

入夏五日(四月二日左右)，作《跋甫田圖後》。

《秋澗集》卷七一《跋甫田圖後》：「近與李野齋讀岷隱先生《詩説》，沖沖然殊有所得。及觀是圖，其經國備物之制，傷今懷古之思，令人想見三代忠厚氣象，如在乎其間，親承其事。至於禽魚草木、車服豆籩之盛，一一視之，皆具古意，又有可觀可興者。撫卷三歎，不覺慨然。孰謂丹青形容，起予至於斯邪！至元戊寅入夏五日題。」

四月十七日，與韓君美等人遊韓氏遠風臺。

《秋澗集》卷三七《遠風臺記》：「豐宜門外西南行四五里，有鄉曰宜遷，地偏而囂遠，土腴而氣淑，郊丘帶乎左，横岡亘其前。中得井地三九之一，卜築耕稼，植花木，鑿池沼，覆簣地傍，架屋臺上，隸其榜曰遠風，以爲歲時賓客宴游之所者，韓氏之昆仲也。至元戊寅百有六日，主人邀予來登。」

四月二十日，作《遠風臺記》，記與與韓君美等人遊韓氏遠風臺事。

《秋澗集》卷三七《遠風臺記》：「豐宜門外西南行四五里，有鄉曰宜遷，地偏而囂遠，土腴而氣淑，郊丘帶乎左，橫岡亘其前。中得井地三九之一，卜築耕稼，植花木，鑿池沼，覆簣地傍，架屋臺上，隸其榜曰遠風，以爲歲時賓客宴游之所者，韓氏之昆仲也。至元戊寅百有六日，主人邀予來登。……既而，囑余筆記之。……後三日記。」

六月十五日，提刑張子敬卒〔七〕，王惲作挽章以悼之。

《秋澗集》卷一八《張提刑子敬挽章至元十五年六月十五日卒在河南時作塞上曲云對月笛中起愴然傷我情秋風一萬里總向笛中生遙憐漢軍士掩淚下邊城》。

六月十六日午睡後，作《題賡本蘇才翁帖後》。

《秋澗集》卷七一《題賡本蘇才翁帖後》：「至元戊寅夏六月十六日，午睡覺後。」

六月二十日，同姚樞、許衡朝拜太子。祝壽畢，得觀大龜。

《秋澗集》卷二七《太子府戊寅夏六月廿日千秋節同承旨姚公尚書許公行香口號》：「前呈光彩日重輝，幼海風煙動羽旗。曲冥未終閑委珮，朵頤廊下看靈龜。將入宮，夜夢一大龜飛舞余前。明日祝壽畢，遂得觀大龜。」

夏，獲睹運達京師的珍禽奇獸。時在京師，官翰林待制。

《秋澗集》卷四二《宮禽小譜序》：「十一年，江左平，宮籞禽玩畢達京師。戊寅夏，予待制在京師，獲覩諸禽于會同館之西位者凡一十七種，誠有可愛而當識者。」

秋，由翰林待制授朝列大夫〔八〕**，充河北河南道提刑按察副使**〔九〕**。**

《秋澗集》卷首《文定王公神道碑銘》：「明年秋，選授朝列大夫、河北河南道提刑按察副使，改除燕南。」

《元史》卷一六七王惲本傳：「十四年，除翰林待制，拜朝列大夫、河南北道提刑按察副使，尋改置諸道制下，遷燕南河北道，按部諸郡，贓吏多所罷黜。」〔一〇〕

《秋澗集》卷五九《長樂仟表》：「迨我有元至元十五年戊寅，不肖孫惲由翰林待制授朝列大夫，充河北河南道提刑按察副使。」

《元史》卷八六「肅政廉訪司」條：「肅政廉訪司。國初，立提刑按察司四道：曰山東東西道，曰河東陝西道，曰山北東西道，曰河北河南道。……二十八年，改按察司曰肅政廉訪司。……每道廉訪使二員，正三品；副使二員，正四品。」

後十一月十一日，大雪中拜奠故吏部尚書高鳴。

《秋澗集》卷六三《故吏部尚書高公祭文至元十五年閏十一月十一日大雪中拜奠》。

後十一月十五日，王惲按部洹漳〔一一〕**，迎置姨母，并改葬外祖安陽縣丞靳公。**

《秋澗集》卷六三《外祖安陽縣丞靳公祭文十五年復十一月十五日》：「姨母雖在，顧力弗逮。有劣其甥，按部洹漳。東望堯城，心焉靡寧。迎置姨母，如拜儀形。爰念葬事，與之經營。及兹春首，窆公于塋。」

本年，過滏陽〔一二〕，與杜伯縝相會〔一三〕，話及王天鐸遺事。

《秋澗集》卷四四《家府遺事》：「先君思淵子通天文，又善風角。辛亥夏六月，憲宗即位。明年壬子秋，先子以事至相下。九月初，客鶴壁友人趙監搉家。一日夙興，見東北方有紫氣極光大，衝貫上下，如千石之囷。時磁人杜伯縝侍側，指示之。杜曰：『此何祥也？』曰：『天子氣也。』杜曰：『今新君御世，其應無疑。』曰：『非也，十年後當别有大聖人起，非復今日也。渠切記無忘，第老夫不得見耳。』至元十五年，予過滏陽，與杜相會，話間偶出元書片紙相付，且歎其先輩學術之精有如是也。」

本年，爲故浙東道宣慰使陳祐作神道碑銘。

《秋澗集》卷五四《大元故中奉大夫浙東道宣慰使陳公神道碑銘并序》：「公諱祐，字慶甫，世家趙之寧晉。……俄兇黨突入，衆寡不敵，遂遇害，實至元丁丑歲九月七日也，得年五十有六。……卒事之明年，孤子夔等喪服纍然，百拜涕泗，以墓碑爲請。」

本年，觀趙秉文所書《御史箴帖》于張隣野家〔一四〕。

《秋澗集》卷三八《御史箴後記》：「此帖閑閑公爲師中丞仲安所書，……至元戊寅，因獲觀於張鄰野家，孝純愛玩不已，命子遠摹臨，略不失筆意。」

本年，應道士陳志玄之請〔一五〕**，作《大都復虞帝廟碑》。**

《秋澗集》卷五四《大都復虞帝廟碑》：「幽陵之祠虞帝，所從來綿邈。廟據金故苑西北，維兵後廢不治，獨唐貞元間復廟碑宛在。……厥後，道士陳志玄直廟西百舉武起真陽觀爲長春别院，復購焉，約不犯元刻，用石背勒營建本始。……既而，趙公將志玄之懇，以復廟記見屬。」

本年，爲金故朝請大夫泌陽縣令趙鵬作神道碑銘。

《秋澗集》卷五二《金故朝請大夫泌陽縣令趙公神道碑銘并序》：「公諱鵬，字摶霄，蒲之河東人。……至元戊寅歲，改葬公郡城東郭顯應祠南百許步，郡君邢氏祔焉。……子廣來請銘，曰：『是某之責也，其敢以不敏辭？』」

本年，觀觀音像等物。

《秋澗集》卷九六《玉堂嘉話卷之四》：「觀蜀工孫知微人様渡海觀音像〔一六〕，足前有謂小百花者，蓋作一大青荷葉，上布散諸天花，故云。又觀馬雲卿臨吳道子《轉山北斗圖》〔一七〕，凡七人，中有被甲者。又觀周宣王宣榭敦，考其款文，至至元戊寅二千年矣。」

〔一〕趙昶，字德明，鼓邑（今河北晉州市）人。王惲官晉府時幕從事，至元十五年，與王惲會燕京，請王惲爲其母八十壽誕作詩序。詳見《秋澗集》卷四一《趙德明母劉氏慶八十詩序》。

〔二〕史弼，字君佐，一名塔剌渾，自號紫微老人，蠡州博野人。中統末，授管軍總管，命從劉整伐宋。至元十年，陞懷遠大將軍、副萬户。從丞相伯顏南征，進定遠大將軍。授昭勇大將軍、揚州路總管府達魯花赤，兼萬户。遷黄州等路宣慰使。十五年，陞中奉大夫、江淮行中書省參知政事，行黄州等路宣慰使。十九年，改浙西宣慰使。改淮東宣慰使。遷僉書沿江行樞密院事，鎮建康。二十六年，拜尚書左丞，行淮東宣慰使。二十七年，遥授尚書省左丞，行浙東宣慰使。二十九年，拜榮禄大夫、福建等處行中書省平章政事，往征爪哇，以事奪職。元貞元年，起同知樞密院事，拜榮禄大夫、江西等處行中書省右丞。三年，陞平章政事，加銀青榮禄大夫，封鄂國公。卒年八十六。《元史》卷一六二有傳，詳見王德毅《元人傳記資料索引》第二三〇頁所載。

〔三〕史忠，字良臣，蠡州博野縣人。貞祐初，投附木華黎帳下。後以薦署工匠提領。卒年八十五。《元史》卷一六二史弼本傳中史弼曾祖史彬之事與史忠之事相似，疑當作史忠。詳見《秋澗集》卷四七《故蠡州管匠提領史府君行狀》、《元史》卷一六二史弼本傳。

〔四〕甯端甫，至元二年，以侍郎身份使安南。至元十五年左右，在燕京官縣尹或府尹。後宣慰東平，曾與王惲會於廣平，當時或爲東平路總管。《元史》無傳，詳見《秋澗集》之《熙春阮賦并序》（卷一）、《送甯端甫宣慰東平》（卷一七）、《感皇恩・十廣平道中寄總管甯端甫》（卷七五）、《元史》卷一六七張立道本傳，王德毅《元人傳記資料索引》第一六五七頁。

〔五〕劉叔謙，中統三年左右，官太常少卿。至元十五年左右，官御史。元貞三年左右，官總管之職。善書，王惲曾與之探討書法。《元史》無傳，詳見《秋澗集》之《熙春阮賦并序》（卷一）、《與梁總判楊少監武子劉總管叔謙會梁都運高舍别墅夜話帳中樂怡怡也梁君索詩因書此以答雅意元貞三年二月十八日也》（卷二二）、《與叔謙太常論書》（卷二八）、《名醫類案》卷二「太常少卿劉叔謙」條。

〔六〕趙彦伯，至元十五年左右，官太博。後曾官侍郎之職。詳見《秋澗集》之《熙春阮賦并序》（卷一）、《十月廿七日過下邑喜與趙彦伯侍郎相遇作詩而别》（卷二〇）、《虹霓硯銘并序》（卷六六）。

〔七〕張子敬，居河西，許衡弟子。元憲宗九年時，官宣撫之職。至元十五年六月十五日卒，時官提刑之職。《元史》無傳，詳見《秋澗集》之《張提刑子敬挽章至元十五年六月十五日卒在河南時作塞上曲云對月笛中起愴然傷我情秋風一萬里總向笛中生遙憐漢軍士掩淚下邊城》（卷一八）、《故真定五路萬户府參議兼領衛州事王公行狀》（卷四七），袁桷《清容居士集》卷四四《張子敬字説》。

〔八〕朝列大夫，從四品，詳見《元史》卷九一「散官」條。

〔九〕河北河南道提刑按察副使，正四品，隸屬肅政廉訪司。《元史》卷八六「肅政廉訪司」條：「肅政廉訪司。國初，立提刑按察司四道：曰山東東西道，曰河東陝西道，曰山北東西道，曰河北河南道。……二十八年，改按察司曰肅政廉訪司。……每道廉訪使二員，正三品；副使二員，正四品。」

〔一〇〕《元史》卷一六七王惲本傳：「十四年，除翰林待制，拜朝列大夫、河南北道提刑按察副使，尋改置諸道制下，遷燕南河北道，按部諸郡，贓吏多所罷黜。」此處記載比較混亂，事實上，王惲於至元十四年除翰林待制，至元十五年拜朝列大夫、河南河北道提刑按察副使，至元十六年遷燕南河北道。可參考夏令偉《〈元史·王惲傳〉勘誤》（《内蒙古農業大學學報》二〇一〇年第二期，頁二二六—二二七）。

〔一一〕洹漳，指洹水和漳水。洹水，即今河南北部衛河支流安陽河。漳水有清漳水、濁漳水二源，均出山西省東南部，在河北省南部邊境匯合後稱漳河，其河道古今變化大。北宋時，漳河成爲南運河的支流。詳見史爲樂《中國歷史地名大辭典》第一九七四頁、第二八一五頁所載。安陽就在洹漳地區，恰爲河北河南道提刑按察司轄區。

〔一二〕滏陽，元時屬中書省廣平路磁州，治所即今河北磁縣。詳見《元史》卷五八「磁州」條、史爲樂《中國歷史地名大辭典》第二七五七頁所載。

〔一三〕杜伯績，磁州人，與王天鐸曾有交往。《元史》無傳，詳見《秋澗集》卷四四《家府遺事》。

〔一四〕張隣野，爲人諧傲，與姚樞、魏初、宋珍皆有交往。詳見《秋澗集》之《御史箴後記》（卷三八）、《故南塘處士宋公墓誌銘并序》（卷四九），魏初《青崖集》卷一《寄商左山》。

〔一五〕陳志玄，道士。曾幫助趙良弼建學宫，又曾在大都修建真陽觀，爲長春别院。至元十五年，聽從趙良弼的建議，修復了大都虞帝廟。詳見《秋澗集》卷五四《大都復虞帝廟碑》。

〔一六〕孫知微，字思邈，宋時蜀人。善畫，爲人高潔。詳見《大清一統志》卷二九四「孫知微」條。

〔一七〕馬雲卿，金正隆六年太學生。善畫，曾畫有《畫紙衣道者像》、《宣聖小影》、《維摩不二圖》等作品。詳見元好問《遺山集》卷一四《馬雲卿畫紙衣道者像》，《秋澗集》卷七一《宣聖小影後跋語金正隆六年大學生馬雲卿筆襲封衍聖公孔元措題識》，《池北偶談》卷一五《記觀宋荔裳畫》。

1279 己卯年　宋衛王祥興二年　元世祖至元十六年　五十三歲

當年時事：

二月，元張弘範敗宋張世傑兵於崖山，陸秀夫負宋衛王投海，宋亡。

本年，馬祖常生〔一〕。

譜主事蹟：

正月一日，上賀正旦表，時任河南河北道提刑按察副使。

《秋澗集》卷六八《十六年賀正旦表任河南河北道提刑時作》：「臣等欣逢盛旦，叨領外臺。」

正月一日夜，作《元日夜燈下即事》，慨歎仕途奔波之苦。

《秋澗集》卷一三《元日夜燈下即事》：「五十又加三，行藏默自諳。去年留薊北，今歲客漳南。官事何容了，君恩未報慚。白頭青鏡裏，衰謝百無堪。」

寒食夜（二月二十二日左右），夢陳祐。既覺，作《夢陳節齋》以紀。

《秋澗集》卷八《夢陳節齋》：「至元十六年己卯寒食夜，卧開封後堂，夢節齋陳公。既覺，呼童吹燈，信筆賦此，追憶往事，令人短氣。書示正甫、敬甫二君子，同爲一慨也。」

清明日（二月二十四日左右），巡按汴梁，作詩以紀。

《秋澗集》卷二七《己卯清明日雜詩時巡按南京》。

三月，按部而南，過家上冢，作《長樂仟表》表述其曾祖建遷之義。《山陽〔二〕偶與大繼長〔三〕相遇自辛亥年相别至今廿八年矣追念疇昔作詩爲贈》、《大繼長醺金疏》、《管勾推公墓碣銘》或作於此時前後。

《秋澗集》卷五九《長樂仟表》：「迨我有元至元十五年戊寅，不肖孫惲由翰林待制授朝列大夫，充河北河南道提刑按察副使。明年春三月，按部而南，過家上冢。……後之來者能以吾言世守而不易，雖百世可親也。而我祖建遷之義，是不可不表見于後。曾祖諱經，字伯常，讀書不仕，以仁厚比一鄉，衛人至今以長者稱云。」

《秋澗集》卷一八《山陽偶與大繼長相遇自辛亥年相别至今廿八年矣追念疇昔作詩爲贈》。

《秋澗集》卷七〇《大繼長醵金疏》：「國破家亡，老作無依之客；衣單糧絶，誰堪卒歲之憂。大先生繼長者，渤海名家，中朝顯宦。……所願不過一金，未免上煩多士。謹疏。」

《秋澗集》卷五九《管勾推公墓碣銘》：「公諱德，字濟之，姓推氏。……配桑氏，鄉進士彦周之女，壼儀母道，有承平故家風範。生女子三人：長適司候張顯，仲女鉅家李氏，季歸王某。後公五年卒，壽八秩，聳顯等合葬古郭里柏門山南原殿士桑君塋西南隅，實至元二年二月四日也。後十五年春，惲按部南下，躬奠墓次，泫然興感。」

四月十一日，偕友人遊内梁門西大佛寺，留題而去。

《秋澗集》卷一八《至元十六年歲在己卯四月十一日偕大同郭天錫佑之〔四〕大梁劉衝漢卿〔五〕天党李昌齡千秋〔六〕遊内梁門西大佛寺寺即宋寶相院也主僧郭里人臘七十餘相與會堂東丈室坐間話文字及壬辰歲京城警巖令人嘅歎久之佑之爲放聲長歌劉起浮大白

者數行懷仰之思涣焉冰釋然後知盛衰之不恒哀樂之無端也開口而笑頻何厭焉遂留題而去侍行者安陽楊𨇾義甫》〔七〕。

五月二日，李士觀來辭，促滕道舊，爲之作《送李士觀還壽春莫府并序》。

《秋澗集》卷一八《送李士觀還壽春莫府并序》：「士觀友愛來辭，促滕道舊，眷眷有不能別者，仍以親老地遠佳眠食是祝。士觀請即此爲贈，因率爾賦焉，見合肥王尹立夫爲寄聲兼達兹懇云。至元己卯重午前三日也。」

五月三日，同賈漢卿遊上方光教寺〔八〕，作文以紀。

《秋澗集》卷二八《至元十六年蕤賓前二日同賈漢卿遊上方光教寺謁相上又不遇因賈往年留題五詩清新婉麗煩襟爲灑然也亦留詩壁間仍用其韻爲鑑堂一笑》。

五月廿一日，王忱生日，王惲作《舍弟仲略生朝》，以保持健康爲囑。

《秋澗集》卷一八《舍弟仲略生朝十六年己卯五月廿一日時寓史開府宅》：「遺業繼承心共切，此身加健壽爲先。」

九月初，王惲改授燕南河北道提刑按察副使。

《秋澗集》卷六三《左丞董公祭文》：「至元十六年歲次己卯九月乙巳朔越十有三日丁巳，朝列大夫、燕南河北道提刑按察副使、汲郡王惲，謹以清醠嘉肴之奠，致祭于故資德大夫、中書左丞、簽書樞密院事，贈金紫光禄大夫、平章政事、謚忠獻董公之靈。」

《秋澗集》卷四四《僮喻官真定時五月夏至日作》：「汝翁且自己卯秋移官燕南，忽復四祀，以理將去。」

《秋澗集》卷首《文定王公神道碑銘》：「十四年，授翰林待制、奉訓大夫。鹿庵大學士方執文衡，屢稱其文章精妙。……明年秋，選授朝列大夫、河北河南道提刑按察副使，改除燕南。」

《元史》卷一六七王惲本傳：「十四年，除翰林待制，拜朝列大夫、河南北道提刑按察副使，尋改置諸道制下，遷燕南河北道，按部諸郡，贓吏多所罷黜。」

九月十三日，祭祀董文炳之靈。

《秋澗集》卷六三《左丞董公祭文》：「至元十六年歲次己卯九月乙巳朔越十有三日丁巳，朝列大夫、燕南河北道提刑按察副使、汲郡王惲，謹以清醺嘉肴之奠，致祭于故資德大夫、中書左丞、簽書樞密院事，贈金紫光禄大夫、平章政事、謚忠獻董公之靈。」

十二月六日，次鎮州新市縣〔九〕。《鎮州懷古》二首、《任懷遠慶九十詩卷》亦或作於此時前後。

《秋澗集》卷四四《鎮州風俗》：「至元己卯十二月六日，按部次新市縣，五夜燈下書。」

《秋澗集》卷七《鎮州懷古》。

《秋澗集》卷一四《鎮州懷古》。

《秋澗集》卷一七《任懷遠慶九十詩卷》：「更爲武公歌壽德，一溪淇水照秋筠。北渚謂鎮州北潭也，在時居鎮陽。」

十二月十七日夜，于中山府明新堂會諸吏屬，聽教官滕安上[一〇]講《周書》、《呂刑》、《論孟》諸篇。《題中山劉壽翁九十五詩卷》、《過中山府》、《偶得二絶寄府尹史子華》亦當作於此時前後。

《秋澗集》卷三《聽講呂刑諸篇》：「至元十六年己卯歲冬十二月十七日，中山府明新堂雪夜會府尹史子華[一一]、貳政朱信卿[一二]洎諸吏屬，聽教官滕仲禮講《周書》、《呂刑》、《論孟》諸篇。」

《秋澗集》卷一一《題中山劉壽翁九十五詩卷》：「按部過中山，憶嘗謁王丈。……于今又得劉家翁，人説殆與王丈同。」

《秋澗集》卷二七《過中山府》：「紅旗鐵馬響春冰，儒將清邊世莫驚。遼吏不知溏泊險，使來先問二蘇名。」

《秋澗集》卷二八《偶得二絶寄府尹史子華》：「人説中山有父風，久從眉宇得沖融。燈前近閱虞芮案，轉見公明簿領中。」

十二月十九日，按部中山府，祭祀史天澤。

《秋澗集》卷六四《丞相史公明忌日祭文十六年十二月十九日按部中山府》：「惲向侍燕几，謦咳親承。今遇明忌，來拜神庭。」

《秋澗集》卷六四《史公祭文》：「惟公德冠羣后，望隆漢儀，一節四朝，知無不爲。」

十二月廿四，作《岳廟謝雪偶題》。

《秋澗集》卷二八《岳廟謝雪偶題至元十六年十二月廿四日也》。

除夕夜，次唐邑〔一三〕，作詩紀夢。

《秋澗集》卷二八《和唐邑教官石雲卿見贈詩韻》〔一四〕：「自笑鉛刀效至剛，夢中揮箠走羣狼。東皇若假春風便，放使諸山草木香。己卯除夜次唐邑，夢登一城，有數狼前行，以尺箠揮之，皆四散而走。又見一豹，無首前竄。」

〔一〕馬祖常（1279—1338），字伯庸，雍古人，居光州。延祐二年進士，授應奉翰林文字。拜監察御史。歷宣政院經歷、社稷署令、開平縣尹。除翰林待制。泰定元年，擢典寶少監、太子左贊善。尋兼翰林直學士，除禮部尚書。丁祖母憂，起爲右贊善，復除禮部尚書，尋辭歸。天曆元年，召爲燕王内尉，兩知貢舉，一爲讀卷官。陞參議中書省事，拜治書侍御史，歷徽政副使，遷江南行台中丞。後至元四年卒，年六十。謚文貞。著有《石田文集》十五卷。《元史》卷一四三有傳，詳見王德毅《元人傳記資料索引》第九八九頁所載。

〔二〕山陽，見本年譜二十六歲條〔七〕。

〔三〕大繼長，渤海人。父宜之，有文集《深香閑適》。生活貧苦，王惲曾爲之作醵金疏。《元史》無傳，詳見《秋澗集》之《山陽偶與大繼長相遇自辛亥年相别至今廿八年矣追念疇昔作詩爲贈》（卷一八）、《大繼長醵金疏》（卷七〇）。

〔四〕郭天錫，字祐之（佑之），號北山，大同（今山西大同）人。至元二十三年，任鎮江路判官。二十九年得代。《元史》無傳，詳見王德毅《元人傳記資料索引》第一一五六頁所載。

〔五〕劉衕，字漢卿，大梁（今河南開封）人。《元史》無傳，詳見《秋澗集》卷一八《至元十六年歲在己卯四月十一日偕大同郭天錫佑之大梁劉衕漢卿天党李昌齡千秋遊内梁門西大佛寺寺即宋寶相院也主僧郭里人臘七十餘相與會堂東丈室坐間話文字及壬辰歲京城警巖令人嘅歎久之佑之爲放聲長歌劉起浮大白者數行懷仰之思渙焉冰釋然後知盛衰之不恒哀樂之無端也開口而笑頻何厭焉遂留題而去侍行者安陽楊曄義甫》。

〔六〕李昌齡，字千秋，天党人。《元史》無傳，詳見《秋澗集》卷一八《至元十六年歲在己卯四月十一日偕大同郭天錫佑之大梁劉衕漢卿天党李昌齡千秋遊内梁門西大佛寺寺即宋寶相院也主僧郭里人臘七十餘相與會堂東丈室坐間話文字及壬辰歲京城警巖令人嘅歎久之佑之爲放聲長歌劉起浮大白者數行懷仰之思渙焉冰釋然後知盛衰之不恒哀樂之無端也開口而笑頻何厭焉遂留題而去侍行者安陽楊曄義甫》。

〔七〕楊曄，字義甫，安陽人。《元史》無傳，詳見《秋澗集》卷一八《至元十六年歲在己卯四月十一日偕大同郭天錫佑之大梁劉衕漢卿天党李昌齡千秋遊内梁門西大佛寺寺即宋寶相院也主僧郭里人臘七十餘相與會堂東丈室坐間話文字及壬辰歲京城警巖令人嘅歎久之佑之爲放聲長歌劉起浮大白者數行懷仰之思渙焉冰釋然後知盛衰之不恒哀樂之無端也開口而笑頻何厭焉遂留題而去侍行者安陽楊䟽義甫》。

〔八〕賈漢卿，待考。

〔九〕新市縣，治所在今河北正定縣東北新城鋪，詳見史爲樂《中國歷史地名大辭典》第二七二三頁所載。

〔一〇〕滕安上（1242—1295），字仲禮，號退齋，中山安喜人。薦授本府教授，遷禹城主簿，入爲國子博士，陞監丞，改太常院丞，元貞元年除監察御史，辭歸，尋起爲國子司業，未上卒，年五十四。追謚文穆。著有《東庵集》四卷。《元史》無傳，詳見王德毅《元人傳記資料索引》第一八八七頁所載。

〔一一〕史棣，字子華，號潛齋，永清人。史天澤第三子。歷官中山府尹、定州尹、河南路總管、贛州路郡守。《元史》無傳，詳見王德毅《元人傳記資料索引》第二三三一頁、雍正《河南通志》卷三〇、程文海《雪樓集》卷二十二《故常州路儒學教授袁君墓誌銘》所載。

〔一二〕朱信卿，翼城人。至元十六年左右，官中山府同知。還吏部時，王惲有詩以贈之。《元史》無傳，詳見《秋澗集》之《聽講吕刑諸篇》（卷三）、《寄送朱信卿還吏部》（卷一五）。

〔一三〕唐邑，指唐縣，元時屬中書省保定路，治所在今河北唐縣東北二十里南固城。詳見《元史》卷五八「保定路」條、史爲樂《中國歷史地名大辭典》第二一八四頁所載。

〔一四〕石鵬，字雲卿，號義齋，唐縣人。至元十三年，用辭科，魁多士。至元十六年，任唐縣儒學教授。恬於世味，閉户讀書，《四書》、《小學》尤所致力。約卒於大德五年左右。《元史》無傳，詳見《秋澗集》之《贈唐縣李縣尹》（卷二八）、《和唐邑教官石雲卿見贈詩韻》（卷二八），王德毅《元人傳記資料索引》第一〇二七頁所載。

〔一五〕李正之，待考。耶律楚材《湛然居士集》卷三有《過白登和李正之韻》一詩，不知此二者是否爲同一人。

1280 庚辰年　元世祖至元十七年　五十四歲

當年時事：

八月，詔范文虎、李庭等出師征日本。

十一月，郭守敬等《授時曆》成，詔頒天下。

本年，元朝重臣廉希憲、姚樞、竇默、賈居貞、李德輝、張弘範卒。

譜主事蹟：

正月一日，觀唐縣李忠所藏群書〔一〕，作詩以贈之。

《秋澗集》卷二八《贈唐縣李縣尹》：「按部次堯封，教官石雲卿來訪，因話縣東有前鄞尹李君，年六十四，雖武人，性憙學。己卯夏，自浙東歸，載羣書滿家，將遺之子孫以酬夙志。吁！可尚也。余聞之，喜而不寐。明日元旦，躍馬來觀，出經、史、子、集及未見書七鉅箱，凡千有餘帙。富覽間，偶得是詩以贈。……君諱忠，字彥德，縣人，爲蔡國公將。」

正月初一，于唐縣作《庚辰歲唐縣元日》，盛讚元世祖之功。

《秋澗集》卷二八《庚辰歲唐縣元日》：「吾皇仁聖邁唐虞，寬大恩頒歲首書。正擬乘風開濁浪，忽隨疏網漏凡魚。」

正月初六，作詩書夢中所見。

《秋澗集》卷二八《庚辰歲人日前一日書夢中所見》。

正月十日，謁完州城東北隅木蘭廟[二]，作詩以紀。《登完州城樓州是古北平又曰永平即漢曲逆縣地故城在今州東廿五里即高祖云余行天下見户口夥繁獨此縣與洛陽爾故城西南有大埌土俗相傳謂陳平墓土人稱墓曰埌》、《題抱陽山張燕公讀書堂在完州東北廿里》當作於此時前後。

《秋澗集》卷二八《題木蘭廟》：「廟榜曰孝烈將軍，在今完州城東北隅。至元庚辰正月十日來謁，土人稱昔木蘭戰此得功，故廟有熙寧間知軍事河南錢景初題記并所刻樂府古辭。」

《秋澗集》卷二八《登完州城樓州是古北平又曰永平即漢曲逆縣地故城在今州東廿五里即高祖云余行天下見户口夥繁獨此縣與洛陽爾故城西南有大埌土俗相傳謂陳平墓土人稱墓曰埌》。

《秋澗集》卷二八《題抱陽山張燕公讀書堂在完州東北廿里》。

正月十三日，巳刻出完州，抵暮入保定[三]。夜雪大作，作詩以紀。《完州道中》、《保下春夜》、《祝香保定文廟》當作於此時前後。

《秋澗集》卷一三《至元十七年正月十三日巳刻出完州抵暮入保定夜未分雪大作至翼日午刻方止偶得此詩預喜歲事之有成也》。

《秋澗集》卷二八《完州道中》：「使符按部喜同分，首自行唐入保垠。誰着分司王老子，杏花香裏過今春。」

《秋澗集》卷二八《保下春夜》。

《秋澗集》卷二八《祝香保定文廟》。

正月，張弘範卒〔四〕，王惲作詩以悼之。

《秋澗集》卷二八《張九元帥哀辭并序》：「不肖與公既昧平生，哀誄有述，似涉無從。然聞公幼敦詩禮，長識風雲；雄略英姿，爲時名將。始徇江淮，厥績已著；及平二王，雋功獨高。壽年未遐，天遽奪去，故作是詩，于以爲國哀而寓天下之所共惜也。」

《元史》卷一五六張弘範本傳：「張弘範字仲疇，柔第九子也。……（至元十六年）十月，入朝，賜宴内殿，慰勞甚厚。未幾，瘴癘疾作，帝命尚醫診視，遣近臣臨議用藥，敕衛士監門，止雜人毋擾其病。……語竟，端坐而卒。」

《元朝名臣事略》卷六《元帥張獻武王》：「王名宏範，字仲疇，萬户忠武王第九子。……十七年卒，年四十三。」

《續資治通鑒》卷一八五：「（正月）蒙古漢軍都元帥張弘範卒。」

二月一日，同苟嘉甫〔五〕、尚文蔚遊保城東張將軍山林〔六〕，作詩以紀。

《秋澗集》卷二八《遊張將軍山林》：「至元十七年二月朔，同苟嘉甫、尚文蔚遊保城東張將軍山林，置酒松臺，因話郝奉使朱家洲事。」

二月七日，陪經略史樞祭丞相史天澤墓〔七〕，適平章史格自静江獻黑猿至此，通議王博文命王惲賦詩以紀。

《秋澗集》卷一《玄猿賦并序效庾開府體》：「至元十七年二月己卯清明日，陪經略子明祭丞相忠武公墓，適嗣侯平章格自静江籠致是猿以獻。西溪王通議命余賦之以紀奇觀。」

二月十二日，祭故翰林學士、國信大史郝經之墓。《望郎山有懷郝陵川》〔八〕、《木蘭花慢·八望郝奉使墓》約作於此時前後。

《秋澗集》卷六四《祭郝奉使墓文》：「大元國至元十七年歲在庚辰二月十有二日甲申，朝列大夫、燕南河北道提刑按察使、友生王惲，謹以清酌之奠，致祭于故翰林學士、國信大使陵川郝公之墓：」

《秋澗集》卷二八《望郎山有懷郝陵川》。

《秋澗集》卷七五《木蘭花慢・八望郝奉使墓》：「灑西風老淚，又馬上，望郎山。」

二月，官真定，夢遇祖父王宇讓王惲尋求王姓遠祖，作文以紀。

《秋澗集》卷四四《紀夢》：「至元十七年春，某官真定，夢先祖敦武府君親告某曰：『今濟源縣宋宰相陳堯叟碑文内王其姓者，即王氏遠祖也，汝其識之。』廿年正月，在燕與懷州劉節使相會，問及陳相石刻，云：『濟源見有陳堯叟讀書堂故碑，但不知有無王姓者。』筆之以志異日求訪。」

《秋澗集》卷三八《徵夢記》：「某官真定時，夢一老人長身縞衣，杖而告曰：『若遇而祖，能識之乎？』憶祖妣妙清君平時語惲者，熟視之，爲吾大父敦武府君無疑。載拜已，迺跽而請曰：『惟王氏上世嘗有顯者？』無時，祖曰：『今濟源陳堯叟祠碑所刻王姓者，即遠祖也，切識之。』時至元庚辰春二月也。惲以是異，念之者無時。」

三月三日，同王博文飲鎮陽城南高氏勝遊園〔九〕，歸而賦詞。

《秋澗集》卷七五《木蘭花慢・十四》：「至元十七年上巳日，同西溪公飲鎮陽城南高氏勝遊園，歸賦此詞。」

三月三日夜，作詩紀經略史樞春溪遊獵事。

《秋澗集》卷八《春溪小獵行》：「經略史公子明春溪小獵，九公子有詩以紀其樂，索予同作。至元庚辰三月三日五夜，燈下走筆賦此。」

三月二十日，南詔進象過安肅州〔一〇〕，軍户老殷爲象鼻束而死。王惲適覩其事，作辭以紀。

《秋澗集》卷八《哀老殷辭》：「至元十七年三月二十日，南詔進象過安肅州，軍户老殷爲象鼻束而死。余適覩其事，乃作此辭。」

三月二十二日，按部東行，作詞以贈梁門劉仲祥。

《秋澗集》卷七四《水龍吟·十》：「至元十七年三月廿二日，余按部東行，梁門劉君仲祥自高林來餞。臨岐把酒，長歌不休。既而壺傾，猶不忍別，復聯鑣幾三十里，踰大尹而去。不知劉君得於余者何，而乃尔相愛，因以《水龍吟》歌之，且酬雅厚，仍答見徵之意云。」

當在三四月間，按部之博野〔一一〕，作《漢大司馬博陸侯霍將軍祠堂記》。《喜遷鶯》亦當作於此時前後。

《秋澗集》卷四〇《漢大司馬博陸侯霍將軍祠堂記》：「蠡吾治城西北郊有漢大司馬霍將軍遺祠，俗相承即侯之故封。考諸傳注，博陸鄉名，《職方》載博野本蠡縣地，居博水之野，故名。……至元十七年，予按部次州，來謁祠下，荒壇喬木，宛在目中，老屋庳漏，不障風日，過客惻然，心魄動盪，疇爲神睨而顧之邪？ 因屬守以義起廢，具邦人瞻，吏諸而退。」

《秋澗集》卷七五《喜遷鶯·二題聖姑廟》：「仙姓郝氏，博陵縣會渦里人〔一二〕。……至元庚辰夏四月，按部至縣，喜其事甚異，爲民禱霾祠下，以仙吕命曲，庶爲迎送神辭，俾邦人歲時歌以祀焉。」

當在四月初，按部深州〔一三〕，作詩紀世祖南渡滹沱入信都事。

《秋澗集》卷九《滹沱流澌行》：「《馮征西傳》云：『世祖自薊馳至饒陽蕪蔞亭，南渡滹沱入信都。』王將軍霸稱冰堅可渡處，今鼓人指縣東北龍華鄉故河道曰：『全渡者，即其處也。』且以饒陽取直趣冀，其經鼓縣東界無疑。……至元庚辰夏，余按部是州，士子張春卿者請余紀其事，因爲賦此。」

四月廿四日，自東鹿縣〔一四〕入深澤〔一五〕，午憩西河鄉，録父老語，車中作《憫雨行》。

《秋澗集》卷八《憫雨行》：「至元十七年夏四月廿四日，自東鹿縣入深澤，午憩西河鄉，録父老語，車中足成此詩。 時所在祈雨。」

中伏日（六月左右），作《潔古老人注難經序》。

《秋澗集》卷四一《潔古老人注難經序》：「潔古張先生，醫師之大學也，……先生諱元素〔一六〕，易水人。『潔古』，其自號云。至元十七年歲次庚辰中伏日序。」

立秋日（七月十二日左右），應宋唐臣之請〔一七〕，爲其兄宋漢臣作《宋東溪墨梅圖引》。

《秋澗集》卷四一《宋東溪墨梅圖引》：「嗚呼！君今已矣，梅寧復得邪？其弟唐臣，義夫輩，追憶風流，事亡如存，聯綴遺墨，求名士大夫題詠，將昭大兄游藝之美，來屬引其端。……十七年立秋日秋澗序。」

八月二日，作《聖壽節賀表》。

《秋澗集》卷六八《聖壽節賀表至元十七年八月初二作》：「臣等叨持使節，違遠天威。」

八月三日夜，與子王公孺燈下觀《丹書銘》，作《書廚銘》。

《秋澗集》卷六六《書廚銘》：「至元十七年八月三日夜，與子孺燈下觀《丹書銘》，因擬而作此。」

八月八日，作文爲通議王博文賀壽。

《秋澗集》卷七五《感皇恩・六》：「至元十七年八月八日爲通議西溪兄壽。三十年前，西溪授館蘇門趙侯南衙，予始相識。時初夏，桐陰滿庭，故有『南衙清晝』之句。」

八月，姚樞卒，王惲作文以悼之。

《秋澗集》卷六三《祭中書左丞姚公文》：「今公云亡，此會難又。情悄悄以填膺，淚浪浪而霑袖。」

《元史》卷一五八姚樞本傳：「十七年，卒，年七十八，謚曰文獻。」

《續資治通鑒》卷一八五：「（八月）翰林學士承旨姚樞卒，謚文獻。」

十一月十一日，作《月異》。

《秋澗集》卷四四《月異》：「庚辰歲十一月十一日長至日，日出三丈許，月現東北丑位間，去日約百餘丈。其上數丈，陰魄團團，略無虧欠。至寅方，移時乃滅。因念月與玄象經緯空際，太陽既出，自掩而不見。今太陰於陽生之朝晝見，與日並光，又未嘗月出東北方者。吁，亦異哉！」

十一月十四日夜，夢丞相史天澤，覺後作文以紀。

《秋澗集》卷七四《滿江紅·二》：「至元十七年十一月十四日夜，夢丞相忠武史公坐甲第西閤中，余侍立其傍。……五夜枕上因足成之。」

本年，應劉珪之請，爲其父提刑按察僉事劉濟作墓碑銘〔一八〕。

《秋澗集》卷五五《故提刑按察僉事劉公墓碑銘并序》：「奉議大夫、提刑按察僉事劉公既窆之明歲，其子珪慼然以追遠之志來諗曰：……十六年四月，竟以勤事致疾，既乃終于位，享年六十有四。」

本年，應盧越鹽使司提舉董孝良之請〔一九〕，爲之作董氏先德碑銘。

《秋澗集》卷五五《順德路同知寶坻董氏先德碑銘有序》：「至元十七年，奉議大夫、盧越鹽使司提舉董侯孝良以規辦功最，陞授朝列大夫，同知順德路總管府事。……迺介府幕陳從慶贄禮幣百拜，以先塋碑爲請。某承乏燕南，以明新是任，惟孝與義，爲世大經，今猥來屬筆，有不當辭者，謹按所具事狀：」

本年，應中書左丞郝禎之請，爲之作世德碑銘。

《秋澗集》卷五四《資德大夫中書右丞益津郝氏世德碑銘有序》：「至元十七年，中奉大夫、參知政事禎，進拜資德大夫、中書左丞，被二品命服，中外具瞻，越郝氏惟煒。公乃顧宗屬言曰：『自惟疏薄，烏能致此？茲蓋我祖考勤勞貲積，篤祐餘澤集于後人，乃克有濟。今新壟幸建，麗牲有石，惟是大書顯刻，表飾神道，庶幾報明靈、昭裔昧而傳永世。然非賴篤古達辭者，其將伊託？』遂以銘章見囑。某以寮雅故，義不當辭，謹條其族系世德。」

〔一〕李忠，字彦德，唐縣人。元初爲鄞縣尹，至元十六年得代。《元史》無傳，詳見王德毅《元人傳記資料索引》第四六三頁所載。

〔二〕完州，元時屬中書省保定路，治所即今河北順平縣。詳見《元史》卷五八「保定路」條、史爲樂《中國歷史地名大辭典》第一三五一頁所載。

〔三〕保定，指保定府，元時屬中書省，治所在今河北保定市。詳見《元史》卷五八「保定路」條、史爲樂《中國歷史地名大辭典》第一九一八頁所載。

〔四〕張弘範（1238—1280），字仲疇，易州定興人。張柔第九子。中統初，授御用局總管。三年，改行軍總管。至元元年，授順天路管民總管。二年，移守大名。六年，括諸道兵圍宋襄陽，授益都淄萊等路行軍萬户。從伯顔伐宋，改亳州萬户，賜名拔都。十四年，授鎮國上將軍、江東道宣慰使。十五年，授蒙古漢軍都元帥。平定閩廣後，於十六年十月還朝。十七年正月卒，年四十三。謚武烈，改謚忠武，再改謚獻武。《元史》卷一五六有傳，詳見王德毅《元人傳記資料索引》第一一二五頁所載。

〔五〕苟嘉甫，大德四年，授徽政院長史。《元史》無傳，詳見《秋澗集》之《庚子元日賀苟嘉甫授徽政院長史》（卷二三）、《遊張將軍山林》（卷二八）。

〔六〕尚野（1244—1319），字文蔚，保定人，徙滿城。至元十八年，以處士召爲翰林編修。二十年，兼興文署丞，出爲汝州判官。二十八年，遷南陽縣尹。改懷孟河渠副使。大德六年，遷國子助教，進國子博士。至大元年，除國子司業。四年，拜翰林直學士、知制誥同修國史。皇慶元年，陞翰林侍講學士。延祐元年，改集賢侍講學士，兼國子祭酒。二年，以疾歸。六年卒，年七十六。謚文懿。《元史》卷一六四有傳，詳見王德毅《元人傳記資料索引》第六六〇頁所載。

〔七〕史樞（1221—1287），字子明，永清人。史天安子。元憲宗四年，爲征行萬户，配以真定、彰德、衛州、懷孟新軍，戍唐、鄧。後從憲宗入蜀、從史天澤平李璮之亂、討高麗珍島叛臣，皆有功。七年，進昭勇大將軍、鳳州經略使。

十二年，復以萬户從丞相伯顔伐宋。宋平，署安吉州安撫使。十四年，移疾還。十九年，起爲東京路總管，辭不赴。二十三年，拜中奉大夫、山東東西道宣慰使，治濟南，後又治益都。二十四年卒，年六十七。《元史》卷一四七有傳，詳見王德毅《元人傳記資料索引》第二三三二頁所載。

〔八〕郎山，元時屬中書省保定路，在今河北滿城縣西北五十里。詳見《元史》卷五八「保定路」條、史爲樂《中國歷史地名大辭典》第一七〇四頁所載。

〔九〕鎮陽，元時屬中書省保定路，即今河北正定縣的别稱。詳見《元史》卷五八「保定路」條、魏崇山《中國歷史地名大辭典》第一二五〇頁所載。

〔一〇〕安肅州，元時屬中書省保定路，治所在今河北徐水縣。詳見《元史》卷五八「保定路」條、史爲樂《中國歷史地名大辭典》第一一二一頁所載。

〔一一〕當在三、四月間，按部之博野。從王惲本年巡按路線看，當是從唐縣出發，向西北經完州、滿城、保定，至安肅州。再由安肅州向東南，經蠡縣、博野、饒州、深州，至東鹿。由東鹿向北，至深澤。結合前後時間來推算，王惲到達博野的時間當在三、四月間。以下關於按部至博陵縣、深州的時間推算，皆同此。

博野，元時屬中書省保定路，治所即今河北蠡縣。詳見《元史》卷五八「保定路」條、史爲樂《中國歷史地名大辭典》第二四九七頁所載。

〔一二〕博陵縣，元時屬中書省真定路蠡州，治所在今河北蠡縣南十五里。詳見《元史》卷五八「蠡州」條、史爲樂《中國歷史地名大辭典》第二四九七頁所載。

〔一三〕深州，元時屬中書省真定路，治所即今河北安平縣。詳見《元史》卷五八「真定路」條、史爲樂《中國歷史地名大辭典》第二四五一頁所載。

〔一四〕束鹿縣，元時屬中書省保定路祁州，治所在今河北辛集市東北舊城鎮。詳見《元史》卷五八「祁州」條、史爲樂《中國歷史地名大辭典》第一二四一頁所載。

〔一五〕深澤，元時屬中書省保定路祁州，治所在今河北深澤縣東南二十七里故城。詳見《元史》卷五八「祁州」條、史爲樂《中國歷史地名大辭典》第二四五二頁所載。

〔一六〕張元素，號潔古（一説字潔古），易州人。李杲之師。八歲試童子舉。二十七試經義進士，犯廟諱下第。後學醫，終成大家。著有《潔古注叔和脈訣》十卷、《保命集》三卷。《金史》卷一三一有傳，《元史》卷二三〇李杲本傳、《千頃堂書目》卷一四、《大清一統志》卷三〇、《秋澗集》卷四一《潔古老人注難經序》有載。

〔一七〕宋唐臣，或爲耀州人。宋漢臣之弟。曾官侍儀司法物庫使。詳見《秋澗集》之《宋東溪墨梅圖引》（卷四一）、《宋總尹母夫人慶八秩詩序》（卷四一）。

〔一八〕劉濟，字巨川，真定行唐人。奉議大夫、提刑按察簽事。中統元年，爲中書省右房省掾，補中書省左曹掾。除貳上都糧料使。充中書磨勘官。至元七年，授承直郎、太原路總管府判官。九年，陞授奉訓大夫、知獻州事。秩滿，遷奉議大夫，陞燕南河北道提刑按察司簽事。十六年四月卒，年六十四。《新元史》卷二二九有傳。

〔一九〕董孝良，寶坻人。嘗給事貴近，管勾三汊沽鹽官事。至元十一年左右，陞三汊沽鹽司大使。十四年，用薦欽授宣命官、奉訓大夫，尋陞奉議大夫，兼提舉蘆越鹽司事。十七年，陞授朝列大夫，順德路總管府同知。《元史》無傳，詳見《秋澗集》卷五五《順德路同知寶坻董氏先德碑銘有序》。

1281 辛巳年　元世祖至元十八年　五十五歲

當年時事：

三月，立登聞鼓院，許有冤者撾鼓以聞。

四月，復頒中外官吏俸。

八月，征日本軍遇颶風，敗回。

十月，詔除《道德經》外，其餘道經悉焚之。

譜主事蹟：

三月十九日，祭子路之靈。

《秋澗集》卷六四《祭蒲大夫文》：「大元國至元十八年歲次辛巳三月丁酉朔十有九日乙卯，朝列大夫、燕南河北道提刑按察副使，謹遣從事賈汝霖，以清酌庶羞之奠，致祭于河内公之神：惟公德挺羣哲，獄清片辭。列高弟于聖門，揚仁風於蒲邑。三善之美，庸能既耶？適星垣有分按之行，過神宇致一杯之奠。庶祈靈貺，以益不能。尚饗！」

朱彝尊《經義考》卷二八一「承師一·孔子弟子」：「蒲大夫卞仲子由，字子路，子亦作季。少孔子九歲。唐追贈衛侯。宋贈河内侯，進衛公。」

王欽若《册府元龜》卷七〇三《教化》：「仲繇，字子路，爲蒲大夫。」

三月三十日，按部黎陽〔一〕。四月一日，拉友人宋祺〔二〕洎諸屬吏遊大伾山〔三〕。

《秋澗集》卷四〇《遊東山記》：「至元辛巳歲春三月，余按部黎陽，膏澍連朝。明日夏孟丙寅朔，天宇開霽，大伾堆阜，景風明澹，晝如也。拉友人宋祺洎諸屬吏囊筆載酒來遊茲山。」

當在三月三十日前後，與滑州〔四〕**教授龍革**〔五〕**相遇於滑，朝夕從游者旬日。《贈滑州龍教授取新》亦當作於此時。**

《秋澗集》卷一九《龍教授哀挽》：「東郡教授龍君，名革，字取新，廣安人。善賦學及五星等術，士子從之學者多所沾丐。至元辛巳，與予相遇于滑，朝夕從游者旬日，一良德君子也。……大伾山下游龍洞，歸雁亭邊望暮沙。」

《秋澗集》卷九《贈滑州龍教授取新》：「滑臺一落三十載，冉冉青鬢今秋霜。」

三月，許衡卒，王惲作文以悼之。

《秋澗集》卷二三《挽中書左丞魯齋許公》。

《元史》卷一五八許衡本傳：「(至元十七年)已而卒，年七十三。」

《續資治通鑒》卷一八五：「(三月)奠獻如儀，既徹而卒，年七十三。」

春，作《銅臺阿丑石氏疏》。

《秋澗集》卷七〇《銅臺阿丑石氏疏》。

四月十一日，前次漳陰。得目眩髀痛疾，遠不能騎，舟行東下，遂富覽大川，作《泛漳

篇》以紀。

《秋澗集》卷三《泛漳篇并序》：「盤盤魏大名，屬縣行且周。銷我髀裏肉，四月猶綿裘。舍車出漳陰，步上枋頭舟。」

六月（當在二十日），作《千秋節賀牋》。

《秋澗集》卷六八《千秋節賀牋至元十八年六月》：「欽惟皇太子殿下德粹元良，道隆純孝。……某等内塵法從，外領雄藩。」

《秋澗集》卷二七《太子府戊寅夏六月廿日千秋節同承旨姚公尚書許公行香口號》：「入朝已盡三嚴鼓，禮佛重行繞殿香。洞户啓時宫燭迥，五雲朝處少微光。」

夏，作文祭祀竇默之靈。

《秋澗集》卷六四《祭侍講學士竇公文》：「丁巳春識公於沙麓之墟，辛巳夏弔公於肥縣之保。」

七月二日，次柏鄉〔六〕，作詩書所見。

《秋澗集》卷三《柏亭歎》：「至元十八年七月初二日，次柏鄉，因所見而作。」

八月，征日本軍回，作《汎海小録》以紀。

《秋澗集》卷四〇《汎海小録》：「日本，蓋倭之别種，惡其名不雅，乃改今號。……十七年己卯冬十一月，我師東伐。明年夏四月，次合浦縣西岸，入海東行約二百里，過拒濟島。……是年八月五日也，往返凡十月。」

《元史》卷一二：「（八月）詔征日本軍回，所在官爲給糧。」

九月九日，作《田家謡》。

《秋澗集》卷九《田家謡至元十八年九月九日作》。

十月，至順德〔七〕，晨起燈下讀沈下賢文集，作文以紀。

《秋澗集》卷一一《湘中後怨至元十八年歲辛巳冬十月按事順德晨起燈下讀沈下賢文集偶賦此或云鄭即子春也》。

十二月，作《進承華事略牋》，向太子真金進呈《承華事略》。

《秋澗集》卷七八《進承華事略牋》：「恭惟皇太子殿下温文海潤，孝敬日暉，方丕承天序之時，有歷試諸難之命，事統殆萬幾之廣，君門邈千里之遥。……至元十八年十二月□日，朝列大夫、燕南河北道提刑按察副使臣王惲進。」

《元史》卷一一五裕宗本傳：「（十八年）按察副使王惲進《承華事略》。」

《元史》卷一六七王惲本傳：「十八年，拜中議大夫、行御史臺治書侍御史，不赴。裕宗在東宫，惲進《承華事略》。」

十二月六日，同察司諸公會葬董文忠於南董高里原〔八〕，還過九門故城作詩以紀〔九〕。

《秋澗集》卷三《九門道中》：「至元十八年十二月六日，同察司諸公會葬董僉院於南董高里原，還過九門故城作。」

《元史》卷一四八董文忠本傳：「（至元十八年）是冬十月二十有五日，雞鳴，將入朝，忽病僕，帝遣中使持藥投救，不及，遂卒，甚悼惜之，賻錢數十萬。」

本年，爲故真定路兵馬都總管史楫作神道碑銘〔一〇〕。

《秋澗集》卷五四《大元故真定路兵馬都總管史公神道碑銘并序》：「公諱楫，字大濟，世爲大興永清縣農里大家。……以至元九年二月遘疾，越廿日，薨於正寢，春秋五十有九。……公薨之十年，嗣子煇、熒介公弟征東經略使樞、御史中丞彬以神門之表來禱。」

本年，爲故大名路宣差李益立山作神道碑銘〔一一〕。

《秋澗集》卷五一《大元故大名路宣差李公神道碑銘并序》：「公諱益立山，其先係沙陁貴種。……至元戊寅，葬公於大名縣臺頭里之新仟，從卜食也。……既襄事之三年，嗣侯教化百拜，以墓碑來請曰：……某謝不敏，禱愈懇，以教孝求忠之義固不得辭，謹按所具善狀叙而銘之。」

〔一〕黎陽，元時屬中書省大名路，治所即今河南浚縣東。詳見《元史》卷五八「大名路」條、史爲樂《中國歷史地名大辭典》第二八六五頁所載。

〔二〕宋祺，待考。

〔三〕大伾山，即今河南浚縣城東黎陽東山，詳見史爲樂《中國歷史地名大辭典》第一一八頁所載。

〔四〕滑州，元時屬中書省大名路，治所在今河南滑縣東南城關鎮。詳見《元史》卷五八「大名路」條、史爲樂《中國歷史地名大辭典》第二六一六頁所載。

〔五〕龍革，字取新，廣安人。至元十八年時，任滑州教授。除魏縣主簿。《元史》無傳，詳見王德毅《元人傳記資料索引》第二〇〇四頁所載。

〔六〕柏鄉，元時屬中書省真定路趙州，治所即今河北柏鄉縣。詳見《元史》卷五八「趙州」條、史爲樂《中國歷史地名大辭典》第一八三〇頁所載。

〔七〕順德，元時爲中書省順德路，治所在今河北邢臺市。詳見《元史》卷五八「順德路」條、史爲樂《中國歷史地名大辭典》第一九二九頁所載。

〔八〕董文忠（1231—1281），字彦誠，藁城人。董俊第八子。世祖即位，置符寶局，以文忠爲郎，授奉訓大夫。十八年，陞典瑞卿。授正議大夫，俄授資德大夫、僉書樞密院事，卿如故。十八年十月二十五日卒，年五十一。追謚忠貞，改謚正獻。《元史》卷一四八有傳，詳見王德毅《元人傳記資料索引》第一六〇三頁所載。

〔九〕九門，元時屬中書省真定路，治所在今河北藁城市西北二十五里九門回族鄉。詳見《元史》卷五八「真定路」條、史爲樂《中國歷史地名大辭典》第三三頁所載。

〔一〇〕史楫（1214—1272），字大濟，永清人。史天倪長子。元太宗十一年，知中山府事。尋遷征南行軍萬户翼經略。後爲真定兵馬都總管。中統元年，授真定路總管、同判本道宣撫司事。四年，解官還家。至元九年卒，年五十九。《元史》卷一四七有傳，詳見王德毅《元人傳記資料索引》第二三一頁所載。

〔一一〕李益立山，沙陁人，徙居酒泉郡沙州。以廕僕直宮省，調西夏沙州鈐部。元太祖二十一年丙戌，率部曲降蒙古，隸木華黎帳下。後從攻沙州、西征阿思部，皆有功，擢千夫長。憲宗時，充大名路都達魯花赤。元憲宗九年七月卒，年六十九。《元史》無傳，詳見《秋澗集》卷五一《大元故大名路宣差李公神道碑銘并序》。

1282 壬午年　元世祖至元十九年　五十六歲

當年時事：

三月，益都千户王著與高和尚合謀殺中書左丞相阿合馬。事後，王著、高和尚被誅，樞密副使張易亦受牽連被殺。

六月，以占城既服復叛，發兵討之。

十月，初立詹事院。

十二月，宋丞相文天祥被殺。

譜主事蹟：

當在三月十七日前〔一〕，按部夷儀〔二〕，謁劉德淵於天貺齋。

《秋澗集》卷六一《故卓行劉先生墓表》：「先生諱德淵，字道濟，襄國中丘人。……至元壬午，予按部夷儀，謁先生於天貺齋，棲遲蓬蓽，心融一天，自樂其樂，英發之氣至老不衰。」

三月十七日前後，王惲授中議大夫、治書侍御史，雖有赴任準備，但終未能到揚州上任〔三〕。

《秋澗集》卷九《義俠行并解題》：「時至元十九年壬午歲三月十七日丁丑夜也。……燈前山鬼忽悲歔，鐵面御史君其羞。是時授南臺侍御史，故云。」

《秋澗集》卷二三《留别鎮陽諸公》：「三年滹水人情好，千里維陽去路遥。多謝諸公挽留意，敢將衰謬枉清朝。」

三月十七日夜，作《義俠行》紀念王著〔四〕。

《秋澗集》卷九《義俠行并解題》：「予爲王著作《劍歌行》，繼更曰《義俠》。……著字子明，益都人。……時至元十九年壬午歲三月十七日丁丑夜也。……燈前山鬼忽悲歔，鐵面御史君其羞。是時授南臺侍御史，故云。」

當在三、四月間，作《便民三十五事》。

《秋澗集》卷九《便民三十五事自此係監司時建白》：「皇帝聖旨裏，中議大夫、治書侍御史、行御史臺事……近者王著矯僞發兵，利害非細，合議關防，契勘歷代緩急，調遣軍馬皆驗符契，然後得發。……又聞阿合馬及其黨與所没贓賄不可勝計，此物既非天來，皆係生民膏血，向肆威虐，聚爲己私，可謂贓穢不祥之物。」

夏季十三日（四月十一日左右），作詩爲順德少尹董舜卿太夫人蘇氏慶壽〔五〕**。**

《秋澗集》卷二三《董氏家庭拜慶詩》：「順德少尹董君舜卿太夫人蘇氏系出冀州大家，今年九十有四，起居飲啖，精健如五六十人。……壬午夏季十有三日，蓋拜慶辰也，求歌詩以爲榮，謹書此以侑壽觴之末。」

五月十一日，祭唐太尉宋璟〔六〕**。**

《秋澗集》卷六四《祭宋文貞公墓》：「至元十九年歲次壬午五月己未朔十一己巳，謹以清酌之奠，致祭于唐太尉文貞宋公墓下。」

六月十九日，遊唐建昌陵并作文以紀。

《秋澗集》卷四〇《唐建昌陵石麟記》：「唐昭慶陵在新隆平縣南十有三里使相鄉正尹里〔七〕，其石儀一十八事儼然具在。……至元十九年壬午歲夏六月十九日，秋澗王惲記。」

當在七、八月間，王惲至燕京。

《秋澗集》卷三四《壬午除夜雜詩》：「來住京師已半年，欲行還止果誰然。」

《秋澗集》卷三八《御史箴後記》：「壬午秋，予至京師，鄰野子來謁，遂及曩之所摹。

明日，持以見贈，墜逸之餘僅得百一十八字。」

八月二日夜或三日晨，作文紀夢中所見青色鉅蛇事。

《秋澗集》卷四四《紀夢》：「至元十九年八月二日夜分後，夢行通衢，見大井中一異狀人跨青色鉅蛇，躍出地，長約丈餘，身廣闊，與尾等修，鱗濯濯可數，若將前迎而復去。」

秋，張鄰野子與王惲會京師，以所摹閑閑公所書《御史箴帖》贈王惲。

《秋澗集》卷三八《御史箴後記》：「壬午秋，予至京師，鄰野子來謁，遂及曩之所摹。明日，持以見贈，墜逸之餘僅得百一十八字。」

十月十二日，第二次以《承華事略》進呈太子真金，太子賜酒，沾醉而出，作詩以紀〔八〕。《黄鵠下太液池歌贈張詹丞子有》、《贈張詹丞子有二首》亦當作於此時前後。

《秋澗集》卷二三《西池幸遇詩》：「壬午歲十月十二日，某以《承華事略》求見，引見者工部尚書張九思。已刻，拜太子於宫西射圃内，比前，命近侍趨入者再。……未末，賜酒。霑醉而出。」

《秋澗集》卷一一《黄鵠下太液池歌贈張詹丞子有》：「張侯家住太液傍，寵眷久沐恩波光。」

《秋澗集》卷二三《贈張詹丞子有二首》：「一拜龍顔見赫臨，繼開詹府更良箴。」

十二月八日，作文紀奉還宋衛所藏《漢官儀書》事〔九〕。時在京師。

《秋澗集》卷七三《讀漢魏五書》：「兩漢繼三代而下爲最盛，但官儀略見於班史表序。予稚年讀昌黎《科斗記》文，知衛宏有《漢官儀書》，兵後典籍散亡，何從而得之？壬午冬，再入京師，始獲借觀於宋秘監，蓋青宮賜書也。……因其奉還，筆之以紀歲月，時壬午十二月八日也。」

十二月二十一日，應太一教六代師蕭全祐之請〔一〇〕，爲太一教五代祖蕭居壽作行狀〔一一〕。《堆金塚記》、《故真靖大師衛輝路道教提點張公墓碣銘并序》亦當作於此時前後。

《秋澗集》卷四七《太一五祖演化貞常真人行狀》：「師姓李氏，諱居壽，字伯仁，道號淳然子，衛之汲縣西晉里人。……既窆之二年，嗣教真人將以師言行請於朝，植碑神門，揄揚追報，以慰華表歸來之想。以不肖惲與師義同里閈，交且款，知師爲頗詳，以事狀見託。……至元十九年十二月廿一日，中議大夫、治書侍御史、行御史臺事王惲謹狀。」

《秋澗集》卷三九《堆金塚記》：「國朝癸酉歲，天兵北動，奄奠中夏。明年，分道而南，連亘河朔，衛乃被圍。粵三日城破，以州旅拒不即下，悉驅民出泊近甸，無噍類殄殲。……時太一度師蕭公當危急際，以智逸去。是年冬十一月，師自河南來歸，睨其城郭爲墟，暴骨如莽，師惻然哀之，遂刮衣盂所有，募人力，歛遺骸，至斷溝眢井，攓蓬坡塞，掇拾罔漏。乃卜州西北二里許故陳城内，地鑿三坎，瘞而丘之，仍設醮祭，以妥厥靈，游魂褫魄，薤露萵蒿，同歸一窆。……六代師全祐懇予文紀其事以昭先德。……至元十九年龍集壬午窮臘日謹記。」

《秋澗集》卷六一《故真靖大師衛輝路道教提點張公墓碣銘并序》：「公諱善淵，字幾道，趙郡平棘人。……壽七十，委蜕於太一順事齋室，實至元乙亥正月廿五日也。越三日，陪葬祖塋之次。後八年，六代祖純一真人念公有力宗門，在玄士爲傑出，有不當泯於後者，丐予文以識墓窆。因摭其行實而繫之以辭。」

十二月廿三日左右，作詩記夢中所見。

《秋澗集》卷三四《書壬午歲十二月廿二日夢中所見》。

冬，寓大都道宫，與凝寂大師衛輝路道教都提點張居祐談及萬靈坑事〔一二〕。

《秋澗集》卷六一《凝寂大師衛輝路道教都提點張公墓碣銘并序》：「因憶十九年冬，予寓大都道宫，適師與會，宵永無寐，龕燈爐火，尊俎談舊。嘗及萬靈坑事，悲世故之無常，悼逝者之如是，凄然動華表歸語之感。」

冬，在京師，曾與奉議梁秉常談劍戒事〔一三〕。

《秋澗集》卷四四《劍戒哀梁子也》：「梁奉議仲常與予聯事於憲司者凡四年。十九年冬，同在京師，乃告予曰：『僕有一劍，頗古而犀利，自落吾手，每臨静夜，屢聆悲鳴，比復作聲，錚然也。且聞百鍊之精，或嘗試人者則鳴，世傳以爲劍戒。』予疑焉，白：『此金孽也，非戒也。』既而，梁以事南還陳留，到家四日而卒。」

冬，與懷慶路前州將劉暉同在京師間〔一四〕**，談及修武縣廟學與建本末**〔一五〕。

《秋澗集》卷三八《河内修武縣重修廟學記》：「至元壬午冬，前州將劉暉與予同在京師間，相會肆談，懷衛間勝概，娓娓忘倦，因及縣之廟學與夫本末，……二十年歲在癸未二月十八日謹記。」

冬，與禮部尚書王博文話中統二年客馴二鶴事，作《鶴媒賦》。

《秋澗集》卷一《鶴媒賦并序》：「中統二年，予在上都掌記中堂。客有負青障，挾長杈，二鶴馴于後，以廪繼來請。……至元壬午冬，與禮部王兄子冕因話及此，慨然有感曰：『今人以智計相傾、内險外易者，何殊於鶴之取鹿也？』作《鶴媒賦》。」

本年，爲韓仁作神道碣銘〔一六〕。

《秋澗集》卷六〇《大元國故尚書省左右司員外郎韓公神道碣銘并序》：「公諱仁，字義和。……公以至元十九年十月望日考終牖下，享年八十有四。某月日將歸窆汲縣耿罔之新壟，墓須銘，以鄉耆故來屬筆，其敢以蕪斐辭？」

〔一〕王惲於本年三月十七日前後改任中議大夫、治書侍御史，而從本條「予按部夷儀」來看，王惲此時仍在行使燕南河北道提刑按察副使的職責，故其時間不會晚於三月十七日。可參考本年譜本年〔二〕、〔三〕條內容。

〔二〕夷儀，元時屬中書省順德路，治所在今河北邢臺縣西北。詳見《元史》卷五八「順德路」條、史爲樂《中國歷史地名大辭典》第九六六六頁所載。

〔三〕三月十七日前後，王惲授中議大夫、治書侍御史，雖有赴任準備，但終未能到揚州上任。關於王惲授中議大夫、治書侍御史的時間，《秋澗集》卷首《文定王公神道碑銘》載「一十八年，拜中議大夫、行御史臺治書侍御史，不赴」，《元史》卷一六七王惲本傳載「十八年，除行臺治書侍御史，不赴」，二者將王惲授中議大夫、治書侍御史的時間定爲十八年，皆誤。王惲授中議大夫、治書侍御史的時間當在至元十九年三月十七日前後，《秋澗集》卷九《義俠行并解題》：「時至元十九年壬午歲三月十七日丁丑夜也。……燈前山鬼忽悲歔，鐵面御史君其羞。是時授南臺侍御史，故云」，明言於至元十九年授中議大夫、治書侍御史。又，《秋澗集》卷七八《進承華事略牋》載「至元十八年十二月□日，朝列大夫、燕南河北道提刑按察副使臣王惲進」，王惲在至元十八年十二月作《進承華事略牋》時，仍自稱爲朝列大夫、燕南河北道提刑按察副使，可見直到本年十二月，王惲還未被授予中議大夫、治書侍御史之職。又，據本年譜五十三歲「九月初」條，王惲於至元十六年九月初改授燕南河北道提刑按察副使，按元朝當時三年一遷的制度，王惲當於至元十九年秋季左右擔任新職，而不是在至元十八年。

結合本年譜本條內容來看，王惲在接到中議大夫、治書侍御史的任命後，告別鎮陽諸公，起身赴任。結合本年譜本年「五月十一日，祭唐太尉宋璟」條來看，王惲當時已經在順德路（詳見本年譜本年條〔六〕），順德路恰在真定路到揚州的途中，可見王惲此時正處於赴任途中。然王惲最終并未能成功赴任，據本年譜本年「六月十九日，遊唐建昌陵并作文以紀」條，王惲此時在隆平縣，而隆平縣在順德路以北（參本年譜本年條［七］），表明王惲此時已經掉頭北上，而不是繼續南下。又，據本年譜本年「當在七、八月間，王惲到達燕京」條，王惲已經於七、八月間到了燕京，並且一直到本年年底都没有再離開，本年譜本年八月以後各條皆可爲佐證。

王惲未能成功赴任的原因當和王著刺殺阿合馬有關，《元史》卷一二載「（至元十九年三月）益都千户王著，以阿合馬蠹國害民，與高和尚合謀殺之。壬午，誅王著、張易、高和尚于市，皆醢之，餘黨悉伏誅。……（四月）以阿合馬之子江淮行中書省平章政事忽辛罪重於父，議究勘之。……丙辰，敕以妻女姊妹獻阿合馬得仕者，黜之。……（五月）沙汰省部官，阿合馬黨人七百十四人，已革者三十三人，餘五百八十一人並黜之。……追治阿合馬罪，剖棺戮其尸于通玄門外。……籍阿合馬妻子親屬所營資産，其奴婢縱之爲民。……（六月）甲午，阿合馬濫設官府二百四所，詔存者三十三，餘皆罷。……辛丑，籍阿合馬妻子婿奴婢財産。……（七月）辛酉，剖郝禎棺，戮其尸。……（九月）敕中書省窮治阿合馬之黨。……以阿合馬没官田産充屯田。……戊午，誅阿合馬第三子阿散，仍剝其皮以徇。……辛酉，誅耿仁、撒都魯丁及阿合馬第四子忻都。……癸酉，阿合馬姪宰奴丁伏誅。……釐正選法，置黑簿以籍阿合馬黨人之名。……（十月）誅阿合馬長子忽辛、第二子抹速忽於揚州，皆醢之。……（十一）詔以阿合馬罪惡頒告中外，凡民間利病即與興除之。……（至元二十年三月）以阿合馬綿絹絲線給貧民工匠」，可見阿合馬一案持續之長、牽涉之廣、影響之大。

王惲改任之時恰逢阿合馬之事，不能不受到影響。從《秋澗集》卷九《義俠行并解題》來看，王惲在阿合馬事件之初，即以鮮明的態度表示對王著的支持，可惜的是這和忽必烈對待王著的態度恰恰相反（見前言）。而在後來清算阿合馬一黨時，王惲與郝禎的關係（見《秋澗集》卷五四《資德大夫中書右丞益津郝氏世德碑銘有序》）也會對他産生不利的影響。可以想見，蒙元高層對王惲的處理會很矛盾，也會很麻煩，這從王惲後來的經歷上也可見一斑。王惲記録自己爲侍御史（治書侍御史）的最早時間在至元十九年三月十七日（見《秋澗集》卷九《義俠行并解題》），然而一直到至元十九年十二月二十一日（見《秋澗集》卷四七《太一五祖演化貞常真人行狀》），王惲在所作的文章中都沒有再提自己治書侍御史的身份（甚至再也沒有提燕南河北道提刑按察副使的身份）。筆者以爲，王惲治書侍御史的任命很可能在阿合馬事件後被擱置，甚至被取消了。《秋澗集》之《謝張詹丞書》（卷三五）、《御史箴後記》（卷三八）、《太一五祖演化貞常真人行狀》（卷四七）、《便民三十五事》（卷九〇）等篇，所作時間都在至元十九年十二月至二十年六月份左右，雖然署名皆爲中議大夫、治書侍御史，但也只是針對最初任命而言，只是表明王惲曾有過此任命而已。

王惲後來的經歷也表明，其治書侍御史的任命沒有再繼續，王惲在阿合馬事件後處於一種待命的狀態中。從本年譜五十七歲上半年各條來看，王惲於四月初離開了燕京，先到真定，後到家鄉，又於六月左右回到真定。六月底左右，王惲改任山東東西道提刑按察副使，就是從真定赴任山東的。這中間王惲始終處於無事可做的境地，其生活也陷入了一定的困境中，《秋澗集》卷四四《憧喻官真定時五月夏至日作》：「汝翁且自己卯秋移官燕南，忽復四祀，以理將去。乃有維揚之命，夤緣投獻，遂致杜止。重叙一官，良爲匪易，其倖與否，汝等朝夕所親覩也。及南還滹上，復需後命，今又數月矣。適饑旱相仍，食艱口衆，事勢牽率，有進退維谷者。」可見，王惲的仕途在阿合馬事件中又經歷了一次起伏。

〔四〕王著（1254—1282），字子明，益都人。少沉毅有膽氣，不屑小節。曾官千户之職。至元十九年，同高和尚結衆入京師，用計殺奸相阿合馬，天下義之。於至元十九年三月被誅，年二十九。《元史》無傳，詳見王德毅《元人傳記資料索引》第一一二二頁所載。

〔五〕董舜卿，至元十九年時，官順德少尹。《元史》無傳，詳見《秋澗集》卷二三《董氏家庭拜慶詩》。

〔六〕宋璟墓在沙河縣，《大明一統志》卷四載「宋璟墓在沙河縣西北八里，碑刻見存，顔真卿書」，雍正《畿輔通志》卷四八載「宋璟墓在沙河縣西北八里，碑刻尚存，顔真卿書」，《大清一統志》卷二〇載「唐宋璟墓在沙河縣西北八里」。沙河縣，元時屬中書省順德路，治所在今河北沙河市北二十里沙河城鎮東一里。詳見《元史》卷五八「順德路」條、史爲樂《中國歷史地名大辭典》第一三三三頁所載。

〔七〕隆平縣，元時屬中書省真定路趙州，治所在今河北隆堯縣東十二里舊城鄉。詳見《元史》卷五八「趙州」條、史爲樂《中國歷史地名大辭典》第二四七〇頁所載。

〔八〕王惲第一次向太子真金進呈《承華事略》之事，參考本年譜五十五歲「十二月，作《進承華事略牋》，向太子真金進呈《承華事略》」條。《元史》卷一六七王惲本傳、卷一一五裕宗本傳中關於真金見到《承華事略》時的情景，與王惲《秋澗集》卷二三《西池幸遇詩》中的描寫很相似，或許就是直接取材於本篇。然在裕宗本傳中，將王惲的身份定爲「按察副使」，這很可能是將兩次進呈混爲一談之故。

〔九〕宋衜，字弘道，潞州長子人。初入趙璧幕。中統三年，擢翰林修撰。至元六年，爲行省員外郎，持詔徙江華島居民于平壤。復命，授河南路總管府判官，不赴。十三年，入爲太常少卿，兼領籍田署事。十八年，除秘書監。二十年，初立詹事院，爲太子賓客。二十三年卒。宋衜，《秋澗集》卷八二《中堂事記下》「十一日辛丑」條中作「宋道」。《元史》卷一七八有傳，詳見王德毅《元人傳記資料索引》第四三五頁所載。

〔一〇〕蕭全祐，洺水人，本姓李。至元十七年，任太一教第六代宗師。《元史》無傳，詳見陳垣《南宋初河北新道教考》卷四《六七祖傳授之推測第五》。

〔一一〕蕭居壽（1221—1280），字伯仁，道號淳然子，汲縣人，本姓李。元憲宗二年，任太一教五代祖師。至元十一年，特旨於奉先坊創太一廣福萬壽宮，繼太保劉秉忠裡六丁神將。至元十七年七月廿六日卒，年六十。詳見陳垣

《南宋初河北新道教考》卷四《五祖李居壽之寵遇第四》、王德毅《元人傳記資料索引》第五三〇頁所載。

〔一二〕張居祐（1218—1289），字天錫，汲郡人。元憲宗七年，知衛州太清觀事，繼陞充提舉。至元十九年，授凝寂大師、衛輝路道教都提點。二十六年二月五日卒，年七十二。《元史》無傳，詳見《秋澗集》卷六一《凝寂大師衛輝路道教都提點張公墓碣銘并序》、陳垣《南宋初河北新道教考》卷四《太一教人物一斑第六》。

〔一三〕梁秉常（1230—1282），字仲常，燕人。金尚書梁肅裔孫。仕至奉議。至元十九年卒，年五十三。《元史》無傳，詳見《秋澗集》卷四四《劍戒哀梁子也》。

〔一四〕劉暉，字景融，修武人。至元十九年時，官懷州節度使。或於至元二十年，授滑州知府。《元史》無傳，詳見《秋澗集》之《讀舜廟碑》（卷九）、《同劉景融過西園懷古》（卷一七）、《西苑懷古和劉懷州景融韻》（卷一七）、《用劉景融韻答客問》（卷一七）、《太守劉景融之任滑臺索詩謹書此爲贈》（卷一八）、《河内修武縣重修廟學記》（卷三八），王德毅《元人傳記資料索引》第一七九六頁所載。

〔一五〕修武縣，元時屬中書省懷慶路，治所即今河南修武縣。詳見《元史》卷五八「懷慶路」條、史爲樂《中國歷史地名大辭典》第一九二五頁所載。

〔一六〕韓仁，字義和，汲縣人。金正大間，舉孝廉，辟爲州孔目，充元帥府令史。元太宗十二年，充尚書省都事。秋，丁母憂。尋起授左右司員外郎。元太宗十三年左右，棄俗入道。自號逍遥子，主神竇、修真二觀餘三十年。至元十九年十月十五日卒，年八十四。《元史》無傳，詳見《秋澗集》之《贈鄉先生韓義和》（卷一四）、《大元國故尚書省左右司員外郎韓公神道碣銘并序》（卷六〇），劉敏中《中庵集》卷五《韓義和衛人國初爲左右司員外郎有才謀奏對嘗稱旨俄棄家爲道士自號逍遥子集諸驗方傳於世其姪德昱爲作歸隱圖求詩》。

1283 癸未年　元世祖至元二十年　五十七歲

當年時事：

本年，發五衛軍征日本。

歐陽玄生〔二〕。

譜主事蹟：

正月二日，謁商挺，並爲商挺歙石璧研作銘。

《秋澗集》卷六六《歙石璧研銘并序》：「至元癸未歲正月二日，謁左山先生。坐間出兹硯示客，僕以形質異常，略狀數語。公喜甚，曰：『汝言殊有契予心者，吾子其爲我銘之！』」

正月十一日，在京師，作文紀與奉議梁秉常談劍戒事。

《秋澗集》卷四四《劍戒哀梁子也》：「梁奉議仲常與予聯事於憲司者凡四年。十九年冬，同在京師，乃告予曰：『僕有一劍，頗古而犀利，自落吾手，每臨静夜，屢聆悲鳴，比復作聲，錚然也。且聞百鍊之精，或嘗試人者則鳴，世傳以爲劍戒。』予疑焉，白：『此金孽也，非戒也。』既而，梁以事南還陳留，到家四日而卒。……至元廿年歲在癸未端月十有一日，王惲書。」

正月，在燕京與懷州節度使劉暉相會，王惲詢以夢中之事。

《秋澗集》卷四四《紀夢》：「至元十七年春，某官真定，夢先祖敦武府君親告某曰：『今濟源縣宋宰相陳堯叟碑文内王其姓者，即王氏遠祖也，汝其識之。』廿年正月，在燕與懷州劉節使相會，問及陳相石刻，云：『濟源見有陳堯叟讀書堂故碑，但不知有無王姓者。』筆之以志，異日求訪。」

二月七日，同懷州節度使劉暉遊真陽庵，作文以紀。《同劉景融過西園懷古》、《西苑懷古和劉懷州景融韻》、《用劉景融韻答客問》、《太守劉景融之任滑臺索詩謹書此爲贈》亦當作於此時前後。

《秋澗集》卷九《讀舜廟碑》：「至元廿年二月七日，同劉節使景融由西園過舜祠入真陽庵，觀唐貞元間顔魯公子頵所書幽州節度使韋稔重修舜祠碑，書畫端莊，殊有父風。」

《秋澗集》卷一七《同劉景融過西園懷古》

《秋澗集》卷一七《西苑懷古和劉懷州景融韻》

《秋澗集》卷一七《用劉景融韻答客問》

《秋澗集》卷一八《太守劉景融之任滑臺索詩謹書此爲贈》

二月九日，雪，作詩以紀。

《秋澗集》卷二八《癸未年二月九日雪》。

清明日，爲羅謙甫所著《衛生寶鑑》作序。

《秋澗集》卷四十一《衛生寶鑑序》：「羅君謙甫，東垣先生之高弟……因集爲一書，題曰《衛生寶鑑》……吾子其爲我序之……至元癸未歲清明日序」。

二月十八日，應懷慶路前州將劉暉之請，作文紀河内修武縣重修廟學事。

《秋澗集》卷三八《河内修武縣重修廟學記》：「至元壬午冬，前州將劉暉與予同在京師間，相會肆談，懷衛間勝概，娓娓忘倦，因及縣之廟學與夫本末，……二十年歲在癸未二月十八日謹記。」

二月廿一日，作詩紀右脅誌事。

《秋澗集》卷二九《記右脅誌文》：「予右脅有六紅誌、一黑子，狀成斗文。其黑子終非同色，又遠而不應曲詰。至元廿年二月廿一日，因浴出，見一紅誌忽生其下，遂足成杓狀。吁！亦異哉！因書此以紀其生發月日云。」

清明日（三月七日左右），爲羅謙甫作《衛生寶鑑序》〔二〕。

《秋澗集》卷四一《衛生寶鑑序》：「羅君謙甫，東垣先生之高弟，……因集爲一書，題曰《衛生寶鑑》。……至元癸未歲清明日序。」

三月二十八日，王惲與宋衟、蕭全祐、張明之會道館〔三〕，作詩以紀。

《秋澗集》卷九《紫藤花歌并序》：「癸未歲三月二十八日，宋賓客乘澤車，過道宫訪余。時庭中紫藤花盛爛若錦，擿道師蕭公邀宋與余坐藤陰下，尋友人張明之亦至。酒數行，開口笑粲，殊適然也，宋因出名紙屬予作字。」

四月五日，王惲將回歸故里，過辭商挺，獲觀楊凝式書《維摩》等經於座。

《秋澗集》卷七二《評楊凝式書》：「楊凝式書《維摩》等經説皆作行體大字，瑰奇豪邁，瀟散中寓正筆。……至元廿年四月初五日，過辭左山，獲觀於座，所論如此。」

四月六日，書《與左山商公論書序》於所寓壽宫之道室。

《秋澗集》卷四十二《與左山商公論書序》：「至元二十年四月六日，書于所寓壽宫之道室。」

四月十三，行至新樂〔四〕，作詩以紀。

《秋澗集》卷九《辛夷花歌癸未四月十三新樂道中作》：「樂城城南沙水湄，在漢名爲新市里。」

四月廿五日，同獲鹿主簿蓋義甫同遊封龍上觀〔五〕。

《秋澗集》卷十九《至元癸未夏四月廿五日同獲鹿主簿蓋義甫同遊封龍上觀宋人碑云

昔趙駱元遇徐來勸授丹元素服之遲老還童白日飛陞又云徐童花徐所種》。

四月，還自京師，道出梁臺〔六〕，爲蜀士程天驥之子訓字。

《秋澗集》卷七二《字程氏小子》：「癸未夏四月，僕還自京師，道出梁臺，蜀士程天驥自云伊川先生之遺裔，有子方黄，攜而拜予，因求其小字，乃訓之曰『伊傳』。嗚呼，小子其念之哉！」

五月五日，治頭回轡〔七〕，得《感皇恩》一闋，示秀才鄭彦通〔八〕。

《秋澗集》卷七五《感皇恩·十一》：「癸未重午日，治頭回轡，得《感皇恩》一闋，他時倚聲歌之，不能無相憶之情也。示秀才鄭彦通。……坐蔭辛夷，閑揮吟麈。澤畔行歌恐良苦。」

五月十七日，得《禊飲序》玉色碑，作文以紀。時在汲縣。

《秋澗集》卷三八《蘭亭石刻記》：「蘇門盧君茂之得玉色碑，石中斷，瘞酒壚間偶見，視之，乃《禊飲序》也，即懇求得之。……二十年歲在癸未夏五月十七日謹記。」

五月二十日，經略史樞邀王惲觀桃源古畫。本次相見，王惲在《故中奉大夫山東東西道宣慰使史公哀辭》中錯記爲二十一年事〔九〕。

《秋澗集》卷九《題桃源圖後》：「至元癸未夏五月二十日，經略史公邀余樓居燕語，仍出示桃源古畫二大軸，蓋佳筆也。公因詢兹事有無，其意果云何者。」

《秋澗集》卷六五《故中奉大夫山東東西道宣慰使史公哀辭》：「至元甲申夏六月，余將往歷下，見公於所居南樓，置酒酌别。」

五月二十一日，賦《題桃源圖後》呈經略史樞。

《秋澗集》卷九《題桃源圖後》：「至元癸未夏五月二十日，經略史公邀余樓居燕語，仍出示桃源古畫二大軸，蓋佳筆也。公因詢兹事有無，其意果云何者。明日，賦此詩以呈。」

五月夏至日（五月二十五日左右），作《僮喻》，勸子孫行節儉之道。

《秋澗集》卷四四《僮喻官真定時五月夏至日作》：「汝翁且自己卯秋移官燕南，忽復四祀，以理將去。乃有維揚之命，夤緣投獻，遂致杜止。重叙一官，良爲匪易，其倖與否，汝等朝夕所親覩也。及南還滹上，復需後命，今又數月矣。適饑旱相仍，食艱口衆，事勢牽率，有進退維谷者。況汝翁行年五十有七，……因援翰作《僮喻》，會有餘，思不足，爲暴殄之戒，且廣訓儉之遺意云。」

五月，雨中與子王公孺裝潢趙秉文所書《御史箴帖》于春露堂。時在汲縣。

《秋澗集》卷三八《御史箴後記》：「二十年癸未夏五月，雨中與子孺裝潢歸藏春露堂，以爲書林寶鎮，且懌同志願見之心。中議大夫、治書侍御史、汲郡王惲謹記。」

五月，作《題元楊手書後》。

《秋澗集》卷七二《題元楊手書後》：「卷中諸公皆一時名勝，先生俎豆其間，諸賢樂與游者，其以道義故也。余早歲讀書蘇門，尚及見之，歲時以文酒吟詠於山水間，彬彬然極平時故家風味，不知軒冕爲何物。孰謂三十年後文物凌替而至於斯，拊卷援毫，豈勝慨慕。至元癸未歲蕤賓日謹題。」

六月十一日夜，夢劉正相過〔一〇〕，作詩以紀。

《秋澗集》卷九《紀夢》：「癸未夏六月十一日夜，夢劉使君相過，腰間佩二寶劍，解以示予。……與之語，甚洽，劉貌肖河間劉清卿。既而爲風雨驚覺，聞夜漏下三十刻矣。」

六月十七日，爲所著《調元事鑑》一書作序。《謝湯宣慰惠書》、《題丙博陽問牛圖後》、《丙吉問牛圖》、《又跋問牛圖》或作於此時前後。

《秋澗集》卷四一《新修調元事鑑序》：「士之有志於道者，當以聖人爲則；有志於天下者，當以宰相自期，降是夫何言焉。……此《事鑑》之所以作也。……僕老矣，壯而所期見於世者，百不能一必，故朝夕覃思是編，庶成一書，亦畎畝不忘之心也。……至元二十年歲次癸未夏六月十有七日序。」

《秋澗集》卷一九《謝湯宣慰惠書》：「閑來何物慰窮愁，細把調元入校讎。」

《秋澗集》卷七一《題丙博陽問牛圖後》：「予適纂述《調元事鑑》，友人敬之之子公讓請題其後，故書。」

《秋澗集》卷三三《丙吉問牛圖》：「休驚宣父才難歎，兩漢調元見是公。後世幾人能辨此，球時纔得一姚崇。」

《秋澗集》卷三三《又跋問牛圖》：「坐理論思一相功，只今機務簿書叢。後人刺口無輕議，世事看來總不同。」

六月入伏前二日，作《題所臨顔魯公十帖後》。

《秋澗集》卷七二《題所臨顔魯公十帖後》：「大名楊君順之，家藏劉元剛嘉定間忠義堂所刻魯公書廿一帖，予擇其大小尤精者臨一十紙。……癸未歲夏六月入伏前二日，大雨淋浪，五晝夜不止，開窗隱几坐，見舍東積潦，展觀此帖，偶爲題其後云。」

得伏日（六月後），爲所著《顔魯公書譜》作序。

《秋澗集》卷四一《顔魯公書譜序》：「嗚戲！公之書今存於世者無幾，加之歲刓月敝，有剷滅而已，可勝惜哉！若夫千金之璧，爲世重寶，人能碎而不勒者，以求而可復有也。若公之書，寧復載得邪？故余作譜，按公春秋與所書碑刻歲月、官封，詳考而次第之，俾觀者知公之書因物賦形，變態百出，其胷中忠義之氣葱葱鬱鬱散於筆墨之間者，至終老而不少衰，所謂止見性情，不見文字。……至元癸未得伏日序。」

六月，大雨，有龍墮農民王家，王惲作文以紀。

《秋澗集》卷四四《龍墮農民王家》：「至元二十年癸未夏六月中大雨，河西鄉農家王氏甫夕，黑霧四塞，中庭、窗户间寒凛不可勝視之，有蒼龍蜿蜒，在氣中起而復墮者再。時王氏女已笄，下堂趨室，驚而絶於地，救乃甦，問所見，亦同。欻霆震霧散，失所在。明日，視其地，鱗鬣印泥尚宛然也。王氏世居水上，其下潭渦殊深黑可畏。」

夏，觀《紫絲鞋帖》於張條山家，并爲之作跋。

《秋澗集》卷七二《跋紫絲靸鞋帖後》：「《紫絲鞋帖》四十六字，二十年癸未夏，借觀於張條山家。」

六月底，王惲在改任山東東西道提刑按察副使前，向詹丞張九思上書[二]**，既對張九思的照顧表示謝意，又對未能當面表示謝意而致歉。**

《秋澗集》卷三五《謝張詹丞書》：「六月日，中議大夫、治書侍御史王惲頓首再拜，奉書于詹丞相公閤下……惲猥列士行，役志於簡編者有年于兹。……竟承閤下不以愚疏見鄙，周旋備至，俾峩冠而前，顒對麈仗，致有西池非常之遇，豈惟身都顯異，抑爲吾道中外之光。……自是而後，足迹踵於門牆者數矣，未嘗不顧盼剪拂，使之增華當時。……叙別之際，欲負愧伸感且謝其不敏，復恐倉卒共辭，重得罪於左右，用是不果於披露也。違離已來，夙夜慨嘆，至于今而有不遑安者。……敢布愚衷，惟君侯詳恕之。惲再拜白。」

《元史》卷一六九張九思本傳：「（至元十九年）冬，立詹事院，以九思爲丞。」

六月底左右，王惲改山東東西道提刑按察副使，在官時間約一年〔一二〕。

《秋澗集》卷一七《留別鎮陽諸公赴任濟南》：「三年滹水人情好，六月齊州去路遥。」

《秋澗集》卷九四《玉堂嘉話卷之二》「辛殿撰小傳」條：「棄疾字幼安，濟南人。……初，公在北方時，與竹齋嘗遊泰山之靈巖，題名曰『六十一上人』，破『辛』字也。至元二十年，予按部來遊，其石刻宛在。」

《秋澗集》卷四二《編年紀事序》：「廿一年，余解印西歸，休焉而無所事，日纘相務爲業，編年者尤不可斯須而去手。」

六月底，改山東東西道提刑按察副使後，王惲與鎮陽諸公話別，作詩以紀。《癸未七月秋分日鎮陽澤宮弘道堂讀韓子有感》當作於不久之前〔一三〕。

《秋澗集》卷一七《留別鎮陽諸公赴任濟南》：「三年滹水人情好，六月齊州去路遥。

回首北潭花上月，時應歸夢到蘭橈。」

《秋澗集》卷三《癸未七月秋分日鎮陽澤宮弘道堂讀韓子有感》。

七月四日，赴任濟南〔一四〕。道出藁邑西南鄉〔一五〕，觀農人用鋤鏤理田，喜爲賦詩。

《秋澗集》卷三《鋤鏤詩并序》：「至元二十年癸未，歲七月四日，赴任濟南。道出藁邑西南鄉，觀農人用鋤鏤理田，時秋霖開霽，嘉穀滿野，三農熙熙然有歲成之樂。自惟本田野間人，喜爲賦詩，不知何時得與若輩耦而耕也。」

七月二十四日左右，赴任濟南，前次黄崗〔一六〕，作詩以紀。

《秋澗集》卷一七《赴任濟南前次黄崗作》：

「征車轆轆二旬間，泥雨長途備阻艱。行近黄崗都忘卻，一峯金翠得華山。

今年東赴濟南行，帶雨拖泥二十程。只爲此身饑凍迫，幾回辛苦歎勞生。」

八月，王惲到達濟南。

《秋澗集》卷七四《水龍吟・八》：「舜泉在濟南城中，自壬子年，水去來不常。今歲秋八月，余到官兩日，泉流復出，其深可厲，回風瀟瀟，翠苹盈沼，邦人以爲神來之兆。近陪憲使展敬祠下，因索鄙作，謹繼丞相雙溪公懷古嚴韻，用紀其異。」

十月，作《二十四大儒贊并序》。時在濟南任上。

《秋澗集》卷六六《二十四大儒贊并序》：「至元癸未冬十月，齊府廟宫兩廡繪事告成，□□明靈，儼然如在。」

本年，應雲中高明福之請爲其父高祐作墓碣銘〔一七〕。

《秋澗集》卷六一《故雲中高君墓碣銘并敍》：「君諱祐，字仲和。……至元十九年五月四日，以疾終于家，壽六十有五。三日，葬汲縣汲城鄉南王里之原，從新仟也。……明年，明福以墓碣來請銘，余以同里巷者五十年，知高氏爲最詳。即其富潤齒息而論，蓋自高曾而降凡六世，雖荐更世故，以孝義勤儉，同居不析故也。」

本年，作《海燕蒲萄鏡歌贈趙克敬》〔一八〕。

《秋澗集》卷一一《海燕蒲萄鏡歌贈趙克敬》：「蹇予行年五十七，落魄功名尚南北。」

〔一〕歐陽玄(1283—1357)，字原功，號圭齋，瀏陽人。延祐二年，賜進士出身，授岳州路平江州同知。調太平路蕪湖縣尹。改武岡縣尹。召爲國子博士，陞國子監丞。致和元年，遷翰林待制，兼國史院編修官。天曆二年，初置奎章閣學士院，又爲藝文少監。奉詔纂修《經世大典》，陞太監、檢校書籍事。元統元年，改僉太常禮儀院事，拜翰林直學士，編修四朝實録，俄兼國子祭酒，陞侍講學士，復兼國子祭酒。後至元五年，拜翰林學士。至正五年，拜翰林學士承旨。以特授湖廣行中書省右丞致仕。十七年十二月卒，年七十五。謚文。有《圭齋文集》十五卷。《元史》卷一八二有傳，詳見王德毅《元人傳記資料索引》第一八七一頁所載。

〔二〕羅天益，字謙甫，藁城人。從名醫李杲學，得其真傳。著有《衛生寶鑑》二十四卷。《元史》無傳，詳見《千頃堂書目》卷一四、王德毅《元人傳記資料索引》第二〇八九頁所載。

〔三〕張明之，待考。

〔四〕新樂，元時屬中書省真定路中山府，治所在今河北新樂市東北承安鎮。詳見《元史》卷五八「中山府」條、史爲樂《中國歷史地名大辭典》第二七二三頁所載。

〔五〕蓋義甫，至元二十年時，官獲鹿主簿。《元史》無傳，詳見《秋澗集》卷十九《至元癸未夏四月廿五日同獲鹿主簿蓋義甫同遊封龍上觀宋人碑云昔趙駱元遇徐來勤授丹元素服之遲老還童白日飛陞又云徐童花徐所種》。

獲鹿，元時屬中書省真定路，治所即今河北鹿泉市。詳見《元史》卷五八「真定路」條、史爲樂《中國歷史地名大辭典》第二〇六九頁所載。

封龍，指封龍山，又名飛龍山，在今河北元氏縣西北、鹿泉市南，詳見史爲樂《中國歷史地名大辭典》第一七四八頁所載。

〔六〕梁臺，待考。

〔七〕治頭，待考。

〔八〕鄭彦通，待考。

〔九〕史樞於至元十九年至二十三年時居永清，《元史》卷一四七史樞本傳：「十四年，移疾還。十九年，起爲東京路總管，辭不赴。二十三年，拜中奉大夫、山東東西道宣慰使，治濟南，後又治益都。二十四年，卒，年六十七。」王惲六月底得到山東東西道提刑按察副使的任命，七月四日已向南行至藁城，八月到任，不可能有時間折而北上至永清。至元二十一年六月時，王惲將要辭去山東東西道提刑按察副使一職，將要離開「歷下」（代指濟南），而不是「將往歷下」，更不可能到千里之外去見史樞，故王惲此處記憶有誤。

〔一〇〕劉正，字清卿，清州人。年十五，初辟制國用使司令史，遷尚書户部令史。轉樞密院令史，辟掾中書。十五年，擢左司都事。十八年，征爲左司員外郎。十九年，爲左右司員外郎，復爲左司員外郎。二十年春，樞密院奏爲經歷，陞參議樞密院事。二十五年，擢爲户部侍郎，陞户部尚書。二十八年，復擢爲户部尚書，陞參議。尚書省罷，仍參議中書省事。三十年，御史臺奏爲侍御史，中書省奏爲吏部尚書，已而復留爲侍御史，遷江南行御史臺中丞。大德元年，改同僉樞密院事，尋出爲雲南行中書省左丞。七年秋，還清州。八年六月，以左丞行省江西。冬十月，改江浙。武宗即位，召爲中書左丞，陞右丞。仁宗朝，拜榮禄大夫、平章政事、議中書省事。延祐六年卒。謚忠宣。《元史》卷一七六有傳，詳見王德毅《元人傳記資料索引》第一七七一頁所載。

〔一一〕張九思(1242—1302)，字子有，宛平人。至元二年，宿衛東宫。十六年，授工部尚書。十九年冬，立詹事院，以九思爲丞。三十年，進拜中書左丞，兼詹事丞。元貞元年，爲徽政院副使。十一月，進資德大夫、中書右丞。大德二年，拜榮禄大夫、中書平章政事。五年，加大司徒。六年，進階光禄大夫。大德六年卒，年六十一。謚忠獻。《元史》卷一六九有傳，詳見王德毅《元人傳記資料索引》第一一〇六頁所載。

〔一二〕關於王惲改任山東東西道提刑按察副使的時間，《元史》卷一六七王惲本傳載「十九年春，改山東西道提刑按察副使，在官一年，以疾還衛」，誤。王惲改山東東西道提刑按察副使，時間在至元十九年六月底左右。可參考夏令偉《〈元史·王惲傳〉勘誤》(《内蒙古農業大學學報》2010年第2期，頁226—227)。

〔一三〕癸未七月秋分日，此時間記載有誤，其事當在王惲改授山東東西道提刑按察副使之前。又，七月秋分日，疑爲七月立秋日之誤，本年立秋日在七月十九日前後，而秋分日則在九月二日左右。

〔一四〕濟南，此處指濟南府，元時屬中書省，治所即今山東濟南市。詳見《元史》卷五八「濟南路」條、史爲樂《中國歷史地名大辭典》第一九九二頁所載。

〔一五〕藁邑，指藁城，元時屬中書省真定路，治所在今河北藁城市西南二十八里丘頭鎮。詳見《元史》卷五八「真定路」條、史爲樂《中國歷史地名大辭典》第二九三三頁所載。

〔一六〕黄崗，待考。

〔一七〕高祐（1218—1282），字仲和，雲中人，寓居汲縣。性孝悌，經商致富而喜濟施。至元十九年五月四日卒，年六十五。高明福，高祐長子。至元二十年時，由泰鹽管勾任河南府交鈔庫使。《元史》無傳，詳見《秋澗集》卷六一《故雲中高君墓碣銘并叙》。

〔一八〕趙克敬，即趙穆，遼太師趙思温裔孫，燕人。歷官定武判、孟州同知，累官集賢學士。《元史》卷無傳，詳見王德毅《元人傳記資料索引》第一七〇九頁所載。

1284 甲申年　元世祖至元二十一年　五十八歲

當年時事：

五月，括天下私藏天文、圖讖等書。

七月，詔鎮南王脱歡征占城。

十月，立常平倉。

十一月，以盧世榮爲中書右丞相。

譜主事蹟：

正月一日，作《甲申歲正旦賀表》，時在山東。

《秋澗集》卷六八《甲申歲正旦賀表山東憲司》。

正月一日，作《甲申門帖子》。

《秋澗集》卷二九《甲申門帖子》：「一巵春酒酹門扉，入手新年所事宜。卻愧白頭官舍底，苦無明略佐明時。」

正月二十八日，作《祥露記》，追記奉遷二親藁殯於沁曲事。

《秋澗集》卷三八《祥露記》：「用明年百五日，奉遷二親藁殯於沁曲。……至元廿一年歲舍甲申正月二十有八日，中議大夫、山東東西道提刑按察副使男惲百拜泣血追記。」

正月，作《平原行至元甲申歲正月作》。

《秋澗集》卷九《平原行至元甲申歲正月作》。

二月四日前後，王惲得疾，友人來視，作文以紀。

《秋澗集》卷七四《滿江紅・五》：「不肖疾中，承都運趙侯天章漕副相過〔一〕，自惟衰朽，何以得此。昨晚又以樂府見示，疾讀數過，不覺有起予之嘆。復尋前盟，略疇二公雅意。」

《秋澗集》卷七四《滿江紅・六》：「廿一年二月初四日午夜，枕上復繼前韻，書夢中所見。」

二月二十八日，送殷卿同寮西還鎮陽，作文以紀。

《秋澗集》卷七四《滿江紅・七》：「至元廿一年歲次甲申二月廿八日，濼口離筵，送殷卿同寮西還鎮陽。」

清明前一日(三月十六日左右)，遊濟南華不注[二]，作文以紀。

《秋澗集》卷三八《遊華不注記》：「濟南山水可游觀者甚富，而華峯、濼源爲之冠。……冷竈節得暇且寬，憲使耶律君邀余暨簽書杜君爲茲山遊，且尋堰頭之盟，諾焉。……時至元甲申清明前一日也，謹記。」

春，作《題杜莘老春融秋嶺圖》。《杜莘老荒山訪友圖》亦或作於此時。

《秋澗集》卷二九《題杜莘老春融秋嶺圖》：「三分春事二分空，料峭寒生破曉風。今日檐前天色好，山嵐全似卷中融。甲申春大寒。」

《秋澗集》卷二四《杜莘老荒山訪友圖》。

四月八日，與孫王笴遊佛首山開化寺[三]，作詩以紀。

《秋澗集》卷一七《遊佛首山開化寺至元廿一年四月八日挈行者孫韃郎》。

四月，自泰安、平陰、東阿向西[四]，檢覆桑災，時間約一月左右。王惲當在此時拜訪了徐世隆。

《秋澗集》卷七二《書劉氏屋柱》：「至元甲申夏四月，余自泰安、平陰、東阿撿覆桑災而西，赤日黄塵中馳六百餘里，忽得此屋休蔭，車怠馬煩之意爲釋然也。……重午後二日過此。」

《秋澗集》卷一九《大卿徐先生挽章諱世隆字威卿金進士第陳州西華人官至集賢大學士》：「自憐狂斐慚提奬，争遣鱣堂一拜休。至元廿一年，予按部東平，拜公於私第之前堂。時公已在病，眷眷於予者甚款，既而卒于家。」

五月，覆灾黄石公祠下〔五〕，顧瞻山川，慨焉興感，書《黄石公説》以辯。《黄石公祠乞靈文》、《陽穀道中有懷黄石公事寄呈敬齋姚公》、《黄石公祠雜詩》亦當作於此時前後。

《秋澗集》卷四六《黄石公説》：「若黄石公者，後世獨以鬼物爲疑，非也。……至元甲申歲夏五月，余覆災祠下，顧瞻山川，慨焉興感，書是説以辯云。」

《秋澗集》卷六四《黄石公祠乞靈文》：「惟公鍾秀崇丘，降神圯上，靈氣驚世，惝怳莫詰。……不肖猥叨時名，艾服官事餘廿年，每以昧於事機，動成乖戾爲愧。」

《秋澗集》卷一四《陽穀道中有懷黄石公事寄呈敬齋姚公》：「黄石有書開帝業，布衣無地着恩光。」

《秋澗集》卷二九《黄石公祠雜詩》：「此老當年一隱淪，後稱黄石怳疑神。野人莫詑山間事，洞穴無情草自春。」

五月七日，檢覆桑灾途中，得劉澤家依蔭，甚爲愜意，作文以紀。

《秋澗集》卷七二《書劉氏屋柱》：「至元甲申夏四月，余自泰安、平陰、東阿檢覆桑災而西，赤日黄塵中馳六百餘里，忽得此屋休蔭，車怠馬煩之意爲釋然也。主壻劉澤克家有禮，……不圖田野間有此端士。重午後二日過此。」

本年（五月之後），辭職還家，與韓弘一起著《編年紀事》〔六〕。

《秋澗集》卷四二《編年紀事序》：「廿一年，余解印西歸，休焉而無所事，日纘相務爲業，編年者尤不可斯須而去手。遂與韓生弘因其舊編，增而廣之，事備於前，統明於舊。若夫世主之御天接統，輔相之登庸宅揆，前後繫屬，一不敢闕。所謂該天運之盛衰者，則思過半矣。」

本年，觀《三鹿圖》，作文以紀。

《秋澗集》卷九《題右相文獻公畫鹿圖》：「蒼然角尾千金姿，我拭老眼三見之。至元甲寅年，觀王氏所藏公畫《臥鹿》一；十六年，李正之處觀所畫《行鹿》二；二十一年甲申三月十四日，於曾孫耶律義甫處又觀《三鹿圖》。就中雪毿何多出，恐是當年獻瑞詩。」

本年，衛州創建紫極宫成，王惲爲之作碑銘。

《秋澗集》卷五六《衛州創建紫極宮碑銘》：「維衛紫極道宮，全真師沖虛子房公所創建也。……實經始於壬子之春，迨至元甲申秋，工告迄功。志朴乃件右師之行業與夫興造本末踵門謦折，謁予文者再。余以鄉梓盛蹟，且與師有玄談之雅，勉爲叙次之：師諱志起〔七〕，濰州昌邑人。」

〔一〕趙天章，至元二十一年時官漕副。《元史》無傳，詳見《秋澗集》卷七四《滿江紅·五》。

〔二〕華不注，一名金輿山，即今山東濟南市東北華山，詳見史爲樂《中國歷史地名大辭典》第一〇一六頁。

〔三〕佛首山，待考。

〔四〕泰安，元時屬中書省泰安州，治所即今山東泰安州。詳見《元史》卷五八「泰安州」條、史爲樂《中國歷史地名大辭典》第二〇三二頁所載。

平陰，元時屬中書省東平路，治所即今山東平陰縣。詳見《元史》卷五八「東平路」條、史爲樂《中國歷史地名大辭典》第六五七頁所載。

東阿，元時屬中書省晉東平路，治所在今山東陽穀縣東北五十里阿城鎮。詳見《元史》卷五八「東平路」條、史爲樂《中國歷史地名大辭典》第六八八頁所載。

〔五〕黄石公祠，《大明一統志》卷二十三載「黄石公祠在穀城山之陽」，《大清一統志》卷一四二載「漢黄石公祠在東阿縣穀城山下，宋、元時嘗設山長奉祀」。

〔六〕韓弘，王惲弟子，曾在衛輝路録事司供職。《元史》無傳，詳見《秋澗集》之《壽韓生弘》（卷二一）、《保儒生韓弘牒草》（卷九二）。

［七］房志起，濰州昌邑人。全真教道士，道號沖虚子。元憲宗九年，創建紫極宫於衛州。《元史》無傳，詳見《秋澗集》卷五六《衛州創建紫極宫碑銘》。

1285 乙酉年　元世祖至元二十二年　五十九歲

當年時事：

正月，命禮部領會同館。

二月，立規措所。

復立按察司。

七月，敕秘書監修《地理志》。

十二月，皇太子真金薨。

譜主事蹟：

正月初一，作《乙酉元日門帖子》。

《秋澗集》卷二九《乙酉元日門帖子》。

春（當在正月），以左司郎中召，不赴，作《答客問》以解謗。《謗解》亦或作於此時。

《秋澗集》卷首《文定王公神道碑銘》：「二十二年，奏充中書省左司郎中，屢趣不應。時小臣盧以理財用事，或問其故，曰：『力小任重，剥衆利己，未見能久者，可近乎？』既而果敗，衆服其識先而有守。」

《元史》卷一百六十七王惲本傳：「二十二年春，以左司郎中召。時右丞盧世榮以聚斂進用，屢趣之不赴。」

《秋澗集》卷四五《答客問》：「至元廿一年（案：當爲廿二年）春正月，予有中省郎曹之命。既而，以事不果行。或傳予抵燕，視其有不可而歸者。……作《答問》以自見。」

《秋澗集》卷四五《謗解》。

《元史》卷一三：「（二十一年十一月）前江西榷茶運使盧世榮爲右丞。」

《元史》卷二〇五盧世榮本傳：「至元二十一年十一月辛丑……以世榮爲右丞，而左丞史樞，參政不魯迷失海牙、撒的迷失，參議中書省事拜降，皆世榮所薦也。……（至元二十二年十一月）有旨誅世榮，割其肉以食禽獺。」

《元史》卷一六八陳祐本傳：「二十一年三月，拜監察御史。會右丞盧世榮以掊克聚斂驟陞執政，權傾一時。」

春，于王氏安仁西里居住處建成春露堂，取霜露既降，感時思親之義。《春露堂上梁文》、《春露堂三首》、《謝道人惠竹》亦當作於此時前後。

《秋澗集》卷三八《春露堂記》：「王氏居安仁西里，有宅一區，湫隘近市，……於是謀爲新室，不侈不陋，……乙酉春，既落成，遂榜其顔曰春露，蓋取霜露既降，感時思親之義也。」

《秋澗集》卷七〇《春露堂上梁文》：「伏以飛鳥知還，固擇安棲之所；弊廬託處，舉懷必葺之心。秋澗老人樗櫟散材，萍蓬遠宦。東西南北，兩紀奔馳。雨露風霜，終年偃薄。久矣壯遊之倦，浩然故里之歸。廼構新堂，不遺舊物。」

《秋澗集》卷一八《春露堂三首》：「今年卜築露堂春，頗覺吾廬發興新。……花枝照眼開還好，竹樹當軒植漸匀。」

《秋澗集》卷一八《謝道人惠竹》：「春露堂成户牖空，閉藏無物禦深冬。長稍來覓筠溪種，祥祉思憑道蔭功。」

七月廿一日，作《河冰篇》，追記前赴汴梁事。

《秋澗集》卷一〇《河冰篇》：「庚申前三年，予以事赴汴，次中灤，值雪者三日。時大河走凌，因卧船蓬間，聽河冰拉船而下，其聲瑟瑟可愛。嘗欲一詩，執筆輒罷。今日率爾得此，殊適然也，時至元廿二年秋七月廿一日也。」

八月一日，同高仁甫、李靖伯[一]、史潤之餞韓天麟東行[二]。

《秋澗集》卷七六《臨江仙・二》：「八月一日，同高仁甫、李靖伯、史潤之餞伯昌東行，韓明日至滑，得陰疾，後三日舟載西還，夕次淇門東劉家渡而殁，得年五十有九。韓予出就外傅時同舍生也。哀哉。」

《秋澗集》卷三八《大元故奉議大夫中書兵部郎中韓君墓碑銘并序》：「君諱天麟，字伯昌，姓韓氏，世爲漁陽上谷人。……尋被檄檢覈河漕，回次濬之劉家渡，以暴疾卒，實二十二年乙酉歲八月七日也，享年五十有九。」

八月九日晚，積雨開霽，碧空如洗，披衣步月於庭中，作《感皇恩》以紀。

《秋澗集》卷七五《感皇恩·十二》：「乙酉歲八月九日晚，積雨開霽，碧空如洗，月色入户，似與幽人約者。遂披衣步月於庭中。久之，覺風露凛然，怳疑去青冥無幾也，因以《感皇恩》歌之，且寓幽懷之梗概云。」

九月四日，聞雞鳴聲，作文以紀。

《秋澗集》卷一〇《荒雞行乙酉九月四日》：「茆檐月落霜稜稜，半夜起聽荒雞聲。不知首唱自何處，喔喔滿城争亂鳴。爾緣氣類司早晏，乃今失職能無驚？淒風吹空星斗黑，漫漫長夜何時明。萬事紛紜每如此，不須劍舞蹴琨興。」

九月十一日，衛之南郊得嘉禾一株，王惲作文以紀。

《秋澗集》卷一八《嘉禾篇并序》：「乙酉歲九月，衛之南郊穫稼得嘉禾，一莖九穗，和之至也。田主李縣丞特以示余，纍纍秀結，大小連比，誠可異也。人用餘和，忻忭曷已，作《嘉禾篇》，重陽後二日序。」

九月十二日，雨中觀白蓮，作文以紀。

《秋澗集》卷七五《摸魚子》：「賦白蓮，至元廿二年乙酉九月重九後三日雨中作。」

九月十六日，作《苦雨》，紀乙酉歲入秋以來下雨事。《苦雨吟》或作於此前。

《秋澗集》卷四二《苦雨乙酉歲入秋已來不過三日晴輒雨今已三月矣九月十六日作》。

《秋澗集》卷一五《苦雨吟》：「禾頭生耳駭輪囷，一雨霖霪迫兩旬。」

九月二十五日，過林氏西圃，作文以紀。

《秋澗集》卷七七《行香子》：「乙酉歲九月二十五日，過林氏西圃，與主人公洎張道士看花小酌。林曰：『若作數語以記其來，使通俗易解，甚佳。』既歸不百步，得樂府《行香子》一闋，醉立斜陽，浩歌而去。」

九月，王柔克自經死，王惲作文以悼之。

《秋澗集》卷一八《弔王提舉柔克乙酉九月廿四日自經關王廟內》。

十月廿一日，與友人遊筠溪亭，作文以紀。

《秋澗集》卷一八《筠溪軒詩卷補亡》：「筠溪舊有亭，甚雅，往年爲秋潦所圮，亭與詩卷俱波蕩不存。今歲冬來游，紫微道者丐余詩，將欲補亡且致重構之意。仍爲賦此。中間飲客蓋廿八年前同遊者，侍臣陳季淵、奉使覃煥然、河平牧今右丞史晉明、禮部尚書王子勉、侍御史雷彦正與不肖。紫微道者，威儀杜大用也。時乙酉十月廿一日。」

十月，作《春露堂記》，紀建成春露堂事。

《秋澗集》卷三八《春露堂記》：「王氏居安仁西里，有宅一區，湫隘近市，……於是謀爲新室，不侈不陋，……乙酉春，既落成，遂榜其顔曰春露，蓋取霜露既降，感時思親之義也。……至元廿二年十月日記。」

十一月十五日，與友人遊共西龍門山，作文以紀。《龍門寺》、《遊龍門雜詩一十首共西山名》亦當作於此時。

《秋澗集》卷七二《龍門寺題名》：「余聞龍門久矣，嘗讀故相雲叟公題名，風煙形勝，盡在目中，終以不得一往爲曠。今歲冬，適諸君以事會共，遂成此遊。相與分雲尋壑，攀木隮危，抵懸瀑下。少焉，環坐磐石，盡一尊而去。凡得詩一十一首。偕來者，判官李讓〔三〕、州將劉民望〔四〕、陳州長李公惠前〔五〕、憲臺獄丞梁平〔六〕、州學正張貢〔七〕、士人程翼、蔡州吏目薛世英、郡人徐英。時至元乙酉冬仲望日也。」

《秋澗集》卷一三《龍門寺》：「寺古僧何在，山空石作門。碧崖懸瀑影，蒼峽掩朝暾。

不惜山公屐，重登謝傅墩。一杯須軟脚，掃葉煖清尊。」

《秋澗集》卷二九《遊龍門雜詩一十首共西山名》：「龍門形勝自天開，細瀉銀河灑碧崖。老我世間塵土夢，百年能得幾回來。」

本年，觀喪葬慶弔有感，作文以紀。

《秋澗集》卷四四《喪記》：「予行年五十有九，宦游四方，其於慶弔固云不少，然由德風而偃者，所見亦姚、許與是三家而已。嗚呼，甚哉，禮之難復，俗之不易化也如是！述《喪紀》以寓予感。」

本年，爲丁居實作墓碑銘。

《秋澗集》卷五二《大元故奉訓大夫尚書禮部郎中致仕丁公墓碑銘并序》：「公諱居實，字仲華。……十三年夏，予考試在汴，尚憶公危坐一榻，吐論猶健。……明年秋八月，遘疾，卒于家，春秋七十有五。……公歿後八年，子詢、諒來謁余，跽而請曰：『維憲使與先君世契厚，從遊且久，知行己爲最詳。今墓石未銘，敢百拜屬筆，庶假寵後人，以垂不泯，幸先生毋讓。』因第其善狀而表之以銘。」

〔一〕李靖伯，至元二十四年，官縣丞之職。《元史》無傳，詳見《秋澗集》卷一九《芻飲》。

〔二〕韓天麟（1227—1285），字伯昌，漁陽上谷人。至元二年，辟充懷孟路從事。四年，勾補中書左三部令史。八年，由考工轉御史臺。以能遷吏、禮部員外郎。未幾，遷奉訓大夫，出爲瑞州路別駕，俄超授奉議大夫、常德路宣課都提舉。授奉議大夫、中書兵部郎中。二十二年八月七日卒，年五十九。《元史》無傳，詳見《秋澗集》卷三八《大元故奉議大夫中書兵部郎中韓君墓碑銘并序》、卷七六《臨江仙·二》。

〔三〕李讓，至元二十二年，官輝州判官。《元史》無傳，詳見《秋澗集》卷一八《筠溪軒詩卷補亡》。胡祇遹《紫山大全集》卷九《新開天平水記》中亦有李讓，至元五年時官林州判官；王士點《秘書監志》卷一一亦有李讓，至元二十五年官秘書監令史。不知此三者是否爲同一人。

〔四〕劉民望，至元二十二年，爲輝州州將。《元史》無傳，詳見《秋澗集》卷一八《筠溪軒詩卷補亡》。同恕《榘庵集》之《送劉民望尹安定并序》（卷一一）、《送劉民望并序》（卷一二）中亦有劉民望，奉元人，歷官奉先部陽縣尹、延安安定縣尹、甘州路推官。不知此二者是否爲同一人。

〔五〕李惠前，至元二十二年時，官陳州長。《元史》無傳，詳見《秋澗集》卷一八《筠溪軒詩卷補亡》。

〔六〕梁平，至元二十二年時，官憲臺獄丞。《元史》無傳，詳見《秋澗集》卷一八《筠溪軒詩卷補亡》。

〔七〕張賁，至元二十二年時，官輝州學正。《元史》無傳，詳見《秋澗集》卷一八《筠溪軒詩卷補亡》。

1286 丙戌年　元世祖至元二十三年　六十歲

當年時事：

正月，罷征日本。

二月，復立大司農司，專掌農桑。

三月，詔程文海往江南博采知名之士。文海薦趙孟頫、余恁等二十餘人。

四月，制謚法。

譜主事蹟：

長至日（五月二十八日前後或十二月六日前後），作《望崧吟》，追憶與陳祐相聚之日。

《秋澗集》卷四《望崧吟至元丙戌長至日追作廿韻》。

六月三日，有感于用筆之理同於用人之理，作《筆説》。時著《調元事鑑》。

《秋澗集》卷四六《筆説》：「余以心無所用，近集三代已來輔臣相業述《調元事鑑》，筆爲日課資閒中一樂。……予於是乎感焉，曰：『此何異於相之用人也？』……作《筆説》。至元丙戌夏六月三日也。」

七月十一日左右，作《處暑日偶書》。

《秋澗集》卷四《處暑日偶書丙戌歲七月》。

八月十二日，與郡侯札忽解宴李氏宅[一]。

《秋澗集》卷七四《水龍吟・十四》：「丙戌八月十二日，宴李氏宅，郡侯札忽解酒酣，爲予親彈琵琶勸酒。明日，賦此曲以謝。」

八月十三日，作《水龍吟》，謝郡侯札忽解。

《秋澗集》卷七四《水龍吟・十四》：「丙戌八月十二日，宴李氏宅，郡侯札忽觶酒酣，爲予親彈琵琶勸酒。明日，賦此曲以謝。」

八月十七日，夢過真定，與宣慰張雄飛相會[二]，覺後作文以紀。

《秋澗集》卷一九《丙戌歲中秋後二日夢過真定與宣慰張鵬舉相會作詩爲贈既覺頗記首尾意韻因足成之九月十一日忽英甫過衛説張是月此日卒於真定》。

八月二十五日夜，作《蛀説》。

《秋澗集》卷四四《蛀説》：「至元廿三年丙戌歲秋八月廿五日夜，適良醞在壺，欣然引大白者再，命童子執燭，記予之作。」

九月十一日，忽德輝過衛，言宣慰張雄飛于八月十七日卒于真定。

《秋澗集》卷一九《丙戌歲中秋後二日夢過真定與宣慰張鵬舉相會作詩爲贈既覺頗記首尾意韻因足成之九月十一日忽英甫過衛説張是月此日卒於真定》。

十月二十三日，讀《淮南子》有感，作文以紀。

《秋澗集》卷四四《讀淮南子》：「予所以讀之者，取其事實可訓，及漢文近古，三代之氣有凝而未散者。至元丙戌歲十月二十三日題。」

十月二十八日，天降小雪，作文以紀。

《秋澗集》卷七四《水龍吟·十二》：「至元二十三年丙戌孟冬廿八日，小雪，十月中。是日雪作連明霑地，而釋潤於春澤，其應時顯瑞，數年已來，未之見也。實可爲明時慶，因作樂府《水龍吟》以紀其和。」

十月，作《熙春閤遺制記》贈梓人鈕氏。

《秋澗集》卷三八《熙春閣遺制記》：「梓人鈕氏者向余談熙春故閣形勝，殊有次第。……然不文之言不足以達遠，因作記以遺之。……至元廿三年冬十月記。」

十一月十二日，葬夫人推氏于祖塋，并作文以祭奠。

《秋澗集》卷六四《亡妻推氏祭文遺奠祭文》：「維至元廿三年歲次丙戌冬十一月癸亥朔十有二日甲戌，中議大夫、前行臺行御史王惲，謹以牲醪之奠致祭于夫人推氏之靈……我卜甲戌，窆焉襲吉，奉安汝柩，皇姑之側。」

《秋澗集》卷三〇《細君推氏哀辭》：「衣衾棺槨無遺憾，親戚悲哀有至情。四十三年庚子月，西河原上葬先塋。」

除夜，作《丙戌除夜》、《丙戌歲除夜》。

《秋澗集》卷一九《丙戌除夜》：「盤花紅卷燭光摇，一歲迢迢盡此宵。」

《秋澗集》卷一九《丙戌歲除夜》：「去歲椒盤一笑樂，今冬除夕倍悽然。」

本年，商挺送王惲「春露堂」三大字，王惲刻而榜之。

《秋澗集》卷七二《題左山所書春露堂後》：「余構春露堂之明年，參政左山商公作三大字，自燕見遺，因刻而榜之，吾廬爲爛然也。」

本年，宋衜卒，王惲作文以悼之。

《秋澗集》卷一九《宋賓客弘道挽辭》：「萬有紛華入醉吟，都將誠静粹靈襟。雲松卧壑存初志，望苑霑恩豈本心。談並齊諸疑志怪，學空滄海别穿深。斗間縱有龍泉氣，淒斷春風緑綺琴。」

《元史》卷一七八宋衜本傳：「二十年，初立詹事院，首命衜爲太子賓客。……二十三年卒，有《柜山集》十卷行于世。」

本年，趙良弼卒，王惲作文以悼之。

《秋澗集》卷二一《挽趙公同簽》：「不肖惲自壯歲辱知頗厚，意廣才疏，竟成墮窳。日暮懷人，豈勝慨歎？魂而有知，庶幾少慰。」

《元史》卷一五九趙良弼本傳：「十一年十二月，以良弼同僉書樞密院事。……二十三年，卒，年七十。」

〔一〕札忽䚟，至元二十三年時，官衛州郡侯。《元史》無傳，詳見《秋澗集》卷七四《水龍吟・十四》。

〔二〕張雄飛，字鵬舉，許州人，寓潞州。至元二年，授平陽路轉運司同知。除侍御史，以忤旨，左遷京兆總管府同知。入爲兵部尚書，忤阿合馬，出爲澧州安撫使。十四年，遷荊湖北道宣慰使。十六年，拜御史中丞，行御史臺事。改陝西漢中道提刑按察使。十九年，拜中書省參知政事。二十一年，盧世榮以言利進用，雄飛與諸執政同日皆罷。二十三年，起爲燕南河北道宣慰使，八月十七日卒于官。《元史》卷一六三有傳，詳見《秋澗集》卷一九《丙戌歲中秋後二日夢過真定與宣慰張鵬舉相會作詩爲贈既覺頗記首尾意韻因足成之九月十一日忽英甫過衛説張是月此日卒於真定》、王德毅《元人傳記資料索引》第一一六〇頁所載。

1287 丁亥年　元世祖至元二十四年　六十一歲

當年時事：

二月，復立尚書省，改行中書省爲行尚書省，六部爲尚書六部。立國子監，蒙古、漢人生員各半。設江南各路儒學提舉司。

三月，行至元鈔。

譜主事蹟：

正月一日，作《丁亥歲門帖子》。

《秋澗集》卷三〇《丁亥歲門帖子》。

正月十五日，爲共人郭子忠所建書樓作記。

《秋澗集》卷三九《郭氏挹翠樓記》：「共人郭子忠起書樓于所居之西市，以地形爽塏，高甫尋丈而有縹渺飛動之勢。既落成，來丐名與記。予以共爲邑，距太行東麓，連山疊阜，映帶回抱，矯首而觀，盡得西南林壑風煙之勝，因扁其顔曰『挹翠』。……至元廿四年歲次丁亥上元日記。」

正月二十四日，夜夢同簽趙良弼，作挽辭以悼。

《秋澗集》卷一九《同簽趙公挽辭諱良弼字輔之遼東人至元二十三年南遊京洛卒明年正月二十四日夜見於夢托予令易其名諱辭意甚切不然目將不瞑矣遂追作是詩以紀其意》。

二月十日夜，夢參政李德輝，既寤，作詩以紀。

《秋澗集》卷一九《追悼參政李公仲實詩有序》：「至元丁亥二月十日夜，夢李參政仲實，再拜，向予顧指所佩鞶囊曰：『吾平生盡在於此，他日會須累君，但不敢輕易發也。』既寤，悵然者久之，因追作此詩，以見其神交之不昧也。」

二月十七日，祭奠亡妻推氏之靈。

《秋澗集》卷六四《推氏卒哭祭文》：「至元廿四年歲次丁亥二月壬辰朔十七日戊申，中議大夫王惲，謹以玄酒庶羞之奠，敢昭告于亡妻推氏之靈。」

三月三日，與友人禊飲林氏花圃。席間，李蘭英以歌曲侑觴，醉中懇求樂府，王惲賦《鷓鴣天》以歌之。

《秋澗集》卷四二《上巳日林氏花圃會飲序》：「今歲人和氣稔，適與己契，又可重也。不揆援永和之舊例，嗣舞雩之清音，徵賢合友，禊飲林氏花圃，尋盟而至者凡一十二人。……時至元二十四年歲在丁亥甲午日也，謹序。」

《秋澗集》卷七六《鷓鴣引・十一》：「丁亥上巳日，與諸君宴林氏花圃，李氏以歌曲侑觴，醉中懇求樂府，賦《鷓鴣天》以歌之。李氏字蘭英，樂籍之名香者也。」

《秋澗集》卷七六《鷓鴣引・十二贈李蘭英》。

三月四日，應弟王忱之請，作《上巳日林氏花圃會飲序》。《上巳日禊飲林氏花圃舍弟仲略首唱》、《和韻三首》亦當作於此時〔一〕。

《秋澗集》卷四二《上巳日林氏花圃會飲序》：「今歲人和氣稔，適與己契，又可重也。不揆援永和之舊例，嗣舞雩之清音，徵賢合友，禊飲林氏花圃，尋盟而至者凡一十二人。……明日，弟忱輩來解酲，首賦佳篇，乃以其序屬予。余亦以會鮮離多，樂之不易再也，筆泚餘酣，率爾而作。時至元二十四年歲在丁亥甲午日也，謹序。」

《秋澗集》卷一八《上巳日禊飲林氏花圃舍弟仲略首唱》。

《秋澗集》卷一八《和韻三首》：「杯行到手須沉醉，六客樽前我最皤。」

三月十五日，作《喜雨》。

《秋澗集》卷一八《喜雨》：「丁亥歲三月十四日晨起，露氣甚潤，疑以爲雨兆。是日夜，雨大作，至明日晌午方霽。後二日即立夏四月節，時頗旱，故有此作。」

三月十八日，觀稼西疇，至安釐王陵下〔二〕，恐世間所傳竹書誤人，作詩以紀。

《秋澗集》卷四《汲冢懷古》：「丁亥歲三月十八日，觀稼西疇，遂至伍城，抵安釐王陵下。歸作是詩者，蓋自江左平後，竹書多傳於世，余憂好奇攻異者讀之，恐有致遠汨泥之弊，故不得不辯云。」

三月，作《題戒》，勸姪阿宜力學上進。

《秋澗集》卷四六《題戒》：「汝曹固當思其所尚，求其所當重者，充類至義之盡，昭然使身名齒録於賢士夫之行，……作《題戒》。廿四年丁亥三月，伯父秋澗老人書畀姪阿宜，其聽之毋怠。」

夏仲日（或指五月一日，亦或指五月間），爲所著《編年紀事》作序。

《秋澗集》卷四二《編年紀事序》：「廿一年，余解印西歸，休焉而無所事，日纘相務爲業，編年者尤不可斯須而去手。……明年冬，既斷手，……時則二十四年丁亥歲夏仲日序。」

或在五月廿一日，王惲作文爲弟王忱慶壽，王忱時年五十左右。

《秋澗集》卷四《壽弟監使仲略》：「十年凡兩見，聚散何須臾。今歲乃天幸，同歸在鄉閭。……君今知命年，我亦耳順踰。」

《秋澗集》卷一八《舍弟仲略生朝十六年己卯五月廿一日時寓史開府宅》：「遺業繼承心共切，此身加健壽爲先。」

五月，農使荀正甫得瑞麥一株〔三〕，王惲作詩以紀。

《秋澗集》卷一八《瑞麥》：「農使荀正甫過邯鄲得麥，一莖九穗，蓋未之見也，作詩以紀其祥。是年農司復立，一依已行條格〔四〕。丁亥歲夏五月也。」

《元史》卷一四：「（至元二十三年二月）復立大司農司，專掌農桑。」

六月十八日，作文敘述推氏姓氏來歷，并告于夫人推氏之靈。

《秋澗集》卷六四《爲姓氏告亡妻文》：「維丁亥歲六月十八日丁丑，夫惲謹以茶果之奠告于夫人之靈：推之爲姓，世不多有，故嘗詢其所從出，爲汝討論者有年，一無所見。適讀潛夫《氏姓論》曰：『推氏、建氏、南氏、舒堅氏、魯陽氏、黑肱氏，皆出楚之芊姓者。』先君，熊繹氏之胤，其來光且遠矣。嗚呼！夫人歿而有靈，亦將歆慰其光且遠者，用是不敢不告。」

六月十九日夜，聞秋風自東北來，如大水將至，作詩以紀。

《秋澗集》卷一八《秋風如水聲》：「丁亥歲六月十九日酉正二刻得秋，是夜聞秋風自東北來，如大水將至。」

七月八日，作《周景王大泉説》，紀主簿陶晉卿得周景王所更大錢事〔五〕**。**

《秋澗集》卷四六《周景王大泉説》：「陶簿晉卿好古泉，而得大泉五十者，攷之譜籍，蓋周景王所更大錢，大夫單旗諍之，以爲不可者是也。……至元二十四年秋七月丁酉戲題。」

八月七日夜，夢參政高飛卿〔六〕**。次日，高飛卿來，書《紀夢》以贈。**

《秋澗集》卷四四《紀夢》：「二十四年八月乙丑夜，夢予遠行，過一城市。當莊嶽間，一達官解鞍卓歇，過焉呼予，回視之，蓋參政飛卿也。寒暄外，高曰：『别雖久，食頃不忘也。』予曰：『彼此彼此。』」

九月七日，作《中堂事記序》。

《秋澗集》卷八〇《中堂事記序》：「至元二十四年丁亥歲秋九月七日，前翰林修撰、同知制誥兼國史院編修官、左司都事秋澗老人序。」

九月九日，同弟王忱掃墓，作文以紀。

《秋澗集》卷一八《廿四年丁亥歲重九日同弟忱展墓奠辭二首》。

《秋澗集》卷一八《奉實野臺之目墳南岸相對一方甚高平天然一臺弟仲略因曰可爲王氏遺奠拜臺》。

九月二十四日，遇一醉道士，作文以紀。

《秋澗集》卷一〇《醉道士歌》：「秋九月二十四日，予方曳杖出門，有道士野服褐冠，倚立根下。……時至元二十四年丁亥歲也，因作歌以紀其事。」

九月二十四日，爲王復慶壽，得觀大龜，王惲作文以紀。

《秋澗集》卷一八《绿毛龜》：「至元廿四年丁亥秋九月廿四日壽中丞王兄復，放生者以此龜來獻。余以靈物罕見，爲賦一詩。明日，偶得大定廿三年壬寅冬党承旨、郝侯張甫所進《賦贊墨蹟序》，説明時嘉瑞甚鬱鬱也。」

秋，爲弟王忱作《秋欄四章爲仲略弟皆有和章丁亥秋季也》。

《秋澗集》卷一八《秋欄四章爲仲略弟皆有和章丁亥秋季也》。

十月一日，作《王氏冬藏圖説》，述冬藏之道。《冬藏》、《冬藏圖右銘》、《左箴其目曰定力以固窮爲冬藏圖作》亦當作於此時。

《秋澗集》卷四六《王氏冬藏圖説》：「夫出處語默，君子固由其中，然造物者不無意於其間也。……至元廿四年丁亥陽月朔日云。」

《秋澗集》卷一九《冬藏》：「木葉歸根到閉關，遇藏初匪避冬寒。孔宣何苦韋三絶，顔氏胡爲樂一簞。庭户信知吾道在，光陰移入畫圖看。此邦雖小無窮事，定力先須似石盤。」

《秋澗集》卷六六《冬藏圖右銘》：「太極中分，有静有動。……動静云爲，是爲之則。」

《秋澗集》卷六六《左箴其目曰定力以固窮爲冬藏圖作》：「安之有道，説不徒泛，堅我定力，不容少濫。」

十月八日，作《度曲説》，紀李治晚年以歌酒自娱事。

《秋澗集》卷四十六《度曲説》：「敬齋李先生晚年以歌酒自娱，既耄，雖不復，而情猶獨至。每興來，輒持空杯，令門人酈生放聲長歌，以導歡暢。或不如指，先生以己之所得教之，遂戟其手而高下之，使視焉以諧其節奏，雲起雪飛，窮要眇而後已，公亦醺然也。丁亥冬十月八日，飲李氏新篘，偶及分刌歌節，信主士達仍爲發此，沖沖然殊有所適。」

十月八日，縣丞李靖伯約嘗新釀，飲後作文以紀。

《秋澗集》卷一九《篘飲》：「李縣丞靖伯約嘗新釀，坐客有云『酒之醇粹，莫胚胎若也』，遂篘而飲之。偶得獨脚句，醉歸爲足成之，如能可君等雅意，便當屬和。時至元丁亥冬十月八日也。」

十月十日，作詩紀夢中乘舟渡河事。

《秋澗集》卷一九《丁亥歲十月十日夜夢乘船渡一大河既濟望南岸一閣高數百尺窗户北向自檐至地上下以琉璃大簾垂蔽翠色半天甚奇麗也》。

十月左右，爲韓天麟作墓碑銘。

《秋澗集》卷三八《大元故奉議大夫中書兵部郎中韓君墓碑銘并序》：「亡友奉議韓君之子沖既禫來謁，心焉愴慕，有慘而未安者，乃出所狀父行曰……予以義以分，有不能辭者，遂追叙而併銘之。君諱天麟，字伯昌，姓韓氏，世爲漁陽上谷人。……尋被檄檢覈河漕，回次濬之劉家渡，以暴疾卒，實二十二年乙酉歲八月七日也，享年五十有九。以是年十一月壬午，葬郡西南親仁鄉康公里家塋慶陽府君墓右，從溝合也。」

十一月一日，作《老境六適并序》，述養生之道。

《秋澗集》卷一九《老境六適并序》：「夫人生百歲，如馳駟過隙，能幾七十者？……因感壯年所行，多輕生之事……故養生之念蹶然生于中，蓋其勢有不得不然者。因作《老境六咏》，……至元二十四年冬十一月一日，秋澗老人謹白。」

十二月二十八日前後，作《透月巖記》，記故人子也鮮伯家奇石。《透月巖》亦當作於此時。

《秋澗集》卷三八《透月巖記》：「王子塞向冬蟄，不出户者兩月。適寒曦回燠，乘休郊游，步過故人子也鮮伯之居，有奇石儼侍堂背，锐上而豐下，百竅洞達，大者爲巖，小者爲竇，聳者爲岑，絡渚爲脈。……主人因乞名於余，即目之曰『透月巖』。……明日，過門懇文其狀，……於是乎書以貽之。至元廿四年丁亥冬春節前三日記。」

《秋澗集》卷一九《透月巖》：「偶到君家思適然，一峯奇石墮吾前。千金欲買初無價，百穴潛通小有天。」

冬，夢遊石林。明日，與客步入李師孟之塾〔七〕**，負李師孟家蟠木而歸。**

《秋澗集》卷一《蟠木山賦》：「丁亥之冬，夜氣清淑，夢遊石林，萬玉峭崒。明日，與客步入李叟叟字希賢。之塾。燎爐卻寒，有蟠者木，輪囷離奇，大屬吾目。負之與歸，而爲秋澗坐中之物。」

〔一〕疑《上巳日禊飲林氏花圃舍弟仲略首唱》爲王惲弟王忱之作，《和韻三首》爲王惲之作。

〔二〕安釐王陵，即戰國時期魏安釐王墓，亦即所謂汲冢，在今河南衛輝市。雍正《河南通志》卷四九「衛輝府」條：「戰國魏安釐王墓在府城西二十里，晉時有盜發此墓，得簡書數十餘萬言，世號《汲冢周書》。」伍城，即今河南衛輝市，詳見史爲樂《中國歷史地名大辭典》第一〇〇五頁所載。

〔三〕荀正甫，至元二十四年時，任農使官。《元史》無傳，詳見《秋澗集》卷一八《瑞麥》。

〔四〕王惲此處記憶有誤，從本條第二條引文看，大司農司復立於至元二十三年。亦或王惲此處之意非指大司農司復立於本年，而是本年已立之意。

〔五〕陶晉卿，至元二十四年時，官主簿之職。《元史》無傳，詳見《秋澗集》卷四六《周景王大泉説》。又，《秋澗集》卷五《教授晉卿旬月間連失三孫》、卷二一《答晉卿教授》、卷四六《雹説》中所載之教授晉卿、陶晉卿，疑即陶師淵。陶師淵與王惲年輕時都曾在蘇門求學，衛輝獲嘉人，至元間官本路教授，詳見萬曆《衛輝府志》卷一四《衛輝路廟學興建記》、王德毅《元人傳記資料索引》第一三四九頁所載。不知此條之陶晉卿是否與陶師淵爲同一人。

〔六〕高飛卿，曾歷官順德尹、宣慰等職。至元二十四年時，官參政之職。至元二十八年，改遷西省。《元史》無傳，詳見《秋澗集》卷一七《送高飛卿尹順德》、卷一八《椰實詩宣慰高飛卿開宴出示此果邀諸君賦詩西溪首唱僕乃賡焉》、卷二一《送參政飛卿時改遷西省辛卯冬十二月七日》、卷四四《紀夢》。

〔七〕李師孟（1214—？），字希賢，涿州定興人，寓居衛州汲縣。《元史》無傳，詳見《秋澗集》卷七一《題李懷遠事繫後》。

1288 戊子年　元世祖至元二十五年　六十二歲

當年時事：

正月，毀中統鈔板。

五月，鑄渾天儀。

譜主事蹟：

正月十五日，作《題李懷遠事繫後》。

《秋澗集》卷七一《題李懷遠事繫後》：「李鎬〔一〕，字之京，涿之定興人。……戊子歲端月上元日，秋澗老人書，且得載郡志寓居之列云。」

二月九日，作《徵夢記》，追述祖父王宇令自己尋王姓遠祖事。

《秋澗集》卷三八《徵夢記》：「某官真定時，夢一老人長身縞衣，杖而告曰：『若遇而祖，能識之乎？』……後八年戊子二月，韓氏子中西謁濟瀆〔二〕，託之爲求訪，果於司馬端明所撰《四令祠堂記》碑脅得元符二年春二月左中散大夫、知軍州事拜謁，題名乃陳之外孫王悦名氏。……至元廿五年春二月九日記。」

二月十七日夜，夢朝元世祖於端門内彤臺上，世祖問條支國事〔三〕。次日，查條支國相關情況。

《秋澗集》卷四四《紀夢》：「二十五年春二月十七日夜，夢朝帝於端門内彤臺上，聖上椅坐東北，惲於臺西南角俯伏。上問條支國事，惲對以『其國甚遠，出犀牛革，爲甲甚良，號曰「黄犀甲」』，上喜甚。因寤。明日檢《通典·六》，條支國去陽關二萬二千一百里，在葱嶺之西。」

二月一百五日，爲《王氏易學集説》作序。《王氏易學集説》系王惲與其父王天鐸合著之書。

《秋澗集》卷四二《王氏易學集説序》：「既而，家府屏遠人事，……乃組節羣言，使如出一手，辭約而意貫，諸家之善蓋無餘藴矣。……仍題曰《王氏易學集説》，……小子惲復續所得以綴于後，蓋先君所未見也，庶幾五十家之説左右逢原矣。至元二十五年戊子春二月一百五日序。」

三月十九日前後，中丞王復令李師中攜名酒、洛花相餉，作詩以謝殷厚。

《秋澗集》卷三〇《戊子歲穀雨日》：「中丞王兄令李子師中攜名酒、洛花相餉，作詩以謝殷厚。」

三月二十七日，遊泗溪，作《清明日花下獨酌》〔四〕。

《秋澗集》卷一九《清明日花下獨酌時戊子歲廿七日游泗溪作》。

三月，征交趾(安南)軍敗回，作《下瀨船》以紀。

《秋澗集》卷一〇《下瀨船交趾漢嬴陘縣地戊子三月失利》：「舟師陸騎問罪來，力審難支施機巧。……一軍膽落陷泥湖，二萬選鋒同日敗。」

《元史》卷一五：「鎮南王次思明州，命愛魯引兵還雲南，奥魯赤以諸軍北還。」

《續資治通鑑》卷一八八：「(至元二十五年三月)鎮南王托歡復遣兵追陳日烜於海，不知所之。……諸蠻復叛，所得險隘皆失守，遂謀引還。日烜復集散兵三十萬守禦東關，遏托歡歸路，諸軍且戰且行，日數十合。……托歡由單已縣趣盋州，間道以出，次思明州，命安嚕（舊作愛魯。）引兵還雲南，鄂囉齊以諸軍北還。日烜尋遣使來謝，進金人代己罪。帝以托歡無功而還，令出鎮揚州，終身不容入覲。」

四月十一日晨，作《體認》，闡述體認前言往行以酬酢應變的重要性。

《秋澗集》卷四四《體認》：「從古至今，止是這些人情，止是這些事理，聖人裁量備具，六經罔有不盡。……若事務之來，既不能體認前言往行以酬酢其變，此與不曾學者何異？是最吾儕大病。……戊子夏四月十一日晨起偶書，小子其志之。」

四月十二日，作《題左山所書春露堂後》以自警。

《秋澗集》卷七二《題左山所書春露堂後》：「余構春露堂之明年，參政左山商公作三大字，自燕見遺，因刻而榜之，吾廬爲爛然也。……求試其心之所在，蓋安命順受而已。……於是書以自警，至元戊子夏四月十二日謹題。」

四月二十一日前後，賞林氏别墅之酴醿，作文以紀。

《秋澗集》卷三八《林氏酴醿記》：「林氏别墅有酴醿一株，自初植至今，特二年于兹。戊子清和節，予杖而來觀，花雖未而根撥枝葉條達舒暢，盈盈然有不勝其茂密者。……秋澗翁喜其如是，既與之款，因書以爲記。時二十五年立夏後十有五日也。」

四月二十五日，應太一教六祖蕭全祐之請作《清蹕殿記》，紀衛州府太一廣福萬壽宮修建清蹕行殿事。

《秋澗集》卷三八《清蹕殿記》：「維衛州太一廣福萬壽宮，伏爲憲天述道仁文義武大光孝皇帝赫臨之盛，易常然丈室，大起行殿，邇天威而貯龍光焉。既落成，嗣師蕭全祐以其事上聞，賜名曰『清蹕』。全祐將文諸貞石以傳不朽，謂臣嘗忝屬太史，於法得書，乃具其本末來請。……至元廿五年戊子歲夏四月廿有五日謹記。」

五月五日，雨中書《中説》，闡述中庸之理。

《秋澗集》卷四六《中説》：「聖人垂教千言萬論，獨以中爲天下之達道者，天體如是也。……於是述《中説》。至元戊子端午日雨中書。」

五月十日，作《孤立》。

《秋澗集》卷四四《孤立》：「戊子夏五月甲午，積雨開霽，晨起書於露堂西序。」

五月，御史中丞王博文寄新作贈王惲。

《秋澗集》卷六四《御史中丞王公誄文》：「今歲夏仲，手書是承，寄是新作，託之稱停。」

五月，作《題時苗留犢圖》。

《秋澗集》卷七二《題時苗留犢圖》：「君子之居官也，論其稱與無愧而已。……戊子夏五月，秋澗老人題。」

當在五、六月間，中丞王復喪子，王惲致書以慰之，時王惲患目疾。

《秋澗集》卷三五《與子初中丞書爲喪子慰釋》：「惲再拜白：聞吾友以季子之喪，情之所鍾，時雖易，有未克遽已者，切恐重傷天和。且緩勿藥之喜，欲有陳慰，以目疾故，敢奉書以寓其説。」

《秋澗集》卷四九《故正議大夫前御史中丞王公墓誌銘并序》：「至元二十六年二月丙辰辰刻，正議大夫、御史中丞、横海王君以疾卒于私第正寢。……公諱復，字子初，初名趾，麟伯其字。……再娶夫人秦氏，生二子，曰彝，曰範。範前公九月暴卒。」

當在五、六月間，王惲目疾，愈後作《目疾自警效樂天體》、《病目書懷效樂天體》、《和幹臣以目疾詩相儆》、《題哀江南賦後示韓陳二生》、《夏夜晨起理髮時目疾新愈》亦當作於此時前後。

《秋澗集》卷一七《目疾自警效樂天體》：「目手相須最切身，連宵慘痛可傷神。」

《秋澗集》卷一七《病目書懷效樂天體》：「病眼平時視物疑，更禁風火内交馳。……悠悠伏枕三旬苦，安得黄金刮膜鎞。」

《秋澗集》卷二〇《和幹臣以目疾詩相儆》：「老來襟袍百無圖，遮眼唯便幾葉書。不爾心神渾散漫，豈知目力陡乖疏。」

《秋澗集》卷七二《題哀江南賦後示韓陳二生》：「史稱信有文集二十卷行于世，今秖見者，此數篇而已。乙卯歲，予得之于沙麓蕭茂先家，迨今歲戊子，蓋三十四年矣。近目疾，瞑坐者浹旬。二生來問，適新是帙，令句句詳讀，且究其用事，非徒然也。」

《秋澗集》卷六《夏夜晨起理髮時目疾新愈》：「居閑早眠復旦起，遶樹行吟殘月底。鄰雞聲裏候東方，曉色雖分氣清美。」

六月入伏三日，司録判官趙寓置星丸木漏於衛之汲門上〔五〕，王惲作文以紀。

《秋澗集》卷四二《星丸漏詩序》：「司録判官趙寓到任之明年，置星丸木漏於衛之汲門上，仍繪彩爲圖，攜之來謁，再拜，請題辭于後。……至元二十五年戊子夏六月入伏三日題。」

六月庚伏七日，作《屏雜説》，述爲學宜專不宜雜之理。

《秋澗集》卷四五《屏雜説》：「學而雜，心則交錯而貳其行，言則叢脞而昧于理，動則拂亂而失其宜。……戊子夏六月庚伏有七日，發藏曝書，得雜文百餘帙。……作《屏雜説》。」

六月，衛州重修録事司廳，王惲爲之作記。

《秋澗集》卷三八《重修録事司廳壁記》：「維衛録事司自辛亥歲州理復舊，凡百草次，其司事權寓於委巷間，逋舍靡有定所。……逮上郡薛君來莅是職，……將惟新是圖，上之府，允焉。……經始於丁亥之春，畢工於是冬之季，凡爲屋十有八楹。……明年戊子夏六月記。」

七月一日，作《題郎官石柱記後》，闡述對書法的認識。

《秋澗集》卷七二《題郎官石柱記後》：「真生行，行生草。顛之草，至稱之爲聖，其法蓋先能楷，所謂善行而後能走者也。……至元戊子七月朔，秋澗老人記。」

七月二日，作《政問》，追憶往年諸公勉勵自己之事。

《秋澗集》卷四五《政問》：「至元九年春，予以御史滿秩，除平陽路判官，過辭諸公，以臨民處己之教爲請。……是歲戊子秋七月丙戌初二日也。」

七月二十六日，王惲爲自己家中之扶疎軒題名，作文以紀。

《秋澗集》卷三八《扶疎軒記》：「余構春露堂之明年，循牆種木，思有以蔽於外而奥於内也。又明年，衆木鬱茂，布柯散葉，陰暎雖微，葱蘢可悦，於是題其軒曰扶疏。……至元戊子秋孟廿有六日書。」

八月一日，爲金朝禮部尚書趙思文文集作序〔六〕。

《秋澗集》卷四二《禮部尚書趙公文集序》：「先生諱思文，字庭玉。明昌五年進士，官至通奉大夫、禮部尚書。……至元戊子秋八月朔旦謹序。」

八月五日，夢先師趙鵬，作文以紀。

《秋澗集》卷一二《朱干玉戚詩并序》：「至元二十五年戊子秋八月五日，夢先師泌陽府君命賦此題，寤寐中得成韻語者數句。既覺，因足成之。」

八月八日，作《哀辭後》，闡凶變自致説。

《秋澗集》卷四四《哀辭後》：「衛自壬子歲迄今，邑中子弟不三十而夭者凡八人。……然以理揆之，雖一家之凶變，亦斯人有自致者。……至元戊子秋八月八日書。」

八月十日，偶逢江外鳥使，追作《宫羽小譜》，記至元十五年在京師所見諸禽。

《秋澗集》卷四二《宫禽小譜序》：「十一年，江左平，宫籞禽玩畢達京師。戊寅夏，予待制在京師，獲覩諸禽于會同館之西位者凡一十七種，誠有可愛而當識者。……廿五年戊子秋八月壬戌，偶逢江外鳥使，因追作《宫羽小譜》，叙其所覩而識者。」

八月十一日，王博文卒於揚州，王惲作文以悼之。

《秋澗集》卷六四《御史中丞王公誄文》：「大元至元廿五年歲在戊子秋八月十有一

日，前禮部尚書、御史中丞、東魯王公薨於維揚之客舍，友生王惲謹遣子某致奠，以不腆之文誄焉。」

《秋澗集》卷一九《王尚書子勉挽辭三首》：「婉孌英姿自妙年，奎光空照玉堂仙。辨教一世龍門重，誰遣三王鼎足偏。」

八月十二日，與姬思誠談三命之理〔七〕。

《秋澗集》卷四六《命説》：「姬仲實者名思誠，真定靈壽人，幼業儒，兼該陰陽氣數之學。今年四十有九，以耕稼歸隱，孤虚取名，非本志也。至元二十五年自趙過衛，將還裕之方城縣合河鄉之新居，爲予作一日之留。得略談三命之理，知姬之所得絶與衆人不同。」

八月十三日夜，送真定姬思誠上路，就枕熟睡。醒後作文記夢中之事。

《秋澗集》卷一九《送姬仲實隱士北還》：「紛紛末術例從諛，邂逅淇南論有餘。」

《秋澗集》卷四四《紀夢》：「至元戊子八月十三日夜，送真定姬仲實上路，就枕熟睡。夢在一雪後亭榭，尚書夢符〔八〕、宣慰信雲甫〔九〕、御史王子淵三人來訪〔一〇〕，坐間話及向在東平時遊燕等事。」

八月二十日晨起，偶記往年對翰長之問事，作《對魯公問》。

《秋澗集》卷四五《對魯公問後村云思保歲寒之節徇國家之難耳》：「顏魯公，唐一代鉅臣，論者當明其心，求其迹則非也。公始終王室，死而後已，蓋素所藴也。……至元戊子秋八月廿日晨起，偶記往年對翰長之問，特爲筆此且發所潛之幽光云。」

八月二十七日，作《跋米南宫書曾夫人墓誌後》。

《秋澗集》卷七一《跋米南宫書曾夫人墓誌後》：「戊子歲秋八月廿七日，秋澗老人題。」

九月八日，作《孟莊不相及》，述孟子與莊子皆同時間人卻不相及的原因。

《秋澗集》卷四四《孟莊不相及》「予嘗疑孟與莊皆同時間人。終無一言一事相及者，恐是蒙莊閉户著書，罕與世接，迨身後，其書方出。……戊子重九前一日書。」

九月十日，作《鶻歎》，稱頌志士之壯烈，批評小人阿匼取容之可鄙。

《秋澗集》卷四四《鶻歎》：「鶻之鷙擊，性也，一舉而坐空拳，遂憤而斃，有志士之烈焉。……豈若小人之求之也，不以無耻爲耻，專以患失爲事，千思百計，阿匼取容，雖僇辱在前而不顧，期於必得，老死而後已，豈不貽伊鷙之忸哉？……戊子歲重九後一日書。」

秋，作《雜著》，述人之患莫大知人之機的道理。

《秋澗集》卷四四《雜著》：「《傳》曰：『人之患莫大知人之機。』況神明不測者乎？戊子秋，目疾後書。」

十月二十九日，丹陽薛文曜北行〔一二〕**，王惲作文以送之。**

《秋澗集》卷四二《送薛參軍北行序》：「丹陽薛君彦暉，由藩府掾從事於斯者四十餘月。……薛君行，來辭，飲之酒，再拜以送。……廿五年戊子冬十月晦序。」

十月，題李北海《雲麾帖》後，作文以紀。

《秋澗集》卷七一《題雲麾帖後》：「李北海書融液屈折，紆餘姸溢，一法《褉飲序》。但放筆差增其豪，豐體使益其媚，如盧絇下朝，風度閑雅，縈轡回策，儘有藴藉。……戊子冬孟，秋澗老人王惲謹題。」

十月，作《革故謡》。

《秋澗集》卷一〇《革故謡一作復隍謠》：「今年戊子冬十月，天氣未寒無雨雪。」

十一月一日晨起，有感於韓愈之事，作《裴中立不引韓愈共事》。

《秋澗集》卷四四《裴中立不引韓愈共事》：「昔裴晉公授鉞平淮，辟韓愈爲司馬，自以度爲己知，然終不引愈共天下事。……今乃悟，……懿蓄其文德以就夫晚成之器耳。……戊子歲冬十一月朔晨起偶書。」

十一月七日，作文紀夢中事。

《秋澗集》卷四四《詩夢》：「十一月七日，與兒子輩祓除回，就枕熟睡。近四鼓，夢與姜君文卿會歷下亭。……既而，復夢至一大城府，遇老人邀予入王氏邸肆。……時二十五年戊子歲也。」

十一月十日，書《書送鄭尚書序後》以示韓生。

《秋澗集》卷七二《書送鄭尚書序後》：「韓生因説有問，特書此以示。戊子冬十一月十日也。」

十一月十八日夜，作文闡述陰陽之理。

《秋澗集》卷四四《陰陽之道》：「《易》曰：『一陰一陽之謂道。』《九峯》曰：『陰陽以氣言。道者，陰陽之理。』余曰：『理者，氣之所以明，所以幽，所以生，所以殺，所以舒，所以慘；所以爲君子，所以爲小人；世之所以治，世之所以亂。』戊子冬十一月十八日戌鼓作，燈下偶書。」

十一月二十八日左右，作《跋澮游王先生詩後》。

《秋澗集》卷七一《跋澮游王先生詩後》：「黄華先生以海嶽精英之氣，發而爲文章翰墨，當明昌間，照映一時。……戊子冬陽生后一日，秋澗惲謹題。」

十一月，應茌平郡從事崔文之請〔一二〕，爲重修唐中書令贈尚書右僕射馬公祠堂作記。《稼齋説》亦當作於此時。

《秋澗集》卷三八《唐中書令贈尚書右僕射馬公祠堂記》：「予嘗道出茌平，顧視俗多闊達，膏壤夷曠，俯仰控衛，兼齊薄魯，海岱之所鎮浸，禮義之所漸靡，宜其鍾靈萃秀，篤生異人有如中令公者。……今年冬，郡從事邑人崔君文懇予書以揭公祠，他日持歸，將丕崇厥構，有來具瞻，式廓民傚，以爲東人光，庶幾必恭敬止之義。……至元二十五年戊子歲冬十一月謹記。」

《秋澗集》卷四六《稼齋説崔文字文卿》：「稼齋者，府從事崔君之自名也，求余以隸書冠於卷首。」

十二月二日，作《玉堂嘉話序》。

《秋澗集》卷九三《玉堂嘉話序》：「至元戊子冬季二日，前行臺侍御史秋澗老人謹序。」

十二月五日，作《遺山先生口誨》，追述憲宗四年受教于元好問與張德輝事。

《秋澗集》卷四五《遺山先生口誨》：「遺山先生向與頤齋張公諱德輝，字耀卿，終河東宣撫使。自汴北歸，時史相請爲皆吉禿滿作碑。過衛。先君命録近作一卷三十餘首爲贄，拜二公於賓館，同志雷膺在焉。……時歲甲寅春二月也。後三十五年戊子冬十二月臘節前三日，小子再拜追述。」

十二月八日，作《分絶》，抒親戚、故舊、昆弟、朋友四者廢將無遺之哀。

《秋澗集》卷四四《分絶》：「伊川先生云：『常思天下君臣、父子、兄弟、夫婦，有多少不盡分處。況今所爲親戚、故舊、昆弟、友朋四者，天理當然之分廢將無遺，可哀也哉。秪是計較於我善惡、有無相益爲事，與之離合耳。』静言思之，物則既蔽，近於飛走，人既與非類相雜處，幾何不傷而夷也？可不慎言謹行，凡事點檢，以先周身之防而存遠大之用也？至元戊子歲臘日書。」

十二月二十二夜，作詩一首寄胡袛遹。

《秋澗集》卷四《疇昔一首寄胡紫山戊子十二月廿二夜》。

十二月二十五日，有感於馮太后事蹟，壯其貞節，作《當熊詞》以歌之。

《秋澗集》卷一〇《當熊詞》：「戊子冬十二月廿五日，聽韓、陳二生讀《通鑑綱目》至中山馮太后事迹，壯其貞節，感而作《當熊詞》。馮，元帝倢伃，哀帝祖母也。」

本年，作《儉説》，勸誡子孫行勤儉之道。

《秋澗集》卷四五《儉訓》：「予今年六十有二，……逮其已困，歎彼之豐，傷己之窘，方思節約以補其不足，不亦晚乎？ 汝等其勖哉毋替。 作《儉説》。」

本年，商挺卒，王惲作文以悼之。

《秋澗集》卷一九《商左山哀辭》。

《元史》卷一五九商挺本傳：「(二十五年)是歲冬十有二月卒。」

本年，夾谷之奇卒〔三〕，王惲作文以悼之。

《秋澗集》卷一九《夾谷尚書哀挽名之奇字士常終吏部尚書》。

《元史》卷一七四夾谷之奇本傳：「二十五年，丁母憂，以吏部尚書起復，屢請終制，不許。明年，卒。」

〔一〕李鎬，字之京，涿州定興人，寓居汲縣。姿沖澹，樂山水，工書畫。以門蔭官至金朝懷遠大將軍、集慶軍節度副使，壽六十五，卒于衛州。《金史》無傳，詳見《秋澗集》卷七一《題李懷遠事繫後》。

〔二〕韓中(1253—1331)，字大中，汲縣人。韓天麟子，韓沖弟。累官山東廉訪副使，轉淮東道，調湖廣行省郎中，改河東廉訪副使，陞漢中廉訪使，遷西臺治書侍御史，請老歸。至順二年卒，年七十九。《元史》無傳，詳見《秋澗集》卷三八《大元故奉議大夫中書兵部郎中韓君墓碑銘并序》、王德毅《元人傳記資料索引》第二〇三五頁所載。

〔三〕條支國，距陽關二萬二千一百里，在葱嶺之西。西亞古國名，亦稱塞琉西王國(或譯作塞琉古王國)。公元前三一二年，塞琉古一世建國。都城在安條克(今土耳其南部安塔基亞)。西漢宣帝元康二年(公元前六四年)，爲羅馬所滅。詳見《通典》卷一九二「條支」條、史爲樂《中國歷史地名大辭典》第一三〇一頁所載。

〔四〕此年清明日在三月四日左右，本處之清明日當是虛指。

〔五〕趙寓，至元二十五年時，官衛州司録判官。詳見《秋澗集》卷四二《星丸漏詩序》。

〔六〕趙思文，字庭玉，完州人。明昌五年進士，官至金朝通奉大夫、禮部尚書。《金史》無傳，詳見《秋澗集》卷四二《禮部尚書趙公文集序》、《大明一統志》卷五「趙思文」條、《畿輔通志》卷七一「保定府」條。

〔七〕姬思誠（1240—？），字仲實，真定靈壽人。幼業儒，兼該陰陽氣數之學。《元史》無傳，詳見王德毅《元人傳記資料索引》第七四四頁所載。

〔八〕張孔孫（1233—1307），字夢符，號寓軒，隆安人。至元初，授户部員外郎，出爲南京總管府判官。僉四川道提刑按察司事，尋陞湖北道提刑按察副使。遷浙西提刑按察副使，改同知保定路總管府事，俄拜侍御史，行御史臺事。至元二十二年，除禮部侍郎。尋陞禮部尚書，擢燕南提刑按察使。二十八年，官大名路肅政廉訪使。拜僉河南江北行中書省事。除大名路總管，兼府尹。擢淮東道肅政廉訪司使。召還，拜集賢大學士、中奉大夫，商議中書省事。致仕歸。大德十一年卒，年七十有五。《元史》卷一七四有傳，詳見王德毅《元人傳記資料索引》第一一一六頁所載。

〔九〕信世昌，字雲甫，須城人。信亨祚子，曾受學於元好問。憲章時，官須城縣尹。仕至翰林承旨。善畫山水。《元史》無傳，詳見王德毅《元人傳記資料索引》第七一七頁所載。

〔一〇〕王子淵，至元二十五年時，官御史。《元史》無傳，詳見《秋澗集》卷四四《紀夢》。

〔一一〕薛文曜，字彦暉，丹陽人。至元二十五年時，官録事參軍之職。至元二十七年，任澄城縣尹。《元史》無傳，詳見《秋澗集》卷四二《送薛參軍北行序》、卷七二《題自書歸去來後》，王德毅《元人傳記資料索引》第二〇一六頁所載。

〔一二〕崔文，字文卿，茌平人。至元二十五年時，官郡從事之職。《元史》無傳，詳見《秋澗集》卷三八《唐中書令贈尚書右僕射馬公祠堂記》、卷四六《稼齋説崔文字文卿》。

〔一三〕夾谷之奇，字士常，號書隱，女真人，居滕州。授濟寧教授，辟中書省掾。從伐宋，授行省左右司都事。御史臺立，擢江南浙西道提刑按察司僉事，移僉江北淮東。至元十九年，召爲吏部郎中。二十一年，遷左贊善大夫。除翰林直學士，改吏部侍郎，遂拜侍御史。二十五年，丁母憂，以吏部尚書起復。二十六年卒。《元史》卷一七四有傳，詳見王德毅《元人傳記資料索引》第四二七頁所載。

1289 己丑年　元世祖至元二十六年　六十三歲

當年時事：

三月，渾天儀成。

四月，禁江南民挾弓矢，犯者籍爲兵。

九月，置高麗國儒學提舉司。

譜主事蹟：

正月一日，作《己丑歲門帖子》。

《秋澗集》卷三〇《己丑歲門帖子》。

正月三十日，作《征士謡》，鼓舞軍士鬥志。

《秋澗集》卷一〇《征士謡己丑正月晦》：「征人莫憚行役苦，廟謀素具車攻篇。……念渠愛惜腰間箭，會聽長歌入漢關。」

二月八日，祭奠中丞王復之靈。《哀挽亡友中丞王兄五首》、《路祭中丞王兄永訣文》、《故正議大夫前御史中丞王公墓誌銘并序》亦當作於此時前後。

《秋澗集》卷六四《中丞王公祭文》：「大元國至元二十六年歲在己丑二月辛亥朔越八日戊午，友生王惲謹以清酌之奠，昭告于正議大夫、中丞王兄之靈。」

《秋澗集》卷一九《哀挽亡友中丞王兄五首》。

《秋澗集》卷六四《路祭中丞王兄永訣文》：「方謗之興，予適在燕。嘗表裏乎西溪，致一言於諸公之間，力雖微而莫辯，庶幾友義盡予心之拳拳。」

《秋澗集》卷四九《故正議大夫前御史中丞王公墓誌銘并序》：「至元二十六年二月丙辰辰刻，正議大夫、御史中丞、横海王君以疾卒于私第正寢。斂有七日，其子庸、彝輩縗服纍然，持事狀百拜，以壙銘來懇。」

二月十二日前後，應太一教六祖蕭全祐之請，爲凝寂大師張居祐作墓碣銘。

《秋澗集》卷六一《凝寂大師衛輝路道教都提點張公墓碣銘并序》：「師諱居祐，字天錫，世爲汲郡人。……廿六年二月五日，得寒疾，再宿談笑而逝。及斂，予臨視，面如生。吁，亦異哉！享年七十有二。越七日，提點范全定等葬師於四門里祖塋之側，禮也。……純一真人以予鄉曲故，持狀來謁銘。」

二月二十一日夜，夢中題人手卷，醒後作文以紀。

《秋澗集》卷四四《記夢中題人手卷》：「娶爲無後，有子而嗣有餘；老爲致養，子孝而養不闕。……至元二十六年歲在己丑春二月二十一日辛未夜也，予時年六十三，明日會亡友中丞王君葬於正尚里。」

三月六日，于春露堂中作《點絳唇》。明日，書示友人，主人出名酒相屬。

《秋澗集》卷七七《點絳唇·十六》：「己丑清明前一日，春露堂即事，時既雨快晴。明日書示友人，主人出名酒相屬，因放歌數闋而去，實至元二十六年三月七日也，可爲不虛度此節矣。秋澗老人深香閑適。」

三月二十一日夜，晚坐前閣，偶得《秦樓月》一闋，因放聲自歌。

《秋澗集》卷七六《秦樓月·二》：「己丑歲春分前一日，栽培衆卉罷，晚坐前閣，無以解之。偶得催閣芍藥辭《秦樓月》一闋，因放聲自歌，浮太白者數行，實至元二十六年三月二十一日也。時夜漏交二鼓燈下書，秋澗老人題。」

五月五日，作《題三百家詩選後》，談論唐詩之優劣。

《秋澗集》卷七一《題三百家詩選後》：「己丑重午日，秋澗老人題。」

五月六日，王惲母靳氏明忌日，書二本觀世音像以薦冥福。

《秋澗集》卷三八《靈應觀世音記以心感心不然神當求之於有無之間》：「新樂李氏藏觀世音像，蓋宋淑德尹后家物也，李世奉之甚恪。……至元己丑歲五月六日係先妣夫人靳氏明忌，書二本以薦冥福云。」

五月十五日，過王復家祠堂，作詩以紀。

《秋澗集》卷三〇《己丑五月十五日過王氏祠堂》：「兩軒梅竹足興哀，親見春山手自栽。前日問安人不見，翻翻風葉送愁來。」

五月，衛輝路重建總管府帥正堂，王惲作文以紀。

《秋澗集》卷三九《重建衛輝路總管府帥正堂記》：「汲之爲郡，其來久矣。……嗣侯答失帖木兒暨總尹耶律漢傑〔一〕、判官常德繼軫來任〔二〕。……於是張皇前規，構而一新，凡爲楹三鉅筵，東西六尋有奇，南北邃三十有七尺，高爽靖深，公居儼稱。……既卒事，來丐文於余。……至元廿六年歲在己丑五月日記。」

六月二日，作《題張嘉貞北岳碑後》示孫王笴，且回憶少時受劉伯熙提誨事。

《秋澗集》卷七二《題張嘉貞北岳碑後》：「余少時喜作擘窠大字，嘗書《出師表》于屋壁，房山劉先生過而見之，……既而出此碑見贈，……今歲己丑，予六十有三，追憶往事，時時取觀，覺日有所得，乃知房山之言爲不妄。……是夏六月二日，秋澗老人記。」

六月，書《得失》以自儆。

《秋澗集》卷四四《得失》：「人之得失一繫乎命之通塞。……己丑歲夏六月，客退，偶書以自儆。」

七月，作《題家藏禱佛帖後》。

《秋澗集》卷七二《題家藏禱佛帖後》：「大元己丑秋七月，秋澗老人曾收。」

八月三日，進授少中大夫、福建閩海道提刑按察使〔三〕。

《秋澗集》卷首《文定王公神道碑銘》：「二十六年，授少中大夫、福建閩海道提刑按察使。」

《元史》卷一六七王惲本傳：「二十六年，授少中大夫、福建閩海道提刑按察使。」

《秋澗集》卷六四《授少中大夫福建閩海道提刑按察使告祖宗文己丑秋八月三日》：「至元廿六年歲次己丑八月丁未朔越四日庚戌，孝孫惲敢昭告于王氏三代祖考、祖妣之靈：又於此月初三日，欽奉宣命，進授少中大夫、福建閩海道提刑按察使，是皆祖宗奕葉德積之故，越小子何敢？」

八月四日，以進授少中大夫、福建閩海道提刑按察使之事，昭告于王氏三代祖宗、祖

妣之靈。

《秋澗集》卷六四《授少中大夫福建閩海道提刑按察使告祖宗文己丑秋八月三日》：「至元廿六年歲次己丑八月丁未朔越四日庚戌，孝孫惲敢昭告于王氏三代祖考、祖妣之靈。」

八月十五日，作《秋澗記》，抒「見用於秋」之意。

《秋澗集》卷三九《秋澗記》：「嗚呼！澗乎，其見用於秋之時乎？……至元廿六年己丑歲秋八月望日記。」

八月二十六日，雨中飲賈方叔家，爲樂籍劉氏賦《喜遷鶯》。

《秋澗集》卷七五《喜遷鶯·三》：「己丑秋八月廿六日，雨中飲賈方叔家。樂籍劉氏歌以侑觴，衆賓欣然爲之賞音。劉因求樂府於予，遂賦此，且道坐客醉語。」

八月二十九日夜，夢對御陳事。次日，作文以紀。

《秋澗集》卷四《宣城筆》：「己丑秋八月三十日晨起，試宣城筆。前一夜夢對御陳事，故有『入閤』、『侍立』之語。」

八月，有紫芝産陶户朱良舍下，作詩以紀。

《秋澗集》卷一一《紫芝歌》：「繼胡紫山《集瑞堂》詩韻。己丑秋八月，有紫芝産陶户朱良舍下，凡五六本，此最異者。」

《秋澗集》卷六八《進瑞芝表》：「今月某日，陶工朱良舍中産土芝一大本者。」

九月二日夜，夢閩府來迓。既覺，作詩以紀。

《秋澗集》卷一二《夢入閩清府》：「己丑秋九月二日五夜，夢閩府來迓，品節儀物之盛，有不可殫紀者。既覺，即其意賦此。」

九月二十六日，將赴任福唐，拜辭長樂先壠，作文以紀。

《秋澗集》卷一三《辭長樂先壠二首》：「己丑歲秋九月二十六日，將赴任福唐，拜辭長樂先壟。歸宿野竹趙氏田舍，且喜聞村之故名，因有是作。爲野竹訛爲野緒。」

《秋澗集》卷一三《辭先壟後臨行作》：「義重煙嵐薄，人微使節光。桑榆雖晚景，事業見炎方。回轡知非遠，趣裝苦未涼。交親留少住，馬足健秋霜。」

《秋澗集》卷一三《閩清湯池留題》：「僕以大元至元廿六年己丑秋按部來閩，與公裔孫沖子同事。」

十月三日，作《龜蛇説》。

《秋澗集》卷四六《龜蛇説》：「己丑歲秋八月癸亥，有玄龜丹蛇見于太乙宮之書院。鍊師范君再拜，以禎祥來請。予爲之説曰……作《龜蛇同出説》。冬十月三日書。」

十月十二日，祭奠故待制徒單公履之靈，作文以紀。

《秋澗集》卷六四《祭待制徒單衍文》〔四〕：「維至元廿六年歲次己丑冬十月丁未朔十二日己未，少中大夫、福建閩海道提刑按察使王惲，致奠于故待制徒單公之靈。」

十月二十六日，赴任途中路經睢陽，祭奠唐朝名將張巡、許遠之靈，作文以紀。《雙廟懷古》亦當作於此時。《儀封》、《儀封道中》、《睢州道中寄友人》、《睢州道中》、《汴堤》亦當作於此時前後〔五〕。

《秋澗集》卷六四《祭雙廟文》：「至元廿六年歲次己丑冬十月丁未朔二十六日壬申，謹以清酌之奠，敢昭告于唐臣中丞張公、睢陽太守許公之靈。」

《秋澗集》卷四《雙廟懷古》。

《秋澗集》卷三九《睢州儀封縣創建廟學記》：「小子惲嚮提憲閩海，道出兹邑，親覩斯美，周行慨嘆，何有志成事也如此。」

《秋澗集》卷三〇《儀封》。

《秋澗集》卷二〇《儀封道中》：「去家已遠誰爲侶，到處相逢有故人。……一杯拜酹睢陽廟，激懦扶衰尚有神。」

《秋澗集》卷二〇《睢州道中寄友人》：「奉詔東行獲所安，卻憐衰朽强爲顔。」

《秋澗集》卷三〇《睢州道中》：「馳傳北經梁孝苑，垂鞭東過宋襄城。征人折盡隋堤柳，風捲枯蓬逐馬行。」

《秋澗集》卷三〇《汴堤》。

十一月三日，與宣慰楊子秀、總管高瑞卿、侍郎田榮甫三君子邂逅於餘杭〔六〕，以詩留別。

《秋澗集》卷二〇《己丑冬仲三日與宣慰楊子秀總管高瑞卿侍郎田榮甫三君子邂逅於餘杭其喜有不勝者以詩留別情見乎辭》。

十一月九日，遊釣臺〔七〕，作文以紀。

《秋澗集》卷一一《題釣臺》：「至元二十六年己丑歲冬仲九日，予自桐廬舍鞍鼓枻，取道嚴瀨。既午，艤舟祠下，登拜遺像，肅如也。歷觀古今題記，多論其形迹，未有明先生之心者。……少中大夫、福建閩海道提刑按察使、汲郡王某斂衽書。」

長至日（十一月九日左右），赴任途中行至赤岸驛，作文以寄胡祗遹。

《秋澗集》卷四《長至日次赤岸驛》：「扁舟下餘杭，遠客逢佳節。……殘年無定居，餬口走閩越。……寄聲紫山翁，此懷多不別。時任蘇州提刑。」

十一月十五日，雨中過鵝湖寺〔八〕，作文以紀。

《秋澗集》卷一三《鵝湖寺己丑冬仲望日雨中過此坐間爲主僧希聲留題希福州人》。

冬，提憲福唐，結識原福建閩海道提刑按察使盧天祥〔九〕**。**

《秋澗集》卷五二《大元故鄭州宣課長官盧公神道碑銘并序》：「至元己丑冬，予提憲福唐，識前政太中盧君。……長天祥，太中大夫、福建閩海道提刑按察使。」

本年（當在赴任閩海前），於影壁上圖虎，追念前言，作文以紀。

《秋澗集》卷四四《畫虎》：「先君嘗告某曰：『王氏在前金時家魚行里，曾祖府君氣方嚴，於土障畫一虎，甚獰。意者，取陳力就列故也。』後八十餘年，當至元己丑，偶於樹塞復圖此獸，追念前言，有常警懼者。」

〔一〕耶律漢傑，至元二十六年時，官衛輝路總尹之職。《元史》無傳，詳見《秋澗集》卷三九《重建衛輝路總管府帥正堂記》。

〔二〕常德，至元二十六年時，官衛輝路判官之職。《元史》無傳，詳見《秋澗集》卷三九《重建衛輝路總管府帥正堂記》。

〔三〕少中大夫，即亞中大夫，從三品，詳見《元史》卷九一「散官」條。福建閩海道提刑按察使，正三品，《元史》卷八六載「肅政廉訪司。國初，立提刑按察司四道……二十八年，改按察司曰肅政廉訪司。……每道廉訪使二員，正三品」。

〔四〕徒單衎，王德毅先生認爲「衎」當作「公」，是。詳見《元史》卷一五九傳，《元人傳記資料索引》第九一八頁「徒單公履」條。

〔五〕《秋澗集》卷二〇從《儀封道中》至《贈之問泉尹福州庚寅三月廿一日作》諸篇，卷三〇從《潘店早發》至《總題》諸篇，主要爲王惲赴任途中所作。從這些篇章中我們可以看出，王惲此次赴任從衛輝路汲縣出發，向東南經汴梁路、歸德府、淮安路至揚州路，又從揚州路向南經鎮江路、常州路、平江路、嘉興路、杭州路、建德路、衢州路、建寧路至福州路。王惲此次南行，當於至元二十六年十月間啓行，二十七年三月左右到任，耗時約五月左右。然王惲此次南行，並未直接奔赴福州府，而是繞道揚州，不知何故。又，《總題》是一首總結行程過程的詩歌，但卻言「西自鎮江南抵福，三千里路略相同」，似乎將鎮江作爲了出發點，不知何故。又，據《總題》來看，王惲似乎曾將自己赴任福堂途中所作詩歌以專題形式整理過。

〔六〕田榮甫，至元二十六年時，官侍郎之職。《元史》無傳，詳見《秋澗集》卷二〇《己丑冬仲三日與宣慰楊子秀總管高瑞卿侍郎田榮甫三君子邂逅於餘杭其喜有不勝者以詩留別情見乎辭》。亦或即田滋，《元史》卷一九一有傳，詳見王德毅《元人傳記資料索引》第二二五一頁所載。

〔七〕釣臺，在今浙江桐廬縣西富春江濱，爲東漢隱士嚴子陵釣臺，詳見史爲樂《中國歷史地名大辭典》第一五六九頁所載。

桐廬，元時屬江浙行省建德路，治所在今浙江桐廬縣西二十五里。詳見《元史》卷六二「建德路」條、史爲樂《中國歷史地名大辭典》第二〇八七頁所載。

〔八〕鵝湖寺，在今江西鉛山縣東南鵝湖山上。《大清一統志》卷二四二：「鵝湖寺在鉛山縣北十五里，舊名仁壽院。」雍正《江西通志》卷一一二：「鵝湖寺在鉛山縣北十五里，以鵝湖山得名。」

〔九〕盧天祥，臨潁人。盧元子。至元二十六年時，歷官福建按察使，遷信州路總管。《元史》無傳，詳見王德毅《元人傳記資料索引》第一九六三頁所載。

盧元（1210—1291），臨潁人。太宗末年，舉充鄭州宣課所長官。至元二十八年卒，年八十二。《元史》無傳，詳見王德毅《元人傳記資料索引》第一九五八頁所載。

1290 庚寅年　元世祖至元二十七年　六十四歲

當年時事：

正月，立興文署，掌經籍板及江南學田錢穀。

六月，大司徒薩里蠻等進《定宗實録》。

十一月，大司徒薩里蠻等進《太宗實録》。

譜主事蹟：

正月一日，作《三山元日》，思鄉之情溢於言表。

《秋澗集》卷二〇《三山元日》[一]：「殊方風物雖堪賞，争遣衰年客海涯。」

三月二十一日，于福州作詩贈泉州路總管王道[二]。

《秋澗集》卷二〇《贈之問泉尹福州庚寅三月廿一日作》。

《秋澗集》卷五五《大元故中順大夫徽州路總管兼管内勸農事王公神道碑銘并序》：「至元庚寅歲，邂逅於歐、閩。……公諱道，字之問，姓王氏，其先爲京兆終南縣人，世將家。……廿四年，授中順大夫、泉州路總管兼府尹。」

三月，與參政張獻子〔三〕、司卿李天祐會飲于九仙絶頂。

《秋澗集》卷二〇《庚寅春三月與張參政獻子李司卿輔之會飲九仙絶頂其道室榜曰滿目雲山》。

四月七日左右，爲御史師頤所作詩文作序〔四〕。

《秋澗集》卷七二《贈師御史彦貞名頤》：「御史師君彦貞，世爲瀚海府人，姿英毅，達時應務乃其所長。復於公餘以吟咏自樂，積而至十數篇，非好之篤，其克如是耶？因求一言見誨。……立夏後十日謹題。」

四月八日，與友人遊閩中鼓山〔五〕。次日，作文以紀。

《秋澗集》卷二〇《遊鼓山五首并序》：「鼓山在閩中爲特秀，余到官五月，王事鞅掌，未遑登覽以盡江山之勝。迨明年庚寅四月庚辰，遂與天平張參政獻子，大都李郎中德昌，御史聊城師彦貞、居延藺寶臣〔六〕，提刑東原曹仲明〔七〕，憲幕張遂良、程舜臣、何舜卿來游，尋前盟也。……主僧平楚來迓，用軟脚例。……明日，探囊得唐律五詩，俾刻諸亭上，以爲山中故事。」

四月十九日，爲師頤、藺寶臣二御史送行，作文以紀。

《秋澗集》卷二〇《贈鼓山長老平楚》。

《秋澗集》卷二〇《送師彦貞藺賓臣二御史庚寅四月十九日》。

《秋澗集》卷二〇《庚寅夏四月送二御史回淮安道中即事語知己者》。

七月二日，病中作詩，滿紙皆倦遊之意。

《秋澗集》卷一一《雜言庚寅七月二日病告中作》：「我今行年六十五（案：當爲六十四歲），得至縱心能幾許。憂愁風雨每太半，念至於斯足悲楚。縱令得邁七十壽，比老於心當悦豫。不然終日疲事役，歿而後已真愚魯。」

七月十五日，作《福唐中秋對月酬劉端友見贈之什》。

《秋澗集》卷一一《福唐中秋對月酬劉端友見贈之什》。

八月，作《跋蘇子美千文帖》。

《秋澗集》卷七二《跋蘇子美千文帖》：「長史顛草點畫略具，意度已足，子美追近之。……至元庚寅八月謹題。」

八月，上進竹鹿過福唐，王惲獲見之，作文以紀。

《秋澗集》卷一一《竹鹿辭并引》：「竹鹿出南海不合剌國，赤毳雪文，狀若龜背，然項有雙茸，葳蕤如珊瑚巨枝。至元廿七年秋八月，上進過福唐，予獲見之。……因作《竹鹿》辭。」

八月八日，雨中作詩，抒發思鄉之情。

《秋澗集》卷二〇《八月八日雨中書懷》：「自到閩中十月餘，老懷未省兩眉舒。命緣限蹇行多拙，心與時違意轉疎。夜枕有蛩妨睡思，秋空無雁繫鄉書。桂香簾幙中秋近，愁對清暉憶故廬。」

八月十八日，野莫回，作文以紀。

《秋澗集》卷二〇《八月十八日野莫回入西湖開化寺》〔八〕：「廩禄已沾三品料，浩然歸志苦遲遲。」

九月五日，以疾得告北歸，摩崖南豐曾鞏題刻，留詩而去。

《秋澗集》卷一三《閩清湯池留題》〔九〕：「『熙寧十年八月赴福唐，元豐元年九月被召還朝，往返皆經此。十五日，南豐曾鞏題。』僕以大元至元廿六年己丑秋按部來閩，與公裔孫沖子同事。明年秋，以理去官。與先生往還時月略同，曠世相符，有似非偶然者，摩崖薛刻，留詩而去。重九前四日，小子惲序。」

《秋澗集》卷首《文定王公神道碑銘》：「二十六年，授少中大夫、福建閩海道提刑按察使。……二十七年，以疾得告北歸。」

九月九日，行至南劍州〔一〇〕，作文以紀。

《秋澗集》卷二〇《九日南劍道中龜山山長林元甲和韻有云萬里好風南去雁兩溪明月一歸舟》：「松風度嶺吹紗帽，煙水漫溪送客舟。」

九月十二日，過劍浦〔一一〕，爲延平路同知米燕産作名字說〔一二〕。《遐觀亭南劍州總尹張侯所構》亦當作於此時前後。

《秋澗集》卷四六《米少尹名字》：「劍倅米君燕産，世爲西域人，性開敏，樂於爲善。……庚寅九月十二日，書於南劍廳事。」

《秋澗集》卷二〇《遐觀亭南劍州總尹張侯所構》：「閩右江山第一州，危欄高倚九峯頭。」

當在九月中旬左右，過辛棄疾墓，作文以紀。

《秋澗集》卷三一《過稼軒先生墓在鉛山州南十五里陽原山中廿七年歸自福唐作》〔一三〕。

九月二十八日夜，書《跋文公與子晉伯謨二帖》於府集思堂。

《秋澗集》卷七二《跋文公與子晉伯謨二帖》：「建安諸公往往以文公翰墨賜觀，視之皆非也。……至元庚寅九月二十八日夜漏下卅二刻，既寤不能寐，起書於府集思堂之燭下，斂衽題。」

九月，閩人戴叔堅來謁，作文以贈之。

《秋澗集》卷七二《答戴生》：「余來官南越，凡十有一月。戴生叔堅者，閩産也，以詩文來謁，且言其志。」

當在九月份前，作《書歸去來偶題于後》，抒嚮往歸隱之心。

《秋澗集》卷七二《書歸去來偶題于後》：「僕今年六十有五（案：當爲六十四歲），衰病相仍，越在絶域，終日役役，疲於官守，雖云微勞，事有無如何者。因書此辭，不覺慨歎者久之。」

秋，作《跋拙翁桃華春水圖》。

《秋澗集》卷七二《跋拙翁桃華春水圖》：「庚寅秋題於水西寺。」

十月，過朱家府〔一四〕，作文以紀。

《秋澗集》卷三一《過朱家府并序》：「至元廿七年冬孟，過朱家府，謁太師遺祠。瞻拜禮像，懷德不已，敬留四詩，付林、彬二孫，庶幾銑鑽仰意云。晚進小子、汲郡王惲斂衽百拜書。」

十月十五日，同友人遊柯山寶嚴寺〔一五〕，作詩以紀。

《秋澗集》卷一三《題柯山寶嚴寺壁》：「同遊者山長趙文龍、前教授徐夢龍兟友、教官余性道、二人皆廣信人，徐有文筆，甚健。府推官保定張式儀〔一六〕、卿別駕東平陳珪國寶〔一七〕，子公孺侍行。至元庚寅冬十月望日，秋澗老人題。……爛柯仙有局，絶觀石爲矼。」

十月十七日，返鄉途中，過三河驛〔一八〕，作文以紀。

《秋澗集》卷七二《題三河驛壁》：「余回自海徼，暑毒之氣至此方作，眩卧於舟中者一伏時。……至元庚寅冬十月十有七日，題於三河驛壁，尚聞者知所警。」

當在十月二十日左右，路經臨安〔一九〕，漕副喬簣成以山谷《苦筍賦帖》贈王惲〔二〇〕。又聞表忠觀碑事，作文以紀。

《秋澗集》卷七二《題山谷苦筍賦帖後》：「臨安漕副喬仲山，予爲御史時臺小吏也。庚寅冬，南行遺杭，仲山以是帖贐予。」

《秋澗集》卷三九《表忠觀碑始末記》：「至元庚寅冬，予自福唐得告北歸，前次臨安。客有以表忠觀碑爲言者，字作擘窠大書，殊偉麗也。詢之馬御史德昌〔二一〕，如所聞，云：『觀在龍井不十里遠，能一到其下豁，先覩爲快，何如？』予以長淮迫凍爲謝。適鮮于生在坐，屬伯機他日打一本，惠及足矣。曰諾。既而杳然。」

十月二十二日，行次赤岸〔二二〕，作詩贈兩浙憲司屬吏侯仲卿。

《秋澗集》卷三一《水仙萱草二詠并序》：「予行次赤岸，兩浙憲司屬吏侯仲卿拏舟自杭追余四十餘里。及之，拱立水次，致紫山之意，仍索賦《水仙》、《萱草》二詩。……遂書二絶以付。時至元二十七年冬十月二十二日也。」

十一月二日，游金山寺〔二三〕，作文以紀。

《秋澗集》卷一一《游金山寺寺名龍游舊名浮玉庚寅歲十一月二日來游二十八韻》：「至元庚寅冬，予自福建北歸，渡江作此詩，未嘗示人，逮大德己亥，十年矣。」

《秋澗集》卷七六《黑漆弩遊金山寺并序》。

冬，自閩中北歸，老病相仍，百念灰冷。

《秋澗集》卷五《和淵明歸田園》：「庚寅冬，余自閩中北歸，年六十有五（案：當爲六十四）。老病相仍，百念灰冷，退閑静處，乃分之宜。」

〔一〕三山，福建福州市的別稱，詳見史爲樂《中國歷史地名大辭典》第五〇頁。

〔二〕王道（1227—1296），字之問，益都樂安人。至元初，充東宮講書官。十三年，充福建行省左右司郎中。二十四年，授中順大夫、泉州路總管兼府尹。元貞二年，起爲徽州路總管，未上卒，年七十。《元史》無傳，詳見王德毅《元人傳記資料索引》第一一二三頁所載。

〔三〕張獻子，天平人。至元二十七年時，官參政之職。《元史》無傳，詳見《秋澗集》卷二〇《庚寅春三月與張參政獻子李司卿輔之會飲九仙絶頂其道室榜曰滿目雲山》、《遊鼓山五首并序》。王義山《稼村類藁》卷三《謁參政張獻子》中亦有張獻子，此二者當爲一人。

〔四〕師頤，字彦貞，聊城人。至元二十七年時，官御史之職。《元史》無傳，詳見王德毅《元人傳記資料索引》第八八七頁。

〔五〕鼓山，即今福建福州市東南鼓山，詳見史爲樂《中國歷史地名大辭典》第二六四八頁。

〔六〕藺寶臣，居延人。至元二十七年時，官御史之職。《元史》無傳，詳見《秋澗集》卷二〇《遊鼓山五首并序》。

〔七〕曹世貴（1242—1302），字仲明，東平須城人。至元間，授城武縣尹。累遷福建路提刑按察副使，遷興化路總管。大德六年，除福建都轉運鹽使，未上卒，年六十一。《元史》無傳，詳見王德毅《元人傳記資料索引》第一一八六頁所載。

〔八〕西湖，即今福建福州市西北隅的西湖公園，内有開化寺等勝跡，詳見史爲樂《中國歷史地名大辭典》第九四三頁。

〔九〕閩清，元時屬江浙行省福州路，治所即今福建閩清縣。詳見《元史》卷六二「福州路」條、史爲樂《中國歷史地名大辭典》第一九五六頁所載。

〔一〇〕南劍州，元時爲江浙行省延平路，治所在今福建南平市。詳見《元史》卷六二「延平路」條、史爲樂《中國歷史地名大辭典》第一八〇九頁所載。

〔一一〕劍浦，元時爲江浙行省延平路南平縣，治所即今福建南平市。詳見《元史》卷六二「延平路」條、史爲樂《中國歷史地名大辭典》第一九四〇頁所載。

〔一二〕米燕産，至元二十七年時，官延平路同知。王惲將其名改爲米閶，字英甫。《元史》無傳，詳見《秋澗集》卷四六《米少尹名字》。

〔一三〕鉛山州，元時屬江浙行省廣德路，治所在今江西鉛山縣東南永平鎮。詳見《元史》卷六二「廣德路」條、史爲樂《中國歷史地名大辭典》第二一三三頁所載。

〔一四〕朱家府，當在婺源縣附近。從本詩内容看，此處之太師當指朱熹，《宋史》列傳第一八八朱熹本傳載「朱熹，字元晦，一字仲晦，徽州婺源人」。婺源，元時爲江浙行省徽州路婺源州，治所即今江西婺源縣西北清華鎮。詳見《元史》卷六二「婺源州」條、史爲樂《中國歷史地名大辭典》第二六四〇頁所載。

此處之朱家州疑即朱家村，在今安徽歙縣南十里朱村鄉，詳見史爲樂《中國歷史地名大辭典》第九九七頁所載。

〔一五〕柯山，從本詩内容和王惲返鄉路線來看，當指爛柯山。爛柯山，又名石寶山、石橋山，在今浙江衢州市南二十里，詳見史爲樂《中國歷史地名大辭典》第一九六七頁所載。

〔一六〕張式儀，保定人。至元二十七年時，官推官之職。《元史》無傳，詳見《秋澗集》卷一三《題柯山寶巖寺壁》。

〔一七〕陳珪，字國寶，東平人。至元二十七年時，官卿別駕之職。《元史》無傳，詳見《秋澗集》卷一三《題柯山寶巖寺壁》。王德毅《元人傳記資料索引》第一二八〇頁有陳珪，至元二十四年任衢州路治中，或爲同一人。

〔一八〕三河驛，待考。

建德，元時爲江浙行省建德路，治所在今浙江建德市東北五十里梅城鎮。詳見《元史》卷六二「建德路」條、史爲樂《中國歷史地名大辭典》第一七一六頁所載。

〔一九〕臨安，元時屬江浙行省杭州路，治所在今浙江臨安縣北十八里高虹鄉。詳見《元史》卷六二「杭州路」條、史爲樂《中國歷史地名大辭典》第一八五七頁所載。

〔二〇〕喬簣成，字達之，號仲山（中山），大都人。至元十八年，任秘書郎。二十七年，累遷兩浙漕司副使。大德初，爲江浙行省員外郎。歷吏部郎中、翰林直學士，出爲東平路總管。皇慶二年，簽瑞州路總管。終饒州路總管。《元史》無傳，詳見王德毅《元人傳記資料索引》第一三七一頁所載。

〔二一〕馬煦（1244—1316），字德昌（得昌），自號觀復道人，磁州滏陽人。至元十六年，累遷南臺御史。歷江西憲僉、荆湖行省員外郎，改廬州路同知。大德三年，累官户部侍郎。遷中書左司郎中，出守濟寧，移湖州。至大三年，拜刑部尚書。延祐三年，以户部尚書致仕，是年卒，年七十三。《元史》無傳，詳見王德毅《元人傳記資料索引》第九七九頁所載。

〔二二〕赤岸，當指赤岸山，又名紅山，在今江蘇六合縣東南瓜埠山東五里，詳見史爲樂《中國歷史地名大辭典》第一一九二頁所載。

六合，元時屬河南江北行省揚州路真州，治所即今江蘇六合縣。詳見《元史》卷五九「真州」條、史爲樂《中國歷史地名大辭典》第四八六頁所載。

〔二三〕金山寺，又名澤心寺、龍游寺、江天寺，在今江蘇鎮江市西北金山上，詳見史爲樂《中國歷史地名大辭典》第一五九二頁所載。

1291 辛卯年　元世祖至元二十八年　六十五歲

當年時事：

正月，尚書省右丞相桑哥等罷。

五月，罷尚書省，右丞相完澤以下，並改入中書。

七月，桑哥伏誅。

九月，立行宣政院，治杭州。

譜主事蹟：

三月十七日，遊溪曲，釋然有倦飛已焉之念，作文以紀。時在汲縣。

《秋澗集》卷五《和淵明歸田園》：「辛卯三月十七日，風物閑暇，偶游溪曲，眷彼林丘，釋然有倦飛已焉之念。城居囂雜，會心者少，因和淵明《歸田園》詩韻以寓意云。」

五月五日，應汲縣縣簿劉聚之請〔一〕，爲汲縣重修義勇武安王祠作記。

《秋澗集》卷三九《義勇武安王祠記》：「汲縣縣治即故尉司公廨，内舊有武安王祠，莫究其所始。……至元丙戌，真定録判劉聚來主縣簿，以游擊有功，田里頗安，不敢居其能，越神明是歸，遂以起廢爲己任。……既落成，來懇文以紀本末，仍表夫神之所以昭昭者。……至元廿八年五月重午日謹記。」

五月五日，作詩以和周貞。

《秋澗集》卷一二《和幹臣食粽有感詩韻辛卯端午》。

五月二十一日，作《鬼車行》。

《秋澗集》卷一一《鬼車行辛卯歲五山廿二日誅於鄂州教陽十五日作》。

五月二十一日，河南降大雨，河北旱情依然，作文以憫之。

《秋澗集》卷一一《福星行辛卯歲自正月迄五月不雨是月廿一日河南雨三尺故作是詩以憫焉六月五日雨大作》：「河南雨足餘三尺，河北嗷嗷千里赤。……福星福星宜憫斯，少分餘溢霑河北。」

六月二十六日，作詩以寄周貞。

《秋澗集》卷二〇《即事三詩奉呈幹臣明府詩友辛卯六月廿六日作》。

七月七日，久雨未霽，作文以紀。

《秋澗集》卷七六《三辛卯七夕時久雨未霽中以感寓爲嘆》。

八月，與周貞遊王復家祠，作文以紀。

《秋澗集》卷七五《感皇恩・十六》：「春山何在，兩樹寒梅枯槁。」

九月，檢視水災，作文以紀。

《秋澗集》卷三四《農里嘆并序》：「至元廿八年秋九月，檢視水災，趙之東偏自平丘至劉村渡凡一十一處。因老農問答，集爲十絶句，庶以見農家有終歲作苦，卒至於無成者，可哀也哉！」

九月九日，作詩戲嘲周貞。

《秋澗集》卷二一《辛卯重九嘲幹臣周宰》：「九日寒花不見芳，西灣招飲儘相妨。驅車共載差元約，冒雨長行有底忙。」

九月二十三日，與友人歡飲，作詞以紀。

《秋澗集》卷二十一《鷓鴣引・十七》：「辛卯九月二十三日，靖伯、仲先攜酒相過。

客去，醺然獨坐，以見酣適之意云。」

九月二十三日夜，夢見二龍，覺而作詞以紀。

《秋澗集》卷七六《卜筭子》：「辛卯九月二十三日夜，夢上層欄北望，黑雲截空，二龍尾足連卷下垂，殊分明也。覺而賦此，秋澗老人識。」

九月二十五日夜，解衣欲睡，適有飲興，浮大白者再，作文以紀。

《秋澗集》卷七七《絳桃春・九》：「辛卯九月二十五日夜，解衣欲睡，適有飲興，顧樽湛餘醁，燈綴玉蟲而樂之。然酒味頗酷，乃以少蜜漬之。浮大白者再，覺胸中浩浩，殊酣適也。仍以樂府《絳桃春》歌之。」

秋，傅士開赴官兩浙[三]**，王惲托其爲自己取表忠觀碑碑帖。**

《秋澗集》卷三九《表忠觀碑始末記》：「明年辛卯秋，吾友傅君士開赴官兩浙，仍託以取。」

十月十日，與朋友聚飲，作詩以呈周幹臣。

《秋澗集》卷二〇《韓齋小集呈幹臣詩友辛卯十月十日》：「十日秋霖不出門，偶同藜杖步城根。故人雅有平生好，尊酒時陪一笑温。」

十一月十四日，同周貞會飲林氏北軒，作文以紀。

《秋澗集》卷二一《良霄散步詩并序》：「至元廿八年冬十一月十四日，同曲山小酌林兄北軒。既醺，相與至珉溪家夜話。歸見月色煙霏，殊有春意，因念數日寒沍，今夕乃爾，恐一冬不三二朝而已，遂步入春露坊，衝口而成詩。何夜無月？何家無酒？但少閑適如吾四人耳！」

十一月十四日，觀《華清宮圖》，作文以紀。

《秋澗集》卷一一《題任南麓畫華清宮圖後并序》：「圖有閑閑公題詩，作擘窠真書，蓋與畫世爲三絶。……廿八年冬十一月十四日，秋磵老人序。」

十二月七日，作詩送參政高飛卿，時改遷西省。

《秋澗集》卷二一《送參政飛卿時改遷西省辛卯冬十二月七日》。

十二月十五日，大雪連明，信宿開霽，日色暄妍如春，作詩以紀。

《秋澗集》卷一三《辛卯歲十二月望日大雪連明信宿開霽日色暄妍如春乾坤清淑之氣肅肅可挹數年來未之見也作小詩以紀》。

本年，作《題竹林七賢詩并序》。

《秋澗集》卷三二《題竹林七賢詩并序》：「竹林七賢觀今爲長春别館，昔誠明張真人嘗集諸公題詠〔三〕，欲刊置祠下。迨至元辛卯，練師劉文甫始遵命以紹宿志〔四〕，求詩於予，且誌其刻名本末，用題于右。凡得詩若干首，始於王文康公，終之鄙作。非敢先後之，蓋因其所書之次第焉。使後之觀者詠詞懷舊，得信高風絶塵之想云。秋澗序。」

[一]劉聚，曾官真定録判。至元二十三年，官汲縣縣簿。《元史》無傳，詳見《秋澗集》卷三九《義勇武安王祠記》。

[二]傅士開，王惲同窗，曾官漕使之職。至元二十七年，赴兩浙居官。《元史》無傳，詳見《秋澗集》卷三九《表忠觀碑始末記》、卷七六《蝶戀花・二》。

[三]張志敬（1220—1270），字義卿，燕京安次人。李志常弟子，全真教第八任掌教。至元七年卒，年五十一。《元史》無傳，詳見王德毅《元人傳記資料索引》第一二三七頁所載。

[四]劉文甫，全真教道士，任道録事。《元史》無傳，詳見《秋澗集》卷三一《題竹林七賢詩并序》、卷四〇《真常觀記》。

1292 壬辰年　元世祖至元二十九年　六十六歲

當年時事：

八月，詔征八百媳婦國。

十二月，召行臺侍御史程文海及胡祗遹等十人赴闕，賜對。以文海爲江南湖北道廉訪使，興學明教，吏民畏愛之。

譜主事蹟：

正月一日，爲林君玉上雅號爲樂泉老人[一]，作文以紀。

《秋澗集》卷四六《樂全老人説》：「林氏系蘇門望族，君玉雖治産時逐，處心遠大，資之以發其身者，良有足取。爲人志明而氣鋭，樂賢好客，教子孫讀書，顧一事不肯屑屑出人後。……遂以樂全老人目之。……歲壬辰至元廿九年履端日書。」

《秋澗集》卷二一《樂全老人詩》：「樂全老子見輕安，杖屨西城日往還。」

正月二十一日，便宜都總帥汪惟和過衛〔二〕，王惲作文以贈。

《秋澗集》卷二一《寄贈總帥便宜汪壬辰正月二十一日過衛》：「前日劍騎過衛，幸得一識英表，勉贈二章，庶見微悃。」

正月，與中丞義甫邂逅衛南〔三〕，握手暢談，作詩以紀。《題耶律公手書濟源詩後》亦當作於此後不久。

《秋澗集》卷二一《餞中丞義甫還闕下并序》：「予與中丞義甫同官歷下，自後君由維揚移秦中，不肖亦承乏福唐。地之相去也萬里，時之契闊蓋八年于兹。壬辰春正月，邂逅衛南，尊酒間握手道舊，殊歡暢也。」

《秋澗集》卷七二《題耶律公手書濟源詩後》：「近觀故中書令耶律公當壬辰歲過濟瀆留題詩翰，逮今歲龍集適一甲子。其孫希逸始托總尹靳榮，俾刻石祠下，屬予題數語于後。」

三月十五日，作文以悼周貞。

《秋澗集》卷二一《周曲山挽章壬辰三月十五日》。

三月二十五日，葬周貞回，作文以紀。至此，王惲當年同窗凋零殆盡。

《秋澗集》卷三一《題王明村老黄店壁八絶壬辰歲三月廿五日葬曲山回作》：「鄰笛聲中何限恨，不堪零落曉星孤。五五今獨予在。當時同門者十三四人，止有李士觀、傅士開。」

五月五日，追憶福建賽龍舟之事，作文以紀。

《秋澗集》卷二一《競渡詩并引》：「予前年客福唐，寓舍在西湖上。閩俗，自四月中爲龍船戲，船鑿長木爲槽，首尾鱗鬣皆作龍形，以五彩粧繪，漆髹其腹，取其澤也。上坐五六十人，人一棹，柱面對翻，並進如箭。鐃歌鼓吹，自明竟夕，殊喧譁也。大率争取頭標以爲劇戲，踰重午乃已。壬辰蕤賓節，追念往事，偶爲賦此，且記越俗之好尚焉。」

六月二十八日，作文于春露堂之扶疎軒，記述得到《表忠觀碑》始末。

《秋澗集》卷三九《表忠觀碑始末記》：「逮壬辰夏六月，傅自杭特令人付來，其碑作四巨軸，裝潢如法，蓋亡宋故家物也。」

六月二十八日，井某贈王惲美酒，王惲作文以謝之。

《秋澗集》卷一一《瓊華露酒歌繼惠一樽故作歌以謝之時壬辰六月廿八日也》：「井君出職光禄

寺，容止藴藉涵清妍。朝來相過憐衰翁，開樽小酌何從容。」

後六月，廉訪任君攜《潛珍閣銘》以示王惲，王惲爲之題數語于後。

《秋澗集》卷七二《題臨潛珍銘後》：「《潛珍閣銘》，坡公渡海北，爲李光道書於曲江。……至元壬辰後六月，廉訪任君攜以示予曰：『此李安仁所藏也，幸吾子題數語于後。』故書。」

七月中旬左右，作詩哀悼僮子李八。

《秋澗集》卷二一《僮哀詩并序》：「僮姓李氏，小字八，齡十有六歲。壬辰夏後六月廿九日，因戲水濱，溺死猊渦。予時卧病不知，以數日不來見，疑其有異，且覺夢思恍惚。及旬餘，窮竟所以，乃云已死矣，爲惻然者累日。」

九月十二日，爲孫王笴作名字説。

《秋澗集》卷四六《孫韃郎名字説》：「故以笴名之，而以君貢字焉。……至元壬辰秋九月十二日，少中大夫、祖父秋澗老人訓示。」

九月二十七日，作文記述年十七八往蘇門讀書遇旋風事。

《秋澗集》卷四四《紀風異》：「余年十七八，往蘇門讀書。至古城東十里外，有旋風自西南截泉水北來，望之，圍圓約六七里大，其高入天。……壬辰秋申月廿七日記。」

十月二十日左右，王惲受朝廷之召，北上燕京〔四〕**。**

《秋澗集》卷四二《老子衍義序》：「壬辰冬，予應聘至都。」

《元史》卷一七二程鉅夫本傳：「二十九年又召鉅夫與胡祗遹、姚燧、王惲、雷膺、陳天祥、楊恭懿、高凝、陳儼、趙居信等十人，赴闕賜對。」

《元史》卷一七〇胡祗遹本傳：「二十九年，朝廷徵耆德者十人，祗遹爲之首，以疾辭。」

《秋澗集》卷首《文定王公神道碑銘》：「二十八年（案：當爲二十九年），朝廷以耆宿來徵。」

《元史》卷一六七王惲本傳：「二十八年（案：當爲二十九年），召至京師。」

十月二十日，送舍弟王忱南歸穰下，作詩以紀。

《秋澗集》卷二一《送舍弟南歸穰下壬辰十月廿日彰德相别》。

《秋澗集》卷一八《相下送舍弟之官鄧鄾時爲竹監使》。

十月二十日後幾日，王惲北上至磁州，作文紀念楊威先生〔五〕**。**

《秋澗集》卷四三《磁州采芹亭後序》：「壬辰冬，予復過滏陽，所謂芹亭者巍然如翬飛翼跂，宛浮波面。荷香藻影，曉風涼露，士子游息，徜徉其上，沾濡芬霏，歌詠思樂，殆有登瀛之快。已而，翰屬曹生因求書其事。……先生名威，字震亨，承安人。」

十月二十九日，王惲北上途中過保塞〔六〕，作文以紀。

《秋澗集》卷四六《琅山廿九年冬十月廿九日北上過保塞馬上賦》。

冬，至燕京，爲玄逸真人張志僊作《老子衍義序》〔七〕。

《秋澗集》卷四二《老子衍義序》：「壬辰冬，予應聘至都。既館壽宮，嗣教玄逸張公與一杖者相陪來謁，須眉皓白，氣貌魁偉，敦兮其若樸，聽其言，沖沖然殆有所深藴，隨見所賦詩，顧非澹泊忘言者。尋西還求辭，方知君爲重陽宮主玄學師也。既而，其徒執《老子》書請見，稽首再拜，爲致師求序取重之懇，避席拱立，需命而退，因勉爲説云。」

〔一〕林君玉，蘇門縣人。與王惲家爲姻親，喜與士大夫遊，其家常爲士大夫聚會之所。《元史》無傳，詳見《秋澗集》卷四六《樂全老人説》、卷一一《賀君玉林兄得重孫》。

〔二〕汪惟和，鞏昌人。汪德臣第三子。元貞間，爲宣慰使、便宜都總帥。仕至太常院使。卒謚文貞。詳見王德毅《元人傳記資料索引》第五八八頁所載。《元史》卷一五五汪世顯本傳載「（汪德臣）子六人：長惟正；次惟賢，大司徒；惟和，昭文館大學士；惟明，以質子爲元帥；惟能，征西都元帥；惟純，權便宜都總帥」，疑惟和、惟純之記載有誤。

〔三〕中丞義甫，當爲耶律希逸，字義甫，號柳溪（生）、珉溪、梅軒。耶律鑄子。至元二十年左右，任山東提刑官。二十六年左右，官維揚，其時當爲爲淮東宣慰使，後移秦中。至元二十九年，還燕京。元貞二年，官河東宣撫使。大德七年，宣撫河東、陝西。後行省高麗，官至左丞。謚文忠。詳見《元史》卷一四六耶律楚材本傳、卷二一「大德七年三月」條，雍正《山西通志》卷七七，雍正《陝西通志》卷二二，《宋金元明四朝詩・元詩・姓名爵里一》，《秋澗集》卷二一《餞中丞義甫還闕下并序》，劉敏中《中庵集》卷四《上都答耶律梅軒左丞見贈》。《宋金元明四朝詩・元詩・姓名爵里一》稱耶律希逸仕至淮東宣慰使，或從《元史》之説，誤。

〔四〕關於王惲受召北上燕京的時間，《秋澗集》卷首《文定王公神道碑銘》、《元史》卷一六七王惲本傳皆作二十八年，誤，詳參夏令偉《〈元史・王惲傳〉勘誤》（《内蒙古農業大學學報》二〇一〇年第二期，頁二二六—二二七）。

〔五〕楊威，字震亨，磁州成安人。中統初，爲中書詳定官，言事未見聽，辭去，教授鄉里。卒年八十。《元史》無傳，詳見王德毅《元人傳記資料索引》第一〇二七頁所載。

〔六〕保塞，待考。

〔七〕張志僊，全真教第十一任掌教，道號玄逸真人。詳見《元史》卷一六「至元二十八年十二月」條（作張志仙）、卷一八「元貞元年二月」條，《秋澗集》卷四二《老子衍義序》，姚燧《牧庵集》卷一一《長春宮碑》。

1293 癸巳年　元世祖至元三十年　六十七歲

當年時事：

七月，命征交趾。

十一月，立海北海南道廉訪司，治雷州。

譜主事蹟：

二月四日，謁元世祖於柳林行宮，作文以紀。尋上書陳時務，世祖嘉納，授翰林學

十、嘉議大夫〔一〕。

《秋澗集》卷二一《朝謁柳林行宫二詩并叙》：「至元癸巳二月四日，臣膺、惲，臣文海、儼、居信，朝謁春水行宫於瀘曲之柳林。優蒙睿眷，詔録年名以聞，引進者中丞崔彧。被沐天恩，敢綴爲唐律二詩以表殊常之遇。臣惲謹序。」

《續資治通鑑》卷一九一：「是月，王惲召至上都，入見，慰諭良久。惲退，上書陳時政，……書奏，帝嘉納，授翰林學士。」

《秋澗集》卷首《文定王公神道碑銘》：「二十八年（案：當爲二十九年），朝廷以耆宿來徵。明年（案：當爲三十年）二月，謁見世祖皇帝於柳林行宫，蒙慰諭久之。繼上萬言書，條陳時政。……上嘉納焉，授翰林學士、嘉議大夫。」

《元史》卷一六七王惲本傳：「二十八年（案：當爲二十九年），召至京師。二十九年（案：當爲三十年）春，見帝于柳林行宫，遂上萬言書，極陳時政。授翰林學士、嘉議大夫。」

《秋澗集》卷三五《上世祖皇帝論政事書》：「臣近蒙禮部符承，中書省劄該，憲臺欽奉聖旨，召臣惲馳傳赴闕庭者。……然臣自中元迄於今日，久叨仕進，區區管窺，不無一見，輒敢以時務所宜先者數事昧死上聞。」

《秋澗集》卷六八《謝授翰林學士表》：「臣惲言：今月日，蒙恩除臣翰林學士者。……如臣者，學術素疏，桑榆垂晚。」

二月六日，自得仁府西歸[二]，作詩以和李儀。

《秋澗集》卷三一《癸巳歲二月六日自得仁府西歸和李樂齋詩》。

二月，應郭秀之請[三]，爲郭氏遷塋作碑銘。

《秋澗集》卷五五《大都通州郭氏遷塋碑銘并序》：「郭氏世爲通州潞縣人。……秀，字秀實，姿善淑，……三十年春二月壬寅，以三品儀物封而樹之，庶幾無乎不在之心少有遂焉。既襄事，百拜以墓碑來請，……謹按善狀，諾而銘諸。」

三月一日左右，偕李儀登太史臺，作詩以紀。時在燕京。

《秋澗集》卷二一《癸巳清明後三日偕益津李士觀登太史臺》：「山河繚繞陪京壯，樓觀參差落照開。」

《秋澗集》卷二一《奉和李樂齋登太史臺詩韻》。

三月二十六日，與御史商琥[四]、修撰魏必復觀劈正斧[五]，作文以紀。

《秋澗集》卷四六《劈正斧辯》：「至元癸巳春三月廿六日，因閲實，偕御史商琥、修撰魏必復觀於侍儀法物庫。……作《劈正斧辯》。」

三月二十九日左右，作《跋董右丞師中撰李道源先生陰德記後董號漳川居士道源名泌廣平人蓋儒而醫者泌九十歲而終于家子師孟明昌間進士》。

《秋澗集》卷七三《跋董右丞師中撰李道源先生陰德記後董號漳川居士道源名泌廣平人蓋儒而醫者泌九十歲而終于家子師孟明昌間進士》：「至元癸巳立夏日書。」

春，秘書郎趙天民贈王惲《梅花賦》臨本〔六〕，王惲作詩以紀。

《秋澗集》卷七三《宋廣平梅花賦後語》：「廣平《梅花賦》，予嘗聞雙溪耶律公求斯文久矣，得之者當以乘馬相貺，願見之心與公略同。至元癸巳春，予待詔闕下，秘書郎趙天民來謁。……翌日，録似本來獻。」

四月，應李師孟之請，爲《禊飲序》作跋語。

《秋澗集》卷七二《跋禊飲序後》：「至元癸巳四月，予入院後五日，師孟持此卷堅求跋尾，因信筆及此。」

四月，爲左丞馬紹所藏《貫休羅漢》作跋〔七〕。

《秋澗集》卷七二《跋馬左丞所藏貫休羅漢後時子卿有末疾不出》：「歲癸巳夏四月題。」

四月，應道士楊道謙之請〔八〕，作《終南山集仙觀記》。

《秋澗集》卷三九《終南山集仙觀記》：「今年夏四月，有虛齊道人楊姓者踵門來謁，……癸巳春蒙恩，復以傳送還本山。將行，……敢再拜以記文爲請，且償先生平時所願言。……楊法諱道謙，蜀之銅梁人，號保光子，上世有以進士爲巴西令者。」

夏，於廳除間作《題嚴子陵還山圖》。

《秋澗集》卷三三《題嚴子陵還山圖摭其意而反之癸巳夏廳除間作》。

六月六日，病中作詩，贈王冲霄。

《秋澗集》卷一一《飛廉館瓦研歌癸巳六月六日病中作贈王冲霄》。

八月一日，作文紀飲李廷珪墨瀋治病事。

《秋澗集》卷二一《李廷珪墨瀋世傳能定人神志予病久思若慌惚因假之師孟研汁一龠飲之戲瀆餘復香賦詩少見無聊賴之緒時癸巳八月朔日也》。

九月，爲故侍衛親軍千户董士元夫人作碑銘〔九〕。

《秋澗集》卷五二《故武節將軍侍衛親軍千户董侯夫人碑銘有序》：「故武節將軍董侯死事後十有九年，當癸巳秋八月庚戌，夫人凌其氏卒于稾第之正寢。用次月九日，嗣子守仁手開玄堂〔一〇〕，祔安武節匶左，禮也。……讓不容己，謹叙而辭之。」

秋，計吏田伯耕求詩於翰林諸公〔一一〕，因賦《十月牡丹》。

《秋澗集》卷五《十月牡丹》：「彰德路監郡完閭嘉議治甚有聲〔一二〕，壬辰秋，辭職讓其叔也里不花中順。是歲冬十月，新侯府弟發牡丹二本。明年秋，計吏伯耕，香林先生孫，不遠千里來求詩於翰林諸公，因首爲賦此。」

十一月五日，丁元諒既行來辭〔一三〕，作文以贈之。

《秋澗集》卷四二《送丁主簿南還序》：「丁生元諒主穀城簿之明年，以事抵衛來謁，……後七年冬十月，復見吾于京師，……既行來辭，書以爲贈。是歲癸巳仲冬五日序。」

本年，爲張從禮作墓碣銘〔一四〕。

《秋澗集》卷六一《故善士張君墓碣銘并序》：「善士張君，諱從禮，字仲和，順州龍山人。……至元癸巳春，母氏弃養，以哀毀致疾。是年冬十月三日考終牖下，得年五十有六。……友人劉某重契義，介嗣子智中表其墓。以君篤行有類古人者，爲之銘。」

本年，作詩哀悼故山東東西道宣慰使史樞。

《秋澗集》卷六五《故中奉大夫山東東西道宣慰使史公哀辭》：「故宣慰史侯，五路萬户留後之嫡長、太尉忠武公之猶子也。……癸巳冬，予在翰林，公之子親衛指揮使煥、弟秘監煇來謁，出諸君銘章，仍有徵於余。感念疇昔，迺抒願言。」

本年，崇真宮設醮，欲期中外之安，王惲作文以告。

《秋澗集》卷六七《至元三十年崇真宫設醮齋意》：「大元皇帝紹隆丕構，撫御多方。欲期中外之安，致有憂勤之慮。爰資道蔭，用介福寧。擬於今月初三日，就大都崇真萬壽宫，設金籙醮筵二百四十分位，涓日既良，預期以告。」

本年，爲史天澤祠堂作碑銘。

《秋澗集》卷五五《大元國趙州創建故開府儀同三司中書右丞相贈太尉忠武史公祠堂碑銘并序》：「民有報祀而得衆心之同然者，今於忠武史公見之。……公薨後十五年，……迄三載，廟成，神棲像設，翼翼有儼，凡用鏹三千七伯餘緡。……以某知公平生頗詳，不千里遠請書其事於石。某以下吏，故有不敢多讓者，因勉爲次繫之。」

〔一〕柳林，在今北京市通縣東南，爲元狩獵之地，并建行宫。詳見史爲樂《中國歷史地名大辭典》第一八三五頁所載。

翰林學士，《元史》卷八七「翰林兼國史院」條載「學士二員，正二品」。嘉議大夫，正三品，詳見《元史》卷九一「散官」條。

關於王惲覲見元世祖的時間，《秋澗集》卷首《文定王公神道碑銘》、《元史》卷一六七王惲本傳皆作二十九年，誤，詳參夏令偉《〈元史・王惲傳〉勘誤》（《内蒙古農業大學學報》2010 年第 2 期，頁 226—227）。

〔二〕得仁府，疑即得仁務，在今北京市東南五十里永樂店鄉德仁務村。詳見史爲樂《中國歷史地名大辭典》第二三七六頁所載。

〔三〕郭秀，字秀實，通州潞縣人。由總制院都事遷經歷官，繼改都省左司員外郎，尋就陞郎中，已而授少中大夫、禮部尚書，簽宣政院事。《元史》無傳，詳見《秋澗集》卷五五《大都通州郭氏遷塋碑銘并序》。

〔四〕商琥，字台符，濟陰人。商挺長子。至元十四年，拜江南行御史臺监察御史。二十七年，征拜中臺监察御史。三十年，遷國子司業。《元史》卷一五九有傳，詳見王德毅《元人傳記資料索引》第一〇二八頁所載。

〔五〕魏必復，弘州順聖人。魏初子。至元三十年時，官翰林修撰。延祐三年，爲集賢侍講學士。詳見《秋澗集》卷四六《劈正斧辯》、王德毅《元人傳記資料索引》第二〇八一頁所載。

〔六〕趙天民，至元二十七年，任秘書郎。《元史》無傳，詳見王德毅《元人傳記資料索引》第一七一九頁所載。

〔七〕馬紹（1239—1300），字子卿，號性齋，濟州金鄉人。授左右司都事。出知單州。至元十年，僉山東東西道提刑按察司事。十三年，移僉河北河南道提刑按察司事。未行，遷同知和州路總管府事。十九年，爲刑部尚書。二十年，參議中書省事。二十二年，改兵部尚書。逾年，復爲刑部尚書。二十四年，分立尚書省，擢拜參知政事。拜尚書左丞。尚書省罷，改中書左丞。元貞元年，遷中書右丞，行江浙省事。大德三年，移河南省。四年卒，年六十二。《元史》卷一七三有傳，詳見王德毅《元人傳記資料索引》第九七七頁所載。

〔八〕楊道謙，全真道士，號保光子，蜀之銅梁人。曾修建終南山集仙觀。至元二十九年前後，在燕京參與齋居祈禱之事。至元三十年，返回終南山。《元史》無傳，詳見《秋澗集》卷三九《終南山集仙觀記》。

〔九〕董士元（1235—1276），一名不花，字長卿，稾城人。董文炳長子。中統初，爲千夫長。從伯顔攻宋，以功遷武節將軍。至元十三年，戍淮上，宋將姜才來攻，力戰死，年四十二。追謚節滑，改謚忠滑。《元史》卷一五六有傳，詳見王德毅《元人傳記資料索引》第一五九八頁所載。

〔一〇〕董守仁，稾城人。董士元子。泰定三年，累遷南臺侍御史。仕至中書參政。卒謚肅誠。《元史》無傳，詳見王德毅《元人傳記資料索引》第一六〇六頁所載。

〔一一〕田伯耕，彰德人。至元三十年時，官彰德路計吏之職。《元史》無傳，詳見《秋澗集》卷五《十月牡丹》。王惲在此文中稱其爲「香林先生孫」，誤，當爲香林先生曾孫。田伯耕曾祖爲香林先生田芝，貞祐二年進士第，官至嘉議大夫、鎮南軍節度副使，詳見《秋澗集》卷四九《大元故蒙軒先生田公墓誌銘》；祖田文鼎，父田衍，詳見王德毅《元人傳記資料索引》第二四九頁所載。

〔一二〕完閭，燕只吉台氏。納璘居準孫。襲彰德路達魯花赤。至元二十九年，讓其職於其叔也里不花。未幾，陞山東廉訪使。《元史》無傳，詳見王德毅《元人傳記資料索引》第二五一〇頁所載。

〔一三〕丁元諒，至元二十三年，爲穀城主簿，建廟學以教化其民。《元史》無傳，詳見《秋澗集》卷四二《送丁主簿南還序》。

〔一四〕張從禮（1238—1293），字仲和，順州龍山人。家居侍親，不求仕進。至元三十年卒，年五十六。《元史》無傳，詳見王德毅《元人傳記資料索引》第一一五三頁所載。

1294 甲午年　元世祖至元三十一年　六十八歲

當年時事：

正月，元世祖忽必烈崩於紫檀殿，在位三十五年，壽八十。

四月，皇太孫鐵穆耳即位于大安閣，是爲元成宗。

六月，詔翰林國史院修《世祖實録》。

七月，詔中外崇奉孔子。

十一月，詔改明年爲元貞元年。

本年，蘇天爵生〔一〕。宋褧生〔二〕。

譜主事蹟：

正月一日，作《甲午歲門帖子》。

《秋澗集》卷三三《甲午歲門帖子》：「旅食京華兩見春，衰年來作玉堂臣。」

《秋澗集》卷三三《甲午歲門帖子》：「新春元日兩爭妍，氣朔分齊本自然。」

正月一日，代中書省作賀表。

《秋澗集》卷六七《甲午賀正表代中省作》。

《秋澗集》卷六八《中書省賀正慶八十表甲午歲》。

《秋澗集》卷六八《中書省賀尊號皇帝壽八十表》

正月十六日，作詩爲張左丞子友慶壽〔三〕。

《秋澗集》卷二二《壽張左丞子友甲午正月十六日》：「西池進讀霑殊遇，東閣追攀辱舊知。」

《元史》卷一六九張九思本傳：「三十年，進拜中書左丞，兼詹事丞。」

正月二十二日，偕翰林諸君謁太傅伯顔〔四〕，作文以紀。

《秋澗集》卷二二《大賢詩三首并序》：「甲午歲正月廿二日癸巳，偕翰林諸君謁太傅伯顔公於東城甲第之北堂。……因得《大賢詩》一首，紀其披覩之快。」

正月二十三日，王惲作文爲中書右丞何榮祖賀壽〔五〕。

《秋澗集》卷二二《甲午歲正月二十三日右丞何公□麟華旦謹奉唐律二章以介眉壽》：「侍謀東閣時情協，養浩南窗夜氣深。閑縱詩懷穿理窟，静觀犧易見天心。……健羡武公宜自儆，太平勳業畫麒麟。」

《元史》卷一六八何榮祖本傳：「桑哥敗，改中書右丞。」

正月二十四日，王惲與百官祖奠元世祖忽必烈之靈後，作挽章八首以紀世祖之功。

《秋澗集》卷一三《大行皇帝挽辭八首》：「至元三十一年歲次甲午正月廿二日癸酉夜亥刻，帝崩于大内紫檀殿。既殮，殯于蕭牆之帳殿，從國禮也。越三日乙亥寅刻，靈駕發引，由建德門出次近郊北苑有頃，祖奠畢，百官長號而退。臣惲職在詞館，追思不已，作挽辭八章，庶幾鼎湖攀髯之意。」

二月一日，王惲隨翰林、集賢兩院學士觀傳國玉璽，作《傳國玉璽記》。

《秋澗集》卷四〇《傳國玉璽記》：「維大元至元三十一年甲午春正月辛巳，御史中丞臣崔彧聞故太師國王孫通政院倅拾得〔六〕，……二月壬午朔，金紫光禄大夫、中書右丞相臣完澤等率翰林、集賢兩院學士凡十有一人詣宿闈入賀〔七〕。……翰林學士、嘉議大夫臣王惲謹記。」

《續資治通鑒》卷一九一：「（至元三十一年正月）御史中丞崔彧得傳國璽，獻之。」

三月三日，王惲應左署郎官劉源之請〔八〕，作《漢大司馬博陸侯霍將軍祠堂記》。

《秋澗集》卷四〇《漢大司馬博陸侯霍將軍祠堂記》：「蠡吾治城西北郊有漢大司馬霍將軍遺祠，俗相承即侯之故封。……逮三十一年甲午，予承乏翰林，省左署郎官劉源，郡人也，以東曹掾徐鳳來告曰〔九〕：『弊邑霍侯祠，耆舊某輩今易而一新，内翰幸不忘久要，尚惠一言，庶免夫旌紀寂寥之嘆。』……至元甲午歲上巳日，翰林學士、嘉議大夫王惲謹記。」

三月十五日，爲彭澤縣創修二賢堂作記。

《秋澗集》卷三九《彭澤縣創修二賢堂記》：「自昔宰彭澤者，其麗不鮮，獨二賢者至今屋而祀之。……總尹周侯諒其如是，越到官之明年，既治廟學，遂遷二賢祠於神閟之右，作新宇以合饗之，仍榜之曰二賢堂。至元甲午春，侯會予於京師，迺以祠事相告，……是歲三月望日記。」

《秋澗集》卷二二《彭澤二賢堂爲江州周使君賦》。

四月五日，作文記述鹿庵先生卒日事。

《秋澗集》卷四四《鹿庵先生卒日》：「至元三十年癸巳冬十二月廿二日，鹿庵先生壽九十二歲，無疾而終。……三十一年四月五日，李野齋説如此。」

四月十四日，元成宗即位，上《登寶位賀表》。成宗即位後，王惲獻《守成事鑑》。

《秋澗集》卷六八《登寶位賀表》：「欽惟皇帝陛下，皇祖聖武之曾孫、明孝太子之嫡嗣，英武同符於先帝，温文早著於春宫。……中統至元之治，行見增隆；漢文夏后之賢，莫之獨美。」

《元史》卷一八：「（至元三十一年四月）甲午，既皇帝位，受諸王宗親、文武百官朝于大安閣。」

《秋澗集》卷首《文定王公神道碑銘》：「成宗嗣位，獻《守成事鑑》。」

《元史》卷一六七王惲本傳：「成宗即位，獻《守成事鑒》一十五篇，所論悉本諸經旨。」

五月，作《題王尚書無競小字東坡論語解》。

《秋澗集》卷七三《題王尚書無競小字東坡論語解》：「甲午夏五月，方外掾由師孟出是本見示，卒然問曰：『公此書何法？』」

五月九日前後，作《皇太后玉册文》。

《秋澗集》卷六七《皇太后玉册文》：「維至元三十一年歲次甲午五月朔某日，嗣皇帝臣御名，謹稽首再拜言……今遣某官謹奉玉册寶，上尊號曰皇太后。」

《元史》卷一七：「（至元三十一年五月九日）是日，完澤等議同上先皇后弘吉剌氏尊謚曰昭睿順聖皇后。」

六月十九日，作文記述趙州柏鄉縣新建文廟事。

《秋澗集》卷四〇《趙州柏鄉縣新建文廟記》：「維趙之柏亭，本漢鄗邑地，隋縣焉，宋、金以劇稱。板蕩來，官府生聚日就完美，唯吾夫子廟宫鞠爲茂草者有年于兹。……當至元壬辰，新令劉君因前政，經營緒餘，謀於僚吏暨邑中耆宿，治城東南陬作新廟而遷之，復構講堂於後，俾肄業者有常處。……至元三十一年歲在甲午夏六月十有九日謹記。」

七月九日，扈山約赴李水芝之會，王惲以事不克往。

《秋澗集》卷二二《甲午秋七月九日扈山約赴李君水芝之會予以事不克往明日例徵詩因繼中齋韻》。

七月晦，財賦總管王明之置酒〔一〇〕，邀翰林諸公遊，席間作詩爲樂。八月哉生明，王

惲爲作序。

《秋澗集》卷四二《玉淵潭讌集詩序》：「財賦總管王侯明之尚義好客，高出時彥，甲午秋孟，置酒潭上，邀翰林諸公爲一日之娛，既而雨，不克成懽。是月晦，復折簡來召，用尋前盟也。……八月哉生明序。」

八月一日，赴李總管蓮溏之會，坐中走筆賦詩。

《秋澗集》卷二二《甲午八月一日赴李總管蓮溏之會坐中走筆賦此》。

八月十五日，與集賢、翰林兩院同僚宴洪君祥東第〔一〕，作文以紀。

《秋澗集》卷二二《甲午中秋日宴同簽洪公東第賓僚集賢翰林兩院而已將暮雲陰四合既歸月明如晝偶賦此詩且記盛筵三首》。

《元史》卷一五四洪君祥傳：「二十三年，轉昭武大將軍、同僉樞密院事。」

九月十五日，與友人討論金朝正閏之事，作文以紀。

《秋澗集》卷一〇〇《玉堂嘉話卷之八》：「甲午九月望日，東原五六友人會于孫侯小軒，話及前朝得失之漸。……燕山脩端謹記〔二〕。」

《四庫全書總目提要》卷一二一《玉堂嘉話》：「而宋、遼、金三史之議，尤侃侃中理。」

九月二十八日，迎謁鑾駕，作文以紀。

《秋澗集》卷三二《龍虎堂甲午秋九月廿八日迎謁自懷來四過其下》：「玉華行殿拂明開，北狩南巡此往迴。長憶先皇重遺老，玉堂今歲幾人來。」

十一月，作《改元詔》。

《秋澗集》卷六七《改元詔》：「可改至元三十二年爲元貞元年。咨爾有衆，體予至懷。」

《元史》卷一八：「（至元三十一年十一月）詔改明年爲元貞元年。」

十月二十七日，應萬壽主僧圓讓之請，爲雪庭裕公和尚語録及詩集作序〔一三〕。

《秋澗集》卷四三《雪庭裕公和尚語録序》：「今年甲午冬，萬壽主僧圓讓偕少林惠山來謁，……遂袖出一編曰：『先師雪庭語録也。』仍合爪前請曰：『公山林清興雖未稱遂，幸題辭篇端以爲佗日張本，寧無意乎？』予以事與心會，似非偶然者，按所具騰説以應懇求。……是歲仲冬開局前三日書。」

《秋澗集》卷四三《雪庭裕和尚詩集序》：「至元甲午冬十月廿七日，秋澗老人序。」

〔一〕蘇天爵（1294—1352），字伯修，真定人。蘇志道子。泰定元年，陞應奉翰林文字。至順元年，預修《武宗實録》。二年，陞修撰，擢江南行臺監察御史。入爲監察御史，道改奎章閣授經郎。元統元年，復拜監察御史。二年，預修《文宗實録》，遷翰林待制，尋除中書右司都事，兼經筵參贊官。後至元二年，由刑部郎中改御史臺都事。三年，遷禮部侍郎。五年，出爲淮東道肅政廉訪使，入爲樞密院判官。六年，改吏部尚書，拜陝西行臺治書侍御史，復爲吏部尚書，陞參議中書省事。至正二年，拜湖廣行省參知政事，遷陝西行臺侍御史。四年，召爲集賢侍講學士，兼國子祭酒。五年，出爲山東道肅政廉訪使，尋召還集賢，充京畿奉使宣撫。七年，起爲湖北道宣慰使、浙東道廉訪使，俱未行。拜江浙行省參知政事。九年，召爲大都路都總管，以疾歸。俄復起爲兩浙都轉運使。十二年，官江浙行省參知政事，以勞卒軍中。年五十九。編《元朝名臣事略》十五卷、《元文類》七十卷，著《滋溪文稿》三十卷。《元史》卷一八三有傳，詳見王德毅《元人傳記資料索引》第二一一四頁所載。

〔二〕宋褧（1294—1346），字顯夫，大都人。宋本弟。泰定元年進士。授秘書監校書郎，改翰林編修。後至元三年，累官監察御史。出僉山南憲，改西臺都事，入爲翰林待制，遷國子司業，擢翰林直學士。至正六年卒，年五十三。謚文清。有《燕石集》十五卷。《元史》卷一八二有傳，詳見王德毅《元人傳記資料索引》第四三五頁所載。

〔三〕張左丞子友，子友當作子有，指張九思，詳見本年譜五十七歲條〔十二〕。

〔四〕伯顔（1236—1294），蒙古八鄰氏。至元二年，拜中書左丞。十一年，統兵伐宋。十三年，宋平，除樞密院同知。二十六年，以知樞密院事出鎮和林。三十年，召還。三十一年卒，年五十九。《元史》卷一二七有傳，詳見王德毅《元人傳記資料索引》第二二七〇頁所載。

〔五〕何榮祖，字繼先，太原人。以吏累遷中書省掾，擢御史臺都事。除治書侍御史，陞侍御史，又出爲山東按察使。俄遷河南按察使。除雲南行省參知政事，以母老辭。又拜御史中丞，復出爲山東東西道按察使。特授集賢大學士。未幾，起爲尚書右丞。桑哥敗，改中書右丞。成宗即位，加平章政事。卒年七十九。追謚文憲，改謚忠肅。《元史》卷一六八有傳，詳見王德毅《元人傳記資料索引》第三五〇頁所載。

本詩題中「何公□麟」或爲王惲錯記，□麟似當爲「繼先」。據《元史》卷一一二宰相年表一，至元三十一年左右，居中書高官者還有何瑋。何瑋，字仲韞，至大初年拜中書左丞，與詩題不符。何瑋之父何伯祥，字世麟，憲宗九年卒，與詩題亦不符。此處之□麟或爲王惲錯將何伯祥之字錯記爲何榮祖之字。又，本詩中有「健羨武公宜自儆，太平勳業畫麒麟」之句，則何榮祖號爲麒麟？不可知也。何伯祥、何瑋，詳見王德毅《元人傳記資料索引》第三四六、三四二頁所載。

〔六〕崔彧，字文卿，小字拜帖木兒，弘州人。至元十九年，除集賢侍讀學士。由刑部尚書拜御史中丞。二十三年，加集賢大學士、中奉大夫、同僉樞密院事。尋出爲甘肅行省右丞。召拜中書右丞。二十八年，由中書右丞遷御史中丞。元貞二年，加榮禄大夫、平章政事，是歲九月卒。追謚忠肅。《元史》卷一七三有傳，詳見王德毅《元人傳記資料索引》第一〇三二頁所載。

〔七〕完澤（1246—1303），蒙古土別燕氏。裕宗爲皇太子，署詹事長。至元二十八年，特拜中書右丞相。三十一年，受遺詔，迎成宗即位。大德四年，加太傅、録軍國重事。七年卒，年五十八。追謚忠憲。《元史》卷一三〇有傳，詳見王德毅《元人傳記資料索引》第二五一一頁所載。

〔八〕劉源，保定府人。至元三十一年時，官左署郎官。《元史》無傳，詳見《秋澗集》卷四〇《漢大司馬博陸侯霍將軍祠堂記》。

〔九〕徐鳳，至元三十一年時，官東曹掾。《元史》無傳，詳見《秋澗集》卷四〇《漢大司馬博陸侯霍將軍祠堂記》。王德毅《元人傳記資料索引》第八九七頁亦有徐鳳，不知此二者是否爲同一人。

〔一〇〕王明之，至元三十一年時，官財賦總管。《元史》無傳，詳見《秋澗集》卷四二《玉淵潭讌集詩序》。

〔一一〕洪君祥，小字雙叔，高麗人。洪福源第五子。十九年，授樞密院判官。二十三年，同僉樞密院事。二十八年，授遼陽行省右丞。俄加集賢大學士，依舊同僉樞密院事。奉使高麗還，改僉書樞密院事。大德九年，擢司農，俄拜中書右丞。十年春，改江浙行省右丞。秋，改遼陽右丞。武宗即位，征爲同知樞密院事，進榮禄大夫、平章政事，商議遼陽等處行中書省事，改遼陽行省平章政事，俄改商議行省事。至大二年卒。《元史》卷一五四有傳，詳見王德毅《元人傳記資料索引》第七六九頁所載。

〔一二〕從「燕山脩端謹記」來看，疑此篇非王惲之作。元好問《遺山集》卷一三《太簡之畫松風圖爲脩端卿賦二首》、《贈脩端卿張去華韓君傑三人六首》，侯克中《艮齋詩集》卷一〇《題脩端卿卷後》皆有「脩端卿」之稱謂，不知指何人。

〔一三〕雪庭裕公和尚，俗姓張，字好問，太原文水人。師從萬松長老，修復嵩山少林寺。憲宗朝，召至北庭。世祖即位，命總教門事，賜號光宗正法。喜文學，樂與士大夫遊。《元史》無傳，詳見《秋澗集》卷四三《雪庭裕公和尚語録序》、程文海《雪樓集》卷八《嵩山少林寺裕和尚碑》。

1295 乙未年　元成宗元貞元年　六十九歲

當年時事：

五月，陞江南諸縣爲州。凡爲中州二十八，下州十五。

六月，翰林學士承旨董文用等進《世祖實録》。

譜主事蹟：

正月，爲阿朮家作先廟碑銘〔一〕。

《秋澗集》卷五〇《大元光禄大夫平章政事兀良氏先廟碑銘》：「維元貞二年春正月

己丑，……嗣侯不憐吉歹承命，式抃且舞，將即汴梁賜第建祠樹碑，昭明三代，于以侈大寵光，宣揚先美，慰安神靈，載德象容，昭示無極。乃謁翰林學士王某，以銘章爲請，謹按家略序而繫之以辭。」

或在正月，加通議大夫〔二〕、知制誥同修國史，奉旨纂修《世祖實録》。

《秋澗集》卷首《文定王公神道碑銘》：「元貞改元，加通議、知制誥同修國史，纂修《世祖實録》，作表進呈。」

《元史》卷一六七王惲本傳：「元貞元年，加通議大夫、知制誥同修國史，奉旨纂修《世祖實録》，因集《聖訓》六卷上之。」

《秋澗集》卷三三《院中即事元貞元年爲修實録移在北中書省内》。

《秋澗集》卷三二《史院即事》：「開局而來已六旬，倉皇曾不計殘身。一朝汗簡□□有，敢説兼修爲乏人。」

或在正月，作《老人星致語》，慶元貞改元。

《秋澗集》卷六八《老人星致語》：「通明殿裏長生奏，願祝元貞萬萬春。」

春，爲寧晉縣荆祐作墓碣銘〔三〕。

《秋澗集》卷六〇《故趙州寧晉縣善士荆君墓碣銘并序》：「元貞元年春，廉訪荆侯改道北燕，過京師來謁，再拜以先表屬筆。……今以是來託，載惟疇昔，其敢以固陋辭？……君諱祐，字伯祥，趙之寧晉人。」

春，翰長忠翁致仕南歸，王惲同諸僚送之，作文以紀。

《秋澗集》卷一二《送忠翁南歸并序》：「元貞乙未春，翰長忠翁年七十七，致仕南歸。行有日，平章張侯同諸僚宷祖道於遂初亭館，予亦忝陪席次。明日，賦律詩廿四韻，非敢以爲詩，庶幾表吾皇元崇儒重道，跨越前人，相府睠懷，始終盡禮，張大續鹿庵之貺，詠歌見楊尹之榮，豈惟上國之光華，永作翰林之故事。」

四月九日，陪右相張九思祭奠司徒忠懿公鞏公墓，又與諸友遊覺山寺，作文以紀。

《秋澗集》卷五《陪張右相祭奠司徒忠懿公墓元貞元年歲乙未夏四月九日》。

《秋澗集》卷三三《覺山寺題示》：「元貞改號夏四月九日，爲敕建司徒鞏公墓碑，同朝貴來會。需命間，客有談盧師當遊者。知山□道阻，遂折而入覺山精舍。……偕遊者：太一李宗師，承旨董野莊，太學李内翰，東平賈彦載。秋澗老人王惲題。」

《秋澗集》卷一二《追謚司徒鞏公制》：「可贈金紫光禄大夫，謚曰忠懿。有來精爽，不昧歆承。」

五月五日，偶得一扇，畫與家鄉龍門谷形勝相似，因書一絶于上。

《秋澗集》卷三二《乙未夏重午日偶得一扇絶與吾鄉龍門谷形勝相似因書一絶於上》。

六月十一日，《世祖實録》成，王惲作《進呈世祖皇帝實録表》。

《秋澗集》卷六七《進呈世祖皇帝實録表》：「元貞元年六月日，開府儀同三司、中書右丞相、監修國史臣等上進。」

《元史》卷一八：「（元貞元年六月）甲寅，翰林承旨董文用等進《世祖實録》。」

六月十日，偶過太宗朝奉使王楫家，見王楫畫像，作文以紀。

《秋澗集》卷四四《國朝奉使》：「大元太宗朝奉使宣撫王公，諱楫，字巨川，豳人。……元貞改號六月十日，偶過其家，孫元德因出示公秘閣畫像，介冑弓劍，姿颯爽，蓋儒將之偉者。」

夏，爲濛溪先生張著作墓碣銘。

《秋澗集》卷六〇《大元故濛溪先生張君墓碣銘并序》：「乙未夏，其子思敬來京師謁余，以墓銘爲請，慰唁餘，爲歔欷者久之。言猶在耳，其忍以不敏辭。君諱著，字仲明，姓張氏，世爲襄陵縣張相里人。」

九月十四日，觀《秦山圖》，作文以贊之。

《秋澗集》卷一一《秦山圖時元貞元年秋九月十四日作時歲賤庚六十有九》：「秦之爲山何峻雄，西連太白東華峯。」

秋，過總尹周孟戡家〔四〕**，爲其小女作祝辭。**

《秋澗集》卷六十五《周氏小女祝辭》：「元貞元年秋，過總尹孟戡家，出小女拜，且命誦《孝經》、《論語》等篇，殊琅然也。仍請訓辭爲祝，因書以付之。蘭即燕故家留判趙公外孫也。」

十月十五日。爲姚舜卿作《易齋詩序》〔五〕。

《秋澗集》卷四三《易齋詩序》：「予往歲需命延芳東淀，識供奉姚君於稠人中，儀觀秀偉，襟量伉朗，及聽其談論，灑灑有斷決，固疑其非建除流也。舜卿，河東人，少博學，越法家爲顓門，嘗從事憲司，以平反稱用。……元貞乙未冬十月望日序。」

十二月二十一日，雪夜聞鐘，作詩以紀。

《秋澗集》卷一三《雪夜聞鐘元貞元年冬無雪十二月廿一日夜大雪喜而作此》。

本年，作《跋山谷發願文》。

《秋澗集》卷七三《跋山谷發願文》：「元貞元年朝謁之明日，余燕息不出，偶展此軸爲娱。」

本年，作《真常觀記》，述全真教道士樊志應修築之功〔六〕。

《秋澗集》卷四〇《真常觀記》：「大都南城故宜中里真常觀，爲全真學者重玄子樊君所建也。……元貞元祀正月五日，師晨興，召門弟子齊道亨、劉道安付以後事，怡然而逝，閱世四百五十六甲子，寧神於五華山仙塋。……一日，介劉道録文甫請述觀記。予僚契雷若齋與師昔同鄉校，賁緣有一日之雅，且重劉請，勉爲件右。……師諱志應，字順甫，出平陽汾西宦族，自稱重玄子，法號淵静通虚大師，廣陽之真常、麗澤之靈鬱皆别館也。」

本年，應盧天祥之請，爲其父盧元作神道碑銘。

《秋澗集》卷五二《大元故鄭州宣課長官盧公神道碑銘并序》：「至元己丑冬，予提憲福唐，識前政太中盧君。……後六年，……既而，持善狀以墓碑來請，乃勉爲論撰之。」

或於本年，上《貢舉議》。

《秋澗集》卷三五《貢舉議》：「伏遇聖天子臨御之初，方繼體守文，以設科取士爲切。……翰林學士王惲謹議。」

〔一〕阿朮（1234—1287），兀良合氏，兀良合台子。中統三年，以都元帥從攻宋，積勞授荆湖行省平章，進左丞。至元二十四年卒，年五十四。謚武宣，改謚武定。《元史》卷一二八有傳，詳見王德毅《元人傳記資料索引》第二二一〇七頁所載。

〔二〕通議大夫，正三品，詳見《元史》卷九一「散官」條。

〔三〕荆祐（1199—1257），字伯祥，趙州寧晉人。曾版印《五經》等書，鄉里以善人稱。憲宗七年卒，年五十九。《元史》無傳，詳見《秋澗集》卷六〇《故趙州寧晉縣善士荆君墓碣銘并序》。

荆幼紀，荆祐子，少從李治學。由典瑞貳卿擢任風憲。元貞元年時，官山北遼東道廉訪使。《元史》無傳，詳見《秋澗集》卷六〇《故趙州寧晉縣善士荆君墓碣銘并序》。

〔四〕周孟戩，曾官總尹之職。《元史》無傳，詳見《秋澗集》卷六十五《周氏小女祝辭》。

〔五〕姚舜卿，東平人。少博學，精通法家、占筮之學。嘗從事憲司，後待詔金門，日承恩睞。《元史》無傳，詳見《秋澗集》卷四三《易齋詩序》、張之翰《西巖集》卷一三《易齋詩卷序》。

〔六〕樊志應（1221—1295），字順甫，號重玄子，汾西人。全真道士。至元二十二年，建真常觀於大都南城。元貞元年卒，年七十五。《元史》無傳，詳見《秋澗集》卷四〇《真常觀記》。

1296 丙申年　元成宗元貞二年　七十歲

當年時事：

十一月，兀都帶等進所譯太宗、憲宗、世祖實録。

譜主事蹟：

正月一日，于京師作門帖子。

《秋澗集》卷三三《丙申歲京師元日門帖子》。

正月一日，大雪，心情喜悦，作詩以紀。

《秋澗集》卷二一《元貞二年丙申元會日大雪》：「小臣歸美豐年慶，不數元和賀雨詩。」

正月一日，作《元貞丙申立春日作》，表述對朝廷的感恩之心。

《秋澗集》卷三三《元貞丙申立春日作》：「前歲徵車起陸沉，清優特置在詞林。明知不是商顔客，當體先皇養老心。」

正月十五日，王惲作詩爲集賢大學士王顒太夫人張氏賀壽〔一〕。

《秋澗集》卷一三《王氏拜慶詩并引》：「集賢大學士王顒太夫人張氏元貞丙申壽八十有八，視聽聰明，起居康健，剪製纂組之事老猶能工。正月十四日，蓋生辰也，中書右丞張公以陞堂拜禮，義重諸人。……明日，翰林諸君相與奉觴上壽，百拜獻詩，猥當卷首。」

正月中旬，兩次夢登海山絶島。次日，隣人葛巨濟以《玉泉巖圖》見示，王惲作詩以紀。

《秋澗集》卷三三《玉泉巖并序》：「元貞二年正月中旬，兩夢登海山絶島。明日，鄰人葛巨濟以此山見示，巖巒四面，皆自天成。色深翠秀麗，惜其淪落泥塗，慘淡有未之發者。」

正月，應王謙之請，爲其父徽州路總管兼管内勸農事王道作神道碑銘。

《秋澗集》卷五五《大元故中順大夫徽州路總管兼管内勸農事王公神道碑銘并序》：「上登極之二載，詔以前泉州路總管、中順王公作尹於徽，制下而公已卒。……明年春正月，嗣子謙持太史屬王德淵所撰善狀百拜來請銘。……公諱道，字之問，姓王氏，其先爲京兆終南縣人，世將家。」

三月二十八日，同翰林諸君送鑾駕回，獨與孫笥游玉泉。因憶至元七年遊玉泉山之事，慨然興歎，作《重遊玉泉并序》、《謁玉泉真像五首》、《好事近·五》。

《秋澗集》卷三三《重遊玉泉并序》：「元貞二年龍集丙申三月二十八日，大駕北狩。同翰林諸君送次大口回，獨與孫笥西過玉泉。因憶至元七年御史裹行時，來遊者一十有五人，歲月如流，轉首廿五年，今在者李司卿輔之、温澧使次霄與不肖三人耳！人欲久不死，而于人世何如也？凡得詩三絶，留山間而去。」

《秋澗集》卷三一《謁玉泉真像五首》：「昔年幾讀九山碑，管葛襟期漢相規。思欲執鞭那可得，徘徊松下獨來時。濟世安民五十年，後人經濟渺難攀。須知浴日回天手，只在丹崖翠領間。丞相祠堂憶重尋，幾年西崦柏森森。入門再拜夫人表，忘卻登山力不任。」

《秋澗集》卷七六《好事近·五》：「宫殿曲江頭，漠漠輕陰開徹。花柳都城三月，正禁煙時節。珂鳴轂擊玉泉遊，故老向人説。一片春風簫鼓，蕩梨花香雪。」

五月十七日後不久，應僉書宣徽院事賈脱里不花之請〔二〕，爲賈氏作世德碑。

《秋澗集》卷五一《大元嘉議大夫僉書宣徽院事賈氏世德之碑》：「元貞改號之二載，歲舍柔兆，月維蕤賓，十有七日甲申，附馬高唐王臣闊里吉思奏，僉書宣徽院事臣賈脱里不花言：『惟賈氏三世先臣，供奉内庭，繼典玉食，夙夜祗勤，頗著微效。今飭終之典、表行之銘未蒙贈賜，敢援例以請。』制曰：『可。』仍傳旨翰林，文諸石，俾傳信後來。……敢再拜稽首，攷其世系而論列之。」

五月，王惲七十大壽，李謙、閻復、王構〔三〕、楊文郁〔四〕、陳儼等爲其賀壽〔五〕。

《秋澗集》卷首諸人賀壽詩。

九月九日，爲張掾史作名字説。

《秋澗集》卷四六《張掾史名説》：「元貞建號之前歲，丞相伯顔公受開府儀同三司、太傅、知樞密院事，許開幕置屬，於是選擢材儁以崇時望。主安定簿張楚者，以掾史進，一見即蒙眄睞。是歲，公以疾薨謝于位，嗚呼哀哉！楚追感殊顧，懷思不忘，至圖公像奉之，懇集賢、翰林兩院題讚，俾昭蓋代。亦來叙哀徵辭，言念勳德，辭情慷慨，義形於色。」

秋，偶至新店〔六〕，迴思往事，作文以紀。

《秋澗集》卷三三《元貞二年秋偶至新店觀光驛迴思往事蓋三十五年矣因書壁以記重來》。

十一月，應義山之請，爲監丞張君《易解》作序。

《秋澗集》卷四二《易解序》：「練師李公嘗爲予言，監丞張君在河南爲衣冠清流，……集《易解》十卷，于以抉聖心而明素志。……義山來屬，俾序其事。……元貞二年冬十一月謹題。」

十一月，應聶惟義之請，爲其父聶禎作神道碑銘〔七〕。

《秋澗集》卷五八《大元故廣威將軍屯田萬户聶公神道碑銘》：「公諱禎，字正卿，世爲定興沈陶井里人，曾祖洎大父皆在野不仕。……元貞建號之二載冬十一月，惟義踵門來請曰：……載惟疇昔，輒次其件右而繫之以辭。」

本年，作《大賢詩》二首，哀悼太傅伯顔。

《秋澗集》卷二二《大賢詩三首并序》：「甲午歲正月廿二日癸巳，偕翰林諸君謁太傅伯顔公於東城甲第之北堂。……因得《大賢詩》一首，紀其披覩之快。後二年，公府掾張楚持畫像懇予哀挽。既書鄙辭，載惟疇昔，情有不能已者。……因附録于後。」

約於本年，作《飼牛辭》。

《秋澗集》卷四《飼牛辭》：「平頭七十數，温飫帛肉須。」

〔一〕王顒，元貞二年時，官集賢大學士。《元史》無傳，詳見《秋澗集》卷一三《王氏拜慶詩并引》。

〔二〕賈脱里不花，即賈禿堅不花，大興人。至元間，官尚藥、尚食局提點，陞同僉宣徽院事。成宗即位，進宣徽院同知。武宗即位，進階榮禄大夫，遙授平章政事，商議宣徽院事，行金復州新附軍萬户府達魯花赤。至大二年，拜宣徽院使。仁宗即位，加金紫光禄大夫。延祐七年，以疾去官。英宗即位，被帖失譖殺，後事白，追謚忠隱。《元史》卷一六九有傳，詳見王德毅《元人傳記資料索引》第一六三七頁所載。

〔三〕王構（1245—1310），字肯堂，號安野，東平人。至元十一年，授翰林國史院編修官。十三年，遷應奉翰林文字，陞修撰。歷吏部、禮部郎中。改太常少卿。擢淮東提刑按察副使。以治書侍御史召。入翰林，爲侍講學士。成宗立，由侍講爲學士，纂修實録，書成，參議中書省事。以疾歸，起爲濟南路總管。武宗即位，拜翰林學士承旨。至大三年卒，年六十六。謚文肅。《元史》卷一六四有傳，詳見王德毅《元人傳記資料索引》第一二六頁所載。

〔四〕楊文郁，字從周，號損齋，濟陰人。至元間，累遷翰林修撰。陞翰林學士，進承旨。大德間卒，謚文安。《元史》無傳，詳見王德毅《元人傳記資料索引》第一五四三頁所載。

〔五〕陳儼，號北山，魯人。至元間，爲曲阜教授。仕至翰林學士。卒謚文靖。《元史》無傳，詳見王德毅《元人傳記資料索引》第一三〇二頁所載。

〔六〕新店，即龍虎臺，在今南口東六里。周伯琦《扈從集》前序：「龍虎臺在昌平縣境，又名新店，距京師僅百里。」《秋澗集》卷八〇《中堂事記上》：「六日丁卯，午憩海店，距京城廿里。……是晚，宿南口新店，距海店七十里。」《大清一統志》卷六：「龍虎臺在昌平州西舊縣四十里居庸關南口，地勢高平如臺，廣二里，袤三里，元時車駕歲幸上都，往來皆駐蹕其上。」

〔七〕聶禎（1228—1289），字正卿，定興人。年十七，襲父職襄縣屯田總管。陞總轄。中統三年，攝千夫長。至元六年，真授千户。宋平，加行軍總管。十七年，進拜亳軍副萬户。十九年，選充江淮都漕運使。二十五年，改大都屯田萬户。二十六年，更授右翼萬户。二十六年卒，年六十二。《元史》無傳，詳見《秋澗集》卷五八《大元故廣威將軍屯田萬户聶公神道碑銘》。

1297 丁酉年　元成宗元貞三年、大德元年　七十一歲

當年時事：

二月，改元大德。

譜主事蹟：

正月一日，作門帖子，有千里思歸之意。

《秋澗集》卷三三《元貞三年門帖子》：「平生報國宦情疏，千里思歸意未舒。只有暮年心健在，一燈清影課殘書。」

二月十八日，與友人宴飲夜話，作詩以紀。

《秋澗集》卷二二《與梁總判楊少監武子劉總管叔謙會梁都運高舍別墅夜話帳中樂

怡怡也梁君索詩因書此以答雅意元貞三年二月十八日也》〔一〕。

三月一日，作文記述與佛智大師沙羅巴聚會事〔二〕。《送總統佛智師南還》亦或作於本年。

《秋澗集》卷四二《清香詩會序》：「法性三藏弘教佛智大師、江浙總統沙羅巴者，聞予名而喜之，不知於渠何所取也。一日，介應奉曹顯祖來約，以深香閑適，與同一會。……大德元年三月吉日謹序。」

《秋澗集》卷二二《送總統佛智師南還》：「釋教總統佛智大師姓積寧氏，名沙囉巴，華言爲吉祥慧也，西番人。……元貞初，選師爲江浙總統。明年，率諸山長老入覲，獲侍清燕。啓沃一言，煦燠三吴，同熙大覺未歸，江東父老投牒行臺，趣師南還。將行，以贈言爲榮，因賦是詩以送。」

春，應南陽府同知程瑞之請〔三〕**，爲其作先塋碑銘。**

《秋澗集》卷五六《平陽程氏先塋碑銘》：「南陽府倅程君瑞，不肖里閈都司趙公倩也，故與定交最早，知行已頗詳。……大德改號之春，自武定終更來京師，僕方忝長翰林，樽酒叙舊，英邁之氣猶夙昔也。」

六月二日，應秘書監丞申敬之請〔四〕**，爲之作申氏先德碑銘。**

《秋澗集》卷五六《大元朝列大夫秘書監丞汴梁申氏先德碑銘并序》：「大德改號歲之六月越二日癸巳，秘書監丞申君敬先詣太史王某，再拜而請曰：『惟申氏遠有世緒，逮我先人，學紹醫傳，心存道濟，惠及一方，雖遭罹世故，譜牒墜逸，然自高曾而下，班班可考，而墓隧無銘，神道闕表。予小子大懼先德日遠，恐泯昧將無以見於後，今粗有纂述，俾昭示子孫以傳不朽者，敢囑筆於下執事。』某以不敏辭者再，請益堅，乃爲論次之。」

九月十五日，應太一教六祖蕭全祐之請，作文記述宛平縣建太一集仙觀事。

《秋澗集》卷四〇《大都宛平縣京西鄉創建太一集仙觀記》：「逮今承化純一真人全祐繼奉祀事十載間，……工既訖功，以不肖猥同井閈，且承乏太史，求文諸石，昭示來者。……大德元年九月望日記。」

十一月，應塔失帖木兒之請，爲其父塔必迷失作神道碑銘（五）。

《秋澗集》卷五一《大元國故衛輝路監郡塔必公神道碑銘并序》：「公諱塔必迷失，系出瀚海大族。……子一人，即今嗣侯塔失帖木兒。……大德改號歲冬十一月，以書幣走京師，請於某曰：『孤子無所肖似，尚賴先人遺澤，猥嗣爵位。朝夕惴惴，以圖報爲亟，惟是揄揚先美，昭示永久，庶幾少有慰焉，敢百拜以銘章爲請。』追惟先郡公交最久，知行己爲詳，義有不得辭者，謹按善狀繫而銘之。」

本年，應陳德定之請〔六〕，爲全真教故掌教尹志平作道行碑銘〔七〕。

《秋澗集》卷五六《大元故清和妙道廣化真人玄門掌教大宗師尹公道行碑銘并序》：「師諱志平，字太和，系横海華胄。……法孫陳德定出延安士族，……三年，宣授秦蜀道教提點，踵門來請曰……乃次其所具而重之以銘。」

本年，王惲進中奉大夫〔八〕。

《秋澗集》卷首《文定王公神道碑銘》：「大德元年，進中奉。」

《元史》卷一六七王惲本傳：「大德元年，進中奉大夫。」

〔一〕楊桓（1234—1299），字武子，兗州人。中統四年，補濟州教授，後由濟寧路教授召爲太史院校書郎。遷秘書監丞。至元三十一年，拜監察御史。成宗即位，陞秘書少監，預修《大一統志》。大德三年，以國子司業召，未赴，卒，年六十六。精篆籀之學，著《六書統》二十卷、《六書溯源》十二卷、《書學正韻》三十六卷。《元史》卷一六四有傳，詳見王德毅《元人傳記資料索引》第一五二〇頁所載。

〔二〕沙羅巴，一作沙囉巴，姓積寧氏，西番人，法號法性三藏弘教佛智大師。元貞初，爲江浙釋教總統。《元史》無傳，詳見《秋澗集》卷二二《送總統佛智師南還》、卷四二《清香詩會序》。

〔三〕程瑞，平陽人。幼以孤童子入侍昔剌謀太子。定宗、憲宗朝，屢奉命使襄漢間，爲互市官。曾從世祖征宋，後任尚食局使。又出知奉聖州，調南陽府同知。《元史》無傳，詳見《秋澗集》卷五六《平陽程氏先塋碑銘》。

〔四〕申敬，字敬先，南陽人。世醫家。至元六年，選充太醫。二十七年，由御藥院使陞受秘書監丞。大德五年，陞秘書少監。皇慶初，爲太常卿。《元史》無傳，詳見王德毅《元人傳記資料索引》第一五八頁所載。

〔五〕塔必迷失（1233—1271），蒙古人。至元三年，任衛輝路達魯花赤。八年卒，年三十九。《元史》無傳，詳見王德毅《元人傳記資料索引》第二六三七頁所載。

〔六〕陳德定，延安人，師事仇志隆。元貞二年，賜號棲玄致道通真法師。三年，宣授秦蜀道教提點。《元史》無傳，詳見《秋澗集》卷五六《大元故清和妙道廣化真人玄門掌教大宗師尹公道行碑銘并序》。

〔七〕尹志平（1169—1251），字太和，東萊人。師從丘處機，金末主濰陽玉清觀二十年，後隨丘處機赴元太祖之召。丘處機卒，接掌全真教事。憲宗元年卒，年八十三。有《葆光集》三卷。《元史》無傳，詳見王德毅《元人傳記資料索引》第五二頁所載。

〔八〕中奉大夫，從二品，詳見《元史》卷九一「散官」條。

1298 戊戌年　元成宗大德二年　七十二歲

譜主事蹟：

正月七日，爲曹之謙先生文集作序。

《秋澗集》卷四二《兑齋曹先生文集序》：「後二十年，予在翰林，前長葛薄子輶持遺編來謁，屬予序其端，……大德二年人日謹序。」

春，安參政南還汴梁，王惲作文以送之。

《秋澗集》卷二三《送安參政南還汴梁并序》：「參政安公與僕定交於中統初元，契闊者廿寒暑。大德戊戌春,邂逅於京師。樽酒談話,追憶疇昔,念故舊之凋零,感歲月之易邁。情不能已者,謹以唐律爲贈,既光回旆,且寓愚意之所託云。」

七月上旬,王惲腦後病瘡,至八月初病情方緩,作文以紀。

《秋澗集》卷四四《崔公厲鬼事跡》:「愚於七月上旬腦後病瘡,初不以爲意,會車駕幸大都,跋涉從行,瘡益舉發。……八月二日,從其醫針者三處,覺心舒意暢,神志帖然。……時大德二年八月五日也。」

九月七日,應中省東曹掾郭文卿之請,爲洪洞縣王舜卿敬親堂詩卷作序〔一〕。

《秋澗集》卷四三《洪洞縣王舜卿敬親堂詩卷序》:「予官晉府者五年,得純孝之士曰王君舜卿。……予嘗過其廬,扁曰敬親,庸表順德。後廿餘載,予在翰林,其友人中省東曹掾郭文卿相過而請曰……大德二年戊戌歲重陽前二日序。」

十月八日,應胡伯馳之請〔二〕**,爲其父胡祗遹所著《易解》作序。**

《秋澗集》卷四三《紫山先生易直解序》:「紫山胡公年未强仕,應奉翰林、潔居官舍者幾十載,致力讀書,究明義理,期於遠大,取《易》卦辭徧書屋壁。……公没之三載,嗣子伯馳攜所著《易解》,懇題其端。……大德二年冬十月八日謹序。」

十一月,同昭文大學士若思登太史新臺,作詩以紀。

《秋澗集》卷二二三《大德二年冬十一月同昭文大學士若思登太史新臺周覽儀象久之而下侍行者姪子公特》。

十二月八日，應尚藥長段鼎臣之請〔三〕**，爲總管范徽卿《和林遠行圖詩》作序**〔四〕**。**

《秋澗集》卷四三《總管范君和林遠行圖詩序》：「至元丙戌，詔皇孫晉王於其地建藩開府，鎮護諸部，燕人范君徽卿早以湯液供奉。……友生尚藥長段鼎臣，壯夫爲人，擊節嘆賞之不足，復持所繪《遠行圖》，將求名公歌詠，庸彰其名譽，屬序其端。……大德二年十二月臘日序。」

十二月八日，爲洛陽薛友諒創建伊洛五賢祠作記〔五〕**。**

《秋澗集》卷四〇《創建伊洛五賢祠堂記》：「大德丁酉春，洛陽薛君友諒即邵氏安樂窩故址起祀屋，中設康節、迂叟、明道、伊川、横渠肖像，庸致歲時香火之奉，榜曰『伊洛五賢祠』。……明年秋，來京師，屬不肖爲之記，……大德戊戌歲冬十二月臘日記。」

本年，爲隆福宫左都威衛府整暇堂作記〔六〕**。**

《秋澗集》卷四〇《隆福宫左都威衛府整暇堂記》：「元貞二載秋八月，隆福宫左都威衛府起堂於肄場中央，度宜面勢，不侈不陋，于以簡閲車徒，角較伎能，秉號令而觀威武焉。既落成，榜之曰『整暇』。佐幕張浹、盧愷奉威衛王公之命，以記文來徵。……大德二載龍集戊戌謹記。」

本年，得賜鈔萬貫。乞致仕，不許。

《秋澗集》卷首《文定王公神道碑銘》：「大德元年，進中奉。明年戊戌春，以三朝舊臣，賜楮幣萬緡。其年七十，請老，不許。」

《元史》卷一六七王惲本傳：「二年，賜鈔萬貫。乞致仕，不許。」

《元史》卷一九：「（大德二年正月）以翰林王惲、閻復、王構、趙與票、王之綱、楊文郁、王德淵，集賢王顒、宋渤、盧摯、耶律有尚、李泰、郝采、楊麟，皆耆德舊臣，清貧守職，特賜鈔二千一百餘錠。」

《元史》卷一六〇閻復本傳：「（大德）二年，詔賜楮幣萬貫。」

本年，應王居仁之請，爲其父王遵作神道碑銘〔七〕。

《秋澗集》卷五七《大元故昭勇大將軍北京路總管兼本路諸軍奥魯總管王公神道碑銘并序》：「公諱遵，字成之，世家平州之遷安縣。……不幸於至元廿五年正月廿有七日薨於私第之正寢，享年六十有四。越七日，葬於遷安縣東石橋西原祖塋之次。……公既葬之十載，嗣子居仁念潛德遺懿恐遂湮沒，聞不肖久忝太史，屢銘當代名公貴人，乃件右事狀，請碑其神道。」

約於本年，爲崇玄大師榮守玉作壽堂記〔八〕。

《秋澗集》卷四〇《崇玄大師榮君壽堂記》：「聞之姻戚間女冠榮鍊師者，志行修潔，祭醮精嚴，以道價重一方。……大德丁酉，予方供職館閣，師寄示西溪、紫山傑作，以壽堂記文見屬，……乃爲筆之。……大德戊戌，壽六十有八，乃營是堂，爲他日復真寧神之所。」

〔一〕王舜卿，洪洞縣人。待人友善，侍親至孝。《元史》無傳，詳見《秋澗集》卷四三《洪洞縣王舜卿敬親堂詩卷序》。

〔二〕胡伯馳，當即胡持，武安人。胡祗遹之子。官太常博士。詳見《元史》卷一七〇胡祗遹本傳、朱彝尊《經義考》卷四六「胡氏」條。

〔三〕段鼎臣，大德二年時，官尚藥長。《元史》無傳，詳見《秋澗集》卷四三《總管范君和林遠行圖詩序》。

〔四〕范徽卿，燕人。至元二十七年前後，在皇孫晉王甘麻剌幕府中供職。後官總管之職。《元史》無傳，詳見《秋澗集》卷四三《總管范君和林遠行圖詩序》。

〔五〕薛友諒，洛陽人。大德元年，在洛陽創建伊洛五賢祠。《元史》無傳，詳見《秋澗集》卷四〇《創建伊洛五賢祠堂記》。

〔六〕隆福宫左都威衛，《元史》卷八九載「左都威衛使司，秩正三品。使三員，副使二員，僉事二員，經歷、知事、照磨各一員。至元十六年，以侍衛親軍一萬户撥屬東宫，立侍衛都指揮使司。三十一年，改隆福宫左都威衛使司，隸中宫。至大三年，選造作軍士八百人，立千户所一、百户翼八以領之，而分局造作。延祐二年，置教授二。至治三年，罷軍匠千户所」。

〔七〕王遵（1225—1288），字成之，平州遷安縣人。襲父職爲興平路左副元帥。憲宗元年，授本路總管兼萬户。世祖即位，授平灤路總管。至元二年，知中山府事。三年，陞彰德路總管。六年，改順德路總尹。九年，陞授太原路總管兼府尹、本路諸軍奥魯總管。十四年，遷北京路總管兼大定府尹，以疾不赴。二十一年致仕。至元二十五年卒，年六十四。《元史》無傳，詳見王德毅《元人傳記資料索引》第一三九頁所載。

王居仁，王遵子。大德二年時，官湯陰縣尹。《元史》無傳，詳見《秋澗集》卷五七《大元故昭勇大將軍北京路總管兼本路諸軍奥魯總管王公神道碑銘并序》。

〔八〕榮守玉（1231—？），相州農家女，自幼學道於彰德修真觀。至元十二年，主修真觀事。後得授崇玄師號。大德二年，壽六十有八，建造壽堂。《元史》無傳，詳見《秋澗集》卷四〇《崇玄大師榮君壽堂記》。

1299 己亥年　元成宗大德三年　七十三歲

當年時事：

三月，命何榮祖等更定律令。

五月，罷江南諸路釋教總統所。

譜主事蹟：

正月一日，作《己亥歲門帖子》，願國泰民安。

《秋澗集》卷一三《己亥歲門帖子》：「不羨陶朱富，非悲阮籍窮。愛君思道泰，憂國願年豐。」

三月三日，應府僚井德常之請〔一〕**，作文記述衛州青巖山道院興建始末。亦嘗於此時，王惲將往年所作《游金山寺**寺名龍游舊名浮玉庚寅歲十一月二日來游二十八韻**》贈井德常。**

《秋澗集》卷四〇《青巖山道院記》：「府僚豖韋國井君德常嘉師勤瘁，爲主張資藉者甚力，及來京師，復以興建記文爲請。……大德龍集己亥上巳日謹記。」

《秋澗集》卷一一《游金山寺寺名龍游舊名浮玉庚寅歲十一月二日來游二十八韻》：「至元庚寅冬，予自福建北歸，渡江作此詩，未嘗示人，逮大德己亥，十年矣。衛輝判官井君德常陸倅鎮江，來別，因話及焉，并索書此詩，云：『歸刻寺璧，以增江山勝概。』予謝不敢當，然俾讀者爲遨遊之戒云。汲郡王某題，時年已七十三矣。」

七月，應孟州同知趙穆之請，爲其作家傳。《題遼太師趙思温族系後》亦或作於此時。

《秋澗集》卷四八《盧龍趙氏家傳》：「孟倅穆尋墜緒，纘先猷，特懇太史王惲通述一傳，庶幾遡川流而遠紹淵源，溉根本而敷榮枝葉。……大德己亥秋七月，翰林學士、中奉大夫、知制誥同修國史王惲述。」

《秋澗集》卷七三《題遼太師趙思温族系後》：「克敬潛心字學，慎言行，由史館從事歷州縣職，復保傳舊物，昭明宗系，則其紹述遺美，而又有望於他日也。」

十一月一日，爲劉德淵先生作墓表。

《秋澗集》卷六一《故卓行劉先生墓表》：「先生諱德淵，字道濟，襄國中丘人。……大德三年龍集己亥仲冬吉日，翰林學士、中奉大夫、知制誥同修國史秋澗王惲爲之表。」

十二月一日，應女道士妙元之請〔二〕，爲汴梁路城隍廟作記。

《秋澗集》卷四〇《汴梁路城隍廟記》：「妙元洎妙真罄刮粧匲資藉，刻苦撙節。……復慮興建本末不能昭晰於後，走書幣京師，求記於秋澗翁。……大德三年十二月吉日記。」

除夕，于京師作《己亥歲京師除夜》，言思歸之情。

《秋澗集》卷一三《己亥歲京師除夜》：「住京誰計畫權錢，戀闕心丹力不前。……乞得殘骸便歸去，草堂猿鶴已悽然。」

〔一〕井德常，東平人。至元三十一年時，官衛輝路總管府判官司稻田。大德三年，陞鎮江路同知。六年得代。官衛輝路總管府判官時，曾在衛州青巖山上修建道館，磨崖刻王惲所作記文。《元史》無傳，詳見《秋澗集》卷四〇《青巖山道院記》、《秋澗集》卷一一《游金山寺寺名龍游舊名浮玉庚寅歲十一月二日來游二十八韻》、謝肇淛《北河紀》卷八《洪濟威惠王廟碑》、劉昌《中州名賢文表》卷二八後記。

〔二〕妙元，全真教女道士，本姓周。乃馬真后稱制三年時入道，師從棲云真人王志謹。蒙洞明真人祁志誠稱賞，加妙元以純貞素德散人之號。曾住持汴梁路城隍廟。《元史》無傳，詳見《秋澗集》卷四〇《汴梁路城隍廟記》。

1300 庚子年　元成宗大德四年　七十四歲

當年時事：

二月，皇太后弘吉剌氏崩。

譜主事蹟：

正月一日，作《庚子歲門帖子》，表戀闕丹心。

《秋澗集》卷三四《庚子歲門帖子》：「庭驚爆竹驅儺鬼，門掩春風貼畫雞。戀闕丹心老猶在，夢中來趁玉班齊。」

正月一日，作詩賀苟嘉甫授徽政院長史[一]**。**

《秋澗集》卷二三《庚子元日賀苟嘉甫授徽政院長史》。

正月一日，作《庚子元日即事》。

《秋澗集》卷三四《庚子元日即事》。

正月五日夜，夢登天遇張仙翁，作詩以紀。

《秋澗集》卷二三《夢昇天詩》：「庚子春正月壬午日夜，夢天風吹來，星漢未曙，梯雲上征，極天宇而止。……入道宮，與張仙翁遇，良久出。……因作詩以記其詳。」

正月十一日夜，夢中丞崔彧，作詩以紀。

《秋澗集》卷二三《庚子正月十一日夜夢中丞崔公顧揖間已知身故談笑眄睞殆若平生殊朗然也》。

當在二三月間，應孫拱之請，爲其父孫公亮作神道碑銘〔二〕。

《秋澗集》卷五八《大元故正議大夫浙西道宣慰使行工部尚書孫公神道碑銘并序》：「公諱公亮，字繼明，世家渾源横山里。……四年正月廿九日，以疾薨于私居之正寢，享年七十有九，遺訓子孫勉力忠考，少不及私。二月十四日，歸葬于渾源州西劉村先塋之次。……嗣子拱以墓碑來請，……既叙梗概，仍繫之銘。」

春，應郭良弼之請，爲其父郭鎬所著文集作引〔三〕。

《秋澗集》卷四三《遺安郭先生文集引》：「大德庚子春，方謝事不出，有客扣門剥啄，自稱奉先郭良弼喦甫，攜示先世《遺安先生文集》，請引其端。」

五月中旬，從太史郭守敬求畫周文公肖像〔四〕**，不果，因作詩以見意。**

《秋澗集》卷二三《大德四年五月中旬余從太史郭若思求畫周文公肖像者數日竟以事奪因作此詩以見鄙意幸賜采覽》。

夏，應史館檢閲王子憲之請〔五〕**，爲其子起名。**

《秋澗集》卷四三《燕山王氏慶弄璋詩引》：史館檢閲王生子憲，……大德庚子夏，佳氣充閭，璋裳呈瑞，犀錢玉果，已浴蘭湯，綵筆柘弓，載臨晬旦。以予在院中最爲耆舊，來乞名。」

十一月十六日，應不蘭奚之請〔六〕，爲胙城縣廟學作記。《贈不蘭奚侍御》、《送不蘭奚行臺中丞》亦或作於此時前後。

《秋澗集》卷四〇《胙城縣廟學記》：「侯今由内臺侍御史進拜行臺中執法，將南過鄉國，請書其事於石，乃爲説以告之曰：……大德庚子歲仲冬既望謹記。」

《秋澗集》卷二三《贈不蘭奚侍御》。

《秋澗集》卷二三《送不蘭奚行臺中丞》。

十二月八日，作《房星贊》。

《秋澗集》卷六六《房星贊》：「千金漢將非吾儔，中令化筆通神謀，冷風拂座寒颼飀。大德四年臘八日作。」

十二月二十日左右，應侍儀舍人周之翰之請〔七〕，爲《朝儀備録》作叙。

《秋澗集》卷四三《朝儀備録叙》：「至元辛未歲，大内肇建，始議講行朝會禮儀，蓋所以尊嚴宸極，辨上下而示等威也。……逮侍儀舍人周之翰供職，……復圖注以致其詳，皇儀縟典，粲然明白，目之曰《朝儀備録》。攜示秋澗翁，求考辨焉，乃告之曰……大德辛丑歲立春前五日，秋澗退叟題。」

冬，作《石抹氏子名字説》。

《秋澗集》卷四六《石抹氏子名字説》：「大德庚子冬，秋澗翁步入文殊東院，主僧量示予木鏤瑞像一龕，何精妙也！」

冬，與僧印相對，見其頗瘦，戲作一詩相贈。

《秋澗集》卷三四《庚子歲冬與僧印相對見其頗瘦戲作一詩相贈》。

冬，作《跋諸葛公遠涉帖》。

《秋澗集》卷七三《跋諸葛公遠涉帖》：「諸葛武侯《遠涉遺帖》，余既冠時與鮮于純叔獲覩於沙麓張氏家。迨大德庚子冬，詔集賢所貯書畫賜其院之官屬，吕司直所得者亦有是帖。老眼復觀，焕若神明，頓還舊觀，然比之向所見者，後有東坡跋語，辨其印章，玉泉公家曾收。彦瞻博雅好古，可謂物得所歸矣。」

本年，爲《翁三山史詠》作序〔八〕。

《秋澗集》卷四三《翁三山史詠序》：「今慶元路總判三山翁侯元臣復廣充前人規模，取《通鑑》編年事迹顯著者，綴聯五言絶句二千餘篇。……大德四年月日謹序。」

本年，應參知政事姚天福之請〔九〕，爲其家作先德碑銘。

《秋澗集》卷五一《大元中奉大夫參知政事稷山姚氏先德碑銘》：「至元改號之五載秋七月，憲臺肇建，……始識姚侯君祥於肅政堂。……遂進拜中奉大夫、參知政事。……遂以銘章來請。自惟君與不肖早以義交，友愛之情寔深孔懷，況久要不忘，其敢以不敏辭？」

《元史》卷一六八姚天福本傳：「（大德）四年，拜參知政事、大都路總管，兼大興府尹，畿甸大治。」

〔一〕苟嘉甫，大德四年，官徽政院長史。《元史》無傳，詳見《秋澗集》卷二三《庚子元日賀苟嘉甫授徽政院長史》。

〔二〕孫公亮（1222—1300），字繼明，渾源人。孫威子。太宗十二年，襲父職爲諸路甲匠總管。中統建元，授都總管。至元五年，拜監察御史。十年夏，簽山東東西道提刑按察司事。十二年，陞山北遼東道提刑按察副使。十四年春，陞授彰德路總管。十六年冬，授浙西道宣慰使兼行工部事。二十二年，授江西等處行工部尚書，本年致仕。大德四年卒，年七十九。《元史》無傳，詳見王德毅《元人傳記資料索引》第八七六頁所載。

孫拱，渾源人。孫公亮子，孫威孫（《元史》卷二〇三孫威本傳誤作孫威子，且其事蹟有與孫公亮相混淆者）。襲父職爲諸路甲匠都總管。十五年，授保定路治中。二十二年，除武備少卿，遷大都路軍器人匠總管，陞工部侍郎。元貞二年，授大同路總管兼府尹。大德五年，遷兩浙都轉運使。九年，改益都路總管兼府尹。卒於官。追謚文莊。《元史》卷二〇三有傳，詳見王德毅《元人傳記資料索引》第八六八頁所載。

〔三〕郭鎬(1194—1268),字周卿,華州蒲城人。教授鄉里,中統初辟陜蜀行中書省員外郎,以疾歸。至元五年卒,年七十五。《元史》無傳,詳見王德毅《元人傳記資料索引》第一二五五頁所載。

郭良弼,字嵒甫,華州蒲城人。郭鎬子。《元史》無傳,詳見《秋澗集》卷四三《遺安郭先生文集引》。

〔四〕郭守敬(1231—1316),字若思,順德邢臺人。從劉秉忠學,精於算數、水利。中統三年,授諸路河渠提舉。四年,授副河渠使。至元二年,授都水少監。十三年,除工部郎中。十六年,官太史院同知。十七年,陞太史令。二十三年,繼爲太史令。二十八年,復領都水監,開通惠河。三十一年,拜昭文館大學士、知太史院事。延祐三年卒,年八十六。《元史》卷一六四有傳,詳見王德毅《元人傳記資料索引》第一二五九頁所載。

〔五〕王子憲,燕山人。大德四年,官史館檢閱。《元史》無傳,詳見《秋澗集》卷四三《燕山王氏慶弄璋詩引》。

〔六〕不蘭奚(《秋澗集》卷四〇《胙城縣廟學記》中作不闌奚、普闌奚),元貞元年冬,任燕南河北道廉訪使。後拜侍御史。大德四年,進拜南臺中丞。《元史》無傳,詳見《秋澗集》卷四〇《胙城縣廟學記》、王德毅《元人傳記資料索引》第二三三一〇頁所載。

〔七〕周之翰(1266—1330),字子宣,大都人。周鐸子,王鶚外孫。歷侍儀舍人、法物庫直長、大司農司照磨、侍儀通事舍人。至元三十一年,爲秘書監管勾。累遷武備寺經歷,出爲淮安路推官,進冠州知州。至順元年卒,年六十五。《元史》無傳,詳見《秋澗集》卷四三《朝儀備録叙》、王德毅《元人傳記資料索引》第六二九頁所載。

〔八〕翁元臣,福州人。至元二十四年,任慶元路總判。元貞元年去職。大德五年,任瑞州路判官。累遷慈利知州。《元史》無傳,詳見《秋澗集》卷四三《翁三山史詠序》、王德毅《元人傳記資料索引》第九四二頁所載。

〔九〕姚天福(1230—1302),字君祥,稷山人。至元五年,爲御史臺管勾,尋拜監察御史。十二年前後,左遷衡州路同知,不就,起爲河東道提刑按察副使。征拜治書侍御史。十六年,授淮西道按察使。轉湖北道按察使。二十年,遷山北道按察使。二十二年，入爲刑部尚書，尋出爲揚州路總管。二十六年，復爲淮西按察使。二十八年，爲平陽總管。俄拜甘肅行省參知政事，以母老辭。三十一年，授陝西漢中道肅政廉訪使，尋除真定路總管。大德二年，授江西行省參政，以疾辭。四年，拜參知政事、大都路總管、兼大興府尹。大德六年卒，年七十三。《元史》卷一六八有傳，詳見王德毅《元人傳記資料索引》第七三五頁所載。

1301 辛丑年　元成宗大德五年　七十五歲

當年時事：

本年，曲阜修文宣王廟成，衍聖公孔治遣子思誠入射。

譜主事蹟：

二月二十四日左右，應彰德監尹脱里不花暨廉訪使完閭之請〔一〕，爲胡祗遹祠堂作記。

《秋澗集》卷四〇《故翰林學士紫山胡公祠堂記》：「紫山胡公捐館之三載，彰德監尹脱里不花暨廉訪使完閭與郡士民詢謀僉同，乃像公於治城西郭别墅之讀易堂，于以揭虔妥靈，致歲時香火之奠。諗不肖交款，知平生詳，請書其事於石。酌量契義，不敢以衰耄辭。……大德五年歲次辛丑清明前一日記。」

四月一日，應石承宗之請，爲其父義齋先生石鵬所著《四書家訓》題辭。《義齋先生

小學家訓序》亦當作於此時。

《秋澗集》卷四三《義齋先生四書家訓題辭》：「義齋先生姓石氏，諱鵬，字雲卿。……承宗奉遺命，以叙引來請。……大德辛丑歲孟夏吉日題。」

《秋澗集》卷四三《義齋先生小學家訓序》：「承宗致遺命，懇求序引。……先生諱鵬，字雲卿，自號義齋，保之唐縣人。」

七月二日，應趙澄之請，作文述其平生。

《秋澗集》卷四三《西溪趙君畫隱小序》：「予既冠，受館於漕使周侯，因與門下士趙君子玉游。……大德辛丑夏，邂逅都城，爲予臨楊息軒《緑野探梅圖》，髣髴三昧不傳之妙。復懇於予曰：『僕老矣，技進止此。幸惠顧，序述平生，傳遺子孫。』……是歲秋七月上旬二日，秋澗翁謹述。」

七月二十三日，應湖廣儒學提舉戴月澗之請〔二〕，爲崇真萬壽宮都監馮君祈晴詩作序〔三〕。

《秋澗集》卷四三《崇真萬壽宮都監馮君祈晴詩序》：「大都辛丑夏仲暑，雨大作，霖霪不輟，至五旬之久。……崇真萬壽宮都監石泉馮君乃謀於道衆曰……於是致齋潔，肅儀物，籲告穹蒼，飛檄諸部，懇以七日爲開霽之度。及期，果六丁斂虐，曦馭騰光，士庶獲覩天日晴明之快，免昏墊陷溺之苦。於是羽客儒流咸作詩贊揚，湖廣儒學提舉戴月澗以序引見屬。……其年秋七月廿三日，秋澗翁漫書。」

八月二日或三日，應太常陳北山之請〔四〕**，爲胡祗遹哀挽詩卷作小序。**

《秋澗集》卷四三《紫山胡公哀挽詩卷小序》：「予於紫山，既哀之，而復有以惜焉。……然眷懷疇昔，重以陳太常北山之請，敢攄平生所得於公而可深惜者冠之篇首云。大德辛丑歲秋仲哉生明，秋澗書。」

八月四日，作詩爲平章相公夫人賀壽。

《秋澗集》卷七七《鵲橋仙大德辛丑歲八月初四日壽平章相公夫人》。

九月初，作詩慶耶律秘監九秩之壽。

《秋澗集》卷二三《慶耶律秘監九秩之壽大德辛丑九月初》。

秋，應衛人之請，爲衛輝路創建三皇廟碑作銘。

《秋澗集》卷五九《大元國衛輝路創建三皇廟碑銘有序》：「衛之廟祀三皇權輿於國初，醫家者流因城隍祠右故壇屋而像之，庸申歲時瞻仰之懇。……府監尹荅失帖木兒顧其如是，蹶然于中，……於是相治城北郭汲署故址，爽朗方衍，奠敞神居。經始於是歲冬孟，斷手於明年季夏，爲禮殿三巨筵，松桷旅楹，奕奕挺翯，望雲就日，儼若帝者之所。……謀斲石紀績，傳示方來，持學正祁伯易事狀，以修建碑銘爲請。」

十一月二十一日，應奉聖甄居敬之請〔五〕，作《宜遠樓記》。

《秋澗集》卷四〇《宜遠樓記》：「居敬一旦以僑寓篋迹其間，不肯碌碌出人後，於所棲息起構小樓，華而不侈，高而不危。雖處市廛闤闠之間，頓出車馬雜喧之境，于以合集朋簪，暢適幽懷，請名於予。……大德辛丑歲十一月廿一日，秋澗老人記。」

〔一〕脫里不花，大德五年時，官彰德監尹。《元史》無傳，詳見《秋澗集》卷四〇《故翰林學士紫山胡公祠堂記》。

〔二〕戴月澗，大德五年時，官湖廣儒學提舉。《元史》無傳，詳見《秋澗集》卷四三《崇真萬壽宮都監馮君祈晴詩序》。

〔三〕崇真萬壽宮，位於元大都，俗名天師庵。《畿輔通志》卷五十一「順天府」條：「崇真萬壽宮在府南蓬萊坊。元至元中建，賜額。俗名天師庵。」

〔四〕陳北山，大德五年時，官太常之職。或爲陳儼。《元史》無傳，詳見《秋澗集》卷四三《紫山胡公哀挽詩卷小序》。

〔五〕甄居敬，奉聖人。《元史》無傳，詳見《秋澗集》卷四〇《宜遠樓記》。

1302 壬寅年　元成宗大德六年　七十六歲

當年時事：

六月，建文宣王廟于京師。

譜主事蹟：

仍居京師，官翰林學士。

1303 癸卯年　元成宗大德七年　七十七歲

當年時事：

二月，罷江南財賦總管司及提舉司。

三月，岳鉉等進《大元大一統志》〔一〕，賜賚有差。

十月，翰林國史院進太祖、太宗、定宗、睿宗、憲宗五朝《實録》。

譜主事蹟：

本年，致仕。元廷授王公孺衛州推官，仍官其孫王笴秘書郎〔二〕。

《秋澗集》卷首《文定王公神道碑銘》：「五年，再上章懇請，除公孺自秘著司刑鄉郡，以便侍養。仍官孫笴秘書郎，榮其歸。」

《元史》卷一六七王惲本傳：「五年，再上章求退，遂授其子公孺爲衛州推官，以便養，仍官其孫笴秘書郎。」

〔一〕岳鉉（1249—1312），字周臣，燕人。家世爲司天官。至元十三年，授司天臺提點。二十四年，從平乃顔之亂有功，擢知秘書監，屢以天象示警，勸世祖誅桑哥。大德七年，監修《大一統志》。皇慶元年卒，年六十四。謚文懿。

《元史》無傳，詳見王德毅《元人傳記資料索引》第六六五頁所載。

〔一二〕關於王惲致仕時間，參本年譜世系部分「長子王公孺」條〔二〕。

1304 甲辰年　元成宗大德八年　七十八歲

當年時事：

二月，翰林學士承旨撒里蠻進金書《世祖實録節文》、《漢字實録》。

五月，罷福建都轉運鹽使司，以其歲課並隸宣慰司。

七月，罷江淮等處財賦總管府。

譜主事蹟：

六月，卒。九月己酉，葬河西里之先塋，夫人推氏祔焉。皇慶元年，贈翰林學士承旨、資善大夫〔一〕，追封太原郡公，謚文定，夫人推氏追封太原郡夫人。王惲卒後，陳儼、劉敏中、孫慤、王德淵〔二〕、劉賡〔三〕、王約〔四〕、韓從益、暢師文〔五〕、張養浩、程鉅夫等挽詩追悼〔六〕。

《秋澗集》卷首《文定王公神道碑銘》：「皇慶壬子歲，朝廷推恩舊學，贈先考中奉府君翰林學士承旨、資善大夫，追封太原郡公，謚文定。先妣推氏追封太原郡夫人……不幸於大德甲辰歲六月辛丑，以疾薨於私第正寢之春露堂，享年七十有八。越九月己酉，葬河西里之先塋，夫人推氏祔焉。」

《元史》卷一六七王惲本傳：「大德八年六月卒。贈翰林學士承旨、資善大夫，追封太原郡公，謚文定。」

〔一〕翰林學士承旨，《元史》卷八七「翰林兼國史院」條載「後定置承旨六員，從一品」。資善大夫，正二品，詳見《元史》卷九一「散官」條。

〔二〕王德淵，廣平人，歷任翰林直學士。《元史》無傳，詳見王德毅《元人傳記資料索引》第二一一頁所載。

〔三〕劉賡（1248—1328），字熙載，號唯齋，洺水人。劉肅孫。至元十三年，薦授國史院編修官。十六年，遷應奉翰林文字。辟爲司徒府長史，仍兼應奉。補外，同知德州事，考滿，擢太廟署丞、太常博士，拜監察御史。大德二年，陞翰林直學士。六年，奉使宣撫陝西。由侍講學士陞學士。至大二年，遷禮部尚書，仍兼翰林學士。尋拜侍御史。頃之，還翰林爲學士承旨，兼國子祭酒。皇慶元年，遷集賢大學士，仍兼國子祭酒。延祐元年，復爲承旨。六年，拜太子賓客。七年，復入集賢爲大學士。尋又入翰林爲承旨。致和元年卒，年八十一。謚文貞。《元史》卷一七四有傳，詳見王德毅《元人傳記資料索引》第一八〇五頁所載。

〔四〕王約（1252—1333），字彦博，真定人。至元十三年，薦授翰林國史院編修官，兼司徒府掾。既而辟掾中書，除禮部主事。二十四年，拜監察御史。轉御史臺都事。三十一年，遷中書右司員外郎。成宗即位，調兵部郎中，改禮部郎中。拜翰林直學士、知制誥同修國史。遷禮部尚書。至大間，擢太子詹事丞，進太子副詹事。仁宗立，拜河南行省右丞。皇慶改元，拜集賢大學士。延祐二年，拜樞密副使。至治二年致仕。三年，復拜集賢大學士，商議中書省事。至順四年卒，年八十二。《元史》卷一七八有傳，詳見王德毅《元人傳記資料索引》第九六頁所載。

〔五〕暢師文（1247—1317），字純甫，號泊然，南陽人。至元五年，辟爲右三部令史。十四年，除東川行樞密院都事。十六年，除潼川路治中。十九年，改同知保寧路事。二十二年，僉西蜀四川道提刑按察司事。二十三年，拜監察御史。二十四年，遷陝西漢中道巡行勸農副使。二十八年，改僉陝西漢中道提刑按察司事。三十一年，徙山南道。大德二年，改山東道，入爲國子司業。七年，出爲陝西行中書省理問官。九年，擢陝西漢中道肅政廉訪副使，以疾不赴。十年，改太常少卿，轉翰林侍讀學士、知制誥同修國史。至大三年，除太平路總管。皇慶二年，復召爲翰林侍讀學士、知制誥同修國史。除燕南河北道肅政廉訪使，以病去官。延祐元年，征拜翰林學士。延祐四年卒，年七十一。謚文肅。《元史》卷一七〇有傳，詳見王德毅《元人傳記資料索引》第一六六〇頁所載。

〔六〕程鉅夫（1249—1318），名文海，避武宗廟諱，以字行，號雪樓，又號遠齋，建昌南城人。至元十六年，進翰林修撰。屢遷集賢直學士，兼秘書少監。二十年，加翰林集賢直學士，同領會同館事。二十三年，奉詔訪賢江南。二十四年，爲尚書省參知政事，鉅夫固辭。仍爲集賢直學士，拜侍御史，行御史臺事。三十年，出爲閩海道肅政廉訪使。大德四年，遷江南湖北道肅政廉訪使。八年，召拜翰林學士，商議中書省事。十一年，拜山南江北道肅政廉訪使，復留爲翰林學士。至大三年，復拜山南江北道肅政廉訪使。拜浙東海右道肅政廉訪使，留爲翰林學士承旨。延祐三年致仕。延祐五年卒，年七十。謚文憲。《元史》卷一七二有傳，詳見王德毅《元人傳記資料索引》第一四三〇頁所載。

作品輯佚之屬

徐勝利　楊亮　鍾彦飛　輯録

巴河

一篙清水漲河頭，三月桃花雨乍收。竟日東風生巨浪，漁郎罷釣客停舟。

明曹金《（萬曆）開封府志》卷四萬曆十三年刻本

磨崖碑

前王曾此告成功，萬仞峰頭駐六龍。往事已隨流水去，古碑猶在夕陽中。

明陸釴《（嘉靖）山東通志》卷二二嘉靖刻本

秋澗老人蟠桃塢詩刻

至元十一年

都會東南未可夷，衣冠文物見多儀。儒風興盛猶唐館，霸氣沉雄入釣池①。海近重城朝日早，江圍平野暮潮遲。道山亭迥斜陽晚，一片瑶鐫晤語時。

至元庚寅夏仲重午登道山亭，秋澗老人題，男公孺侍行，並士人劉三益。王公□□福唐時□迄今三十八年，正書，在侯官烏石山②。

清馮登府《閩中金石志》卷一三（民國希古樓刻本）

【校】

①「入」，《閩中金石志》本作「人」，據《烏石山志》卷之六石刻改。

②「王公□□福唐」至「在侯官烏石山」，《烏石山志》卷之六石刻作「楷書，徑三寸，鐫蟠桃塢左」。

木齋銘

大哉乾元，寔維生德。在人曰人，萬善攸出。氣習物欲，今焉以私。營營四馳，德其綏而。聖門之學，惟仁其事。由近及中，若射有志。木不外矯，質則近焉。不學斯藪，心德奚全。格物致知，寡欲去私。兢兢循循，靡怠靡虧。日月之至，三月之違。逮夫一貫，衆禮聿歸。粹然而温，截然而制。曰中曰正，泛應曲值。愛己愛人，極乎博濟。天地之功，勛華猶胃。朱侯志仁，木以扁齋。欲之斯至，何遠乎哉。編簡爐薰，神明厥德。任重道遠，勉勉無斁。

《永樂大典》卷二五四〇《齋名十六》

宣慰張公行狀①

公名德輝，字耀卿，冀寧交城人。國初，爲丞相史忠武王幕官，尋召居潛邸。中統元年，拜河東宣撫使。入拜翰林學士、參議中書省事。出爲東平宣慰使，就僉山東行省，復召參議中書省事。表乞致仕。未幾，起爲侍御史，遂致仕歸。至元十一年，卒，年八十。公資穎悟，自童孺力學，嶷然如成人。弱冠，有聲場屋間，四赴庭試。貞祐兵興，家業蕩盡，以世故試補御史臺掾。時有盜殺蔔者，有司蹤跡之，獲僧匿一婦人，畏搒掠誣服，云嘗以私謀質問，故殺以塞口，獄具待報。公疑其冤，其後果得賊。趙禮部秉文、楊户部慥器其材，交口薦譽。其所游者雷、李、元、白，皆當世名士。汲郡王公撰行狀。

汴都下，北渡，僑居成安縣，故相史公開府真定，聞其名，聘充經歷官。乙未，從開府南征，凡籌畫調度，倚公爲重。軍士多避役亡去，獲必戮以厲餘者，公極言其不可，後配之穴城而已。光州下，華山農民團結爲固，開府令攻之，公曰：「鄉民爲自保計，當以禍福開諭，如或旅拒，加兵未晚。」從之，皆相繼來降，全活者不可勝計。師還，兼提領真定府事。板蕩後，民耗弱不任差役，官從胡商貸子錢，以充貢賦，謂之羊羔利，歲久來責所負，例配征民伍，有破産不能償者。公言於開府，請於朝，止一本息付之。又料民實其等第，賦税之輸，豪富者先之，而貧窮者得以末減。升真定府參議，興滯補弊，多所裨益。由是聲望隆于諸鎮，而上達于闕庭矣。行狀。

上在王邸，歲丁未，遣使來召。既見，王從容問曰：「孔子没已久，今其性安在？」對曰：「聖人與天地終始，無所往而不在。王能行聖人之道，即爲聖人，性固在此帳殿中矣。」王曰：「或云遼以釋廢，金以儒亡，有諸？」對曰：「遼事臣未周知，金季乃所親覩，宰執中雖用一二儒臣，餘則武弁世爵，若論軍國大計，又皆不預，其内外雜職，以儒進者三十之一，不過閲簿書、聽訟理財而已。國之存亡，自有任其責者，儒何咎焉！」王悦，乃詢以「祖宗法度具在，而未施設者甚多，將若之何」？公指御前銀盤曰：「創業之主，如制此器，精選白金，良匠規而成之，畀付後人，傳之無窮。今當求謹厚者司掌，乃永爲寶用。否則不惟缺壞，恐有竊之而去者。」王良久曰：「此正吾心所不忘也。」又訪中國人材，公因舉魏璠、元好問、李治等二十餘人，王屈指數之，間有能道其姓名者。王問：「農家作勞，何衣食之不贍？」對曰：「農桑，天下之本，衣食所從出。男耕女織，終歲勤苦，擇其精美者輸之官，餘麄惡者將以仰事俯畜。而親民之吏復横斂以盡之，民則鮮有不凍餒者矣。」戊申春，公釋奠，致胙于王，王曰：「孔子廟食之禮何居？」對曰：「孔子萬代王者師，有國者尊之，則嚴其廟貌，修其時祀。其崇與否于聖人無所損益，但以見時君尊師重道之心何如耳。」王曰：「自今而後，此禮勿廢。」王又問曰：「今之典兵與宰民者，爲害孰甚？」公曰：「典兵者，軍無紀律，專事殘暴，所得不償其失，害固爲重。若司民者，頭會箕斂以毒天下，使祖宗之民如蹈水火，蠹亦非細。」王默然良久曰：「然則柰何？」公曰：「莫若更選族人之賢如口温不花者，使主兵柄，勳舊如忽都虎者，使主民政，則天下皆受其賜矣。」其年夏，公得告將還，因薦白文舉、鄭顯之、趙元德、李進之、高鳴、李盤、李濤數人。陛辭，又陳孝侍親、友兄弟、擇人材、察下情、貴兼聽、親君子、信賞罰、節用度，規戒于王。公在朔庭朞年，每進見，延訪聖賢道德之奥，修身治國之方，古今治亂之由，詳明切直，多所開悟。故呼字賜坐，賚錫之禮殊渥。行狀。

公奉旨教胄子孛羅等，及修理鎮之學官，内外煥然一新。乃會生徒行祀禮，衣冠濟濟，有承平之舊。郡邑化之，文風翕然爲振。行狀。

壬子，公與元好問北覲，奉啓請王爲儒教大宗師，王悦而受之。繼啓：「累朝有旨蠲免儒户兵賦，乞令有司遵行。」王爲降旨。仍命公提舉真定學校。行狀。

王即皇帝位，起公爲河東南北路宣撫使。汾、晉地廣物衆，官世守，吏結爲朋黨，侵漁貪賄，以豪强相軋，其視官府紀綱、民之疾苦，殆土苴然，而貧弱冤抑，終莫得伸。公下車，得其奸贓尤甚者，若太原石抹氏、平陽段李、河中忽察忽思等數十人，械庭下，數其罪惡，杖而出之。於是抉剔吏弊，遴選官屬，庶政一新，所部肅然。訟牒日以百數，胥吏疲於傳命，公逆見隨決，剖析以理，折衷於法，皆情得而去，吏但受成而已。耆耋不遠數百里來觀，至以手加額云：「六十年不期復見此太平官府。」吏民戴之若神明焉。歲歉民乏食，請於朝，發常平粟貸之，及減其秋租有差。河東賦役，素無適從，官吏囊橐爲奸，賦一征十，民不勝其困苦，故多流亡。公閱實户編，均其等第，出納有法，數十年之弊一旦革去。西川元帥紐鄰重取兵一千一百人，守吏畏其威，莫敢申理，隸鳳翔屯田者八百餘人，屯罷，兵不歸籍；會僉防戍兵，河中浮梁故有守卒，不以充數，公皆條奏之，上可其請。兵後孱民多依庇豪右，及有以身庸藉衣食，歷年滋久，掩爲家人，驗藉質券，悉出之爲民。文水田氏婦嘗鬻二子，以償長男徒罪之贓，公至，翻異之，究其情，以鬻子故，取公使錢贖還之。行狀。

二年春，考績於京師，爲十路最。陛見，上勞之，命疏時所急務，具四事以奏：一曰嚴保舉以取人，所以絕請托而得可用之才；二曰給俸禄以養廉能，所以禁贓濫不使侵漁於民；三曰易世官而遷郡邑，所以考治跡、革舊弊而攄民之冤；四曰正刑罰而勿屢赦，所以絕幸民、息盜賊而期於無刑。皆深切時事，上嘉納焉。行狀。

拜東平路宣慰使。東平巨鎮也，其政賦獄訟之繁，視河東爲倍蓰。如李祐之財，劉忙古、楊怯里之贓奸，皆窮其根株不少貸。方春旱，種不下，祈於泰山，一夕甘澍沾足。宣慰使八剌、同知寶合丁，其下崔彦等數十人，假其權勢，干擾庶政，公廉知，縶之獄，彼力爲營救。公怒曰：「君欲黨奸人而違制令乎？」竟抵之罪。每一事必與同署周折三數，乃得施行，彼雖有後言，中心實畏服焉。八剌以盜賊充斥，獲者欲處以死，公曰：「吾豈敢曲法從汝妄殺乎！」八剌密以聞，有旨：「張耀卿所言准合條例，可從之。」奏免遠輸豆粟二十萬斛，和糴粟十萬斛。寶合丁議欲官賦繭絲，令民稅之而後輸，公曰：「是無上以毒下也，且輸納後期之責孰任之？」遂罷其事。有寡婦馬氏，將鬻其女以閉逋賦，分己俸代之，仍蠲其額。行狀。

至元三年秋，參議中書省事。宰相傳旨，令坐都堂議事，凡軍國大政，必諮訪而後行。有旨，令趙彝使日本，命都堂議勑高麗詔以進，公曰：「趙彝本宋人，萬一所言不實，恐妄生邊釁，遺笑遠邦。」明日，同宰執奏之，遂止。行狀。

五年春，起公侍御史，同平章塔察兒行御史臺，辭不拜。有言沿邊將校冒代，軍士虛耗廪幣者，上怒，勑使按治，仍以其事諭公陳奏，公奏曰：「在昔將校備嘗艱阻，與士卒同甘苦。今年少子弟襲爵，或以微勞進用，豈知軍旅之事乎！致朝廷遣使覆按，此省院素失約束耳。若悉痛繩以法，則人不自安。今但易其部署，選武毅有才略者任之，則軍政自新，時委風憲官體究，庶革其弊。」宰執傳旨，命公議御史臺條例，公奏曰：「御史執法官，今法令未明，何據而行？此事行之不易，又難中止，陛下宜慎思之。」後數日，復召公曰：「朕慮之已熟，卿當力行。」對曰：「若必欲行之，乞立宗正府以正皇族，外戚得以糾彈，女謁無令奏事，諸局承應人皆得究治。」上良久曰：「可徐行之。」公以衰老懇請，命舉可任風憲者，公手疏烏古論貞、張邦彦、徒單公履、張豸、張肅、李盤、張昉、曹椿年、西方賓、周止、高逸民、王博文、劉郁、孫汝楫、王惲、胡祇遹、周砥、李謙、魏初、鄭扆等以聞。又乞致仕，許之。行狀。

公天資剛直，博學有經濟器。容色毅然不可犯，望之知爲端人正士。遇事風生，果於斷決。庭議剴切，矯矯然有三代遺直。其扶善良，疾奸惡，革弊政，美風化，要以濟時行道，盡忠所事，以實惠及民，成敗利鈍，初不計恤。其兩鎮巨藩，再入中書，雖權貴素以嚴厲稱者，與之抗禮，往復論難，不毫髮相假貸，時或齟齬，其耿耿自信，氣終不下。既爲上所深知，凡大政令必諮決焉。論者爲省臺肇建，進用儒學，開太平之基，公寔爲啓迪之先。故譖毁不行，才退復召，終始眷顧之禮不少衰。上問八剌：「張耀卿曾受賂否？」曰：「若言其受賂，豈不畏上蒼乎！」與人交，重然諾，不戲言笑。在尊俎間，亦以禮法自持。故元遺山呼爲畏友，雖親舊不敢干以私。恤患難，周困急，至質衣典書無難色。儒士宋子昭鬻于豪權家，言于上官，出之。蜀儒古生售於市，鳩銀贖焉，仍給據爲良。張新軒子琥已結婚，無以成禮，分俸以給。屢與遺山、敬齋游封龍山，時人目爲龍山三老云。行狀。

蘇天爵《元朝名臣事略》卷一〇（中華書局一九九六年版）

【校】

①此文爲王惲爲張德輝所作行狀，《秋澗集》中未收，據蘇天爵《元朝名臣事略》卷一〇補入，原題《宣慰張公德輝》，據文改題《宣慰張公行狀》。

生平傳記資料之屬

大元故翰林學士中奉大夫知制誥同修國史贈學士承旨資善大夫追封太原郡公謚文定王公神道碑銘 并序

皇慶壬子歲，朝廷推恩舊學，贈先考中奉府君翰林學士、承旨資善大夫、追封太原郡公，謚文定；先妣推氏追封太原郡夫人，眷恤隆渥，上及二代。明年春正月丙午，焚黄祭告，寵賁松檟，越王氏有煒，是用追述。先公立身行道，致兹顯揚者，敢昭告於神道。

先公諱惲，字仲謀，世家於衛。曾祖諱經，隱居讀書，鄉黨化其德，謚文元先生。曾祖妣吕氏，臨清大家。祖父諱宇，亡金衛州刑曹孔目官，精於文法，官敦武校尉。用公貴，贈集賢侍讀學士、大中大夫，追封太原郡侯，謚敏懿。祖妣孟氏、韓氏，并追封太原郡夫人。顯考諱天鐸，資剛明決，科律學，魁多士，亡金忠顯校尉、户部主事，中年折節讀書，務教子起宗，所交皆海内名士，易名文通先生。用公貴，贈正奉大夫、大司農卿，追封太原郡公，謚莊靖。顯妣靳氏，追封太原郡夫人。

先公幼有至性，勤學好問，若饑渴然。弱冠受教於鹿庵王公，詩文字畫已有聲。紫陽、遺山一見，爲指授所業，期以國士。楊西庵、曹南湖、高吏部、徒單顒軒愛其材器，折行輩與交，極口爲延譽。中統建元，左丞姚公宣慰東平，辟充詳議官，尋被中書召，特授翰林修撰、同知制誥兼修國史院編修官。制詞有行己無忝，博學能文，顧超絶之逸才，足鋪張於偉績之旨，士論榮耀焉。一時詔制辭命皆出其手，共稱敏贍。既而兼中書省左司都事，建言曰：廟堂，出治之源，今機務草創，當究其本末先後，酌而行之。允焉。遇事詳處得宜，同列許其明達。

至元五年，肇立御史臺，首拜監察御史，獻書曰：憲臺執法，糾正邪枉，今無法可守，取人無路，宜講治制，以立紀綱。設科舉以取人材，體用既明，朝廷不勞而肅矣。憲寮爲首，前後申明典制，彈劾姦邪凡一百五十餘章。切直敢言，不畏强禦，於政體多所裨益。如劾劉都水怙勢作姦，陷公儲四十萬石，權貴爲側目。

九年，陞授承直郎、平陽路總管府判官。晉，大府也。先是吏風盛，民嚚於訟，公用誠敬待官長，威嚴肅吏，屬作勸諭文二：一則勉飭州縣，革弊勤政；一則諄告百姓，務本畏法。致吏民感化奉約束，惟謹歷二考如一日。絳兵卒陳姓者殺同産兄在獄，因覊緩，逮繫者三百餘人，延滯至五年之久。遠近爲憤惋，省檄鞫問，廉得實跡，一問即服。時晉絳久旱，是夕大雨霑足，咸謂伸理冤抑所致。各路設辨課官，例守門下，平陽所轄院務幾百，按籍點差，終任不易藩府。採姑射山文石，藉夫匠力闢山蹊爲坦途者六十里，西山伏利，由之而出。士人刻石紀其事。大起府學，敦勉師生傳授。暇率吏屬聽講，風俗爲之丕變。又復回車嶺孔子廟、首陽山二賢祠，修建廨傳遞鋪以間計者千數。增户餘三千。敕使過晉者以政績上聞，至蒙「奉公勤政」之諭。

十三年，奉命同陳節齋考試河南五路儒士，語於陳曰：「吾道如綫，不宜用平時取法。凡就試者，皆以通文學第之。」

十四年授翰林待制。奉訓大夫鹿庵大學方執文衡，屢稱其文章精妙。明年秋，選授朝列大夫、河北河南道提刑按察副使，改除燕南，秩競移山東東西道。

先公之任風憲，嘗諗僚屬：監司職在繩愆糾繆，肅清政務。惟自治而後可以治人。又憲府非有錢穀詞訟之繁，特明大體，布公道事。當覈議極乎中正，方可服衆。惟克己自勵，故按治州郡，褰帷具瞻，有風動百城之目。部内府尹恃占名鷹房，恣爲不法，公納賄賂，莫敢誰何。即按劾罪狀以聞，蒙杖而黜焉。憲臺徧諭諸道，遠近爲肅然。冀州監從人，因造作掊衆利甚夥，與監逸去。事白，曰行司巡歷動經歲時，俟獲而治，則姦人得計矣！質其田宅，償其民。南宮弭筆者，號尹庫，因告訐曾蒙賞賚，沮嚇官府，肆凶侔利。或言其擅殺耕牛，歷數奸惡，痛杖之而死，萬户稱快。又辨釋德平民劉氏疑獄一。

十八年，除行臺治書侍御史。不赴。進《承華事略》於東宫，廣孝、立愛、端本類二十篇。採古儲貳善事，前有圖，後斷以己意。蒙裕皇徧覽稱善，賜酒，有「極用心纂述」之諭令。諸皇孫傳觀，宫寮稱其宏益良多。聖上命近臣繪寫以賜東宫。

二十二年，奏充中書省左司郎中。屢趣不應。時小臣盧以理財用事，或問其故，曰：「力小任重，剥衆利己，未見能久者，可近乎？」既而果敗，衆服其識先而有守。

二十六年，授少中大夫、福建閩海道提刑按察使。甌閩僻在海隅，歸附後官貪民殘，奄爲盜區。黜尤貪惡者數十人，乃上章彈劾行省官非其人，宜選文武備具有籌策大臣，矯正枉濫，肅清邊陲，則民心服而寇盜息。巨賊鍾明亮嘯聚洪閩，郊東擊則西逸，西逐則東奔，彼此玩寇，師老無功。乃請立主帥專號令，朝廷允焉。賊果潰滅。

二十七年，以疾得告北歸。

二十八年，朝廷以耆宿來徵。明年二月，謁見世祖皇帝於柳林行宫。蒙慰諭久之。繼上萬言書，條陳時政：一曰頒憲章，以一政體；二曰定制度，以抑奢僭；三曰節浮費，以豐財用；四曰慎名爵，以攬威權；五曰重廉司，以勵庶官；六曰嚴保舉，以覈名實；

七曰設科舉，以收人材；八曰試吏員，以清政務；九曰恤兵民，以固邦本；十曰復常平，以廣蓄積；十一曰開屯田，以省遠餉；十二曰息遠略，以撫已有；十三曰感和氣，以銷水旱；十四曰崇教化，以厚風俗；十五曰減行院，以一調遣；十六曰絶交貢，以示曠度。上嘉納焉。授翰林學士、嘉議大夫。與議政事，凡預庭議，知無不言。

成宗嗣位，獻《守成事鑑》，曰敬天、法祖、愛民、恤兵……凡十五篇。逐事直説，本諸經旨。侍臣謂純正親切，有魏文貞、司馬端明之風。元貞改元，加通議、知制誥同修國史。纂修《世祖實録》，作表進呈，及封謚除拜大典册，皆經定撰。

大德元年，進中奉。明年戊戌春，以三朝舊臣，賜楮幣萬緡，其年七十，請老，不許。五年，再上章懇請，除公孺自秘著司刑鄉郡，以便侍養，仍官孫笴秘書郎，榮其歸。方優游鄉里，樂遂安閒。不幸於大德甲辰歲六月辛丑以疾薨於私第正寢之春露堂，享年七十有八。越九月己酉，葬河西里之先塋，夫人推氏祔焉。送葬餘萬人，及四方來弔祭者，哭皆失聲，曰：「五百年那復生此公耶？」

先妣，共城人。尚醫推公季女，資婉順，事舅姑睦婣親，以孝敬聞。先公所得俸給均之家人，惟恐失所。若稍越規矩，即治之如法，故皆悦服而不敢犯。女侍生二子，善加撫育，無異己出。内助力爲多。先十八年卒。生子公孺，奉議大夫，知潁州事。孫三，笴，朝列大夫、中書、刑部郎官；次詵詵、侃侃尚幼。女孫二，長適昭文館大學士耶律伯强子，著作郎楷；次適甯氏子。重孫五，男漢璋、德璋、潤璋；女二，皆幼。庶子二，公儀，廕授承務郎，同知磁州事；公説，衛輝路儒學學正，生子瑣住。

先公資明敏正大，材器英邁，操行純古，博學有經濟器業。與人交，樂易直諒，不能詭隨，與時俯仰，常曰：「士當行其所學，明義達道，一以至誠。將之，窮達得失，有不在己者。」當官持重有體，守正奉公。表表欲見於世，故所至有聲。遇不平事及惡之可疾者，憤然必窮治廼已。官清要四十年，自奉如寒士，平生篤於禮義，視勢利蔑如。藩國世子且貴顯於朝，招翰林諸公讌集，私覿禮，衆議未一。曰：「禮，上國卿當下國君。」遂平揖而已。省掾趙和之病疽，迎醫救視；没，爲殯斂以行，槖付其家。友人周曲山能，官至廉，卒，無以葬，營治至成禮。南宫劉文卿，善數學，客死於衛。既周其喪，妻少，囊珍具甚富，求一室相依，以禮謝去，其廉正類此。少與西溪、香山友善，時目曰淇上三王，别號「秋澗」，晚節名德俱重，爲世尊仰，不稱姓字，但曰秋澗公。

作爲文章，不蹈襲前人，要自肺腑中流出，平居談話無異於人，及操觚染翰，經旨之義理，史傳之鋪陳，子集之英華，古今體制，間見疊出，雄深雅健，辭古而意不晦，以自得有用爲主，宜乎綰持文柄，獨步一時。字畫遒婉，以魯公爲正。所書卷帖，爲世珍玩。樂教掖後進，明義理，工文章，必盡所得。又善因材致篤，故藉之多顯達者。自少至老，未嘗一日不學《易》，簀方停筆。平昔著《相鑑》五十卷，《汲郡志》十五卷，其《承華事略》、《守成事鑑》、《中堂事記》、《烏臺筆補》、《玉堂嘉話》，賦、頌、詔、誥、表、啓、書、疏、詩、文、碑、誌、銘、贊、樂府號秋澗大全文集者，一百卷。延祐六年，蒙朝廷公議，爲之刋播焉。富哉言乎！其勤篤至矣，其振耀後世宜矣。至於論列時務，利害互明，得失兼著，忠愛情切，聞一事可行，一士可用，必爲建白。雖未盡行，後竟如所言。較其藴奥，見諸行事者纔十之二三，故贈謚制詞有「觀其遺書，蓋抱經綸之志；詢夫成蹟，豈特黼黻之材。惟治朝蓍蔡之是稽，繄晚生山斗之所仰」，蓋公論云。敢用是爲銘辭曰：

士惟有立，德功與言。能一於此，不朽者存。顯允先公，睠兹克勤。策勳學海，力振斯文。擴我浩氣，塞乎乾坤。手抉雲漢，大放辭源。鴻文大册，帝載昭宣。人所共知，方駕昔賢。紹韓歐之宗派，得文章之正傳。匡時裨政，人有未知。志存經濟，惟日孜孜。拜章奏記，罔或少遺。有物禁訶，百纔幾施。時耶命耶？而止於斯。載瞻遺稿，爲世蓍龜。山斗聞望，後學仰規。内相美謚，恤典恩推。見諸行事，功止一時。著書傳後，千古是希。孰得孰失，必能辨之。又何俟曠世相感，則吾道爲庶幾？用是昭告，神寧無疑。太行峻極，清泉漣漪。淵峙無窮，永照豐碑。

嗣子公孺撰。

元刊明補本《秋澗先生大全文集》卷首

王惲

明　宋濂等

王惲，字仲謀，衛州汲縣人。曾祖經。祖宇，仕金，官敦武校尉。父天鐸，金正大初，以律學中首選，仕至户部主事。惲有材幹，操履端方，好學善屬文，與東魯王博文、渤海王旭齊名。史天澤將兵攻宋，過衛，一見接以賓禮。中統元年，左丞姚樞宣撫東平，辟爲詳議官。時省部初建，令諸路各上儒吏之能理財者一人，惲以選至京師，上書論時政，與渤海周正並擢爲中書省詳定官。二年春，轉翰林修撰、同知制誥，兼國史院編修官，尋兼中書省左右司都事。治錢穀，擢材能，議典禮，考制度，咸究所長，同僚服之。

至元五年，建御史臺，首拜監察御史，知無不言，論列凡百五十餘章。時都水劉晸交結權勢，任用頗專，陷沒官糧四十餘萬石，惲劾之，暴其奸利，權貴側目。又言：「晸監修太廟畢功，特轉官錫賞，今才數年，梁柱摧朽，事涉不敬，宜論如法。」晸竟以憂卒。秩滿，陳天祐、雷膺交薦於朝。九年，授承直郎、平陽路總管府判官。初，絳之太平縣民有陳氏者殺其兄，行賂緩獄，蔓引逮繫者三百餘人，至五年不決。朝廷委惲鞫之，一訊即得其實，乃盡出所逮繫者。時絳久旱，一夕大雨。十三年，奉命試儒人于河南。十四年，除翰林待制，拜朝列大夫、河南北道提刑按察副使，尋改置諸道制下，遷燕南河北道，按部諸郡，贓吏多所罷黜。十八年，拜中議大夫、行御史臺治書侍御史，不赴。

裕宗在東宫，惲進《承華事略》，其目曰廣孝、立愛、端本、進學、擇術、謹習、聽政、達聰、撫軍、崇儒、親賢、去邪、納誨、幾諫、從諫、推恩、尚儉、戒逸、知賢、審官，凡二十篇。裕宗覽之，至漢成帝不絶馳道，唐肅宗改服絳紗爲硃明服，心甚喜，曰：「我若遇是禮，亦當如是。」又至邢峙止齊太子食邪蒿，顧侍臣曰：「一菜之名，遽能邪人耶？」詹事丞張九思從旁對曰：「正臣防微，理固當然。」太子善其説，賜酒慰喻之。令諸皇孫傳觀，稱其書弘益居多。

十九年春，改山東西道提刑按察副使，在官一年，以疾還衛。二十二年春，以左司郎中召。時右丞盧世榮以聚斂進用，屢趣之不赴。或問其故，惲曰：「力小任大，剥衆利己，未聞能全者。遠之尚恐見浼，況可近乎！」既而果敗，衆服其識。二十六年，授少中大夫、福建閩海道提刑按察使。黜官吏貪污不法者凡數十人；察繫囚之冤滯者，決而遣之；戒戍兵無得寓民家，而創營屋以居之。每謂爲治之本在於得人，乃進言於朝曰：

「福建所轄郡縣五十餘，連山距海，實爲邊徼重地。而民情輕詭，由平定以來官吏貪殘，故山寇往往嘯聚，愚民因而蟻附，剽掠村落，官兵致討，復蹂踐之甚，非朝廷一視同仁之意也。今雖不能一一擇任守令，而行省官僚如平章、左丞尚缺，宜特選清望素著、簡在帝心，文足以撫綏黎庶，武足以折衝外侮者，使鎮静之，庶幾治安可期矣。」時行省討劇賊鍾明亮無功，惲復條陳列利害曰：「福建歸附之民户幾百萬，黄華一變，十去四五。今劇賊猖獗，又酷于華，其可以尋常草竊視之？況其地有溪山之險，東擊西走，出沒難測，招之不降，攻之不克，宜選精兵，申明號令，專命重臣節制，以計討之，使彼勢窮力竭，庶可取也。」

二十八年，召至京師。二十九年春，見帝于柳林行宫，遂上萬言書，極陳時政。授翰林學士、嘉議大夫。成宗即位，獻《守成書鑒》一十五篇，所論悉本諸經旨。元貞元年，加通議大夫、知制誥同修國史，奉旨纂修《世祖實録》，因集《聖訓》六卷上之。大德元年，進中奉大夫。二年，賜鈔萬貫。乞致仕，不許。五年，再上章求退，遂授其子公孺爲衛州推官，以便養，仍官其孫笴秘書郎。大德八年六月卒。贈翰林學士承旨、資善大夫，追封太原郡公，謚文定。其著述有《相鑒》五十卷、《汲郡志》十五卷、《承華事略》、《中堂事記》、《烏臺筆補》、《玉堂嘉話》，並雜著詩文，合爲一百卷。

《元史》卷一六七（中華書局一九七六年版）

侍從二

清　邵遠平

王惲，字仲謀，衛州汲縣人。父天鐸，以律學中首選，仕金爲户部主事。惲少好學，與東魯王博文、渤海王旭齊名，史天澤將兵過衛，一見接以賓禮。世祖中統元年，左丞姚樞宣撫東平，辟爲詳議官。時省部初建，令諸路各上儒吏之能理財者，惲以選至京，上書論時政，授中書省詳定官。轉翰林修撰、同知制誥。《玉堂嘉話》云：「其宣詞曰：『行己無忝，博學能文。顧超絶之逸才，足鋪張於偉蹟。宜司綸命，以贊皇猷。』」《中堂事記》云：「初，高麗國相有書致寒暄於省府，欲命惲爲答書，惲曰：『境外之交非人臣所宜，此范文正書諭元昊，遂得罪於裕陵也。可不戒哉！』」遂止。尋兼中書省左右司都事，治錢穀、議典禮、考制度，咸究所長，同僚服之。至元五年，建御史臺，首拜監察御史，論列凡百五十餘事。《烏臺筆補》云：「在臺凡三十有二月，得臺綱書記事務等篇總計若干。」時都水劉晸交結權勢，没官糧四十餘萬石，惲暴其姦利，且言晸監修太廟畢功，特轉官錫賞，今纔數年，梁柱摧朽，事涉不敬，宜論如法。權貴不能容，出爲平陽路判官。十四年，除翰林待制，太子真金在東宫，惲進《承華事略》，其目曰：廣孝、立愛、端本、進學、擇術、謹習、聽政、達聰、撫軍、崇儒、親賢、去邪、納誨、幾諫、從諫、推恩、尚儉、戒逸、明分、審官，凡二十篇。太子覽之喜，令諸皇孫傳觀，稱其弘益良多。十九年，改山東按察副使。《秋澗集》載，建白便民三十五事。踰年移疾歸。二十二年，召爲左司郎中，時右丞盧世榮方枋用，屢趣不赴。或問其故，惲曰：「力小任大，剥衆利己，未聞能全者。遠之尚恐見浼，况可近乎？」二十六年，擢閩海道按察使，奏言：「福建所轄郡縣，連山距海，實爲邊徼重地，而民情輕詭，由平定以來，官吏貪殘，故山鬼往往嘯聚，愚民因而蟻附。及官兵致討，復蹂踐之，甚非朝廷一視同仁之意。行省官僚，宜特選清望素著者，使鎮静之，庶幾治效可期，盜風可息。」會入覲，見帝於柳林，上萬言書，陳時政，授翰林學士。成宗即位，獻《守成事鑑》，曰：「頒憲章以一政體，定制度以抑奢僭，節浮費以豐財用，重名爵以攬威權，置廉司以勵庶官，嚴保舉以覈名實，設科舉以收人材，試吏員以清政務，恤軍民以固邦本，復常平以廣蓄積，興屯田以省遠餉，感和氣以消水旱，崇教化以厚風俗，減行院以一調遣，絶交貢以示曠度。」凡一十五篇。奉敕纂修《世祖實録》，復上《聖訓》六卷。元貞五年，乞致仕。卒封太原郡公，謚文定。其著述有《相鑑》五十卷，《汲郡志》十五卷，《承華事略》、《中堂事記》、《烏臺筆補》、《玉堂嘉話》并《秋澗集》合一百卷。曾孫遜志，見《忠節傳》。

册曰：炊酌藝林，泳游書圃。上格君心，語爲時補。萬言百篇，不厭覼縷。

《元史類編》卷二二（清康熙三十八年原刻本）

王惲

清　曾廉

王惲，字仲謀，衛州汲縣人也。父天鐸，仕金户部主事。惲少好學，善屬文，史天澤將兵過衛，待以賓禮。中統元年，左丞姚樞宣撫東平，辟爲詳議官，以選至京，上書論時政，授中書省詳定官。轉翰林修撰、同知制誥兼國史院編修，尋兼中書左右都事，治錢穀、議典禮、考制度，咸究所長。至元五年，建御史臺，首爲監察御史，論事凡百五十餘章。時都水劉晸，交結權勢，没官糧四十餘萬石，惲暴其奸利，又言晸監修太廟畢功，特轉官錫賞，今纔數年，梁柱摧朽，事涉不敬，宜論如法，晸遂憂死，權貴側目。九年，授平陽總管府判官。十三年，奉命試儒士於河南，累拜行臺治書侍御史，不赴。十八年，惲進《承華事略》於明孝太子，其目曰：廣孝、立愛、端本、進學、擇術、謹習、聽政、達聰、撫軍、明分、崇儒、親賢、去邪、納誨、幾諫、從諫、推恩、尙儉、戒逸、審官，凡二十篇。太子覽之，至「漢成帝不絶馳道」、「唐肅宗改服絳紗爲朱明服」，心甚喜，曰：「禮不當如是耶？」又至「邢峙止齊太子食邪蒿」，顧侍臣曰：「一菜遽能邪人耶？」詹事丞張九思對曰：「正臣防微，理固當然。」太子善之，命諸皇孫傳觀其書。明年，改山東東西道提刑按察副使，以疾還衛。二十二年，召爲左司郎中，時右丞盧世榮以聚斂進，屢趣之，不赴。或問其故，惲曰：「力小任大，剥衆利己，未有能全者。遠之尚恐見浼，況可近乎？」二十六年，擢福建閩海道提刑按察使，黜官吏貪污不法者凡數十人，察繫囚之冤滯者，決而遣之，戒戍兵無得寓民家，創營屋以居之。然惲每謂爲治之本在得人，乃上疏言：「福建連山距海，實爲邊徼重地，而民情輕詭，由平定以來，官吏貪殘，故山寇往往嘯聚，愚民因而蟻附，剽掠村落，官兵致討，復蹂踐之，甚非朝廷一視同仁之意也。今行省官尚缺，臣謂宜特選清望之臣，文足以撫綏黎民，武足以折衝禦侮者爲之，庶治安有期也。」時行省討劇賊鍾明亮無功，惲復條陳利害曰：「福建歸附户幾百萬，黄華一變，十去四五。今明亮又酷於華，況其地溪山之險，東擊西走，招之不降，攻之不克，竊謂宜專命重臣，選精兵以計討之，使彼勢窮力竭，庶可取也。」居官逾二歲，召至京師，見帝於柳林行宫，遂上萬言書，極陳時政，拜翰林學士。成宗即位，獻《守成事鑒》一十五篇。元貞元年，命知制誥同修國史，奉旨撰修《世祖實録》，因集《聖訓》六卷上之。大德二年，賜鈔萬貫，乞致仕，不許。五年，再請退，遂授其子公孺爲衛州推官，以便養，仍官其孫秘書郎。八年卒，贈翰林學士承旨，資善大夫、太原郡公，謚文定，諸著述具《藝文志》。

《元書》卷五八（清宣統三年刻本）

王惲

清　魏源

王惲，字仲謀，衛州汲縣人。曾祖經，祖宇，父天鐸，俱仕金。惲少好學，善屬文，與東魯王博文、渤海王旭齊名。史天澤將兵攻宋，過衛，接以賓禮。中統元年，左丞姚樞宣撫東平，辟爲詳議官，時省部初建，令諸路各上儒吏之能理財者一人，惲以選至京，上書論時政，授中書省詳定官。二年春，轉翰林修撰、同知制誥兼國史院編修官。尋兼中書省左右司都事，治錢穀、擢材能、議典禮、考制度，咸究所長。至元五年，拜監察御史，論列凡百五十餘章，時都水劉晸交結權勢，任用頗專，啗沒官糧四十餘萬石，惲暴其姦利，權貴側目，晸竟以憂卒。秩滿，陳天祐、雷膺交薦於朝。九年，授平陽路總管府判官。初，絳之大平縣富民陳氏殺其兄，行賂緩獄，蔓引逮繫者三百餘人，五年不決，惲鞫之，一訊得實，盡出所逮繫者，時絳久旱，一夕大雨。十三年春，奉命試士河南。十四年，除翰林待制，拜河南北道按察副使，尋遷燕南河北道，按部諸郡，贓吏多所罷黜。十八年，拜行御史臺治書侍御史，不赴。裕宗在東宫，惲進《承華事略》其目曰：廣孝、立愛、端本、進學、擇術、謹習、聽政、達聰、撫軍、崇儒、親賢、去邪、納誨、幾諫、從諫、推恩、尙儉、戒逸、知賢、審官，凡二十篇。太子令諸皇孫傳觀其書。十九年春，改山東西道按察副使，在官一年，以疾還衛。二十二年春，以左司郎中召，時右丞盧世榮以聚斂進用，屢趣之，不赴。或問其故，惲曰：「力小任大，剝衆利己，未聞能全者。遠之尚恐見浼，況近之乎？」既而，世榮果敗。二十六年，授福建閩海道按察使，黜官吏貪污不法者，凡數十人，察繫囚之冤滯者，決而遣之，戒戍兵無得寓民家，而創營屋以居之。每謂爲治之本在於得人，乃進言於朝，宜擇任守令及行省官僚，如平章左丞尚缺，亟特選清望，庶足以鎮静。時行省討劇賊鍾明亮無功，惲復條陳利害曰：「福建歸附之民，户幾百萬。黄華一變，十去四五。今劇賊猖獗，又酷於華，其可以尋常草竊視之？況其地有溪山之險，東擊西走，出没難測，招之不降，攻之不克，宜選精兵，申明號令，專命重臣節制，以計討之，使彼勢竭力窮，庶可取也。」二十八年，召至京師。二十九年春，見帝於柳林行宫，遂上萬言書，極陳時政，授翰林學士。成宗即位，獻《守成事鑑》十五篇。元貞元年，知制誥同修國史，奉旨纂修《世祖實録》，因集《聖訓》六卷上之。卒贈翰林學士承旨，追封太原郡公，謚文定。其著述有《相鑑》五十卷，《汲郡志》十五卷，《承華事略》、《中堂事記》、《烏臺筆補》、《玉堂嘉話》幷雜著詩文合爲百卷。

《元史新編》卷三二（清光緒三十一年邵陽魏氏慎微堂刻本）

王惲 遜志

柯劭忞

王惲，字仲謀，衛輝汲縣人。父天鐸，金户部主事，著《易學集説》，爲名儒。惲好學善屬文，史天澤將兵過衛，一見接以賓禮。中統元年，左丞姚樞宣撫東平，辟爲詳議官，時省府初建，令諸路各上儒吏能理財者一人，惲以選至京師，上書論時政，與渤海周正並擢爲行中書省詳定官。二年春，從行中書省丞相禡禡等赴開平，轉翰林修撰、同知制誥兼國史院編修官，尋兼中書省左右司都事。初，高麗國相致書於省府，欲命惲爲答書，惲曰：「境外之交非人臣所宜，范仲淹諭元昊，尚得罪于仁宗，可以爲戒。」乃止。至元五年，建御史臺，拜監察御史，條奏百五十餘事。時都水劉晸陷没官糧四十餘萬石，惲劾之，又言晸監修太廟，轉官受賞，今才數年，梁柱摧朽，事涉不敬，宜論如法。秩滿，陳天祐、雷膺交薦於朝。九年，授平陽路總管府判官。初，絳州太平縣民殺其兄，蔓引逮繫者三百餘人，五年不決，朝廷委惲鞫之，一訊而服，乃盡出逮繫者，州久旱，一夕大雨。十三年，奉命試儒人于河南。十四年，除翰林待制，拜朝列大夫、河南江北道提刑按察副使，尋遷燕南河北道。十八年，拜中議大夫、行御史臺治書侍御史，不赴。裕宗在東宫，惲進

《承華事略》，其目曰：廣孝、立愛、端本、進學、擇術、謹習、聽政、達聰、撫軍、崇儒、親賢、去邪、納誨、幾諫、從諫、推恩、尚儉、戒逸、明分、審官，凡二十篇。裕宗覽而善之，賜酒慰喻。十九年春，改山東東西道提刑按察副使，在官一年，以疾告。二十二年春，召爲左司郎中，時右丞盧世榮以聚斂進用，屢趣惲入都，不赴。或問其故，惲曰：「力小任大，剥衆利己，未有能全者，遠之尚恐見浼，況近之乎？」既而果敗。二十六年，授少中大夫、福建閩海道提刑按察使，黜官吏貪污者數十人，察繫囚冤滯者，決而遣之，戒戍兵無寓民家，創營房居之。惲以爲治之本在於得人，奏「福建連山距海，爲邊徼重地，今行省官平章政事左丞尚缺，宜選清望素著，簡在帝心，足以撫綏黎庶，折衝外侮者任之。」又以行省討劇賊鍾明亮無功，條陳利害，帝並韙之。二十八年，召至京師。二十九年春，見帝于柳林行宫，上書極陳時政，授翰林學士。成宗即位，又獻《守成事鑒》十五篇，所論悉本於經義。元貞元年，加通議大夫、知制誥同修國史，纂修《世祖實録》，因集《聖訓》六卷上之。大德元年，進中奉大夫。二年，以惲與閻復等十二人清貧守職，各賜鈔二千一百餘錠，乞致仕，不許。五年，再上章求退，授其子公孺爲衛州推官，以便養，仍官其孫笴秘書郎。八年六月卒，贈翰林學士承旨、資善大夫，追封太原郡公，謚文定。著有《相鑒》五十卷，《汲郡志》十五卷，《承華事略》、《中堂事記》、《烏臺筆補》、《玉堂嘉話》並雜著詩文合爲《秋澗集》一百卷。

曾孫遜志。遜志字文敏，以蔭授侍儀司通事舍人，累遷監察御史，劾奏詹事卜蘭奚、平章政事宜童皆逆臣，子孫當屏諸遐裔，不報。除太府少監，出爲江西廉訪副使，召僉太常禮儀院事。京師陷，百官出降，遜志獨家居衣冠而坐，其友中正院判官王翼來曰：「新朝寬大，不惟不死，且録用，曷詣官自陳？」遜志艴然曰：「君既不忠，又誘人爲不義耶？」撝之出。語其子曰：「汝速行，以繼吾宗。」遂自投井中死。《新元史》卷一八八（民國九年天津退耕堂刻本）

秋澗先緒

清 王梓材 馮雲濠

文元王先生經

王經，字伯常，衛州人，文定曾祖。隱居讀書，鄉黨化其德，謚文元先生。《文定神道碑》。

附録：時昆仲七人，同居内外無閒言。

校尉王思淵先生天鐸，附師王元禮。

王天鐸，字振之，汲縣人，秋澗之父也。少聰敏嗜學，父授以律學，即能下筆論斷，推原情法，闇闇如老成人。正大初，自州户曹辟權行部令史。四年，用薦試京師，擢吏員甲首，選充運司案長。五年，補睦親府掾屬。六年，轉補户部令史。開興初，用入粟補滿，授户部主事。繼而北還鄉里，尋朝廷遣斷事官耶律買奴括諸道户口，柄用顓決，得人爲急。前省掾李禎已佐幕府，薦先生于買奴，遂署行臺從事。明年，買奴卒，自雲中南歸，讀書養晦，以厚所待。或勸治生，曰：「非予初心也。」勸仕州郡，曰：「一邱之木，安足棲集？」日以經史自娱，尤嗜《春秋左氏傳》、《西漢書》，其天文術數，皆通習之。晚年一洗心于《易》，嘗質問于玉華子華陰王先生元禮，大有所得。一日，玉華子發問曰：「自昔治少亂多，君子寡小人衆，何也？」先生曰：「豈非天一而地二，乾陽方始而陰已爲之倍歟？」玉華曰：「子得之矣。」集歷代《易》説爲一書，題曰《王氏易纂》。遇朔例一占玩辭明變，其應如響。嘗訓其子惲、忱曰：「吾已錯，斷不容再，寒殍死，無掾習。能儒素起家，其榮多矣。然學貴專精，汝不見鑑瑩則乃能别物，苟不精，如治鑑不明，將安用爲？不學《易》，昧涉世之道，不讀麟經，無以見筆削之正。吾平昔行已得乎此而已矣。」晚號思淵老人，卒年五十有六，官至忠顯校尉。《秋澗文集》。

梓材謹案，秋澗《神道碑》言：先生中年折節讀書，務教子起宗，所交皆海内名士，易名文通先生，用公貴，贈正奉大夫、大司農卿，追封太原郡公，謚莊靖。

附録：秋澗序《王氏易學集説》曰：先君思淵子，昔掾民時，尚書張公正論，日引一叟，連榻坐，與之問辨甚款，察之，蓋講《易經》旨也。每參署已，輒抱牘旁侍，張公曰：「汝亦樂聞斯乎？」曰：「唯。」自是日，日熟所聞，遂潛玩焉。造次顛沛，樂之而不釋也。

文定王秋澗先生惲

王惲，字仲謀，汲縣人，户部主事天鐸之子。有才幹，操履端方，好學善屬文，與東魯王西溪博文、渤海王香山旭齊名。史天澤將兵攻宋，過衛，一見接以賓禮。中統元年，右丞姚樞宣撫東平，辟爲詳議官，時省部初建，令諸路各上儒吏之能理財者一人，先生以選至京師，上書論時政，與渤海周正并擢爲中書省詳定官。二年春，轉翰林修撰、同知制誥兼修國史院編修官，尋兼中書省左右司都事。治錢穀、擢材能、議典禮、考制度，咸究所長，同僚服之。至元五年建御史臺，首拜監察御史，知無不言，論事凡百五十餘章。秩滿，陳天祐、雷膺交薦於朝。九年，授承直郎、平陽路總管府判官。十三年，奉命試儒人于河南。十四年，除翰林待制，拜朝列大夫、河南北道提刑按察副使，遷燕南河北道，按部諸郡，贓吏多所罷黜。十八年，拜中議大夫、御史臺治書御史，不赴。裕宗在東宫，先生進《承華事略》，其目曰：廣孝、立愛、端本、進學、擇術、謹習、聽政、達聰、撫軍、崇儒、親賢、去邪、納誨、幾諫、從諫、推恩、尚儉、戒逸、知賢、審官，凡二十篇。十九年春，改山東東西道提刑按察副使，在官一年，以疾還衛，二十二年春，以左司郎中召。二十六年，授少中大夫、福建閩海道提刑按察使。二十八年，召至京師。二十九年春，見帝於柳林行宫，遂上萬言書，極陳時政，授翰林學士、嘉議大夫。成宗即位，獻《守成事鑒》一十五篇，所論悉本諸經旨。元貞元年，加通議大夫、知制誥、同修國史，奉旨纂修《世祖實録》，因集《聖訓》六卷上之。大德元年，進中奉大夫。八年卒。贈翰林學士承旨、資善大夫，追封太原郡公，謚文定。其著述有《相鑒》五十卷、《汲郡志》十五卷、《承華事略》、《中堂事記》、《烏臺筆補》、《玉堂嘉話》并雜著詩文合爲一百卷。《元史》。

梓材謹按，先生子公孺爲《神道碑》云：先公幼有至性，勤學好問，若飢渴然。弱冠受教于鹿庵王公，詩文字畫已有聲。紫陽、遺山一見爲指授所業，期以國士。楊西庵、曹南湖、高吏部、徒單顒軒愛其材器，折行輩與交，極口爲延譽。又爲先生《大全文集後序》云：弱冠已嘗請教于紫陽、遺山、鹿庵、神川諸名公，是先生于鹿庵外又爲元、楊、劉三先生門人。

附録：官平陽路總管府判官，大起府學，敦勉師生傳授，暇率吏屬聽講，風俗爲一丕變。又復回車嶺孔子廟、首陽山二賢祠。

常曰：士當行其所學，明義達道，一以至誠，將之窮達，得失有不在己者。

教授後進，明義理，工文章，必盡所得。又善因材致篤。贈謚制詞曰：觀其遺書，抱經綸之志；詢夫成跡，豈徒黼黻之才。惟治朝著蔡之是稽，緊後生山斗之所仰。

秋澗門人

王先生構，王構，字德吉。世家于保，嘗以小學從秋澗。《王秋澗集》。知郡信先生士達，信士達，□□人，少問學于秋澗，後揚歷州郡，例歸河東，秋澗序以送之。《王秋澗集》。

秋澗續傳

太常王先生遜志　王遜志，字文敏，文定惲之曾孫也。以蔭授釋議司通事舍人，累除大府少卿，出爲江西廉訪副使，召僉太常禮儀院事。京城不守，公卿争出降，先生獨家居，衣冠而坐，其友中正院判官王翼來告曰：「新朝寬大，不惟不死，且仍與官，盍出詣官

自言狀？」先生怫然斥之曰：「君既自不忠，又誘人爲不義耶？」固戒其子曰：「汝謹繼吾宗。」即日投井中死。《元史》

《宋元學案補遺》卷七八（四明叢書約園刊本）

王惲

清 厲鶚

王惲，字仲謀，衛州汲縣人。中統初授中書省詳定官，尋轉翰林修撰兼國子院編修。至元五年，拜監察御史，多所論列，權貴側目，出爲平陽路判官，進福建閩海按察使。召至京師，擢翰林院學士。大德八年卒。贈學士承旨，追封太原郡公，謚文定。著《秋澗集》。有《靈隱寺詩》。

《增修雲林寺志》卷四（清光緒刻本）

王惲

清 魯曾煜

王惲，字仲謀，汲縣人，福建閩海道提刑按察使。黜官吏貪污不法者凡數十人，察繫因之冤滞者，盡行決遣，創營屋以居戍兵，俾無得寓民舍。時行省討劇賊鍾明亮無功，復上言宜選精兵，申明號令，專命重臣節制，以計討之。《閩書》參《福建通志》。

《（乾隆）福州府志》卷四六（清乾隆十九年刊本）

王惲

元王惲，汲縣人。操履端方，好學善屬文。中統初，左丞姚樞宣撫東平，辟爲詳議官，上書論時政，累擢中書省都事。治錢穀、擢才能、議典禮、考制度，咸究所長。至元五年，拜監察御史，論列凡百五十餘章。裕宗在東宫，惲進《承華事略》二十篇，成宗即位，獻《守成事鑒》十五篇，所論悉本經旨。又纂修《世祖實録》，集《聖訓》六卷上之。後乞致仕，授其子公孺衛州推官以便養。卒謚文定，所著述有百卷。

《嘉慶重修一統志》卷二〇一《衛輝府三·人物志》

王惲

清　王士俊

王惲，汲縣人。至元中爲平陽路總管府判官，初太平縣有獄，蔓引三百餘人，五年不決，惲一訊即得其實，乃盡出所逮繫者，時境内久旱，是夕大雨。

清穆彰阿《（嘉慶）大清一統志》卷一三九（四部叢刊續編景舊鈔本）

元王惲，字仲謀，汲人。父天鐸，以律學仕金，爲户部主事。惲有俊才，操履端方，好學善屬文。中統初，姚樞辟爲詳議官，尋擢監察御史，論列凡百五十餘章，歷遷翰林學士。成宗即位，獻《守成事鑒》一十五篇，加通議大夫、知制誥同修國史，纂修《世祖實録》，因集《聖訓》六卷上之，進中奉大夫。卒贈太原郡公，謚文定。所著有《秋澗集》百餘卷。子公孺，衛州推官；孫笴，秘書郎。

《（雍正）河南通志》卷六五（清文淵閣四庫全書本）

王惲傳

清 錢大昕

祖宇，仕金官敦武校尉。父天鐸，金正大初以律學中首選。案：王宇，元贈集賢侍讀學士，追封太原郡侯，謚敏懿。天澤，贈大司農，追封太原郡公，謚莊靖。

《廿二史考異·元史》卷一三（清乾隆四十五年刻本）

王惲

清 錢大昕

王仲謀，七十八，惲生元戊子，即宋紹定元年，卒大德八年甲辰。修案：仲謀卒大德八年六月，年七十八。當生元太祖二十六年丁亥，即宋寶慶三年也。

《疑年録》卷二（清嘉慶刻本）

王學士惲

清　顧嗣立

惲字仲謀，衛州汲縣人。史丞相天澤鎮衛，一見接以賓禮。中統初，姚左丞樞宣府東平，辟爲詳議官。時省部初建，令諸路各上儒吏之能理財者，授中書省詳定官，尋轉翰林修撰、兼國史編修。至元五年，建御史臺，首拜監察御史，論列百五十餘章，權貴側目，出爲平陽路判官。歷河南北、燕南、山東諸道提刑按察副使，進福建閩海按察使。二十九年，召至京師。上書極陳時政，擢翰林院學士。大德五年，再上章求退，得請。歸八年，卒，贈學士承旨，追封太原郡公，謚文定。仲謀少受知元遺山，與東魯王博文、渤海王旭齊名。入仕以才幹稱，敭歷中外，尤好著述。裕宗在東宫，進《承華事略》凡二十篇。覽之稱善，賜酒慰諭，令諸皇孫傳觀其書。成宗即位，獻《守成事鑑》一十五篇。元貞初，奉命纂修《世祖實録》，集聖訓六卷上之。其雜著、詩文曰《秋澗集》，合爲一百卷。秋澗詩才氣横溢，欲馳騁唐宋大家間。然所存過多，頗少持擇，必痛加芟削，則精彩愈見。北方之學，變於元初，自遺山以風雅開宗，蘇門以理學探本，一時才俊之士肆意文章，如初陽始升，春卉方茁，宜其風尚之日趣於盛也。

《元詩選》初集卷一五（中華書局一九八七年版）

清　孫梅

王惲

字仲謀，衛州汲縣人。少好學，與東魯王博文、渤海王旭齊名。至元五年，建御史臺，首拜監察御史。元貞五年致仕，卒封太原郡公，謚文定。其著述有《秋澗集》。《元史》。

《欽定四庫全書簡明目録》：《秋澗集》一百卷。惲詩文源出元好問，故意度波瀾，具有軌範，足以嗣響其師。奏議尤疏暢詳明，瞭如指掌，史稱惲有才幹，語殆非虛。其所著書四種，皆編入集中，亦有資考證。

案：中統元年，惲轉翰林修撰、同知制誥。《玉堂嘉話》云：「其宣詞曰：『行己無忝，博學能文。顧超絶之逸才，足鋪張于偉蹟。宜司綸命，以贊皇猷。』」

《四六叢話》卷三三（清嘉慶三年吴興舊言堂刻本）

學士王惲

清　吴升

公字仲謀，汲縣人。中統初，以善理財選至京，歇歷中外，所在以材能稱。而提刑閩海，黜貪汙、理冤滯、撫綏黎庶，治績尤著。仕終翰林學士。大德中卒，謚文定。有《烏臺筆補》、《玉堂嘉話》諸集，書似思陵，圓勁而熟。

《大觀録·元賢詩翰姓氏》卷一〇（民國九年武進李氏聖譯廔本）

王磐傳

明　馮從吾

王磐，字文炳，號鹿庵，永年人，舉金進士，後仕元。世祖官至翰林學士、兼修國史，與許衡友善，同議朝政，裨益居多。磐自幼篤志好學，超然異衆，蒐羅經史百氏，文詞宏放，嘗講學蘇門。東平嚴實興學養士，迎磐爲師，受業者嘗數百人，當時稱爲名儒。文天祥死，磐哭以詩，有「大元不殺文丞相，君義臣忠兩得之」之句，人争傳誦之，或有流涕者。卒年九十二，封潞國公，謚文忠。出其門者，汲人王惲爲最著。惲，字仲謀，號秋澗，博學有俊才，舉進士，仕至翰林學士承旨，追封太原郡公，謚文定。所著有《秋澗集》。《元史》有傳。

《元儒考略》卷一（清光緒知服齋叢書本）

王惲

清　嵇璜

王惲，字仲謀，衛州汲縣人。父天鐸，金正大初以律學中首選，仕至户部主事。惲好學善屬文，與東魯王博文、渤海王旭齊名。中統元年，左丞姚樞宣撫東平，辟爲詳議官，時省部初建，令諸路各上儒吏之能理財者一人，惲以選至京師，上書論時政，擢爲中書省詳定官。按惲自著《中堂事記》云：「初，高麗國相有書致寒暄于宣府，欲命惲爲荅書，惲曰：『境外之交非人臣所宜，此范文正書諭元昊，遂得罪于裕陵也。』遂止。」謹附識。二年，轉翰林修撰、同知制誥。尋兼中書省左右司都事，治錢穀、議典禮、考制度，咸究所長。至元五年，建御史臺，首拜監察御史，論事凡百五十餘章。時都水劉晸交結權勢，没官糧四十餘萬石，惲暴其姦利，又言晸監修太廟畢功，特轉官錫賞，今纔數年，梁柱摧朽，事涉不敬，宜論如法，晸竟以憂卒。九年，出爲平陽路總管府判官。十四年，除翰林待制，拜燕南河北道按察副使。十八年，裕宗在東宫，惲進《承華事略》，其目曰：廣孝、立愛、端本、進學、擇術、謹習、聽政、達聰、撫軍、崇儒、親賢、去邪、納誨、幾諫、從諫、推恩、尚儉、戒逸、知賢、審官，凡二十篇。按《裕宗傳》，「撫軍」下有「明分」一條，「戒逸」下無「知賢」一條，與此互異。裕宗覽之，喜甚，令諸皇孫傳觀，稱其書裨益良多。十九年，改山東東西道提刑按察副使，在官一年，以疾還衛。二十二年，召爲左司郎中，時右丞盧世榮以聚斂進用，屢趣之，不赴。或問其故，惲曰：「力小任大，剥衆利己，未聞能全者。遠之尚恐見浼，況可近乎？」二十六年，擢福建閩海道提刑按察使，奏言：「福建所轄郡縣五十餘，連山距海，實爲邊徼重地，而民情輕詭，由平定以來，官吏貪殘，故山寇往往嘯聚，愚民因而蟻附。及官兵致討，復蹂踐之，甚非朝廷一視同仁之意。今行省官僚尚缺，宜特選清望素著者，使鎮静之，庶幾治安可期矣。」時行省討劇賊鍾明亮無功，惲復條陳利害曰：「福建歸附之民，户幾百萬，黄華一變，十去四五。今劇賊猖獗，又酷于華，況其地有溪山之險，東擊西走，出没難測，招之不降，攻之不克。宜選精兵，申明號令，專命重臣節制，以計討之，使彼勢窮力竭，庶可取也。」二十八年，召至京師，見帝于柳林行宫，上萬言書，極陳時政，授翰林學士。成宗即位，獻《守成事鑑》一十五篇，所論悉本諸經旨。元貞元年，加知制誥同修國史，奉敕纂修《世祖實録》，因集《聖訓》六卷上之。大德五年，乞致仕，授其子公孺爲衛州推官以便養。八年卒。追封太原郡公，謚文定。其著述有《相鑑》五十卷，《汲郡志》十五卷，《承華事略》、《中堂事記》、《烏臺筆補》、《玉堂嘉話》并雜著詩文合爲一百卷。

《續通志》卷四八一《列傳》（清文淵閣四庫全書本）

王惲

清　陳焯

字仲謀，衛州汲縣人，父祖俱仕金。惲幼善屬文，端操履，與東魯王博文、渤海王旭齊名，時稱三王。中統元年，左丞姚樞宣撫東平，辟爲詳議官。時勑諸路選儒吏之能理財者一人，惲以選至京師，上書論時政，擢爲中書省詳定官。轉翰林修撰、同知制誥兼國史院編修。至元五年，拜監察御史，出爲平陽路總管府判、河南北道提刑按察副使。尋遷燕南河北道，改山東東西道提刑副使，又改閩海道提刑按察使。二十八年，召授翰林學士，進中奉大夫。大德五年乞致仕歸，八年六月卒，贈承旨，追封太原郡公，謚文定。所著有《相鑑》五十卷，并雜著詩文合爲一百卷。

《宋元詩會》卷七〇（清文淵閣四庫全書本）

王惲

清　陳衍

字仲謀，衛州汲縣人。中統元年由詳議官授中書省詳定官，官至翰林學士，謚文定。有《秋澗集》。

《元詩紀事》卷二（清光緒本）

王惲

明　李賢

王惲，汲縣人。父鐸，精律學，仕金爲户部主事。惲博學有俊才，舉進士，官至翰林學士承旨，追封太原郡公，謚文定。所著有《秋澗集》百餘卷。子公孺，衛州推官，孫笴，秘書郎。王遜志，惲曾孫，歷官監察御史，出爲江西廉訪副使，召僉太常禮儀院。元末京城不守，公卿争出降，遜志獨家居，衣冠而坐，其友王翼來告曰：「新朝寬大，盍出詣官，自言狀。」遜志斥之曰：「君既自不忠，又誘人爲不義耶？」即日投井死。

《明一統志》卷二八（清文淵閣四庫全書本）

王惲

明　李賢

元王惲，至元中福建按察使，黜官吏貪汙者數十人，察繫囚寃繫者，決而遣之，戒戍兵無得寓民家，而創營屋以居之。

《明一統志》卷七四（清文淵閣四庫全書本）

王惲

明　陸釴

王惲，衛州汲縣人。中統初，爲東平詳議官。有才幹，操履端方，時省部初建，令諸部各上儒吏之能理財者一人，惲至京師，上書論時政，擢爲中書詳定官。

《（嘉靖）山東通志》卷二六（明嘉靖刻本）

王惲

字仲謀，汲郡人，至元十九年山東按察副使。

清成瓘《（道光）濟南府志》卷二一四（清道光二十年刻本）

王惲秋澗詞

清　沈雄

《樂府紀聞》曰：王惲，字仲謀，汲縣人。官翰林承旨，仕元日亦效吴彦高賦故宫人「春從天上來」詞，不引用故實而淡宕可喜，小詞甚多，若《平湖樂》即元人所爲曲調也。

《古今詞話》詞評卷下（清康熙刻本）

福建閩海道肅政廉訪司

明　陳道

王惲，字仲謀，衛州汲縣人，福建閩海道提刑按察使。黜官吏貪汙不法者凡數十人，察繫囚之寃滯者，決而遣之。戒戍兵無得寓民家，而創營屋以居之。每謂閩郡縣連山距海，而治之本於得人，乃上言請擇清望素著有文武才者爲行省官，以鎮静之。時行省討劇賊鍾明亮無功，復上言宜選精兵，申明號令，專命重臣節制，以計討之。

《（弘治）八閩通志》卷三六《秩官》（明弘治刻本）

王惲傳

裕宗在東宫，惲進《承華事略》，其目曰：廣孝、立愛、端本、進學、擇術、謹習、聽政、達聰、撫軍、崇儒、親賢、去邪、納誨、幾諫、從諫、推恩、尚儉、戒逸、知賢、審官，凡二十篇。

繼培案：「裕宗傳」載「承華事略」篇目，「撫軍」下有「明分」無「知賢」。

裕宗覽之至「漢成帝不絶馳道」、「唐肅宗改服絳紗爲朱明服」，心甚喜，曰：「我若遇是禮，亦當如是。」又至「邢峙止齊太子食邪蒿」，顧侍臣曰：「一菜之名，遽能邪人耶？」詹事丞孔九思從旁對曰：「正臣防微，理固當然。」太子善其説，賜酒慰諭之，令諸皇孫傳觀，稱其書宏益居多。

繼培案：孔九思，《裕宗傳》作「張九思」，有傳，此誤。漢成帝以下已見《裕宗傳》，此冗複，當删。但云「裕宗善之，令諸皇孫傳觀」云云足矣。

清汪輝祖《元史本證》卷二三《證誤》（清光緒鑄學齋重刊本）

王惲傳

王惲，汲郡人，中統間平陽路總管府判官。太平縣有疑獄，久不決，惲一訊即得其實，乃盡出所逮繫者，時境内久旱，一夕大雨。

明胡謐《（成化）山西通志》卷八（民國二十二年景鈔明成化十一年刻本）

翰林王公大全文集序

至大二年二月

昔我世祖皇帝肇登大寶，思惟祖宗鴻業昭載信史，傳播無窮，於是招延碩儒，建立史館。時秋澗王公年方而立，首選爲脩撰。公資魁碩弘雅，抱負甚偉，挺然有憫濟之志，而以斯文爲己任。蒐奇拱勝，南鶩遐騁，一歸于義理之正。治世之音，笙鏞奏而工歌諧也。其後薦歷顯要，建言折務，切中時宜，薦紳之士舉皆歸美。逮自外臺徵長翰林，器益閎，守益篤，辭理愈精熟，雄文大册，光賁館閣，學者翕然師尊之。公之年已邁而神觀不衰，猶日作文書字，不少倦。朝廷優禮恩如有隆，公則引年請老，趨歸鄉閭。

嗚呼！如公之材望具乎進退有裕者，言可得而多見邪？公既捐館，其子太常司直公孺彙集遺文餘百卷，請予置言其端，予從公游久，知公爲深，夫文爲用於世弘矣哉。我聖元崇稽古之義，敦敘儒教，自文康王公縮持文衡，肇修史事，敬齋、鹿庵諸公次之，而公首膺選擢，復繼其後，洎諸同輩翼其有華，史牘既修，典策益明。至元、大德間，辭令彬彬郁乎，仁政之所施何其盛也！若公之著述不泛不雜，召補世教，其用言之遠、立言之妙，自成一家，可儷于前修，可則于後世。有子克紹先志，集而成之，則公之文爲不朽，而公志之未究者，亦因文以傳矣。惟具眼者以予言爲不妄。至大己酉春二月，翰林學士承旨、中奉大夫、知制誥兼修國史王構謹序。

士熙童丱時，侍先魯國文肅公，獲拜先正王文定公履綦，逮延祐己未，與公之孫苛(笴)同在臺察，又聯事六曹，出公之《大全集》見示，曰：「茲御史請于朝，命江浙省刻梓以行矣。」既觀先正之製作，而我先公之序在焉，謹書而歸之。延祐七年百拜謹識。

至治改元，□哉生魄，不肖奉檄□堂爲□□人文集鋟梓日久，咨□□省，歸寓嘉禾。明日，郡文學羅君應龍謂之曰：「令先内相遺文俾學録余君元第司正募書生繕寫，謄□已竟，方擇其書字者。□君適全請爲揮□焉。」□□於書義不敬辭，是歲□□月既望前，國□生、承務郎、磁州同知、中□公儀謹參沐百拜書。

康熙六年閏四月，五月之杪，考其節令，則六月中矣。余於五月二十九日、三十日兩日，正畏日也，鎮讀《秋澗集》一百卷一遍。文章醇厚淹博，得於歐、曾爲多，在元人中可與潛溪方駕。惜乎板殘無銀錠之文，葉落乏玉楮之巧，如逢好月，一天皎皎，而蝦蟆又食之矣，可惜可惜！至其題跋榜約諸文，戲謔風流，皆有源流，則東坡、山谷之流也。季滄葦記。

世祖皇帝聖文神武，有□□□功，奮發天威，統一海内，驅塞馬百萬，南牧江滸，外徵貅虎之臣，馳鶩邊陲，内則招徠文學之士，興起制度，典章文物，一朝大備，與三代、兩漢同風。文定公於是時獨以文詞稱雄，或以制詔播告四方、訓迪臣下，多出公手。辭氣忠厚，開張竑大，蔚然甚盛，蓋所謂「興王之言自有體」也。

延祐庚申八月，太守伯常王侯以公《大全文集》俾本學鋟梓，時衆以禾庠廩粟有限，議欲均派諸學，王侯謂應龍曰：「刊印《文集》出於上命，學校當委曲之，以副朝廷崇尚文雅、嘉惠後學之意，雖重費庸何傷？」屬應龍計料，分類篇目爲一百卷，命儒生繕寫刊刻，工未及竟而王侯遷廣東廉使，已行，凜乎其不可留。辛酉九月，本道分司盧僉憲到路，適會公之長孫赴福建僉事，道由嘉禾，議論翕合，遂委本路治中壽之高侯專一提調。高侯舊參省幕，聲譽素著，視刊匠不滿十人，慮以遷延歲月爲病，洊伸省府取發工匠，鄰郡不旋踵而至者貳拾餘人，併工相而成之。繇是類以完備，役繁費殷，良不易也，倘非高侯主維於上，諸君贊於下，烏能績而成耶？

應龍備員禾教，獲聆王侯。公之才名深用起敬，今幸獲覩公之全書，又獲拜公之次子同知、公之長孫簽事，皆英傑也。昔吴季札嘗有「衛多君子」之言，信不誣矣！時至治壬戌春孟，嘉禾郡文學掾晚學羅應龍謹書集後。

右計其工役始於至治辛酉之三月，畢於至治壬戌之正月。

嘉興路司吏楊恢監督，嘉興路儒學學録余元第董工，前蘭溪州州判唐泳涯校正。

《秋澗先生大全文集》制辭

授翰林修撰

王惲行己無忝，博學能文，顧超絶之逸材，足鋪張於偉績，宜司綸命，以贊皇猷，可特授翰林修撰、同知制誥兼國史院編修官。賞振斯文，以宣朕命。

封謚

制曰：文章與時高下，陋乎宋而追乎唐，人材隨世汚隆，尊其官而美其謚。僉謂賁戔之信度大，茲渙號以揚庭。故翰林學士、中奉大夫、知制誥、同修國史王惲，博學修能，雄文逸氣，五持憲節，誅鉏吏弊，而翼植民彝。三入詞林，敷潤皇猷，而表章帝典，進《承華》之昭鑑，恢儲聖之良規。觀其遺書，蓋抱經綸之志；詢夫成迹，豈徒黼黻之才。惟治朝耆蔡之是稽，繄晚生斗山之所仰。式遄歸而請老，遽興歎於云亡。睠彼壽耆，議斯節惠。於戲！有斐君子，何盛德之可忘；無競維人，尚裕昆之克紹。肹蠁已朕，魂魄猶强。可贈翰林學士承旨、資善大夫，追封太原郡，謚文定主者。

皇帝聖旨裏，中書省御史臺呈。據監察御史呈，切見故翰林學士秋澗王文定公，文才博雅，識見老成，迺中州之名士也。頃在翰林，暨居臺察，觀其因事匡時，立言傳世，未嘗不以致君澤民爲心，端本澄源是務。進呈《承華事略》，蒙裕宗皇帝嘉納，俾諸皇孫傳觀，弘益良多。近日又蒙聖上特命張司農等再行繪寫以賜東宫，若非深有可取，豈能如是哉？即係兩朝御覽珍重。文集又有《元貞守成事鑑》、《中堂事記》、《烏臺筆補》、《玉堂嘉話》，并其餘雜著，光明正大，雅健雄深，皆出於仁義道德之奥，裨益政務，有關風教，足爲一代之偉觀，故追贈。

制詞有云：「觀其遺書，蓋抱經綸之志；詢夫成迹，豈徒黼黻之才。惟先朝蓍蔡之是稽，繄後生斗山之所仰。」其子太常禮儀院司直公孺編類成書，計一百卷，字幾百萬，家貧不能播刊，無以副中外願見之心。翰林國史院已嘗爲言，未蒙定奪。若依秘書少監楊桓《六書統》、《郝奉使文集》例，具呈都省，移咨江浙或江西行省，於學田子粒錢内刊行，昭布諸路學校，以示後進，非唯儒風有所激勵，實彰聖朝崇儒之盛事也。具呈照詳得此。送據禮部呈，照到郝文忠公例，著述《陵川文集》一十八册、《三國志》三十册已經具呈都省，於江南行省所轄儒學錢糧多處，就便刊行去訖。本部議得：翰林學士王秋澗文集，合準監察御史所言，比依郝文忠公例，移咨江浙行省，具儒學錢糧内就便刊行，相應具呈，照詳得此。照得《郝文忠公文集》已咨江西行省委官提調，如法刊畢，各印二十部，裝褙完備，咨來去訖，今據見呈。今將秋澗王文定公《文集》隨此發去都省，合行移咨，請照驗依上施行，須至咨者。

右　咨

江浙行中書省

王翰林文集

年　月　日

以上據元刊明補本《秋澗先生大全集》卷首

秋澗先生大全文集後序

王公孺

先考文定公，人品高古，才氣英邁；勤學好問，敏於製作；下筆便欲追配古人。騰芳百代，務去陳言，辭必己出，以自得有用爲主。精粹醇正，非他人所可擬。自其弱冠，已嘗請教於紫陽、遺山、鹿庵、神川，諸名公愛其不凡，提誨指授，所得爲多。及壯，周旋於徒單侍講、曹南湖、高吏部、郝陵川、王西溪、胡紫山之間。天資既異，師問講習者又至，繼之以勤苦不輟，致博學能文之譽聞於遠近，其後五任風憲，三入翰林，遇事論列，隨時記載，未嘗一日停筆。平生底藴，雖略施設，然素抱經綸，心存致澤，桑榆景迫，有志未遂，一留意於文字間，義理辭語，愈通貫精熟矣。故學者以正傳，各家推尊之。

既捐館，公孺編類遺稿爲一百卷，字幾百萬，咸謂學有餘而不盡其用者，則其言必大傳於後。奈家貧無力，不能刊播，言之盡傷，若煢煢在疚，恐一旦溘先朝露，目爲不瞑矣。延祐己未歲冬季，孫苛(笴)方任刑曹郎官，走書於家，取其遺文，云：「朝廷公議：先祖資善府君，平生著述，光明正大，關係政教，嘗蒙乙覽，致有弘益。堂移江浙行省給公帑刊行，以副中外願見之心。」

公孺聞之，不勝欣躍，因念韓文公爲唐大儒，學者仰之如山斗，其文集自唐至宋歷二百年之久，賴柳如京之賢方刻板本流傳於世。先君去世，今纔十五寒暑，特蒙朝廷發揚如是，實爲希闊之遇，于以見聖朝崇儒右文之美，光賁千古矣。

延祐七年庚申正月載生明男王公孺百拜敘書于後。

元刊明補本《秋澗集》卷尾

秋澗先生大全文集後序

王秉彝

翰林承旨文定公，衛之名儒，秋澗其號也。從游遺山、鹿庵、紫陽、神川四先生之門，講貫漸磨，深造閫域。語性理則以周、邵、程、朱爲宗，論文章則以韓、柳、歐、蘇爲法，才思泉湧，下筆輒數千言，星回漢翻，韶鳴鳳躍，千變萬狀，可駭可愕，文中巨擘也。學古入官，歙歷清要，内而金焉玉堂，外而豸冠繡斧。所至有令譽，雖公務填咽，手不釋卷。耽書嗜古，天性然也。公長子翰林待制紹卿嘗集公生平所作，分爲百卷，題曰《秋澗先生大全文集》，庋藏家塾，以貽後人。繼而有聞于朝者，取而寘之黄閣。未幾咨發江浙行省，議鋟諸梓，卷帙繁，工費夥，或者難之。庚申冬，檄送本路，俾會學廩之贏以給其用，命出省府，奉行惟謹。矧余與文定居同鄉，姓同氏，視公猶父行，承乏嘉禾，獲覩公之遺文，文安敢不用情耶？迺命郡博羅君應龍任其責，學録余元第專董其事，仍委蘭溪州判唐洙涇校正，擇諸生中能書者，重爲繕寫，以授刊者。役甫見次第，余適叨廣東憲節之命，秣馬就道，遂書此以畀禾學刻之卷末云。時至治改元重光作噩歲清和月，古衛王秉彝謹敘。

元刊明補本《秋澗集》卷尾

元王秋澗先生文集序

元王秋澗先生，衛輝汲産也。阡墓在城外河西里，璽嘗展拜其下，令有司葺理之。先生遺文，舊梓行浙中傳四方。弘治丁巳冬，侍御史沁水李公按涖汴梁，語璽曰：「秋澗先生名著于元，生長于汲。先生之文行不於故址而表章之，何以風動鄉之大夫士民乎？」璽曰：「先生之文，曾獲觀宦邸，訪之于汲，缺典久矣。」侍御公以兹鄉英賢高行興起，其士夫趨向之正，非直以其文辭藻贍純粹之取也。嘗考先生仕元中統、至元、元貞、大德之間，歷官國史編修、監察御史，出判平陽路、燕南河北按察副使、福建按察使、翰林學士。在省院則有經綸黼黻之才，任臺察則有彈擊平反之譽。其散見於奏劄詩文，各極其忠，蓋體裁之工，史稱其「有材幹，操履端方，好學善屬文」，真實録也。斯人也，豈徒爲一鄉一邑之模範而已邪？守巡河北道右參政祝公直夫、僉事包公好問，考正疑誤，分檄開封、衛輝馬侯龍、金侯舜臣繕寫翻刻，凡一百卷。侍御公讀而悦之，命璽序次。輒不揣愚陋，僭言于右。侍御公名瀚，字叔淵，所至風紀大振，遠邇澄清，雅重文藝，爲學者講道圖治之資云。

弘治十一年戊午夏四月吉旦，中憲大夫、河南按察司副使、奉敕提督學政濩澤車璽序。

四部叢刊初編影明弘治本《秋澗先生大全文集》卷首

文定公子公孺、公儀皆能文，公孺子笴亦以文顯，而笴後漸無聞。昌至衛，訪之不可得，最後於史參政坐聞，參政舉《玉堂嘉話》數事顧謂昌曰：「此在王文定公集中，集板在嘉興，可致也。」昌又徧訪之祥符，儒官有自嘉興來者，乃始託購文定公集，踰年而得，則殘缺過半矣。又求山鐫野刻於衛浚之郊，得文定公及公孺、公儀、笱文爲多。嗚呼！以文定公啓之，繼以公孺、公儀與笱，纔百五六十年，所以考見其美者，乃藉於是集，而子孫墳墓漫不知其所在，使又百年，併是集亦磨滅。則王氏傳承之美，且復有不可考者。此昌文表所以繼作也。嗚呼！以世以地，豈獨爲王氏哉！劉昌在西河舟中試筆。

文定公爲翰林學士，時有文刻水簾洞中。昌課士之暇，遂出衛西門，尋青嵓山。山在淇縣南四十里，有水簾洞。然險僻不可入，昌乘輿由金牛嶺折而西行，深澗中石磊磊，擇地始得步。乃舍輿躍騎，陟石崖二里許至小風門。人有攀蘿而上者，望之危若懸猱，不能不爲之目瞬心掉。又折而西北十餘里，始至大風門，舍騎而登，挾以兩隸而加之。引行十里，至所謂雲夢山，今云北坡山，望煙起叢薄間，從者曰：「此道院也。」乃少憩。有二三老攜茗飲來，爲盡一盂。又行里許，見臺殿，金碧朗麗，若浮空而出者，締視之，則在大石上，端嚴宏偉，所謂玉皇殿也。而四面皆石壁萬仞，深杳迂迴，下緣山趾，登大阪始及門，如投阱中，然既入，則寬閒寂寞，真神仙窟宅也。南即青嵓山，今云南方山。蓋以其形似言之耳。洞在崖半，中有井，常出光，怪水溢流，沿洞而下，若簾然，故云水簾。

道院爲汲判井德常建。磨崖刻翰林學士王惲記，上爲盤螭，中可一丈許，下趺爲左顧龜，極工。記文宏深典重，真可垂傳。而洞口刻三四詩，極高者苔蘚蝕澁不可讀，其下二詩皆贊井公者。東入老君祠，有洪武戊寅歲彭守約題。時已卓午，從者具蔬飯，飯畢出。望蒼峪及桃峪口，欲尋醉仙迹，不果。

夫山窮水僻處，幽勝之境出於天造地設，而井公獨能用志於此，名因文傳，而文與洞且將與天壤共弊，不亦奇哉。昌固有志焉，而力不能及也，漫詩以識之：

漠漠寒山隱隱鐘，迢迢石磴接諸峰。支笻欲下人如鳥，攬轡先登馬似龍。蒼峪雨添溪碓急，青嵓雲護水簾重。徘徊讀盡磨崖記，却笑無能繼後蹤。

又題水簾洞云：

秋雲不捲水晶寒，芝草年深濕未乾。翠壁懸冰鳴劍佩，蛛絲穿露織琅玕。夕陽照影鮫綃薄，春雨添流瀑布寬。我欲尋真問丹訣，憑誰傳簡借青鸞。

成化己丑秋姑蘇劉昌在湯陰察院書

明　劉昌《中州名賢文表》卷二八内集《王文定公秋澗集》卷尾跋（明成化刻本）

此集曾於蘇郡採蓮巷王蓮涇先生獲見元時刻本，頗多闕文，中間計欠百餘葉，先生必購求元版補鈔，故至今闕如。兹從梵門橋王氏逸陶先生所藏就室上人手鈔本録得之，終篇祇欠六葉，凡三校，尚有疑譌處，標識猶俟同志者購求全善之本補足校改之。

清　宋賓王鈔校本《秋澗先生大全集》卷首

嘉慶丙寅，借杭州關氏館書稿本，屬仁和郭君懷清繕寫，原缺十卷。戊辰春，復假何夢華藏本補完，傳鈔脱誤臆改，幾不可讀。甲戌三月借同邑陸詹事芝榮元刊本覆校，初一日始。晚聞居士記，是日小極。

清　王宗炎抄校本《秋澗先生大全文集》卷首

此集曾於蘇郡採蓮巷王蓮涇先生家獲見元時刻本，中間頗多缺文，計欠百餘葉，先生必購求元版補鈔，故至今闕如。兹從梵門橋王氏逸陶先生所藏就室上人手鈔本録得之，終篇祇欠六葉，凡三校，尚有疑譌處，標識，猶俟同志者購求全善之本補足校改之。雍正癸卯歲春王正月桐鄉金氏韜星書。

清　金檀跋鈔本《秋澗先生大全文集》書首

玉堂嘉話

此書頗多舛謬，如「錢文僖跋鍾繇議事表尚父云云」，惲云：「尚父謂忠懿王鏐」，忠懿乃俶謚。《李北海毒熱帖》後題觀者黄山谷以下六十九人，並列張浮休、張舜民，不知浮休即舜民也。又云：「柘枝舞本拓跋舞，金人以名不佳改之。」按《樂府雜録·健舞曲》有《柘枝輭舞曲》，有《屈柘樂苑羽調》，有《柘枝曲商調》，有《屈柘枝》。又雜見《教坊記》諸書，唐沈亞之賦云「柘枝信其多妍」，薛能有《柘枝詩》，温岐有《屈柘詞》。柘枝，自唐世已盛傳，烏得云金人改名耶？又云「宋高宗善畫，擇諸王命史彌遠教之，孝宗其一也。」彌遠，寧宗時人，安得云教孝宗？凡此皆紕謬之甚者，不可以不正。

明　王士禛《漁陽書籍跋尾補遺》

弘治本王秋澗全集跋

《秋澗先生大全文集》一百卷，每葉二十四行，每行二十字。明弘治刊本，行款與元至治壬戌嘉興路刊本同，當即以元刊本翻雕。惟元刊前有王構序，王士熙、王公儀、羅應龍跋，明刊本皆缺。元制詞、哀挽、墓誌皆列總目之後、目録之前，版心刊「目録」二字未免眉目不清，明刊則改列於後，版心刊「附録」二字，較爲允當耳。

清　陸心源《儀顧堂題跋》卷一三

秋澗先生大全文集一百卷　元刻本

康熙六年閏四月，五月之杪，考其節令，則六月中矣。余於五月二十九日、三十日兩日，正畏日也，鎮讀《秋澗集》一百卷一遍。文章醇厚淹博，得於歐、曾爲多，在元人中可與潛溪方駕。惜乎板殘無銀錠之文，葉落乏玉楮之巧，如逢好月，一天皎皎，而蝦蟆又食之矣，可惜可惜！至其題跋榜約諸文，戲謔風流，皆有源流，則東坡、山谷之流也。季滄葦記。

清　陸心源《皕宋樓藏書題跋輯録》

秋澗先生大全文集殘本七十一卷

影寫元刊本

元王惲撰。惲，汲縣人，字仲謀。嘗應詔上書論時政，累擢中書省都事，治錢穀、議典制，咸盡所長。成宗時，官至通議大夫、知制誥。此集首署《秋澗先生大全集》一百卷，目録五卷，元至治中嘉興學刊本，前有至大春二月翰林學士承旨、中奉大夫、知制誥兼修國史王構序，又構子王士熙跋，又秋澗庶子承務郎、同知磁州公儀跋，至治壬戌春孟嘉禾郡文學掾羅應龍書後。葉末有「右計其工役，始於至治辛酉之三月，畢於至治壬戌之正月」三行。又有「嘉興路司吏楊恢監督，嘉興路儒學路學録余元第董工，前蘭溪州判唐泳涯校正」三行。卷一賦頌，卷二至三十四爲古今體詩，卷三十五爲書、議；卷三十六至四十爲記，卷四十一至四十三爲序，四十四、四十五爲辨説，四十六爲雜著，四十七爲行狀，四十八、四十九爲傳、爲墓誌銘，五十至五十九爲碑銘，六十、六十一爲碣銘，六十二爲文，六十三、六十四爲祭文，六十五爲辭；六十六爲銘箴贊，六十七、六十八爲翰林遺稿、表牋、青詞，六十九、七十爲疏約、上梁文，七十一至七十三爲題跋，七十四至七十七爲樂府，七十八、七十九爲《承華事略》、《守成事鑑》，八十至八十二爲《中堂事記》，八十三爲

《烏臺筆補》，八十四爲論列事狀，八十五至九十二爲事狀，九十三至一百爲《玉堂嘉話》。是書爲其子公孺所編，有聞於朝者，咨江浙行省刊行，行省委之嘉興學，故刊於嘉興。半葉十二行，行二十字，蓋影寫原刊者。惜七十二卷以下殘缺，集前有公文一事，略謂「議得翰林學士王秋澗文集，合準監察御史所言，此依郝文忠公例，移咨江浙行省，有儒學錢糧內便刊行，如法刊畢。」伯驥按：明陸氏深《儼山外集》十二云：「勝國時，郡縣俱有學田，其所入謂之學糧，以供師生廩餼，餘則刻書以足一方之用，工大者則糾數處爲之，以互易成帙，故讎校刻畫頗有精者，初非圖鬻也。國朝下江南郡縣，悉收上國學今南監《十七史》諸書，地理、歲月、勘校、工役並存可識也。今學既無田，不復刻書，而有司間或刻之，然以充餽賮之用，其不工反出坊本下，工者不數見也。善乎胡致堂之論明宗曰：「命國子監以木本印書，所以一主義、去舛訛，使人不迷於所習。善矣頒之可也，鬻之不可也。或曰：天下學者甚衆，安得人人而頒之。曰：以監本爲正，俾郡邑皆得爲焉，何患於不給？國家浮費不可勝計，而獨靳於此哉？此馮道、趙鳳之失也。」陸氏言元時有學田，餘資可以刻書，故前列公文如此，迄明而此事遂廢矣。伯驥所撰《經籍故》二十餘卷，第十二卷頗詳此事，茲略及之。

清　莫伯驥《羣書跋文》卷三

《中州名賢文表》三十卷（浙江鮑士恭家藏本）

明劉昌編。昌字欽謨，吴縣人。正統乙丑進士，曆官河南提學副使，遷廣東參政。是編，即其官河南時所□輯。凡許衡六卷，姚燧八卷，馬祖常五卷，許有壬三卷，王惲六卷，富珠哩翀二卷。又略依本集之體，各以碑誌、銘傳等篇附録於後。考許衡《魯齋遺書》、馬祖常《石田集》、許有壬《至正集》、王惲《秋澗集》，雖尚存傳本；而惟《魯齋遺書》有刊板，餘皆輾轉傳鈔，舛訛滋甚，賴此編擷其英華，得以互勘。至姚燧本集五十卷，富珠哩翀本集六十餘卷，見於諸家著録者，已久佚不傳，獨賴此僅存。其表章之功，亦不可泯矣。每集末有昌所作跋語數則，亦頗見考訂。王士禎《香祖筆記》載其《勸宋牧仲重刻文表》，且云：「欽謨諸跋當悉刻之，以存其舊。」此本實康熙丙戌宋犖授錢塘汪立名所刊，其附入原跋，蓋本士禎之意也。昌《自序》又謂此其內集，尚有外集、正集、雜集若干卷。今俱未見，殆久而散佚歟？

清　永瑢等《四庫全書總目提要》卷一百八十九·集部四十二·總集類二（中華書局一九六四年版）

《承華事略》一卷（浙江汪啓淑家藏本）

元王惲撰。惲字仲謀，東平人。世祖時官至翰林學士，事蹟具《元史》本傳。此書成於至元十八年，時裕宗爲太子，惲官燕南河北道副使，因作此進於東宫，載前代爲太子者之事，加以論斷。裕宗甚喜是書，令諸皇孫共傳觀焉。已載所著《秋澗集》中，此後人抄出別行之本。進書啓稱二十篇，釐爲六卷。今止一卷，亦後人所合併也

清　永瑢等《四庫全書總目提要》卷八十九·史部四十五·史評類存目一（中華書局一九六四年版）

《玉堂嘉話》八卷（江蘇巡撫采進本）

元王惲撰。惲有《承華事略》，已著録。是編成於至元戊子。紀其中統二年初爲翰林修撰，知制誥，兼國史館編修官，及調官晉府秩滿，至元十四年復入爲翰林待制時，一切掌故及詞館中考核討論諸事。始於辛酉，終於甲午，凡三十四年之事，所記當時制誥

特詳，足以見一朝之制。如船落致祭文、太常新樂祭文之類，皆他書所未見。他如記唐張九齡、李林甫告身之式，記平宋所得法書古畫名目，宋聘后六禮，金科舉之法，以及論宣諭、制誥之別。據柳公權跋，知唐時已有《廣韻》，辨米芾之稱南宮，以贈官太常，記秦檜家廟之制，摘顔真卿書《出師表》之僞，謂《金史·天文志》出於太史張中順，與張德輝述塞北之程，劉郁述西域之事，皆足以資考證。而宋、遼、金三史之議，尤侃侃中理。其中如論日月五星，則不知推步之法，謂古婦人無謚，則不知聲子、文姜之例，論《六帖》則剿襲《演繁露》，論舜事則誤信錢時，論野合則附會《博物志》，皆爲疵累。《唐六典》女伯女叔一條，二卷、五卷再見，亦失檢校。然大致該洽，不以瑕掩。全書已收入《秋澗集》中，此乃其別行之本也。

清　永瑢等《四庫全書總目提要》卷一百二十二·子部三十二·雜家類六（中華書局一九六四年版）

秋澗集一百卷　馬裕家藏本

元王惲撰。惲有《玉堂嘉話》，已著録。惲文章源出元好問，故其波瀾意度，皆不失前人矩矱。詩篇筆力堅渾，亦能嗣響其師。論事諸作，有關時政者尤爲疏暢詳明，瞭若指掌。史稱惲有才幹，殆非虚語，不止詞藻之工也。《集》凡詩文七十七卷。又《承華事略》二卷，乃裕宗在東宫時所撰進，裕宗深重其書，令諸皇孫傳觀焉。《中堂事紀》三卷，載中統元年九月在燕京隨中書省官赴開平會議，至明年九月復回燕京之事，於時政綴録極詳，可補史闕。《烏臺筆補》十卷，乃爲監察御史時所輯御史臺故事。《玉堂嘉話》八卷，則至元戊子所作，乃追記在翰林日所聞見者。凡文章得失、典制沿革，皆彙而録之，頗爲精該。其論遼、金不當爲載記，尤爲平允，即當時所取以作遼、金史者也。與《承華事略》均有别本單行。以舊本編入集中，今仍並存焉。

清　永瑢等《四庫全書總目提要》卷一六六・集部十九・别集類十九（中華書局一九六四年版）

秋澗先生大全文集一百卷　舊鈔本

元王惲撰。

昔我世祖皇帝肇登大寳，思惟祖宗鴻業昭載信史，傳播無窮，於是招延碩儒，建立史館。時秋澗王公年方而立，首選爲修撰。公資魁碩宏雅，抱負甚偉，挺然有憫濟之志，而以斯文爲己任。蒐奇拱勝，旁騖遐騁，一歸於義理之正。治世之音，笙鏞奏而工歌諧也。其後薦歷顯要，建言折務，切中時宜，薦紳之士舉皆歸美。逮自外臺徵長翰林，器益閎，守益篤，辭理愈精熟，雄文大册，光賁館閣，學者翕然師尊之。公之年已邁，而神觀不衰，猶日作文書字，不少倦。

朝廷優禮恩數有隆，公則年年請老，趨歸鄉閭。嗚呼！如公之材望具乎，進退有裕者，言可得而多見邪？公既捐館，其子太常司直公孺彙集遺文餘百卷，請予置言其端，予從公游久，知公爲深，夫文爲用於世宏矣哉。我聖元崇稽古之義，敦敘儒教，自文康王公綰持文衡，肇修史事，敬齋、鹿庵諸公次之，而公首膺選擢，復繼其後，洎諸同輩翼其有華，史牘既修，典策益明。至元大德間，辭令彬彬郁乎，仁政之所施何其盛也！若公之自著述不泛不雜，有補世教，其用意之遠、立言之妙，自成一家，可儷於前修，可則於後世。有子克紹先志，集而成之，則公之文爲不朽，而公志之未究者，亦因文以傳矣。惟具眼者以予言爲不妄。至大己酉春二月，翰林學士承旨、中奉大夫、知制誥、兼修國史王構謹序。

士熙童丱時，侍先魯國文肅公，獲拜先正王文定公履綦，逮延祐己未，與公之孫笴同在臺察，又聯事六曹，出公之《大全集》見示，曰：「茲御史請於朝，命江浙省刻梓以行矣。」既觀先正之制作，而我先公之《序》在焉，謹書而歸之。延祐七年百拜謹識。

世祖皇帝聖文神武，□□□□功，奮發天威，統一海内，驅塞馬百萬，南牧江滸，外徵貅虎之臣，馳騖邊陲，内則招徠文學之士，興起制度。典章文物，一朝大備，與三代、兩漢同風。文定公於是時獨以文詞稱雄，或以制詔播告四方、訓迪臣下，多出公手。辭氣忠厚，開張竑大，蔚然甚盛，蓋所謂興王之言自有體也。

延祐庚申八月，太守伯常王侯以公《大全文集》俾本學鋟梓，時衆以禾庠廪粟有限，議欲均派諸學，王侯謂應龍曰：「刊印《文集》出於上命，學校當委曲之，以副朝廷崇尚文雅、嘉惠後學之意，雖重費庸何傷？」屬應龍計料，分類篇目爲一百卷，命儒生繕寫刊刻，工未及竟而王侯遷廣東廉使，已行，凜乎其不可留。辛酉九月，本道分司盧簽憲到路，適會公之長孫赴福建簽事，道由嘉禾，議論翕合，遂委本路治中壽之高侯專一提調。高侯舊參省幕，聲譽素著，視刊匠不滿十人，慮以遷延歲月爲病，洊伸省府取發工匠，鄰郡不旋踵而至者貳拾餘人，併工，相而成之，繇是賴以完備。役繁費殷，良不易也，儻非高侯主維於上，諸君贊於下，烏能績而成耶？應龍備員禾教，獲聆王侯。公之才名深用起敬，今幸獲覩公之全書，又獲拜公之次子同知、公之長孫簽事，皆英傑也。昔吴季札嘗有「衛多君子」之言，信不誣矣！時至治壬戌春孟，嘉禾郡文學掾晚學羅應龍謹書集後。

右計其工役始於至治辛酉之二月，畢於至治壬戌之正月。

嘉興路司吏楊恢監督，嘉興路儒學録余元第董工，前蘭溪州州判唐泳涯校正。

惲子名闕跋殘缺。

皇帝聖旨裏、中書省御史臺呈，據監察御史呈，切見故翰林學士秋澗王文定公，文才博雅，識見老成，迺中州之名士也。頃在翰林，暨居臺察，觀其因事匡時，立言傳世，未嘗不以致君澤民爲心，端本澄源是務，進呈《承華事略》，蒙裕宗皇帝嘉納，俾諸皇孫傳觀，宏益良多。近日又蒙聖上特命張司農等再行繪寫以賜東宫，若非深有可取，豈能如是哉？即係兩朝御覽，珍重文集，又有《元貞守成事鑑》、《中堂事記》、《烏臺筆補》、《玉堂嘉話》，并其餘雜著，光明正大，雅健雄深，皆出於仁義道德之奥，裨益政務，有關風教，足爲一代之偉觀，故追贈制詞有云：「觀其遺書，蓋抱經綸之志；詢夫成迹，豈徒黼黻之才。惟先朝蓍蔡之是稽，繄後生斗山之所仰。」其子太常禮儀院司直公孺編類成書，計一百卷，字幾百萬，家貧不能播刊，無以副中外願見之心。翰林國史院已嘗爲言，未蒙定奪。若依秘書少監楊桓《六書統》、郝奉使文集例，具呈都省，移咨江浙或江西行省，於學田子粒錢内刊行，昭布諸路學校，以示後進，非唯儒風有所激勵，實彰聖朝崇儒之盛事也。具呈照詳得此。送據禮部呈，照到郝文忠公例，著述《陵川文集》一十八册、《三國志》三十册已經具呈都省，於江南行省所轄儒學錢糧多處，就便刊行去訖。本部議得：翰林學士王秋澗文集，合准監察御史所言，比依郝文忠公例，移咨江浙行省，具儒學錢糧内就便刊行，相應具呈，照詳得此。照得《郝文忠公文集》已咨江西行省委官提調，如法刊畢，各印二十部，裝褙完備，咨來去訖，今據見呈。今將秋澗王文定公文集隨此發去都省，合行移咨，請照驗依上施行，須至咨者。

右咨，江浙行中書省。

先考文定公，人品高古，才氣英邁；勤學好問，敏於製作；下筆便欲追配古人。騰芳百代，務去陳言，辭必己出，以自得有用爲主。精粹醇正，非他人所可擬。

自其弱冠，已嘗請教於紫陽、遺山、鹿庵、神川，諸名公愛其不凡，提誨指授，所得爲多。及壯，周旋於徒單侍講、曹南湖、高吏部、郝陵川、王西溪、胡紫山之間。天資既異，師問講習者又至，繼之以勤苦不輟，致博學能文之譽聞於遠近，其後五任風憲，三入翰林，遇事論列，隨時記載，未嘗一日停筆。平生底藴，雖略施設，然素抱經綸，心存致澤，桑榆景迫，有志未遂，一留意於文字間，義理辭語，愈通貫精熟矣。故學者以正傳，名家推尊之。

既捐館，公孺編類遺稿爲一百卷，字幾百萬，咸謂學有餘而不盡其用者，則其言必大傳於後。奈家貧無力，不能刊播，言之盡傷，若煢煢在疚，恐一旦溘先朝露，目爲不瞑矣。延祐己未歲冬季，孫笴方任刑曹郎官，走書于家，取其遺文，云：「朝廷公議：先祖資善府君，平生著述，光明正大，關係政教，嘗蒙乙覽，致有宏益。當移江浙行省給公帑刊行，以副中外願見之心。」

公孺聞之，不勝欣躍，因念韓文公爲唐大儒，學者仰之如山斗，其文集自唐至宋歷二百年之久，賴柳如京之賢方刻版本流傳於世。先君去世，今纔十五寒暑，特蒙朝廷發揚如是，實爲希闊之遇，於以見聖朝崇儒右文之美，光賁千古矣。

延祐七年庚申正月載生明男王公孺百拜敘書於后。

翰林承旨文定公，衛之名儒，秋澗其號也。從游遺山、鹿庵、紫陽、神川四先生之門，講貫漸磨，深造閫域。語性理則以周、邵、程、朱爲宗，論文章則以韓、柳、歐、蘇爲法，才思泉湧，下筆輒數千言，星回漢翻，韶鳴鳳躍，千變萬狀，可駭可愕，文中巨擘也。學古入官，敭歷清要，内而金馬玉堂，外而豸冠繡斧。所至有令譽，雖公務塡咽，手不釋卷。耽書嗜古，天性然也。公長子翰林待制紹卿嘗集公生平所作，分爲百卷，題曰《秋澗先生大全文集》，庋藏家塾，以貽後人。繼而有聞于朝者，取而寘之黄閣。未幾咨發江浙行省，議鋟諸梓，卷帙繁，工費夥，或者難之。庚申冬，檄送本路，俾會學廪之贏以給其用，命出省府，奉行惟謹。矧余與文定居同鄉，姓同氏，視公猶父行，承乏嘉禾，獲覩公之遺文，文安敢不用情耶？迺命郡博羅君應龍任其責，學録余元第專董其事，仍委蘭溪州判唐泳涯校正，擇諸生中能書者，重爲繕寫，以授刊者。工役甫見次第，余適叨廣東憲節之命，秣馬就道，遂書此以畀禾學刻之卷末云。時至治改元重光作噩歲清和月，古衛王秉彝謹敘。

清　張金吾《愛日精廬藏書志》卷三三

秋澗先生大全文集一百卷

元刊元印本　季滄葦舊藏

前有制詞、挽詩。神道碑銘，子公孺撰。

昔我世祖皇帝，肇登大寶，思惟祖宗鴻業，昭載信史，傳播無窮。於是招延碩儒，建立史館。時秋澗王公年方而立，首選爲修撰。公資魁碩宏雅，抱負甚偉，挺然有憫濟之志。而以斯文爲己任，蒐奇抉勝，旁騖遐騁，一歸于義理之正。治世之音，笙鏞奏而工歌諧也。其後薦歷顯要，建言折務，切中時宜，薦紳之士舉皆歸美。逮自外臺徵辰翰林，器益弘，守益篤，辭理愈精熟。雄文大册，光賁館閔，學者翕然師尊之。公之年已邁，而神觀不衰，猶日作文書字，不少倦。朝廷優禮恩數有隆，公則引年請老，趨歸鄉閭。嗚呼！如公之材望具乎，進退有裕者，其可得而多見邪？公既捐館，其子太常司公孺彙集遺文餘百卷，請予置言其端。予從公游久，知公爲深，夫文爲用於世宏矣哉。我聖元崇稽古之義，敦敘儒教，自文康王公綰持文衡，肇修史事，敬齋、鹿庵諸公次之，而公首膺選擢，復繼其後，洎諸同輩翼其有華。史牘既修，典策益明。至元大德間，辭令彬彬郁乎，仁政之所施何其盛也。若公之自著述不泛不雜，有補世教，其用意之遠，立言之妙，自成一家，可儷于前修，可則于後世。有子克紹先志，集而成之。則公之文爲不朽，而公志之未究者亦因文以傳矣。惟具眼者，以予言爲不妄。至大己酉春二月，翰林學士、承旨、中奉大夫、知制誥、兼修國史王構謹序。士熙童丱時，侍先魯國文肅公，獲拜先正王文定公履綦。逮延祐己未，與公之孫笴同在臺察，又聯事六曹，出公之《大全集》見示，曰：「茲御史請于朝，命江浙省刻梓以行矣。」既觀先正之製作，而我先公之《序》在焉，謹書而歸之。延祐七年百拜謹識。

至治改元，中哉生魄，不肖奉檄□堂爲□□人文集，鋟梓日久（文），咨□□省歸寓嘉禾。明日，郡文學羅君應龍謂之曰：「令先内相遺文俾學録。」余君元□司正募書生繕寫，贉□已竟，方擇其書字者。□君適全請爲揮□焉。□□於書義不敢辭，是歲□月既望，前國□生、承務郎、磁州同知、中□公儀謹參沐百拜書。

世祖皇帝聖文神武，□□□□功，奮發天威，統一海内，驅塞馬百萬，南牧江滸，外徵貔虎之臣，馳騖邊陲，内則招徠文學之士，興起制度。典章文物，一朝大備，與三代、兩漢同風。文定公於是時獨以文詞稱雄，或以制詔播告四方、訓迪臣下，多出公手。辭氣忠厚，開張紘大，蔚然甚盛，蓋所謂興王之言自有體也。

延祐庚申八月，太守伯常王侯以公《大全文集》俾本學鋟梓，時衆以禾庠廩粟有限，議欲均派諸學，王侯謂應龍曰：「刊印《文集》出於上命，學校當委曲之，以副朝廷崇尚文雅、嘉惠後學之意，雖重費庸何傷？」屬應龍計料，分篇目爲一百卷，命儒生繕寫刊刻，工未及竟而王侯遷廣東廉使，已行，凜乎其不可留。辛酉九月，本道分司盧簽憲到路，適會公之長孫赴福建簽事，道由嘉禾，議論翕合，遂委本路治中壽之高侯專一提調。高侯舊參省幕，聲譽素著，視刊匠不滿十人，慮以遷延歲月爲病，洊伸省府取發工匠，鄰郡不旋踵而至者貳拾餘人，併工，相而成之。繇是，賴以完備，役繁費殷，良不易也，倘非高侯主維於上，諸君協贊於下，烏能績而成？應龍備員禾教，獲聆王侯拜公之才名，深用起敬，今幸獲覩公之全書，又獲拜公之次子同知、公之長孫簽事，皆英傑也。昔吴季札嘗有「衛多君子」之言，信不誣矣！時至治壬戌春孟，嘉禾郡文學掾晚學羅應龍謹書集後。

右計其工役始于至治辛酉之三月，畢於至治壬戌之正月。

嘉興路司吏楊恢監督，嘉興路儒學學録余元第董工，前蘭溪州州判唐泳涯校正。

皇帝聖旨裏，中書省御史臺呈，據監察御史呈，切見故翰林學士秋澗王文定公，文才博雅，識見老成，迺中州之名士也。頃在翰林，暨居臺察，觀其因事匡時，立言傳世，未嘗不以致君澤民爲心，端本澄源是務，進呈《承華事略》，蒙裕宗皇帝嘉納，俾諸皇孫傳觀，宏益良多。近日又蒙聖上特命張司農等再行繪寫以賜東宫，若非深有可取，豈能如是哉？即繫兩朝御覽珍重。文集又有《元貞守成事鑑》、《中堂事記》、《烏臺筆補》、《玉堂嘉話》，并其餘雜著，光明正大，雅健雄深，皆出於仁義道德之奥，裨益政務，有關風教，足爲一代之偉觀，故追贈制詞有云：「觀其遺書，蓋抱經綸之志；詢夫成迹，豈徒黼黻之才。惟先朝著蔡之是稽，後生斗山之所仰。」其子太常禮儀院司直公孺編成書，計一百卷，字幾百萬，家貧不能播刊，無以副中外願見之心。翰林國史院已嘗爲言，未蒙定奪。若依秘書少監楊桓《六書統》、郝奉使文集例，具呈都省，移咨江浙或二西行省，於學田子粒錢内刊行，昭布諸路學校，以示後進，非爲儒風有所激勵，實彰聖朝崇儒之盛事也。

具呈照詳得此。送據禮部呈，照到郝文忠公例，著述《陵川文集》一十八册、《三國志》三十册已經具呈都省，於江南行省所轄儒學錢糧多處，就便刊行去訖。本部議得：翰林學士王秋澗文集，合准監察御史所言，比依郝文忠公例，移咨江浙行省，具儒學錢糧內就便刊行，相應具呈，照詳得此。照得《郝文忠公文集》已咨江西行省委官提調，如法刊畢，各印二十部，裝褙完備，咨來去訖，今據見呈。今將秋澗王文定公文集隨此發去都省，合行移咨，請照驗依上施行，須至咨者。右咨，江浙行中書省。

先考文定公，人品高古，才氣英邁；勤學好問，敏於製作；下筆便欲追配古人。騰芳百代，務去陳言，辭必己出，以自得有用爲主。精粹醇正，非他人所可擬。

自其弱冠，已嘗請教於紫陽、遺山、鹿庵、神川，諸名公愛其不凡，提誨指授，所得爲多。及壯，周旋於徒單侍講、曹南湖、高吏部、郝陵川、王西溪、胡紫山之間。天資既異，師問講習者又至，繼之以勤苦不輟，致博學能文之譽聞於遠近，其後五任風憲，三入翰林，遇事論列，隨時記載，未嘗一日停筆。平生底藴，雖略施設，然素抱經綸，心存致澤，桑榆景迫，有志未遂，一留意於文字間，義理辭語，愈通貫精熟矣。故學者以正傳，名家推尊之。

既捐館，公孺編類遺稿爲一百卷，字幾百萬，咸謂學有餘而不盡其用者，則其言必大傳於後。奈家貧無力，不能刊播，言之盡傷，若煢煢在疚，恐一旦溘先朝露，目爲不瞑矣。

延祐己未歲冬季，孫笴方任刑曹郎官，走書于家，取其遺文，云：「朝廷公議：先祖資善府君，平生著述，光明正大，關係政教，嘗蒙乙覽，致有宏益。當移江浙行省給公帑刊行，以副中外願見之心。」

公孺聞之，不勝欣躍，因念韓文公爲唐大儒，學者仰之如山斗，其文集自唐至宋歷二百年之久，賴柳如京之賢方刻版本流傳於世。先君去世，今纔十五寒暑，特蒙朝廷發揚如是，實爲希闊之遇，於以見聖朝崇儒右文之美，光賁千古矣。

延祐七年庚申正月載生明男王公孺百拜敘書於後。

翰林承旨文定王公，衛之名儒，秋澗其號也。從游遺山、鹿庵、紫陽、神川四先生之門，講貫漸磨，深造閫域。語性理則以周、邵、程、朱爲宗，論文章則以韓、柳、歐、蘇爲法，才思泉湧，下筆輒數千言，星回漢翻，韶鳴鳳躍，千變萬狀，可駭可愕，文中巨擘也。學古入官，歷清要，内而金馬玉堂，外而豸冠繡斧。所至有令譽，雖公務填咽，手不釋卷。耽書嗜古，天性然也。公長子翰林待制紹卿嘗集公生平所作，分爲百卷，題曰《秋澗先生大全文集》，庋藏家塾，以貽後人。

繼而有聞于朝者，取而寘之黄閣。未幾咨發江浙行省，議鋟諸梓，卷帙繁，工費夥，或者難之。庚申冬，檄送本路，俾會學廩之贏以給其用，命山省府，奉行惟謹。矧余與文定居同鄉，姓同氏，視公猶父行，承乏嘉禾，獲覩公之遺文，文安敢不用情？迺命郡博羅君應龍任其責，學録余元第專董其事，仍委蘭溪州判唐泳涯校正，擇諸生中能書者，重爲繕寫，以授刊者。工役甫見次第，余適叨廣東憲節之命，秣馬就道，遂書此以畀禾學刻之卷末云。時至治改元重光作噩清和月，古衛王秉彝謹序。

季氏手跋曰：康熙六年閏四月，五月之杪，考其節令，則六月中矣。余於五月二十九日、三十日兩日，正畏日也，鎮讀《秋澗集》一百卷一遍。文章醇厚淹博，得於歐、曾爲多。在元人中，可與潛溪方駕。惜乎板殘無銀錠之文，葉落乏玉楮之巧，如逢好月，一天皎皎，而蝦蟆又食之矣。可惜，可惜！至其題跋榜約諸文，戲謔風流，皆有源流，則東坡、山谷之流也。季滄葦記。

案：此元刊元印本，每葉二十四行，每行二十字，版心有字數及刻工姓名。卷中有「張」字朱文圓印、「孟弼」朱文方印、「諫」字朱文方印、「季振宜」印朱文方印、「滄葦」朱文方印、「御史之章」白文大方印、「季振宜印」朱文大方印、「滄葦」朱文大方印。至治改元公儀跋，張氏《藏書志》所未有也。

清　陸心源《皕宋樓藏書志》卷九七

秋澗先生大全集一百卷附録一卷 明弘治刊本 元 王惲

前有小像及秋澗圖。此明覆元刊本，大黑口，版心無字數及刻工姓名，惟行款與元版同。

清 陸心源《皕宋樓藏書志》卷九七

秋澗先生大全集一百卷 明弘治翻元刊本

元王惲撰。

惲字仲謀，一字秋澗，汲縣人。官翰林學士承旨，謚文定。少從遺山、鹿庵、紫陽、神川四先生游，及壯，周旋於徒單侍講、曹南湖、高吏部、郝陵川、王西溪、胡紫山之間。天資既異，講習又勤。歷官國史編修、監察御史，出判平陽路、燕南河北按察副使、福建按察使、翰林學士，遇事論列，未嘗一日停筆。遺稿一百卷，翰林待制、男公孺所編。延祐七年，朝廷以其書關係政教，嘗經乙覽，移江浙行省給帑刊於嘉禾。有王構、羅應龍序，公孺及王秉彝跋。迨明弘治十一年，河南按察副使、提督學政濩澤車璽嘗展拜衛輝阡墓，因侍御泌水李公瀚涖汴，謂先生遺文不於故址表章之，何以風動鄉之士民，乃與河北道祝公夫、僉事包公好問校正疑誤，分檄開封、衛輝馬侯龍、金侯舜臣繕寫翻刻，璽爲之序。惟元刊之王構、王士熙、王公儀、羅應龍等跋皆闕，元刊制辭、哀挽、墓志皆列總目之後，目録之前版心仍作「目録」二字，此刻則改「附録」二字較爲允當耳。有「越谿草堂」一印。

清　丁丙《善本書室藏書志》卷三三

秋澗先生大全集一百卷

宋賓王鈔校本　汪閬源藏書

前有至大己酉翰林學士承旨王構序、延祐七年王士熙序、至治壬戌嘉禾郡文學掾羅應龍書後，及右計其工役始於至治辛酉之三月，畢於至治壬戌之正月三行。「嘉興路司吏楊恢監督」、「嘉興路儒學學録余元第董工」、「前蘭溪州州判唐泳涯校正」三條。又《王秋澗先生小像》及《附録》一卷，并《目録》一百卷。後有延祐七年庚申男王公孺書後。至治改元右衛王秉彝後序。雍正六年戊申正月八日，婁水宋賓王書云：「此集曾於蘇郡採蓮巷王蓮涇先生獲見元時刻本，頗多闕文，中間計欠百餘葉，先生必購求元版補鈔，故至今闕如。兹從梵門橋王氏逸陶先生所藏就室上人手鈔本録得之，終篇衹欠六葉，凡三校，尚有疑譌處，標識猶俟同志者購求全善之本補足校改之。」每卷末均記葉數。有「高山流水」、「宋蔚如收藏印」、「宋賓王印」、「蔚如氏校」五印。又有「平陽氏藏書印」、「士鐘閬源甫」二印。又有「潘氏桐西書屋之印」、「潘介繁印」、「碩庭所藏」各印。

清　丁丙《善本書室藏書志》卷三三

王秋澗文集一百卷　元刊本

元王惲撰，首署《秋澗先生大全文集》一百卷，目録五卷，元至治中嘉興路學刊本。前有至大春二月翰林學士承旨、中奉大夫、知制誥兼修國史王構序，及構子王士熙跋。又秋澗庶子、承務郎同知磁州公儀跋。至治壬戌春孟嘉禾郡文學掾羅應龍書後。葉末有「右計其工役始於至治辛酉之三月，畢於至治壬戌之正月」三行。又有「嘉興路司吏楊恢監督」、「嘉興路儒學學録余元第董工」、「前蘭溪州判唐泳涯校正」三行，每半葉十二行，行十二子。高六寸四分，廣四寸五分。白口單邊。弘治本即從此板翻雕。元刊制詞、哀挽、墓誌皆列總目之後、目録之前。版心刊「目録」二字。明刻改列於後，版心刊「附録」於後。兩版以此分別。卷一爲頌賦，卷二至三十四爲古今體詩，卷三十五爲書議，卷三十六至四十爲記，卷四十一至四十三爲序，四十四、四十五爲辨説，四十六爲雜著，四十七爲行狀，四十八、四十九爲傳、爲墓誌銘，五十至五十九爲碑銘，六十、六十一爲碣銘，六十二爲文，六十三、六十四爲祭文，六十五爲辭，六十六爲箴銘贊，六十七、六十八爲翰林遺稿、表箋、青詞，六十九、七十爲疏約、上梁文，七十一至七十三爲題跋，七十四至七十七爲樂府，七十八、七十九爲《承華事略》、《守成事鑒》，八十至八十二爲《中堂事記》，八十三爲《烏臺筆補》，八十四爲論列事狀，八十五至九十二爲事狀，九十三至一百爲《玉堂嘉話》。是書爲其子公孺所編，有聞于朝者，咨江浙行省刊行，行省委之嘉興學，故刊於嘉興。此本爲前明張孟弼舊藏，後歸季滄葦。至治迄今五百餘年，完善無缺，誠世所希有。

張鈞衡《適園藏書志》卷一三（民國五年南林張氏家塾刻本）

秋澗先生大全集　舊鈔本

《秋澗集》元至治間中書省依郝文忠《陵川文集》例，咨移浙江行省刊印。明弘治時有覆刻，增小像及《秋澗圖》。此舊鈔本，當從元刻本出，惜卷首各序及二十五卷以前目録均脱佚矣。有「秀水朱氏潛采堂圖書」、「朱彝尊印」、「馬中安」、「古鹽官州馬氏」、「寒中子」、「紅藥山房收藏私印」、「桐城姚伯卬氏藏書記」諸記。

繆荃孫　吴昌綬　董康《嘉業堂藏書志》卷四集部（復旦大學出版社一九九七年版）

秋澗先生大全文集一百卷附録一卷

元王惲撰。清金星軺校鈔本。至大己酉王構、王士熙序，至治壬戌羅應龍跋。每卷末鈐一「校」字。有「吴焯尺鳧」、「繡谷」、「方功惠藏」印。

金氏手跋曰：「此集曾於蘇郡採蓮巷王蓮涇先生家獲見元時刻本，中間頗多缺文，計欠百餘葉，先生必購求元版補鈔，故至今闕如。兹從梵門橋王氏逸陶先生所藏就室上人手鈔本録得之，終篇祇欠六葉，凡三校，尚有疑譌處，標識猶俟同志者購求全善之本補足校改之。雍正癸卯歲春王正月桐鄉金氏韶星書。」

又明弘治刻本附像贊。半葉十二行，行二十字。黑口。上記白文字數。亦有白口附字數。弘治十一年車璽序。有「田伏侯印」。

王文進《文禄堂訪書記》卷五（民國三十一年北京文禄堂鉛印本）

補秋澗集一百卷

元王惲撰。〇明刊本。〇韓小亭有舊鈔本。〇《中州名賢文表》刊六卷。〇張金吾亦有舊鈔本。〇季氏目有元本。〇《秋澗先生大全文集》一百卷，自延祐時朝命江浙省刊梓，始工於至治辛酉三月，畢於壬戌正月。

補秋澗先生大全文集一百卷

元王惲撰。〇元至治元年至二年嘉興路儒學刊明修本，十二行二十字，白口，左右雙欄。友人陸純伯之弟藏，匆匆一見，未遑借校。〇明弘治十一年李瀚汴梁刊本，十二行二十字，黑口，四周雙欄。前河南學政車璽序。前有小像及秋澗圖。卷一至七十七詩文，卷七八至七九《承華事略》、《元貞守成事鑒》，卷八十至八十二《中堂事記》，卷八十三至九十二《烏臺筆補》，卷九十三至一百《玉堂嘉話》。又有目録一卷，附録一卷。據車璽序爲馬龍、金舜臣繕刻翻刻。己卯入《四部叢刊》。○清傳鈔元至治一至二年嘉興路儒學刊本，十二行二十字。前至大己酉王構序。又羅應龍序。後題『嘉興路司吏楊恢監督』、『嘉興路儒學學録余元第董工』、『前蘭溪州州判唐泳涯校正』三行。鈐朱笥河及璜川吴氏藏印，爲乾隆以前寫本。

補王文定公秋澗集六卷

元王惲撰。○清康熙四十五年汪立名刊《中州名賢文表》内集本。

傅增湘《藏園訂補郘亭知見傳本書目》卷一四集部·別集類四·金元（中華書局二〇〇九年版）第三八頁

秋澗先生大全文集一百卷

元王惲撰

明弘治十一年御史李瀚叔淵刊於汴梁，十二行二十字，黑口雙欄。前有河南學政車璽序，前有秋澗小像及秋澗圖。據車序，稱爲祝直夫、包好問考證疑誤，馬龍、金舜臣繕寫翻刻。卷一至七十七皆詩文，七八、七九爲進呈裕宗皇帝《承華事略》六卷，《元貞守成事鑒》十三篇，八十至八十二爲《中堂事記》，八十三至九十二爲《烏臺筆補》，九十三至一百爲《玉堂嘉話》八卷。又目録一卷，附録一卷。（癸丑）

傅增湘《藏園群書經眼録》卷一五集部四（中華書局二〇〇九年版册五第一三一三頁）

秋澗先生大全文集一百卷

元王惲撰

舊寫本，十二行二十字。有至大己酉王構序，羅應龍序，後有「嘉興路司吏楊恢監督」、「嘉興路儒學學録余元第董工」、前蘭溪州州判唐泳涯校正」三行。鈐有朱笥河、嘉蔭堂、璜川吴氏、王雨堂藏印。

傅增湘《藏園群書經眼録》卷一五（中華書局二〇〇九年版册五第一三一三頁）

秋澗先生大全文集一百卷　四十册

元王惲撰，元至治壬戌二年，嘉興路儒學刊明代修補本。清季振宜手書題記。

《國立中央圖書館善本書目（增訂二版）》册三第九七九頁（臺灣「國立中央圖書館」編印本）

《秋澗樂府》四卷，爲《秋澗大全集》之卷七十四至七十七。元至治壬戌嘉興路學刊本，洵倚聲中一秘笈也。十一年前與吴伯宛同客滬上，見一舊寫本，有朱竹垞、姚伯昂藏印，爲孫問清所得。伯宛嘗從假録一帙。去年伯宛於都中獲覯此本，屬章式之就寫本，比勘見寄。中仍不免脱誤，疏校如右。明弘治中河南按察副使車璽與河北道祝直夫、僉事包好問有校正翻刻本，或視此又有異同也。乙卯五月小暑後二日，歸安朱孝臧跋。

清　朱祖謀《彊村叢書》本《秋澗樂府》卷尾

《秋澗先生大全文集》一〇〇卷 四十册

元　王惲撰

元至治三年嘉興路儒學刊本　板框高一九·九公分　寬一三·五公分

首載至大己酉王構序，序後低格刻延祐七年王士熙及至治元年王公儀二跋；次至治壬戌羅應龍後序，序末有附記云「右計其工役始於至治辛酉之三月，畢於至治壬戌之正月」，及「嘉興路司吏楊恢監督」、「嘉興路儒學學録余元第董工」、「前蘭溪州州判唐泳涯校正」三行；次總目、制辭、諸賢慶壽哀挽詩、及嗣子公孺撰神道碑銘。卷末有延祐七年嗣子公孺及至治元年王秉彝二後序。每半葉十二行，行廿字，白口，版心上記每板字數，下記刻工：元、仁、辛、陳、子、朱、趙、王、蔣、周忠、公文、徐、福、張狗。書中間有明代黑口補版。書前有傳録清季振宜題記一則，已載《皕宋樓藏書志》。按《鐵琴銅劍樓藏書目録》、《皕宋樓藏書志》、《適園藏書志》著録。

書中鈐有「張」朱文圓印、「諫」朱文方印、「孟弼」朱文方印、「章巽読堂法書名畫記」朱文方印、「歸安章綬銜字紫伯」白文方印、「元本」注文橢圓印、「臣陸樹聲」白文方印、

「遹軒」朱文方印、「歸安陸樹聲藏書之記」朱文方印、「歸安陸樹聲叔桐父印」白文方印、「廔見亭讀一過」朱文方印、「莚圃收藏」朱文長方印。

臺灣中華叢書編審委員會一九六一年編輯出版《「國立中央圖書館」金元本圖録》第三四五至三四六頁

《秋澗先生大全文集》敘録

潘柏澄

《秋澗先生大全文集》一百卷，元王惲（一二二七—一三〇四）撰。惲字仲謀，號秋澗，衛州汲縣人。幼勤學，有聲搢紳間。中統元年辟充東平詳議官，召入爲翰林修撰，一時詔制辭命皆出其手，共稱敏贍。至元五年拜監察御史，彈劾奸邪，直言無畏，於政體多所裨益。九年除平陽路判官，奉公勤政，治化大行。十四年入爲翰林待制，明年選授河南按察副使，改燕南，移山東，所至皆有聲。十八年進《承華事略》於東宫，裕宗徧覽稱善。二十六年授福建按察使，明年以疾歸家。二十九年徵入爲翰林學士，與議政事。成宗即位，獻《守成事鑑》十三篇，本諸經旨，純正親切。大德五年請老歸，八年卒，年七十八，謚文定。

惲爲文雄深雅健，辭古而意不晦，務去陳言，辭必己出，以自得有用爲主。生平五任風憲，三入翰林，遇事論列，隨時記載，未嘗一日停筆，故著作繁多，子公孺編類其遺稿爲《秋澗先生大全文集》一百卷。延祐六年詔江浙行省公帑刊行，至治元年三月刊於嘉興路儒學，明年正月工成。至明弘治十年，李瀚巡按河南，復分檄開封、衛輝守據至治本繕寫翻刻，仍爲一百卷，惟删至治本前之王構、羅應龍二序，而易以弘治十一年車璽序。又將至治本前之制辭、咨江浙行省刊板文、祝賢慶壽哀挽及神道碑文等移置書後爲附録一卷。惲集既大行於世，鈔本四出，清四庫全書即據鈔本著録。

民初商務印書館四部叢刊所收秋澗集爲影印明弘治刊本，此本尚稱精善，學者閱之熟矣，惟臺北「中央圖書館」藏有元至治刊本之明代修補本一部，雖間有殘損不清處，仍可供校勘文字之用，頗爲珍貴，兹影印收入本叢刊，藉便參稽。

《元人文集珍本叢刊》第一册《秋澗先生大全文集》書首（臺北新文豐出版公司一九八五年版）

秋澗先生大全文集一百卷附録一卷　四十册

元王惲撰，烏絲闌鈔本，北平。

《國立中央圖書館善本書目（增訂二版）》册三第九七九頁（臺灣「國立中央圖書館」編印本）

按，此書自元以來經兩刻：初刊於至治元年（一三二一）嘉興路儒學，入明，弘治丁巳（十年，一四九七）監察御史李瀚巡撫河南，復命刻於汴梁。四庫本乃據兩淮鹽政李質穎所上馬裕家藏鈔本繕録。《鐵琴銅劍樓書目》載元刊本，胡玉縉補正已引。今國立中央圖書館亦藏元刊本一部（圖五），版匡高十九・九公分，寬十三・五公分，每半葉十二行，行二十字。版心白口，上記每版字數，下記刻工：周忠、周一、大用、公文、張四、張狗、李春、唐彦、中成、可山、朱子、幺文、王、蔣、彬、唐、周、文、彡、徐、福、子、付、因、施、茂、元、仁、辛、阮、朱、陳、左、趙、高、忠、小、□、肖、走、芦、高、弓、繆等。書中間有補版，或作白口，不記字數刻工，約元明之際補刊；或作黑口，則明代初葉所補修。書首載至大己酉（二年，一三〇九）翰林學士知制誥王構序，序後低一格刻延祐七年（一三二〇）王士熙、至治元年（一三二一）王公儀二跋；次至治壬戌（二年，一三二二）嘉興郡文學掾羅應龍後序。序末附記云：「右計其工役始於至治辛酉（元年，一三二一）之三月，畢於至治壬戌（二年，一三二二）之正月」及「嘉興路司吏楊恢監督」、「嘉興路儒學學録余元第董工」、「前蘭溪州州判唐泳涯校正」三行。次總目，次制辭，載王惲授翰林學士、封謚及秋澗集發交江南行省刊版誥敕三篇。次諸賢慶壽哀挽詩一卷，録李謙、閻承旨、王瓠山、楊損齋、陳北山、王鹿泉、陳儼、劉敏中、劉愻、王德淵、劉賡、王約、韓從益、張養浩等詩文十四篇；次嗣子公孺撰神道碑銘；次百卷篇目目次：卷一頌賦，卷二至卷三十四各體詩，卷三十五至卷七十三各體文，卷七十四至卷七十四樂府，卷七十八、七十九《承華事略》，附《元貞守成事鑑》，卷八十至卷八十二《中堂事記》，卷八十三至卷九十二《烏臺筆補》，卷九十三至卷一百《玉堂嘉話》。鈐有「張」、「誎」、「孟弼」、「季印振宜」、「滄葦」、「御史之章」、「季滄葦圖書記」、「臣陸樹聲」、「遹軒」、「歸安陸樹聲叔桐父印」、「廖見亭讀一過」、「章翼詵堂法書名畫記」、「歸安章綬銜字紫伯」、「元本」、「莚圃收藏」諸印記。知經明張誎、清季振宜等遞藏。書中有季氏朱筆題記一則及眉批二則。題記在王公儀跋後，云：「康熙六年（一六六七）閏四月，五月之杪，考其節令，則六月中矣。余於五月二十九日、三十日兩日，正畏日也，鎮讀《秋澗集》一百卷一遍。文章醇厚淹博，得於歐、曾爲多，在元人中可與潛溪方駕。惜乎板殘無銀錠之文，葉落乏玉楮之巧，如逢好月，一天皎皎，而蝦蟆又食之矣，可惜！可惜！至其題跋榜約諸文，戲謔風流，皆有源流，則東坡、山谷之流也。季滄葦記。」眉批一在卷九四吳彩鸞韻書條上，云：「余家藏有一本，端楷逼鍾王，不似女子手筆也。季滄葦記。」一在卷九五虢國夫人夜遊圖條上，云：「虢國夫人夜遊圖，余曾見之金吾大名王氏，云徽宗筆也。季滄葦記。」昌瑞卿（彼得）先生嘗撰此本書志，載國立中央圖書館館刊新一卷第四期，記之甚詳。

劉兆祐《四庫著録元人別集提要補正》第六〇至六三頁（台灣商務印書館民國六十六年本）

王文定公秋澗大全集一百卷　王惲　十六册

明　祁承㸁《澹生堂藏書目》（清宋氏漫堂鈔本）

秋澗先生大全集　四十一册　不全

元初太史王惲著，凡一百卷，闕八十二、八十三卷，并末册殘闕。

明　孫能傳《内閣藏書目録》卷三（清遲雲樓鈔本）

《秋澗集》一百卷，王惲。

明朱睦㮮《萬卷堂書目》卷四（清光緒至民國間觀古堂書目叢刊本）

王惲《世祖聖訓》，六卷。

清　黄虞稷《千頃堂書目》卷四（清文淵閣四庫全書本）

王惲《汲郡志》，十五卷。

清　黄虞稷《千頃堂書目》卷八（清文淵閣四庫全書本）

王惲《中堂事記》，三卷。

清　黄虞稷《千頃堂書目》卷九（清文淵閣四庫全書本）

王惲《守成事鑒》，十五卷，成宗即位時編進。

又《承華事略》，二十篇。

又《相鑒》，五十卷。

清　黄虞稷《千頃堂書目》卷九（清文淵閣四庫全書本）

王惲《玉堂嘉話》，八卷。

清　黄虞稷《千頃堂書目》卷一二（清文淵閣四庫全書本）

《廣説郛》之四十九卷《烏臺筆補》，王惲。

清　黄虞稷《千頃堂書目》卷一五（清文淵閣四庫全書本）

七十七卷《林評事三約》，王惲。

清　黄虞稷《千頃堂書目》卷一五（清文淵閣四庫全書本）

《古今匯説》之十八卷《古今書記》、《古今畫記》、《秋澗雜記》，俱王惲；四十一卷，《烏臺筆補》，王惲；四十六卷，《玉堂嘉話》，王惲；五十卷，《詛蠹魚文》。

清　黄虞稷《千頃堂書目》卷一五（清文淵閣四庫全書本）

王惲《秋澗大全集》，一百卷。

清　黄虞稷《千頃堂書目》卷二九（清文淵閣四庫全書本）

《首陽二賢祠碑》，王惲撰，王博文書，分書，至元十一年，蒲州。

《棲巖寺碑》，陳賡撰，王惲書，正書，至元十一年，蒲州。

《漢柏詩》，王惲撰，正書，至元二十一年，泰安。

《棲巖寺碑》陳賡撰，王惲書，正書，攸中孚篆額，至元十一年，永濟。

清　嵇璜《續通志》卷一六九《金石略》（清文淵閣四庫全書本）

《大開元寺建普門塔碑》，王惲撰，商挺書，正書，至元十六年，邢臺。

《天唐寺碑》，王惲書，正書，京師。

清　嵇璜《續通志》卷一七〇《金石略》（清文淵閣四庫全書本）

王惲《承華事略》，一卷。　惲字仲謀，東平人。世祖時官至翰林學士。

清　嵇璜《續通志》卷一六七《經籍考》（清文淵閣四庫全書本）

王惲《玉堂嘉話》，八卷。　惲見《史類》。

清　嵇璜《續通志》卷一七七《經籍考》（清文淵閣四庫全書本）

王惲《秋澗集》，一百卷。惲（惲）見《史類》。

清　嵇璜《續通志》卷一八九《經籍考》（清文淵閣四庫全書本）

元《秋澗先生王惲集》，一百卷，廿本，元板。

清　季振宜《季滄葦藏書目》（清嘉慶十年黄氏士禮居刻本）

《秋澗先生大全文集》，一百卷，元刊本。

元王惲撰，其子公孺編。延祐七年朝廷以其書關係政教，嘗經乙覽，移江浙行省給帑刊行。有王構、羅應龍序，公孺、王秉彝跋。

清　瞿鏞《鐵琴銅劍樓藏書目録》卷二二（清光緒常熟瞿氏家塾刻本）

玉堂嘉話　八卷淡生堂抄本

元汲郡王惲著。文瀾閣傳抄本，卷八頗有闕文，是本較爲完善，舊抄之可貴，以此板心有「淡生堂抄本」五字，自序至元戊子。

清　張金吾《愛日精廬藏書志》卷二五（清光緒十三年吴縣靈芬閣集字版校印本）

《玉堂嘉話》八卷，元王惲，守山閣本，金壺本。

清　張之洞《書目答問·史部》（清光緒刻本）

王惲《秋澗集》，一百卷，有傳鈔本，無刻本。

清　張之洞《書目答問·集部》（清光緒刻本）

玉堂嘉話　八卷墨海金壺本

元王惲撰。惲字仲謀，號秋澗，汲縣人。以薦歷官翰林學士，謚文定。《四庫全書》著録，倪氏《補元志·小説家類》亦載之，前有至元戊子《自序》稱：「中統建元之明年，不肖授翰林修撰、同知制誥、兼國史院編修官。」誥命、宣辭頗與定撰。再閲月，蒙二府交辟，不妨供職，兼左司都事，自後由御史裏行調官晉府，秩滿，復入爲翰林待制。於文章高下、典制沿革，朝夕饜飫，所得亦云多矣。因紬繹所記憶者凡若干言，輯而爲八卷，題曰《玉堂嘉話》。今觀其書，於當時制誥紀録特詳，當與宋周平園《玉堂雜記》均足垂一朝之掌故。而於前代故實，多録史所不載者，尤足以資考證。則體例又較周氏書爲賅備矣，特周氏書專記典故，而是書兼涉雜説，故不入之官制，而入之雜家焉。此本張若雲從文瀾閣本寫出，校梓，冠以《提要》一篇，其末卷原闕二十二行，竟無從據他本補完，爲可惜耳。

清　周中孚《鄭堂讀書記》卷五六（民國吴興叢書本）

《王秋澗大全集》一部四十二册。

明　楊士奇《文淵閣書目》卷二（清文淵閣四庫全書本）

元板秋澗集跋

《秋澗先生大全集》一百卷，目録五卷。元至治中，嘉興學刊本。前有至大春二月翰林學士承旨、中奉大夫、知制誥兼修國史王構《序》及構子王士熙跋，又秋澗庶子承務郎、同知磁州公儀跋，至治壬戌春孟嘉禾郡文學掾羅應龍書後，葉末有「右計其工役，始於至治辛酉之三月，畢於至治壬戌之正月」三行，又有「嘉興路司吏楊恢監督、嘉興路儒學學録余元第董工、前蘭溪州判唐泳涯校正」三行，後有其子公孺及王秉彝《後序》，卷首爲制辭及御史臺咨江浙行省刊板文，移次爲李謙、陳儼、劉敏中、劉遜、王德淵、劉賡、王約、韓從益、張養浩等慶賀哀輓詩文，及其子公孺所撰神道碑。卷一爲頌、賦，卷二至三十四爲古今體詩，卷三十五爲書、議，卷三十六至四十爲記，卷四十一至四十三爲序，四十四、四十五爲辨説，四十六爲雜著，四十七爲行狀，四十八、四十九爲傳、爲墓誌銘，五十至五十九爲碑銘，六十至六十一爲碣銘，六十二爲文，六十三、六十四爲祭文，六十五爲辭，六十六爲箴、銘、贊，六十七、六十八爲翰林遺稿、表牋、青詞，六十九、七十爲疏、約、上梁文，七十一至七十三爲題跋，七十四至七十七爲樂府，七十八至七十九爲《承華事略》、《守成事鑑》，八十至八十二爲《中堂事記》，八十三爲《烏臺筆補》，八十四爲論列事狀，八十五至九十二爲事狀，九十三至一百爲《玉堂嘉話》。是書爲其子公孺所編，有聞於朝者咨江浙行省刊行，行省委之嘉興學，故刊於嘉興。此本爲前明張孟弼舊藏，後歸季滄葦。至治迄今五百餘年，完善無缺，誠世所希有也。

清　陸心源《儀顧堂集》卷一九（清光緒刻本）

《王秋澗文集》一百卷。

清　錢謙益《絳雲樓書目》卷四（清嘉慶鈔本）

家夢廬翁記所見舊本書：《秋澗先生大全集》，《秋澗集》古鹽張氏藏有元刻本，是季滄葦藏，後有滄葦硃筆標識并印記，二十年前同家□□訪主人，得一見之。

清　錢泰吉《甘泉鄉人稿》卷九（清同治十一年刻光緒十一年增修本）

王惲《秋澗集》，一百卷，二十本。

清　錢曾《錢遵王述古堂藏書目録》卷七（清錢氏述古堂鈔本）

各路儒學本

至治壬戌二年，嘉興路儒學刻《王秋澗先生全集》，一百卷，見《張志》舊抄本、《陸志》、《陸續跋》明翻宋本。

清　葉德輝《書林清話》卷四（民國郎園先生全書本）

元時官刻書由下陳請

元時官刻之書，多由中書省行江浙等路有錢糧學校贍學田款內開支。有徑由各省守鎮分司呈請本道肅政廉訪使行文本路總管府事下儒學者，有由中書省所屬呈請奉準施行，輾轉經翰林國史院、禮部詳議照準行文各路者。事不一例，然多在江浙間。今據各書存於今者考之：其由國子監呈本監牒呈中書省行浙東道宣慰使司都元帥府分派本路儒學召工開雕者，如至元三年慶元路之刻《玉海》二百卷是也。其由翰林國史院待制應奉編修各官呈本院詳準呈中書省劄付禮部議準，仍由中書省行江浙等處行中書省下杭州路西湖書院開雕者，如至正二年杭州路之刻蘇天爵《國朝文類》七十卷是也。其由各路守鎮分司司官議牒呈由本道肅政廉訪使司照準，委本路儒學教授校勘者，如至正二十五年江南浙西道肅政廉訪使司據平江路守鎮分司司官僉事伯顏帖木兒嘉議牒之刻吴師道重校鮑彪注《戰國策》十卷是也。其由各道廉使議牒呈由本肅政廉訪使司移文本路儒學開雕者，如至正五年江西湖東道肅政廉訪使司准本道廉使太中議牒，移文撫州路總管府行本路儒學刊行虞集《道園類稿》五十卷；至正丙戌江北淮東道肅政廉訪使准本道廉使王正議牒，行本路儒學刊板蕭𣂏《勤齋集》八卷；至元二年婺州路總管府經歷司鈔録到浙東海右道肅政廉訪司經歷司準經歷張登仕牒請，移文本路儒學刻金履祥《論語集注考證》十卷；又至元五年江北淮東道肅政廉訪司準本道廉使蘇嘉議牒，移文揚州路總管府照行江淮儒學刻馬祖常《石田文集》十五卷；至正九年江南浙西道肅政廉訪使司準本道僉事哈剌那海議牒，移文嘉興路總管府照驗行各路儒學刻劉因《静修先生集》三十卷是也。其由御史臺據監察御史呈中書省送禮部議準，仍由中書省行各道發本路儒學刊行者，如至正八年御史臺呈中書省，據監察御史段弼、楊惠、王思順、蘇寧等呈行禮部議准行江浙各路刊行宋褧《燕石集》十五卷；至治辛酉壬戌，御史臺呈中書省，據監察御史呈行禮部議準行江浙或江西行省刊行王惲《秋澗先生大全文集》五十卷是也。其由集賢院呈中書省，劄付禮部議準諮各處行中書省本路刊行者，如延祐五年江西等處行中書省發下所轄各路儒學梓行郝文忠《陵川集》三十九卷是也。然亦有由中書省奉聖旨徑下江浙江西發刊者，如至正五年刻遼、金二史，其前有牒江浙行中書省文云：「準中書省諮右丞相奏，去歲教纂修遼、金、宋三史，令浙江江西二省開板。就彼有的學校錢内就用，疾早教各印造一百部，欽此。」見《孫記》、《錢記》。六年刻《宋史》，前亦有此公牒云：「精選高手人匠就用，賫去净槁，依式鏤板，不致差訛。所用工物，本省貢士莊錢内應付。如果不敷，不拘是何錢内放支，年終照算。仍禁約合屬，毋得因而一概動擾違錯。工畢，用上色高紙印造一百部，裝潢完備，差官赴都解納。」見《陸志》。蓋此乃奉旨特修之書，故非由屬下議刻之件所得比例。然吾因此見元時江南學田之贍足，而諸人呈請發刻，亦未免各有所私。觀其呈刻别集如此之多，是亦近于濫費也已。

清　葉德輝《書林清話》卷七（民國郋園先生全書本）

草莽私乘

一卷舊鈔本

南邨陶宗儀鈔輯。

是書所録胡長孺、王惲、許有壬、虞集、劉因、李孝光、金絅、楊維禎、林清源、龔開、周仔肩、揭傒斯、貢師泰、汪澤民十四家忠孝節義之文二十篇。内有壬撰《文丞相傳序》，開撰《文丞相傳》、《陸君實傳》輯陸君實輓詩序尤輝炳簡册。宗儀，字九成，黄巖人。元末舉進士，不第，洪武中出爲學官。《明史》入《文苑傳》。《私乘》手稿藏王弇州家，蒙叟訪之不得，從江上李如一鈔得之，并識一跋。黄蕘圃《士禮居題跋》云：「《私乘》存公道，鴻文二十篇。綱常留大節，草莽示微權。感慨宋元際，表揚臣妾賢。讀之如有愧，掩卷淚淒然。」

清　丁丙《善本書室藏書志》卷九（清光緒刻本）

《中州名賢文表》三十卷舊鈔本

明劉昌編。

昌字欽謨，吴縣人，正統乙丑進士，歷官河南提學副使，遷廣東參政。是編所輯者：許衡六卷，姚燧八卷，馬祖常五卷，許有壬三卷，王惲六卷，富珠哩翀一卷，各有原書碑志銘傳等篇附於後。內姚集五十卷、富集六十卷久已不傳，賴此尚存崖略。前有成化七年昌自序，蓋官河南時所輯也。

清　丁丙《善本書室藏書志》卷三九（清光緒刻本）

《玉堂嘉話》八卷

元王惲撰，明刊全集本，抄全集本，守山閣本。

清　丁仁《八千卷樓書目》卷十二（民國本）

《秋澗集》　一百卷

元王惲撰，弘治河南刊本，宋賓王景元抄本。

清　丁仁《八千卷樓書目》卷十六（民國本）

繪刻《承華事略補圖》告成恭進摺

光緒二十二年七月初三日

竊臣於光緒二十一年十月二十六日在署兩江總督任内接準南書房公函，欽奉發下御筆題籤内府鈔本《承華事略》一本，又南書房《奏蒙欽定提要》一篇、《凡例》一篇、《圖説》一分，原《進表》一道并傳面奉。諭旨：「著即由南書房詳具公函發交兩江總督張之洞付蘇州書局照説畫刻，并《提要》刻入，俟刻成時仍解交南書房。欽此。」臣謹案：元王惲《承華事略》凡二十篇。三十九圖始於廣孝，終於審官。其著書緣起，雖爲豫教而設，然所舉諸大端胥，關至德要道，千古帝王治平之要，實不外乎此。其標目較焦竑《養正圖解》爲典要，其立説視張居正《帝鑑圖説》爲雅馴。特是寫本雖存，原圖久佚。今蒙敕發補圖、刊印釐爲六卷，以還舊觀，增入一圖，以協成數。仰見我皇上，稟承懿訓，尊養承歡，以孝治爲本原，以典學爲急務，於稽古右文之盛舉見問，安視膳之肫誠。至其餘十九篇，備陳主德治道之要，無一不仰契宸衷，故但求其迹，則類乎《保傅》之篇，而善取其義，則無異《帝範》之作。昔唐太宗謂考古事之得失，如以銅而爲鑑；宋蘇軾謂覽前賢之奏議，如和藥以成方。即茲法戒之昭垂，仰見緝熙之日懋。祗承之下，欽頌莫名。臣當即欽遵發下式樣、次序，派委湖北試用知縣寶豐恭領原書，就近在江寧書局敬謹督工繪刊，以便臣隨時督察，審定一面，選訂蘇州、上海等處善畫之士。照説繪圖，每一圖爲之疏解大意，考究歷代衣冠、器物、制度，審度事情，配合景物，酌定章法。惟圖式皆甚古雅精細，時工殊難措手，必須十餘日方能成一圖。每定一圖，又必須數易其稿，詳慎將事，不敢稍涉疎率。臣本年春初奉旨回湖廣本任，各畫士皆蘇滬之人，不願赴鄂而繪刻諸事。又需人照料，因查在籍翰林院編修費念慈，學問淹雅，考古功深，并能精通畫理。該編修現居蘇州，當令委員帶同畫士赴蘇州書局，接續辦理，函託費念慈就近督催、考訂所有圖樣，隨時函商酌定，期於盡善。至刻圖之工，較刻字爲難疊，在廣東、蘇州、揚州、上海、湖北選募數十人，擇其目力、手法尤佳者，僅得數人。一人之工，須二十餘日方能刻成一圖；經費念慈悉心校勘，隨時指授、訂正，稍有出入，即令改畫、改刊，種種周折，以致多需時日，未能迅速蕆事，惶悚實深。兹幸各工一律告竣，恭校刷印裝訂成册，計木刻二百部，又以石印精細，另印二百部，以備一格，合共四百部，并内府鈔本原書一併恭繳其南書房，發出《提要》、《凡例》、《圖説》進表原件，暨此次刊刻版片，亦即隨同繳還，備查。飭委原派督工委員、湖北試用知縣竇豐賫送南書房，恭呈御覽。在王惲原書，以叢殘遺帙，得蒙聖上表章補繪，刊布昭垂，實爲榮幸。而此編常供乙覽，其古雅莊嚴，有裨治道。較之禮壂武梁之畫象，豳風無逸之成圖，洵足媲美於千古矣。

清　張之洞《張文襄公奏議》卷四四（民國刻張文襄公全集本）

王秋澗文集

明　晁瑮《晁氏寶文堂書目》（明鈔本）

王惲秋澗集一百卷

明　焦竑《國史經籍志》卷五（明徐象橒刻本）

王秋澗神道碑跋

《文定神道碑》爲其子公孺所自述，附見《秋澗大全文集》，而石刻已不存矣。明弘治辛亥，華容王府君儼守衞輝，拜于墓次，慨然興前哲之慕，重爲勒石，而復其祠，清其地，穹碑焕然。嗚呼！羊叔子自佳耳，亦何豫人事。今世之長民者，安得古道如斯乎？三復華容題後，不禁憮然。

清　全祖望《鮚埼亭集》卷三八（四部叢刊景清刻姚江借樹山房本）

元翰林學士王文定公神道碑跋

《王文定公神道碑》爲其子公孺所纂，文附見《秋澗大全文集》，而石刻已不存矣。明弘治辛亥，華容王府君儼守衛輝，拜於墓次，慨然興先哲之慕，重爲勒石，而復其祠，清其地，穹碑焕然。嗚呼！今世之吏聞之，殆將以爲羊叔子自佳耳。然亦何與人事，安得古道雅懷如此者乎？三復華容題後，爲之憮然。

清　全祖望《鮚埼亭集外編》卷三五（清嘉慶十六年刻本）

秋澗樂府

《秋澗樂府》：《鷓鴣天·贈馭説高秀英》云：「短短羅袿淡淡妝。拂開紅袖便當場。掩翻歌扇珠成串，吹落談霏玉有香。　由漢魏，到隋唐。誰教若輩管興亡。百年總是逢場戲，拍板門錘未易當。」「馭説」即説書，此詞清渾超逸，近兩宋風格。

清　況周頤《蕙風詞話》卷三（上海古籍出版社二〇〇九年版）

酬贈哀祭之屬

諸賢慶壽哀挽詩 並序

壽七十詩卷序

翰林學士、知制誥、同修國史秋澗王公，自□□□□文聲。予方弱冠時，人有持公詩文至東平者，予讀之，以未及識面爲恨。中統建元，始遂願見。未幾，□被召至京師，時一款接，情相好也。既而，予求養□□□成契闊。至元十二年，予應奉翰林文字，復□歲，公入爲待制，玉堂多暇，日得考古論文，知其所未知，聞其所未聞，爲樂可勝慨哉？予賦分涼薄，公尋又舍去，出貳提刑按察，雖聲問數相及，十五年間，僅一再會晤。迨予移疾返鄉里，而公膺璽書之召，予亦蒙誤恩趣還，寓舍頗相遠，自非公集，率不得相過，□□用惘然。公長予六年，今平頭七十，神明不褢，事理至精熟，下筆作文，不減平昔。

至其論古今利害，援引□據，有條不紊。每賓友期集，未嘗後約而至，步履輕便，不事杖策行，且曳之而鏗然作聲。院屬聞之，知爲公□矣。少日多飲酒，近歲浸復不喜，遇良辰嘉會，驩得意適，猶能滿引舉白，至數杯不亂。子賢孫孝，以學問世其家，晚景泰然，順適所欲，壽祉方隆，未有涯也。子著作公孺置酒爲具，稱觴上慶，諸公例作詩稱頌。予謂公孺言：「七秩之壽，未足爲君家公賀也。中公膺束帛之招，衛武公作詩箴警之，曰『會當副士林之望』，是席也，姑爲贊諫張本云。」元貞二年夏五月，東平李謙序。

詩

閻承旨

七十人生福壽隆，耆英纔入畫圖中。耆英會，七十方入。靜吟秋澗雲泉綠，安步花磚曉日紅。玉樹芝蘭方秀發，詞源筆力愈清雄。鹿庵慎獨傳芳泒，會見遐齡繼兩公。

王鄗山

文衡始自文康公，敬齋鹿庵聲望隆。共城三五稍後出，秋澗早直蓬萊宮。外華慶赴延英召，下筆咸推言語妙。邊臣獎諭相臣麻，百粵三韓同答詔。烏臺初立公選掄，輟之持憲材益伸。宗祏不嚴考工罪，忠言亹亹達楓宸。繡衣山東又河北，民不媮浮吏姦戢。累陟進上青宮圖，玉裕淵沖垂典則。出處平生唯自足，使節何堪上閩蜀。搜窮學海思遒贍，練多世事璣圓熟。天朝養賢恩禮殊，中統而後元貞初。東門賜金開祖禊，西園東帛隨徵書。重來也尊年未老，積行堋中外敷藻。鉤深輯略乎編研，謹而月之仍細考。共山不煩頻勒移，耆英今日非公誰。九十司徒昔嘗有，康强七十歸豈宜。晚生幸際扶摇便，前輩風流親接見。中州元氣三數公，介壽同饗公堂燕。

楊損齋

方平家世有公賢，三壽纔行七十年。秋澗未容歸舊隱，瀛洲方且會羣仙。向來政事流遺愛，此去文章論正傳。我幸巷南瞻巷北，時時訪問得周旋。

陳北山

秋澗仙翁年七十，五色筆頭百鈞力。應龍淵潛忽天飛，白日湧雲轟霹靂。須臾雨止風亦霽，萬頃淪漪舞秋碧。真書透紙錐畫沙，行草入神綰驚蛇。胷中政有不平事，搦管一掃無邊涯。平生六籍不去手，刊落枝葉收菁華。世無公是有公器，跳出百家成一家。癸巳之秋皆赴召，晚生何堪從諸老。長楊館裏共瞻芙，承明廬中同視草。別公南去五閱春，邇來拜公情理親。公雖引年乞謝事，看公神觀老益振。當年上壽客滿座，奉觴迭起爲公賀。犀軸綺語光陸離，紙尾掛名惜欠我。八十行及李東軒，九十會到鹿庵年。願從期頤數滿千，我亦預備長生篇。

王鹿泉

蚤歲聲華便軼羣，學優不輟向來勤。兩宫垂顧逢千載，三世讀書萃一門。蘭省柏臺留讜論，玉堂金馬煥雄文。平頭七十無多賀，會見諸孫子又孫。

故翰林學士秋澗王公哀挽詩序

内翰秋澗公謝事之明年，終命於家，春秋七十八，寔大德甲辰六月辛丑也，儆聞之，悼心失圖彌日。曩自幼挹公盛名，知衛有三王與吾魯有四傑，並嘗求其所爲文諷誦之，愛其氣格雄拔，不窘近世繩尺。每以不獲摳衣趍隅一問津焉爲疇昔恨。既而，公提憲山東，按部過鄆，始遂一拜履約。輒辱折行輩以待，聽其論説古今文字，淵淵浩浩，有源有委，如法家議獄，絲髮不少貸，一歸公是而止，使人胷中之滓都盡，嚮來瓣香，於是爲贈。爾後參商相望，瞻拜弗獲，徒有「江空歲年晚」之歎。壬辰，同被召詣，公車入見世祖皇帝于上林苑。癸巳，又同拜北扉之命，甲午，抑又同在史局纂修《世祖皇帝實録》。幸哉！

日得聆謦欬，備雍諾，惠教弘多。尋儼移病歸，及再入奉常，公已登七秩矣。乃出諸名勝賀章見示，且命追補前作，爲賦七言長句，公過爲激賞。辛丑，拜章引年甚力，朝議以公三朝耆宿，特命進秩二品，且授子公孺鄉郡府推以便養，仍官孫笴秘書郎，以寵其歸，恩至渥也。比哀問至京師，搢紳之流皆失聲，相謂曰：「玉堂東觀寧復有此翁邪？」往往見諸哀誄，是則哀生文邪？文生哀邪？詞之有七哀八哀，豈容已邪？一日，公孺走書，需予引篇首。儼以公宏才碩學，揚歷清華，殆四十年，其事業顯顯，着人耳目之表，庸何俟贅言哉？惟公嗜古力學，凡所未見書，訪求百至，必手爲謄寫，老大尤篤，視盛孝章爲無讓。平生詩文幾四千篇，雜志總八十卷，方易簀，始停筆。其勤可謂至矣！其振耀來世宜矣。嗚呼！儼從大人先生游能幾時？乙未紫山胡公卒，丙申苦齋雷公卒，祇惟公一個焉。今又卒，嗟後生小子於何考德問業焉？少陵所謂「長嘯宇宙間，高才日凌替」，豈不重可哀邪？迺擬楚騷之亂，以抒余哀。其詞曰：

太行壁天兮，横亘坤維；篤生偉人兮，企其齊而。鞭赤龍兮駕白霓，凌倒景兮滅沒其可追。決疏雲漢兮，黼黻明時；渾渾灝灝兮，孰闚端倪。雄咮一鳴兮喑萬雌。滋塵埃野馬之一瞬兮，浩江河之獨馳。嗟形蜕而神往兮，逝者如斯。與造物者爲徒兮，萬萬古猶一朞。大冠如箕兮，珮玉陸離。耿音容之在目兮，眇一去而不復來叶。顧四方上下安所止兮，雖巫陽九招竟奚爲。諒冥冥或昭昭兮，知邪弗知。哀鐸有詞兮，尚以聲吾悲。

陳儼斂衽拜

學與天淵博，名隨事業新。文章早無敵，字畫晚逾神。冥躅追前哲，遺芳澤後人。獨憐秋澗月，猶照玉堂春。

劉敏中斂衽書

司馬凌雲氣逼真，廣川精學道爲隣。文章館閣三朝舊，富貴兒孫八十春。醴酒常存沾講舌，内帑特賜表詞臣。歸來勘破浮生夢，白玉樓成筆愈神。

劉遜頓首書

文章字畫世争傳，四海飛聲自早年。冠豸一方驄馬使，腰犀二品玉堂仙。承家素學兒孫貴，謝事清朝壽福全。零落山丘懷謝傅，西州門道獨潸然。

王德淵載拜

儒林宜有傳，汗竹藹餘青。筆陳如飛電，詞源若建瓴。方登羣玉府，遽憶湧金亭。欲扣平生學，撞鍾愧寸莛。疇昔聞淇上，三王藉有聲。共推天下士，獨擅斗南名。吾道光昭代，斯文屬老成。玉堂佳話在，一讀一傷情。中統文明治，都司政事堂。寵分鰲禁燭，名重柏臺霜。空谷藏遺稿，餘哀寄挽章。鳳毛今有子，染翰侍君王。

劉賡瓣香書上

嗟哉秋澗公，立志恒矯矯。文章尤苦心，傑出千仞表。公之筮仕初，庶務猶草草。每以正自期，臨事無大小。閩中憲節回，淇上風煙好。徵書下九天，鑾坡須故老。一旦皤然歸，群情惜其早。餘慶及後裔，心事粗能了。生平英靈氣，因風入冥杳。明月太行巔，詩名同皎皎。

王約頓首

德業中朝望，文章蓋代名。誨人循善誘，接物極推誠。春露傳家記，洄溪別墅銘。殁寧無少恨，三世荷恩榮。

表弟韓從益再拜

縱横筆陣知無敵，如將升壇拜韓白。先登劘壘特勇夫，投石翹關乏風格。黄金端可鑄鴟夷，坐困强吴霸全越。文場自有萬人英，豈尚虚浮棄真實？唐興繼代重詞科，往往篇章見家集。世衰鼠尾競喧啾，天下幾人能事畢。王公才敵異徹侯，悄焉夜壑藏虚舟。倏焉有力負之去，不讓横槊劉并州。勢如偃屋建瓴水，熟如平地馳輕輈。味如調羹夏鼎鬻，温如器琢崑山璆。平生無意修邊幅，丈室凝塵勝華屋。詩腸耿耿少陵心，經笥便便孝先腹。豸冠繡斧滌源清，視草判花隨意足。南歸鄉里未揮金，寂寞荒阡竟埋玉。獨存秋澗大全文，來者相傳誦芬馥。

至大改元春三月望日洛客暢師文再拜

束髮躭經晚益勤，平生精力盡斯文。先朝十老今餘幾，當代三王獨數君。李賀屢煩韓愈駕，羊曇空阻謝安墳。玉堂寥索人何在，落日淇川滿白雲。

濟南張養浩拜手

（以上元刊明補本《秋澗先生大全集》卷首）

壽王學士秋澗七十

王磐①

蚤歲聲華便軼羣，學優不輟向來勤。兩宮垂顧逢千載，三世讀書萃一門。蘭省柏臺留讜論，玉堂金馬焕雄文。平頭七十無多賀，會見諸孫子又孫。

顧嗣立《元詩選》二集卷五

【校】

①哀挽詩中作者題爲「王鹿泉」，《元詩選》作「王磐」，按，王磐卒於至元三十年（一二九三年），時王惲壽未及七十。蓋混淆「鹿庵」、「鹿泉」故也。

王仲略之子持卷求詩

元　胡祗遹

仲希能尚友，遺山善忘年。草聖新樂章，子孫宜世傳。邇來風俗薄，情以勢利遷。漠然見父執，手澤隨棄捐。仲略吾世契，有子乃爾賢。迄今四十年，墨光猶炯然。秋澗題訓辭，廣文贈佳篇。不鄙賤衰朽，千里來乞言。乃伯辭理盡，援筆還自憐。願言通家好，世世金石堅。

《紫山大全集》卷二（文淵閣四庫全書本）

寄答王仲謀

元　胡祇遹

心交義已重，世契情尤親。結髮相追隨，歲年偕七旬。所學與踐履，言行頗同倫。俯慙太疎懶，仰慕能精勤。文章妙天下，更欲名千春。讀書老益壯，立言日求新。客來辱佳什，字字希世珍。日長正昏睡，拜誦整冠巾。勤厚思報復，握筆不能文。南望徒引領，青山生暮雲。

寄答王仲謀

元　胡祇遹

大器天留欲晚成，斯須齟齬不須驚。雄風未振排雲翅，健筆先馳後世名。俗狀塵顔人北鶩，閒窗高枕日東生。何時淇水西邊路，杖屨相從話此情。

塔吉甫透月嶺仲謀作記并詩

元　胡祗遹

久聞塔氏蓄奇峯，一記形容在目中。奄魯跨齊盤泰岱，千巖萬竅倚崆峒。蒸騰雲雨神功具，限隔晨昏氣象同。正笑莊生齊小大，又從絶頂月生東。

《紫山大全集》卷三（文淵閣四庫全書本）

答仲謀見贈

元　胡祗遹

打門人寄故人詩，瀟灑高情絶妙辭。荏苒三年成久别，慇懃千里慰相思。清朝未遂同升願，絶世能無奮迅時。門外寒泉籬下水，莫教生滿鏡中絲。卷懷長策樂田園，山擁垣籬水遶村。茅屋倚雲詩獨詠，楓林月落鳥争喧。器閒圭璧人皆惜，敬起鄉閭道愈尊。祥覽相看好兄弟，可能遲久掩柴門。

寄王秋澗

元　胡祗遹

前歲同舟曉渡江，歸來相繼月餘强。平生進退常相似，老去功名有底忙。喜見童孫能灑掃，厭逢新進問行藏。求田負郭方今遂，春暖安排手植桑。

客至誰嗔少送迎，鄉隣子姪要傳經。望前失後嗟昏耄，數墨尋行甚典型。執卷真成村學究，隔窗羞見夜飛螢。休言稽古全無力，不負當年汗簡青。

錦繡文章下筆成，甚無一字落柴荆。青春得意新桃李，白髮相看老弟兄。一世愛君心不淺，百年見我眼偏明。從今酧唱無虚日，一字當留萬古名。

衰老無能得退休，有時往事上心頭。居官合盡人臣禮，過慮常無天下憂。習氣不除還自笑，多思無補竟何求。高情四海王秋澗，幽谷鳴琴幾獨遊。

《紫山大全集》卷六（文淵閣四庫全書本）

跋仲謀提刑家訓圖

元　胡祗遹

道一也，駁雜者自分之；尊無二上，汚下者自卑之。太史公以儒雜九流，漢室遂以王道覇術相雜。公孫弘以儒術飾吏事，法律爲《詩》、《書》，自汚雜也。近世遂以「庸俗儒吏」並稱，又曰「儒吏兼通」。《周官》「胥」「史」供給呼召指使，代筆簿書，督責期會而已，非二岐也，非並肩也。先生當金室垂亡，進則不可，隱德于法律，脱免里胥之侵凌，處心行己，則儒者也。諸公贊稱，非知先生者也，不可以不辨。某頓首謹題。

跋王提刑書

元　胡祗遹

明白開朗，如青天白日；豈弟樂易，如惠風時雨；正大流行，如長江大河。

《紫山大全集》卷一四（文淵閣四庫全書本）

大農掾欒子英求詩

元　姚燧

吾友秋澗兼高廬，詩稱子英發菆塗。履霜兩楹草已宿，顔色不少平生殊。先軫歸元如生面，處父死敵固堪羨。慙德參乎啓手足，淵冰要見兢兢戰。卒絶欒盈遥遥孫，傳芳簪居終懿門。尚期千古骨不腐，血肉未敗何須論。三君將成孝子志，皆借毛潁傳其事。泉臺長卧誠有知，洛誦雄篇凛生意。

《牧庵集》卷三三（武英殿聚珍版叢書本）

跋東平張氏所藏諸賢墨蹟

元　程鉅夫

右自遺山至王詳議尺牘凡十四家二十七紙，皆張氏所藏也。觀尚書公所與，不問可知其賢。僕於卷中，獨恨不及奉公與遺山杖屨。若左山、鹿庵、復齋、弘道、子勉、秋澗諸賢，皆嘗從容左右。而鹿庵，上俾與游者也。嗚呼！前輩落筆見心，無有避飾。僕於此卷，深有所感。毋謂尺牘，實足爲世道升降之驗。惟子勉有一紙，疑其家人小子所書，識者必能辨之。仲端能世其家，亦不多有。僕因興感并志喜云。廣平程某。

《雪樓集》卷二五（文淵閣四庫全書本）

王秋澗先生挽詞二首

元　程鉅夫

六藝流名舊，諸生屬意深。雄文探虎穴，妙墨過雞林。不朽絲綸重，無端齒髮侵。故應持斧日，早有掛冠心。

解瑟清王度，馳環聚老臣。江關聲氣合，輦路笑言親。去住猶如夢，存亡已隔塵。獨餘秋澗水，顧影一傷神。

《雪樓集》卷二八（文淵閣四庫全書本）

王秋澗哀挽

元　劉敏中

學與天淵博，名隨事業新。文章早無敵，字畫晚逾神。冥躅追前哲，遺芳澤後人。獨憐秋澗月，猶照玉堂春。

《中庵集》卷三（清抄本）

江浙釋總統雪嵓名沙喇卜西蕃人讀儒書喜與吾屬游嘗以名香會王秋澗傅初庵雷苦齋賈頤軒閻靖軒五老號清香會四老賦詩秋澗作序大德辛丑由杭來京師將往秦凉二州葺其師塔臨行會諸公於君逵之家予始識焉求詩爲書二絶句

元　劉敏中

吴越名山已遍尋，秦凉孤塔動歸心。乾坤萬里如來海，却向詩人覓賞音。

飛錫臨將遠入秦，回頭一笑更情親。定知許我歸來日，也作清香會裏人。

《中庵集》卷五（清抄本）

寓齋銘 並序

元　劉敏中

人之好有甚異者，察其意之所在，而好可知矣。陶潛愛琴，不施徽絃，曰：「但識琴中趣，何勞絃上聲。」潛之意，在乎識趣，不在乎琴，而寓之琴也。支道林喜畜名馬，人問其故，曰：「吾自愛其神俊。」道林之意，在乎神俊，不在乎馬，而寓之馬也。燕人張文季有高識，晦迹自娱，而惟古器、古物是好，真收僞黜，日得日奇。客至觀焉，指示之曰，此爲夏、爲商、爲周，此作于某代、某歲、某氏，則其喜躍然如生其時，覩其人，親炙其風烈，而忘其千載之下也。嘻！文季之意在乎古矣，器物云乎哉，則亦陶之琴、道林之馬耳。秋澗翁以「寓」命其齋，宜矣。文季徵余言，喜爲之銘。銘曰：

百年之寓，形之役兮；千古之寓，心之適兮。誰能以千古之適，而忘其百年之役者，吾與之匹兮。

《中庵集》卷一九（清抄本）

與高經歷

明　歸有光

翰林待制劉德淵墓表，學士王惲撰，在城西西丘里程家灣。隱士林起宗墓碣，在城西南永安村東一里，蘇天爵撰。都尉墓，在縣西南十五里，有古塔刻馮氏族姓。已上三碑乞訪問，每榻二本見惠。

《震川集》別集卷八（四部叢刊影康熙本）

白蘭谷天籟集序

清　朱彝尊

明寧獻王權譜元人曲，作者凡一百八十有七人。白仁甫居第三，雖次東籬、小山之下，而喻之鵬摶九霄，其矜許也至矣。予少時避兵練浦村舍，無書，覽金元院本，心賞仁甫《秋夜梧桐雨》劇，以爲出關、鄭之上。及纂唐、宋、元樂章爲《詞綜》一編，憾未得仁甫之作，意世無復有儲藏者。康熙庚辰八月之望，六安楊秀才希洛，千里造予，袖中出《蘭谷天籟集》，則仁甫之詞也。前有王尚書子勉序，述仁甫家世本末頗詳，始知仁甫名樸，又字太素，爲樞判寓齋之子。後有洪武中助教江陰孫大雅序，及安丘教諭松江曹安贊。予因考元人諸集，則匪獨遺山元氏與樞判衿契，若秋澗王氏、雪樓程氏皆有與白氏父子往來贈送之詩，蓋寓齋子三人，仁甫、仲氏也。其伯叔則誠甫、敬甫，敬甫官江西理問，雪樓送其之官有「思君還讀寓齋詩」之句，此亦敬甫昆友之父執矣。白氏于明初由姑孰徙六安，希洛得之于其裔孫某，將鋟木以行，屬予正其誤，乃析爲二卷，序其端。

《曝書亭集》卷三六（四部叢刊影康熙本）

處士甄君墓碣銘

元　宋本

應奉翰林文字真定蘇天爵伯修父，持所著《處士甄君行狀》求銘其墓。曰君鄉之先達，諱昌祖，字茂先。師侍其先生軸，交秋磵（澗）王公惲。俾天爵狀以謁銘予者，其子恒志也。銘曰：

舜胄氏甄代遐邈，君世有繫遠益略。茂先昌祖字諱錯，無極徙恒遂地著。曾祖公亮德潛爍，祖讓事金刺嵩洛。考用致位民部幕，妣劉繼王淑相若。君讀六經得大約，母王瀡瀡老致樂。築亭訪山在負郭，木石與居隱操褰。師軸友惲敬不謔，言倍過行期救藥。

經史傳集浩以博，重屋丌册示尊閣。修名皭然日孔灼，蜀憲聘掾以養却。戊申月正體魄落，歲六十二瘗諸佫。儷代之王賢以婕，亂恒補吏晉臯擢。女章孌兮死未妁，子孑克敏齒踰弱。王侯不事斯道卓，斡母之蠱子職恪。懿君學《易》協準矱，顧親小禄辭不諾。惟古逸遺名不鑠，賴士載辭傳磊硌。抑本茲銘不已作，誰之言者蘇天爵。

《元文類》卷五五（四部叢刊影元至正本）

深牧庵日涉録

明　蕭士瑋

廿六同次公、季公過楊寨，雲觀子乙罣，特達之極，人不敢以用器狎之。又商金熊尊頣隱肩高，貌類支離，筋肉怒張，骨毛俱僨，高三寸餘，作半跽狀。最後出梅道人竹卷跋，有「氣雖傷而益壯身，因病而增奇」之語。《五鯉圖》上題徐熙二字，道君瘦筋書也。恨其不作凶波怒濤，令人見之神思清壯，僅貫以柳枝鮮秀倩美，徒佐朶頣之觀耳。有皇長姊印，王秋澗、馮海粟二詩。

明　賀復徵《文章辨體彙選》卷六四〇（文淵閣四庫全書本）

元女子有詠《九張機》者，中一首云：「四張機，鴛鴦織就欲雙飛。可憐未老頭先白。春波碧草，曉寒深處，相對浴紅衣。」此與王秋澗之《平湖樂》、邵清溪之《憑闌人》，不便與詞並傳者也。而女子之黠慧可想矣。《樂府雅詞》

《御選歷代詩餘》卷一一九（文淵閣四庫全書本）

燕之筆，霜雪穎也。勁而莫爲屈。勁，艱於如意。手指既據，致牽其臂而爲用。然不數日鋒方練，布畫愈精。《秋澗集》

元時張進中者，字子正，都城耆老，善製筆。管用堅竹，毫用鼬鼠，精鋭宜書。吴興趙子昂、淇上王仲謀、上黨宋齊彦皆與之善，尚方時有所需，非進中製不用也。每自持筆以入，必蒙賜酒，今京師未聞以善筆名者矣。

《日下舊聞考》卷一五〇（文淵閣四庫全書本）

李氏宗支圖石刻

元李謙，號野軒，累官翰林學士。弟志和，爲道士，號元希真人。行真爲僧。至元七年，石刻宗支圖及兄弟分受三教詩，今多剥落，翰林學士王仲謀、陳儼俱有詩。《舊志》：遺宅在上街之西。

清　覺羅石麟等《（雍正）山西通志》卷六〇

元世祖皇帝至元二十六年十一月，蘇州提刑按察使王惲次臨平赤岸。《秋澗集·長至日次赤岸》詩：「扁舟下餘杭，遠客逢佳節。呼童起四更，理棹未明發。燈前一杯酒，持飲聊自悦。江行官有程，責重敢中輟。此身得安舒，行止聽驅策。去冬一陽生，露寢樂良夕。錫茶雖草草，初不失家食。今年赤岸亭，野宿雜亂聒。鄉關天一涯，雲水幾重隔。殘年無定居，糊口走閩越。春焉不無情，念久意爲惻。兩舷暗浪喧，拍拍若嗚咽。寄聲紫山翁，此懷多不别。」原注：時任蘇州提刑。

大昌曰：《元史·王惲傳》「至元十四年，爲河南北道提刑。十九年春，改山東東西道提刑。二十六年爲福建閩海道提刑。」不載爲蘇州提刑年月。然詩中云「糊口走閩越」，則爲赴福建閩海道提刑任時。舟次赤岸，有徵矣。詩注云時任蘇州提刑，殆由蘇改官於閩歟？

又曰：史稱惲進《承華事略》，輔裕宗於東宫；獻《守成事鑒》，規成宗以經旨。凡莅提刑，必察繫囚冤滯而決遣之。戒戍兵無得寓民家。致君澤民，誠有元一代偉人也。

清　張大昌《臨平記續補遺》（武林掌故叢編本）

王仲謀、宋齊彦

王仲謀、宋齊彦與趙孟頫同時。王士熙云：「淇上王仲謀、上黨宋齊彦、吴中趙子昂，三家世皆稱善書者。」《元文類》

《御定佩文齋書畫譜》卷三七（文淵閣四庫全書本）

張進中墓表

元　王士熙

貴齒尊老之義，尚矣！古之有天下者，皆養之以求其言。居民間，則爲父師。生於治世，涵濡德澤，故保其生也無傷。更事知艱，故言之發也有則。厥後，三老董公，見舉大義之時；沛中父老，預歌舞成功之日，斯老者之著明于世者也。聖朝建都燕山，民物日富，八九十歲翁，敦茂龐碩，朝廷優之，徭役勿事，歲時得陞殿上，上皇帝壽。每大朝會，百官衣朝服，鞠躬以進，視班次唯謹，毋敢越尺寸。而諸耆老高幘博褐，從容暇裕，以齒後先，門者不加誰何。俟百官退，乃陟峻陛，承清光，歸而娛嬉井陌。或騎或步，更過飲食，和氣粹如。大駕出宫，則厖眉黄髮，序勾陳環衛間，見者咸曰：「樂哉！太平之民也。」張進中，居京師有年，耆老之一也。進中字子正，善爲筆。其爲筆也，管以堅竹，毫以鼬鼠，極精鋭宜書，人争售之。繇是四方咸知進中名，得其一者，以爲珍異。而尚方時有所需，非進中所爲者不用也。進中自持筆以入，必賜以酒。年益高，被璽書蠲其徭役。至八十以終，時延祐七年某月某日也，葬宛平縣岡村。妻某氏，子某。余識京師耆老多矣，所敬者，唯君及何失。失家善織紗縠，最能爲詩，充然有得，如宋陸務觀可傳也。日出買絲，騎驢歌吟道中，指意良遠。張君雅重厚，毅然有容，坐室中自珍其筆，有來求之者，目其貌非儒生，雖多予價，終不肯出其善者畀之。學士先生如淇上王仲謀、上黨宋齊彦、吴中趙子昂，皆與之善。三家皆世稱善書者，其知君良有以夫。今何君、張君相繼以隕，求似者未之見。嗚呼！生治世以樂其身，不必仕之及也；擅一藝以壽其名，不必文之多也。張君亦何憾焉？揭辭墓前，用以告來者。

《元文類》卷五六（四部叢刊影元至正本）

己丑送劉紹聞王仲謀兩按察赴浙右閩中任時浙憲置司於平江故有向吴亭句

白樸

擁煌煌雙節，九萬里入鵬程。愛人物、鄒枚文章，李杜海内聲名。相逢廣陵陌上，恨一樽不盡故人情。歲月奔馳，飛鳥交遊，聚散浮萍。出門一笑大江横，馬首向吴亭。看分路揚鑣，七閩兩浙，得意澄清。江山剩，供詩否，想徘徊南斗、避文星。留著調元老手，却來同佐昇平。

《天籟集》卷下（清鈔本）

跋雪堂雅集後

姚燧

釋統仁公見示《雪堂雅集》一帙，因最其目，序四、詩十有九、跋一、真贊十七、送豐州行詩九，凡五十篇。有一人再三作者，去其繁複，得二十有七人：副樞左山商公諱挺，中書則平章張九思，右丞馬紹、燕公楠，左丞楊鎮，參政張斯立，翰林承旨則麓庵王公諱磐、董文用、徐琰、李謙、閻復、王構，學士則東軒徐公諱世隆、李槃、王惲，集賢學士則苦齋雷君膺、周砥、宋渤、張孔孫、趙孟頫，御史中丞王博文、劉宣，吏曹尚書則夾谷之奇、劉好禮，郎中張之翰，太子賓客宋道，提刑使胡祗遹，廉訪使崔瑄，皆詠歌其所志，喜與搢紳遊者。求古人之近似，惟唐文暢，故柳送其行曰：「晉宋以來，桑門上首道林、道安、慧遠、慧休。其所與遊，謝安石、王逸少、習鑿齒、謝靈運、鮑照，皆時之選。」夷考其言，有失有得。其失者，以天官顧少連、夏官韓睪之徒，爲有安石之德、逸少之高、鑿齒之才，其不倫何啻相去千百而十一，又且近諛。其得者，文暢亦桑門上首，時不相及，方以林、安、遠、休，夫誰曰不然？與以靈運、明遠之文自居，皆無媿德。斯自唐視晉宋者也，自今而視唐，獨不可爲之比乎？柳之頌文暢，曰：「道源生知，善根宿植。脱棄穢累，宣滌凝滯。」施之仁公，亦聲聞稱情而不過者，然求如靈徹、澄觀、重巽、浩初、元暠、文郁、希操、深濬之流，與文暢生同其時，若是之多，則仁公爲獨行而無徒矣。又彼少連、睪者，豈足躅二十有七人之遺塵，而求安石、逸少、鑿齒之德之高之才，吾亦不能必其當者何人，況文乎哉？其敢以靈運、明遠自居，如柳州者，蓋不知其誰也？然此中予未之識四人，镇、琰、好禮、瑄然，已皆物故。其存者閻、李兩承旨而已，可爲人物眇然之歎。至大庚戌秋八月下弦日跋。

《牧庵集》卷三一（武英殿聚珍版叢書本）

《金石録》云：「元祐中，洺州治河，得之於土壤中，刻畫完好如新，然不言爲何人書也。」元王惲跋此碑，始定爲蔡邕書。都玄敬云：「碑今在廣平府學，後刻『尚書蔡邕』及『永樂七年』等字，乃庸妄人所加，心竊疑之。」江陰徐子擴嘗得舊刻，雙鉤其字，近以惠予，與此殊異。此云「勤紹」，舊刻作「勤約」云云。按《漢隸分韻》載此碑，「策」作「筞」，「勳」借「薰」，「巒」作「戀」，「奄」作「淹」，「孩」借「咳」，「蹤」借「縱」，「殲」作「韯」，「踊」作「邇」，字畫奇險，今不復見。玄敬、君房録此，俱從俗書，僅「薰」字、「淹」字、「縱」字從石本耳。

明　董斯張《吹景集》卷一四（明崇禎二年韓昌箕刻本）

遊水峪

雨沐山容曉更鮮，峪深行入洞中天。林間石碇傳經鉢，嶺碕雲封種玉田。世味酸鹹誰自信，人生聲利古難全。道人歸□宜諳此，抱石歸來煮夜泉。

明　謝庭桂《(嘉靖)隆慶志》卷十《藝文》(明嘉靖刻本)

王惲出逮繫

元王惲，至元中授平陽路總管府判官，太平縣民有陳氏者殺其兄，行賂緩獄，蔓引逮繫者三百餘人，至五年不決。朝廷委惲鞫之，一訊即得其實，乃盡出所逮繫者。

明　余懋學《仁獄類編》卷一七(萬曆直方堂刻本)

長清縣學

長清縣學在縣治東南，宋天禧二年縣令薛璘建。元至元乙酉，縣尹趙文昌重修，胡祇遹爲記。明永樂中教諭邢哲、成化丙申知縣朱琪、宏治六年知縣俞諫并修，縣人監察御史王温記。隆慶間，知縣劉啓漢修，增殿廡，崇禎末燬。國朝順治初，知縣吴道凝重建，知縣吕朝輔、李維翰、牛友月、楊文業、吴從仁、岳之領先後修復舊制，縣人徐繼曾爲記。崇聖祠，在廟東。明倫堂，元名樂育堂，縣尹趙文昌建，翰林王惲記，明易今名，成化丙申知縣朱珙重修。

清　成瓘《（道光）濟南府志》卷一七（清道光二十年刻本）

謁二賢墓詩

石高三尺一寸九分，廣四寸九分，王惲詩三行，行二十字。又丁約題記一行，行六十三字，均正書，今在永濟縣。

敬謁二賢林墓　王惲載拜

遠避東鄰虐，還遮北伐頻。讓賢生去國，扣馬死成仁。落日悲歌壯，東風紫蕨春。一饑雖可療，終媿是商臣。

易公孺來立石，凡留祠下二日。

碑前有元王惲題詩，按《元史》惲傳，惲嘗爲平陽總管府經歷。《永濟縣志》惲《登鸛雀樓記》：「至元壬申三月，來官晉府，因喜曰：蒲爲屬郡，季得乘驛檢劾。十月戊寅，奉堂移，按事此州。」今碑題《敬謁二賢墓》，必惲按事蒲州時作。

清　胡聘之《山右石刻叢編》卷一〇（清光緒二十七年刻本）

王惲題解池詩

碑縱橫皆一尺九寸，十三行，行字不等，行書，後題四行正書，今在解州。

至元癸酉夏五月廿三日，奉宣明詔至於解梁，得壁間王黄州所題《解池詩》，序云：「鹽池之大，自唐已來凡臨蒞者，無一辭以紀勝概。觀覽之際，憤然成章，或賦之者寔自予始。」竊有所感焉，因勉賦三詩以附驥尾之末，庶幾因公而使天下知有惲云。偕來者，府兵掾襄陵解禎，子翁孺侍行。州判張居仁喜予此詩，求刻于石，於是乎書。承直郎、總判平陽路事汲郡王惲謹題。

解梁城下解塩池，萬寶騰光奪日輝。我欲大觀窮化窟，乳泉一賦了天機。

日融池面爛生紅，更有南山障碧空。一夜高臺汗如洗，州人説是廣南風。

物之分留付後人，暗將風雅欲誰親。琨珠在側知形穢，尚友何妨賦後塵。

至元十年閏六月十三日立石。

進義校尉解州判官張居仁。

武略將軍解州知州張慶安。

武略將軍解州達魯花赤玉節。

蘇明模刊。

按，碑言「至元癸酉五月廿三日，奉宣明詔至於解梁，得壁間王黄州所題《解池詩序》」。按《元史》，至元九年，惲爲平陽路總管府判官。又惲《祭二賢祠記》云：「至元九年，惲自御史來官河東，以是年十有一月，案部至蒲。明年五月，復行縣次蒲。」癸酉，至元十年。《永濟縣志》載惲《鸛雀樓記》云：「蒲爲屬郡，季得乘驛案劾。」《元史·地理志》：「平陽路總管府，領河中府、解州。」此碑云「癸酉五月」者，正惲出案部時，與《祭二賢祠記》合。王黄州《題解池詩》，今碑存解署，禹偁卒黄州，惲舉所終官稱之。《解州志》載禹偁序並詩碑云：「偕來者，府兵掾襄陵解楨，子翁孺侍行。」州判張居仁，《州志》誤作「通判」。按《元史·百官志》有「州同知判官」一員，而無「通判」，宜据碑正之。「喜予此詩，求刻於石，於是乎書。承務郎、總判平陽路事汲郡王惲題。」惲，衛輝人，故題汲郡。按惲諸碑題銜皆曰「承務郎、平陽路總管府判官」，此獨曰「總判平陽路事」，蓋與今府州縣官，不題本官，而曰「知府州縣事」同。《元史》惲傳「大德五年授其子公孺爲衛州推官」，此碑作「翁孺」，即其人。碑末題銜有「進義校尉解州判官張居仁、武略將軍解州知州張慶安、武略將軍解州達魯花赤玉節」，並見《州志》，三人皆武階，以武班進身者也。

太平縣文廟賢廊碑

碑連額高三尺七寸，廣二尺一寸，二十行，行三十字，正書，額題「絳州太平縣重建文廟賢廊碑」十二字篆書，今在太平縣。

絳州太平縣重建文廟賢廊碑

前翰林修撰、監察御史、充承直郎、平陽路總管府判官王惲撰并書。

從仕郎、平陽路總管府經歷田伯英篆額。

二帝三王之道，逮孔子而後明，然師受私淑，傳之後世，俾彝倫攸叙而不斁者，七十子有力焉，是則配侍於聖人也宜矣。太平，晉國故封，今爲絳之劇邑，襟山帶河，衝會南北，故其俗率勤儉剛義，憂深思遠，有陶唐之遺風焉。爲縣者，必欲明倫復古，吾夫子之教，其可後乎？縣有廟學舊矣，國朝以來，具法宫而虚兩序，春秋奠獻，自侯以降，位設牖下，其於典憲，是殆闕然。迨至元八年夏，進義副尉平遥任興嗣來主縣簿，覩其如是，慨焉興感，迺祇會教官張鑄、孫天鐸、賈彦良洎邑之士人，相與庀材僦工，經營以方，不期月而告成厥功。凡爲室東西各五楹，翬飛翼棘，奂焉維新。遂圖七十子肖像於壁，元哲當座，素臣儼如，載尊載儀，咸列斯宫。吁，其偉哉！以至元癸酉秋八月，釋菜之禮，用安神棲，邦人嚮化，士興於學。若任君者，於承宣之職，可謂知所先務。爰作詩以歌之，其辭曰：

元聖垂教，先天後終。用廣發越，羣賢之功。於赫魯語，如日在空。建極明治，萬古攸同。宜其報禮，極熾而隆。奕奕兩序，厥功固微。小善罔棄，大焉可希。刻詩廟門，來者庶幾。

大元國至元十年，次癸酉秋八月朔日前平陽路提學張鑄立石。

李仲誠刊。

按，《太平縣志》：「文廟在縣治西北德化坊，建自唐時，元至元八年主簿任興嗣修，總管府判官王惲有記」，即此碑。又桉碑云「國朝以來，具法宫而虛兩序，自侯以降，位設牖下。」元宣聖廟，兖、郕、沂、鄒四公，外兩廡自費侯始。「至元八年，任興嗣來主縣簿，會教官張鑄、孫天鐸、賈彦良庀材僦工，不期月而成，遂圖七十子於壁，元哲當座」，指費侯、閔子。「素臣儼如」詳繹碑文，興嗣所修者，東西廡與碑題「重建賢廊」合，殿固未修，《縣志》不别白言之嫌，未核。《縣志》有「元主簿任興嗣，平遥人」。教官張鑄，以碑考之，實元前平陽路提學。孫天鐸、賈彦良,《志》皆列之「訓導」,非元官名。碑文王惲撰,《元史》有傳:惲,中統二年轉翰林修撰,至元二年首拜監察御史,九年授承直郎、平陽路總管府判官,皆與碑合。按元始不重儒教,中統二年始置諸路學校。至元以後,乃詔天下立學,一時文藝之士,憫聖道之久鬱,幸儒術之克昌,於是作爲文記,勒之貞珉,以彰復古之盛,《元文類》所載修文廟諸碑可證也。惲善屬文亦見《本傳》,篆額之田伯英,即《汾東王記》篆額之人,前銜爲「宣差五路萬户府參議」,此碑銜曰「從仕郎平陽路總管府經歷」,仍幕職也。元《百官志》:「從仕郎,正八品,總管府經歷,從七品。」

聞喜重修廟學碑

碑高四尺三寸五分,廣二尺二寸,二十五行,行四十八字,正書,今在聞喜縣。

解州聞喜縣重修廟學碑銘

承直郎、平陽路總管府判官、前監察御史、汲郡王惲撰并書。

資中鄧壽篆額。

堯舜用道,以治天下;孔子任道,以垂萬世。其所以明倫建極,論政造士,邇説遠懷者，不外夫術有序、國有學而已。後之君人者思欲化隆唐虞，坐收牖易之道，舍夫子之教，將安瀍歟？我國家尊師重道，明德新民，風動海寓。爰自京師，達於郡邑鄉，遂率建教官，勉士以德，趨民於學，其比隆致治之意，固云極矣。而承宣奉行，寔守令之職。是則道生之本，教始之基，其可後而？聞喜在秦曰左邑桐鄉，逮漢元鼎間始易今名。其爲縣，浸董澤，奠鳴條，雄盤遠帶，風土夷沃，通晉走蒲，古爲咽會，名卿碩德，代不乏人。顧山川之氣，鍾靈萃秀，必自人文德化、薰陶浸漬，輔相裁成者耳。縣廟學舊矣，枕城之艮隅，地勢穹窿，如神龜負圖，背露淵水，蒼官薈欝，環列庭疤，秋煙古色，望之儼然，皆數百年物也。按廟碑，由宋迄金，宰是邑者增崇非一，故制度宏麗，甲於諸縣。遷革已來，神棲碑屋，幸脱煨燼，然歲年綿邈，人跡罕至，浸淫于壞。蓁草棘而宅狐狸，蓋有年于茲。至元己巳，從仕郎張君來尹是縣，首以營治爲任，迺謀於同僚曰：「是役之興，雖仰體教條，當以身帥先，贊襄者緊公等是賴。」於是監縣事脱台、簿司天禄、佐史劉瑞争出廪料，資所須而濟厥孅，爰及吏民，感其誠敬，聿來趨事，如欀棟桷櫨之傾腐者，瓴甋陛堦之缺裂者，舉易而新之。復起講肄之堂，齋廬之位，洎夫神門庖庫，畦圃游息之所，莫不畢備。用至元十年春二月，釋菜禮，告成厥功，百年偉觀，頓還於舊。粤明年春，佐史劉瑞介汾西前尹王延年持温國文正公學記踵門而請曰：「不腆敝邑，猥致力於鄉校，功甫僝而尹適去，於可俾上官之善藐焉無聞於後？以職以分，瑞也寔任其責，擬揭諸麗石，以告來哲。」不肖素陋於文，以懇禱堅切，辭不獲已，敢勉爲書之。又竊喜幸得列名於司馬公之下風，固所願也。尹，晉之臨汾人，諱仲祥，資明良，果於從政，故其爲善，卓卓有成也如是。較夫從事於簿書期會之末者，不曰「有志於本，知教之所興」歟？新令尹蕭君復繼而克行，以增益其未至者，異時化成俗美，不權輿於諸君者耶？誠可歌也已。其辭曰：

維漢聞喜古桐鄉，東浸董澤南條崗。千年高木秋煙蒼，廟宫盤盤枕艮方。平時絃誦溢兩庠，代不乏賢古明良。如儉顯魏度相唐，風雲感會龍虎驤。至今德業何昭彰，神居雖存圮且荒。蒿萊没人狐兔藏，風雨穿漏摧楝樑。張君下車心慨傷，首以營治如弗遑。同僚見義爲贊襄，咨嗟吾道百孔瘡。頓還舊觀蔚有光，齋廬有室講有堂。我南走蒲過此邦，親覩盛事思彷徨。吾儒有例善則揚，作詩豈惟示不忘。士民嚮化此本張，嗚呼廟碑古甘棠。

敦武校尉達魯花赤脱台。

從仕郎前縣尹張仲祥。

敦武校尉□尹石抹忙古女。

主簿兼尉司天禄。

大元國至元十一年，次甲戌秋七月既望，平陽路解州聞喜縣典史、前河中府提領案牘官劉瑞立石。

蘇明刋張琳刋。

按，碑題「承務郎、平陽路總管府判官、前監察御史汲郡王惲撰并書，資中鄧壽篆額」。按《元史·王惲傳》，惲以至元五年爲監察御史，九年授承務郎平陽路判官，十四年除翰林待制。至元十一年，惲《祭二賢祠碑》亦題「承務郎平陽路總管府判官、汲郡王惲撰」，與此碑結銜同。按元平陽路，得今河東一道及潞、澤、遼、沁地。惲時爲判官，故今晉南郡邑，多有惲詩文碑碣。其見今碑本及方志者，如永濟《棲巖寺碑》、《鸛雀樓記》、《祭二賢祠碑》、《太平文廟賢廊碑》及此碑皆是。此外尚夥。《春明夢餘録》：「《天慶寺碑》，至元九年王惲撰并書。」然則惲不止工文，又兼能書也。碑言「聞喜廟學碑，由宋迄金，宰是邑者，增崇非一，制度宏麗，甲於諸縣」。按宋咸平四年，知聞喜縣慈卿重修文廟，縣尉李垂撰記；至和二年，知縣事馬中庸重修，司馬温公撰記；金大定二年，權縣令王宗儒重修自撰記，並有碑。此謂「由宋迄金，增崇非一」也。碑云「至元己巳，從仕郎張君來尹是邑，首以營治爲任，監縣事脱台、簿司天禄、佐史劉瑞争出廩料。至元十年春二月，釋菜禮，告成厥功。粤明年，佐史劉瑞介汾西前尹王延年持温國文正公學記而請曰：『敝邑致力鄉校，功甫僝而尹適去』」云云。按「己巳」，至元六年，此張仲祥以至元六年尹聞喜，十年去之，證碑末題銜有「敦武校尉、達魯花赤脱台，從仕郎、前縣尹張仲祥，敦武校尉、闕尹石抹忙古女，主簿兼尉司天禄」。按脱台、仲祥、天禄，皆見《縣志》，石抹忙古女，石抹，《欽定國語解》作「舒穆魯」，以至元十一年任，可補志闕。又碑後書「至元十一年七月既望，聞喜縣典史、前河中府提領案牘官劉瑞立石」，碑有云「尹，晉之臨汾人，諱仲祥，資明良，果於從政。新令尹蕭君，復繼而克行，以增益其未至者」。桉石抹即蕭氏，《元史》：「石抹也，先傳其先嘗從蕭后入突厥，及后還而族留，至遼爲述律氏，遼亡改石抹氏，故遼述律諸后皆稱蕭后。」此碑題銜書石抹者，舉其官氏，紀稱蕭者，推其本氏，其實一也。《輟耕録》：「石抹，漢姓曰蕭。」可證碑。見《通志·金石記》。

二賢祠碑

碑高三尺八寸，廣二尺，十八行，行四十二字，分書，今在永濟縣。

首陽山孤竹貳賢祠肇見於李唐，增李前宋，金貞祐末，爲戍兵撤而樵之。國初，郡人徐帥因廢基而屋焉。後四十載，當至元九年玄黓歲，惲自御史來官河東。以是年冬十有一月，案部至蒲，適致祭令丁，遂齋沐捧祝，祗拜墟墓。庭序蕺翳，路寢傾圮，遺像黕昧，侈剥就滅。烏乎！前政之不舉，至于斯邪？非惟不稱明詔尊風烈之義，而大懼不職，下殞教條。吏隳不恭，惡可徇狃？於是會誌屬吏，作新是圖。資聚既盈，衆工趨事，仍命府掾長吴舉董治厥役，改新肖像，以儼神儀。逮明年夏五月，復行縣次蒲，吏告訖功。用六月丁亥，躬率僚屬，以少年之奠，揭虔妥靈，帶河表華，新宫翼然。山煙庭木，奕奕動色，守吏不任之責，庶乎其少塞矣！知府楊居寬請書其事于石，以詔來者。嘻！二賢，聖之清者也。其出處大節，求仁本心，興懦厲貪之操，息邪懼亂之功，孔孟稱之詳矣。揭若日月，亘終古而不熄，小子其敢擬諸？然讀黄太史廟碑所述，去國諫伐，蓋宋國有不説，好事者爲之説耳，竊有所疑焉。若曰非讓而逃，國人惡而逐之，惡在其爲賢也？且以辟紂，不有其位，子貢何以審夫子不爲衛、商乎？至於義抗白旄，恥食周粟，亦謂事不經見，臧哀伯何獨稱武王克商義士，猶或非之不然，二賢者北自海濱聞善養來歸，當周命惟新，明義崇德之世，不知俯仰，何所愧怍僵踣於兹山之下乎？故特表而出之，必有能辨之者。仍爲蒲人作《迎享神辭》，俾歲時歌以祀焉。其辭曰：

瓊糜潔兮蘭馨，錯□蔬兮慶神。庭條之山兮河之水，回風蕭蕭兮波瀰瀰。神之遠流兮邇曷歸？南叫虞舜兮帝禹興追。以暴易暴兮知其非，國極所欽兮祀典載熙。槃非周粒兮桂酒芬菲，民之戴神兮清風庶幾。偃回旆兮入室，陳鐘鼓兮載考載擊。千秋兮萬歲，於焉兮永息。

承直郎、平陽路總管府判官汲郡王惲撰。

嘉議大夫、河東山西道提刑按察使、東魯王博文書并額。

大元國至元十一年，次甲戌秋九月二十日中順大夫河中知府楊居寬立石。

監修府掾秦容。

古桐蘇明刊。

按，碑見《永濟縣志》，碑末題「承務郎、平陽路總管府判官、汲郡王惲撰，河東山西道提刑按察使王博文書并額，至元十一年九月二十日河中知府楊居寬立石」。按《元史·王惲傳》：「字仲謀，衛州汲縣人。」故碑題「汲郡」。《傳》又云：「好學善屬文，中統元年姚樞宣撫東平，辟爲詳議官，擢爲中書省詳定官。二年春轉翰林修撰、同知制誥、兼國史院編修官，尋兼中書左右司都事。治錢穀，擢材能，議典禮，考制度，咸究所長，同僚服之。至元五年，建御史臺，首拜監察御史，論事凡百五十章。秩滿，陳天祐、雷膺交薦於朝。九年，授承務郎、平陽路總管府判官。十三年，奉命試儒人於河南。十四年，除翰林待制，官至翰林學士，階至資善大夫。大德八年六月卒，謚文定。」《永濟縣志》，惲《登鸛雀樓記》：「至元壬申三月，來官晉府，因喜曰：『蒲爲屬郡，季得乘驛檢劾。』十月戊寅，奉堂移，按事此州。」即此碑所云「以是年冬十有一月，按部至蒲」之事。王博文，見《元史・王惲傳》：「與東魯王博文、渤海王旭齊名。」是博文亦元初文士，碑題里貫與《元史》合。又《元提舉常平徐君墓碣》題「河東提刑按察使王博文撰」，云：「至元甲戌，予官太原。」甲戌，至元十一年，然則博文於至元十年前，已爲河東山西按察。博文又見徐文毅《媧皇廟碑》。《元史》：「至元十三年二月戊申，立浙東西宣慰司，吏部侍郎楊居寬同知宣慰司事。」《元史・世祖紀》：「至元二十三年三月乙亥，楊居寬典銓選。二十四年十月丙子，誅楊居寬。」《續資治通鑑》：「至元二十四年十月丙子，僧格奏參知政事郭佑、楊居寬坐虧負中書錢穀，並棄市，人皆冤之。僧格之誣殺佑與居寬也，刑部尚書博果密争之不得，僧格深忌之。」以此碑證之，則居寬以至元十一年嘗知河中，可補史闕。碑多奇字，如「李」作「杍」、「玄」作「□」之類，殊不可爲訓。

清　胡聘之《山右石刻叢編》卷二七（清光緒二十七年刻本）

讀王秋澗文集

明　李濂

元翰林學士王文定公惲，字仲謀，號秋澗，衛之汲人也。蚤歲受學於鹿庵，王先生操行醇古，長於經濟、文辭，典贍有法度，皆自肺腑中流出，不蹈襲前人語。自少至老，未嘗一日不讀書，累官翰林，一時詔制、辭命皆出其手，人皆寶藏之。平生著述甚富，號《秋澗大全集》，總百卷，而《承華事略》、《守成事鑑》、《中書事記》、《烏臺筆補》、《玉堂嘉話》皆在其中，别有《相鑑》五十卷、《汲郡志》十五卷予未之見也。

《嵩渚文集》卷七二（嘉靖刻本）

十二子詩有序

明　李濂

輝縣西北七里許，有山曰蘇門，百泉滭沸，寔出其下。厥壤巖岫，紆鬱林壑。奥邃居之，可以忘老。是故，古之高人志士，多棲遯于此。余偶來遊，裴佪泉上，徧訪諸賢遺蹟，愴然興懷，於是賦十二子詩，以識「高山仰止」之意。

王文定公惲

中州號文藪，最著乃秋澗。幼從鹿庵遊，蘇門事筆硯。登壇沛厥辭，燦爛雲錦絢。筠林景依然，伊人不可見。

《嵩渚文集》（卷九嘉靖刻本）

讀中州名賢文表

明 李濂

《中州名賢文表》内集三十卷，乃天順、成化間河南提學副使姑蘇劉昌欽謨選輯中州六君子之文也。六君子爲誰？曰：河内許文正公衡、輝縣姚文公燧、光州馬文貞公祖常、安陽許文忠公有壬、汲縣王文定公惲、鄧州孛术魯文靖公翀也。六君子皆元人，並以道德、功業、文章顯名當世，誠所謂有本之學、經濟之儒，非區區浮藻詞華之士可望其萬一。欽謨謂其文之行世，如河洛淮濟之行地，人固無有禦之，不待表之而後傳者，蓋確論也。然又有外集、正集、雜集總若干卷，粤惟河南之文，自「河出圖，洛出書而伏羲畫之以成卦」，「至于春秋戰國則有卜商、端木賜、顓孫師、漆雕開、列禦寇、莊周；漢則有賈誼、鄭興、蔡邕、張衡、荀悦、延篤；唐則有張説、韓愈、元結、元稹；宋則有二程、二宋、尹洙、謝良佐、吕本中，代不乏人，咸稱能言，凡有耳目者皆得聞見之，所謂不待表之而自章章于世者，顧吾黨之士，爲諸先正之鄉後進，可不熟讀而取法矣乎？欽謨博學洽聞，蚤歲即以文雄江左，歷官中外四十餘年，仕終廣東參政，所至以筆札爲事，未嘗一日口輟于吟誦、手停于纂述，平生所著最富，此特其一耳。公爲河南提學副使逾九年，又有《縣笥瑣探》、《岳臺集》梓行于世，皆其所著云。

《嵩渚文集》卷七二（嘉靖刻本）

父子師弟居蘇門者，康節有子伯温，姚文獻子煒、姪燧，許平仲子時可，稽康從公和遊三年。康節問《易》於李之才，遂結廬百泉之上。姚文公燧號牧庵，年十二從叔公茂遊魯齋之門，趙仁甫復以公茂攜之蘇門，魯齋聞之，來從於太極書院。白棟號素庵，太原人，從遊魯齋父子，俱葬於此。王惲，號秋澗，汲人，從王磐學於蘇門。

清孫奇逢《孫徵君日譜録存》卷六（清光緒十一年刻本）

書王惲傳後

清　方濬頤

能理財之儒吏，仲謀得預其選，而以論時政入中書省，尋轉翰林，復兼左右司，治錢穀、議典禮、考制度，見重同僚。首推臺省，論列凡百五十餘事。留心掌故，既勤且博。發劉晸没官糧誤廟功之姦，權貴擠之，出判平陽。復除待制，以《承華事略》二十篇進東宫太子，皇孫交受其益。俄副山東按察，又建白便民三十五事，以疾歸。尋召爲郎官，會盧世榮方枋用，屢趣不赴，蓋以力小任大，剥衆利己，必不能全，決計遠之，有才而又有識焉。嗣移閩海，奏言官吏貪殘，山鬼嘯聚，宜特簡清望，庶息盜風。夫察吏安民，事原一貫，豈獨閩海然？天下皆然也。柳林萬言書惜不得讀之，然觀《守成事鑑》十五篇之目，帝德王道，包舉無遺，向使畀以重任，假以事權，必能大有設施，竭誠報國，而若之何第選爲能理財之儒吏，而官乃終於翰林學士也。著述等身，富哉百卷，《玉堂嘉話》，尤增跂慕，有元文獻，其在斯乎。而孫、曾忠節昭垂史册，太原郡公可以無憾已。

《二知軒文存》卷五（清光緒四年刻本）

中堂

清　王士禛

明洪武十五年，設内閣大學士，上命皆於翰林院上任。十八年，又命殿閣大學士、左右春坊大學士俱爲翰林院官，故院中設閣老公座於上，而掌院學士反居其旁。諸學士稱閣老曰「中堂」以此。按，《湘山野録》，錢希白見王冀公欽若，戲曰：「中堂遂有如此宰相乎？」又《聞見録》，富鄭公與康節食筍，公曰：「未如中堂骨董之美」云云。元王惲秋澗有《中堂事記》，記元初中書省事，皆前此矣。

《池北偶談》卷一（中華書局一九八七年版）

文表

清　王士禛

吴郡劉欽謨昌，成化中督河南學政，刻《中州文表》一書，表章元六家遺文，皆中州産也。《許文正公衡遺稿》五卷、附録一卷；姚文公燧《内集》八卷。欽謨自跋云：「聞之李中舍應禎云，文公集五十卷，松江士夫家有之，南北奔走，竟莫能致。此乃録本，多殘缺，視刻本不啻十之二。」又云：「在百泉召見姚裔孫，鄙野質實，不復事儒藝。有文獻公樞手書碧色箋，特寶愛，紙墨如新云。」雍古馬文貞公祖常《石田集》五卷跋云：「得之光州兵侍霍公，予所見《石田集》十五卷，至元五年刊行，霍之居即文貞故石田莊也。」又云：「馬中丞墓在光州西南十五里，碑石趙孟頫書。」愚按，文敏歿於元英宗至治二年，而文貞以順帝至元四年卒，是時趙前卒已久矣，疑必有誤，或是集趙書耳。許文忠公有壬《圭塘小稿》三卷，王文定公惲《秋澗集》六卷，跋云：「公之子公儀、公孺，公孺子以笴，皆能文，而子孫墳墓，漫不知其所在。」《孛术魯文靖公翀遺文》二卷，跋云：「文靖有集六十卷，今多不傳，子遠死於忠，遠婦死於節。昌至鄧州，閲士籍得其後之習業於官者，猶自稱魯參政家云。」欽謨博雅好事，嘗撰《吴先賢讚》若干卷，此書尤可愛重。睢州湯潛庵斌學士出爲江蘇巡撫，予語以當重刻之，惜未果。

《池北偶談》卷一七（文淵閣四庫全書本）

呈進擬補承華事略疏

清　王懿榮

奉敕擬補《承華事略》圖，並校正訛字，屬稿告竣，謹奉表上進者：竊臣郘等於本年七月初二日，奉到懋勤殿。發下《承華事略》鈔本一册，硃諭《承華事略》一部，著南書房翰林每段繹其義爲圖，繕具清單呈覽。書中有無訛舛之處，並著查閲，欽此。臣等齋祓祇承，誠惶誠恐，伏以書分纂注，宋元標經子之門，畫列儒先，湘澤傳神工之壁，類皆丹青，遥託人物攸分，良由怵目而警心，特重左圖而右史。欽惟皇帝陛下，修和庶政，覆幬羣生，金巵承歡，娩翠嫣之。五十而慕銅籤，待曉法蒼姬之朝昃，不遑摛奎藻於辰居。潤灑帝鴻之硯，誦瑶編於乙夜。勤披天鹿之儲，臣等仰覲聖顔，親聆寶訓。謹悉。近日於御書房所列舊鈔本書内檢得此編巨册，輝煌與魏徵《鄭公諫録》相鱗次，前型彪炳較焦竑《養正圖解》爲雅馴，喜兹故事之駢羅，宜備幾餘之瀏覽，不遺葑菲，無擇壤流，巍蕩難名，共仰宸衷沖穆，淵涵莫測，彌彰聖學高深。謹案：元臣王惲，當裕皇居東宫之日，實燕南爲副使之官，特撰徽言，上呈鶴禁。其名與文王世子相表裏，其實與唐宗《帝範》相後先，啟序並稱釐爲六卷，篇凡二十圖，亦附焉。四庫館開，已登夫《秋澗大全》之集；重華欽定，閒采入儲貳金鑑之編。從來輾轉流傳，莫覩弛張遺迹，譬彼書垂無逸而唐宋璟手翰靡存，《詩》重《豳風》而趙孟頫繪毫已渺。揆諸燦列圖書之説，祇益瞢容回憶，傳觀宮禁之年，應歸完璧。爰遵明詔，勉繹新圖，據三十九段之成文，補第四十條於跋尾。取鑑不遠，漢武梁之石畫常存；作則因心，晉束皙之笙詩可補。雖別風淮雨，原書之譌誤尚多，而脱簡佚文，坊本乃支離已甚。詳爲是正，誌以標題。謹列綈函，復上塵於黼座；重新彩管，猶待詔於睿裁。臣等禁幄叨趨，綸音仰體，樗材自審，慚閻立本之偏長；粉本能摹，竢吴道元之勝事。所願神光照殿，快覩吹銅御户之徵；更欣祕閣刊書，長留累葉傳心之要。所有校正内府鈔本一册，案段繹圖一分。謹奉表隨進以聞。

《王文敏公遺集》卷三（民國劉氏刻求恕齋叢書本）

溥泉咸淳乙丑，秋澗王□立，咸淳元年也。金氏鰲訪得之，元人王惲著有《秋澗集》，或即其人。

《續纂江寧府志》卷九下（成文出版社影道光六年刻本）

重修香泉寺中殿碑文

劉源潔

大行之山，西連王屋，北接恒嶽，東經覃、懷、朝歌、鄴下，折而入於畿内，其間枝輔諸山，若真谷、水峪、明月、白雲、石門、香泉、雲濛、林慮之屬，皆靈境也，而香泉尤爲幽勝。泉之上曰霖落，東南距汲縣四十里，瀑泉飛灑，若雨霖落，故名焉。其峭壁淩空，羣峯環拱，中分一澗，東西搆二寺，其西尤古，失所自。有石幢鐫尊勝經，則開元間物也，歷今千有餘歲矣。殿前古碑，有元學士王秋澗惲撰文，謂寺乃雪宫故址，魏安釐王避暑之處。世變代更，因其舊基，創建兹寺，有舍利塔十二級，雖遭兵燹，巋然不毁。山門之側有香臺，俯臨碧湍，南對爐山，平巒隱軫，蒼翠如屏。北有鳳嶺，若長離繞寺，而俯首窺淵，其最高處，有翫月臺，環寺諸峯周匝，如化城然，惟東隅獨缺。中夜翫月，清幽殊絶，前人標題爲「夾山吐月」云。東寺有千佛洞，洞闢石室，内鐫賢劫佛以千數，又磨石壁刊《華嚴經》一部，曰華嚴壁。寺旁有乳巖，中涌清泉，曰濯纓泉，即所謂香泉也。日影照耀，又若長虹飲澗，寺僧疏爲池沼受之，碧漪環繞，宛在水中，其泉緣澗下趨大壑，有危石欹山之隅。晴光蕩漾，凭欄俯視，若龍戲珠然，名戲珠石。澗壑縈迴，遥通積水，曰龍灣雲氣，滃濛隱然，有神物蜿蜒其中。夾水皆絶壁，危峯嶔巖奔峭，有獅子、捨身二巖，巉喦嵌空，尤爲奇絶。後山一洞，幽邃清冷，能滌人塵慮，名洗心洞。其他靈跡奇觀，不可殫述。值明季盜賊嘯聚，以致殿宇蕪圮，暨順治間，釋正鉉憫其頹廢，將募修而事難驟集，賴師願力弘深，兼以檀那協濟，大工克舉，惟中殿未就。至康熙二年，功乃竣，勒碑記歲月，而屬余撰文。余維勝水靈山，不爲王公大家據搆園林，則必有釋氏精舍在焉。彼築雪巘，穿雲竇，樓閣亭館，拔地插天，非不極一時之盛。往往時異勢殊，即金谷平原、輞川緑野，卒亦鞠爲茂草，爲弔古者所傷，况其他乎？若乃叢林古刹，一爲佛日所照，慈雲所蔭，每歷千載而巍然長存。然則王公大家，寧不及山僧老衲，其殿閣舍宇，興廢無常，得主則龍鳳威之，失主則狐鼠穴之，亦不獨王侯宅第爲然也。即梵宫禪房，錫卓則興，錫飛則廢，因人而變，其致一也。今正鉉一貧衲耳，能修千餘年故刹，不致頽廢，香泉可謂有人矣。故昔日之雪宫，傳以安鼇；今日之香泉，存以正鉉。其中爲幢、爲塔、爲古、爲洞、爲壁、爲巖、爲灣、爲嶺，附香泉以久者，孰非山水知音，探奇闡幽，以致不朽也哉。故曰：山以人靈，水以龍靈，山川無名，以封濬而名。不然窮谷奇秘，人跡不到，湮沒無聞者，豈少哉！因備誌貞珉，以昭來許。

《新鄉縣續志》卷四（成文出版社影民國十二年刻本）

待旦軒，在平陽府治内，元判官王惲建。

明　胡謐《（成化）山西通志》卷四（民國二十二年景鈔明成化十一年刻本）

後人收録批評之屬

元王惲過聖清廟詩

遠避東隣虐，還遮北伐頻。與天重立極，叩馬死成仁。落日悲歌壯，東風紫蕨春。一饑雖可療，終愧是忠臣。

明張玭《夷齊録》卷四（舊鈔本）

河中

王惲

歷按河東道，蒲津勢最雄。河山全晉鄙，土俗半秦風。野日連墟壘，孤烟認佛宫。論功無渾馬，極口説先公。

明胡謐《（成化）山西通志》卷一六（民國二十二年景鈔明成化十一年刻本）

臨晉道中

王惲

野雪晴消滿道汎，茫茫銀海際煙霏。日斜信馬中條北，愛煞山光照客衣。

明　胡謐《（成化）山西通志》卷一六（民國二十二年景鈔明成化十一年刻本）

虞鄉道中

王惲

中條如畫色蒼蒼，過雨晴嵐帶夕光。望入王官饒水竹，路經虞坂足耕桑。未容巖桂相招隱，自笑微官有底忙。多謝曉風驅暑退，笠簷吹作馬頭涼。

明　胡謐《（成化）山西通志》卷一六（民國二十二年景鈔明成化十一年刻本）

過鹿臺山

王惲

遠尋文石岡，來歷南山纏。鹿臺臺爲山，幽徑蟠古篆。後峪行未盡，前嶺已當面。秋聲蕩林樾，風露凄以泫。陰壑氣鬱鬱，疑有虎豹變。山田苦無多，溝塍耕已遍。柴援結半空，羅絳碧巖轉。首怜終歲勤，獸患防一旦。我本山中人，束帶對郵掾。頓然還舊觀，瀟灑償夙願。行經双蟾嶺，石怪驚變現。闖首槲樹間，氣自太古練。月中誰推墜，因鎖屬山縣。乃知北平守，認虎飲羽箭。物角本偶然，長歌下層巘。

明　胡謐《（成化）山西通志》卷一六（民國二十二年景鈔明成化十一年刻本）

遊姑射山神居洞

王惲

幽巖洞如瞰陰壑，洞口飛甍架虛閣。真仙乘龍竟何夜，香火千年事如昨。蒙莊一言疑萬世，藁死荒山凡幾輩。何殊山石老且頑，我欲砭訂其能還。呼兒哭折山器看，凡白長紅恐自然。

明　胡謐《（成化）山西通志》卷一六（民國二十二年景鈔明成化十一年刻本）

同題二首

王惲

山腰明霽静煙霏，岳頂雲濛淡欲飛。巖壑似供詩筆健，泆身都掛六銖衣。

喜遂平時景霍心，適逢微杞一登臨。怎通固愧潮陽筆，霧雨重開萬壑陰。

明　胡謐《（成化）山西通志》卷一六（民國二十二年景鈔明成化十一年刻本）

登歷山望聖人嶺

王惲

形勝聞三面，臨觀醉魄醒。松悲虞泣涕，石老象頑冥。澗水縈瓜蔓，荒山卧虎形。野人無所解，尊禮九真靈。

明　胡謐《（成化）山西通志》卷一六（民國二十二年景鈔明成化十一年刻本）

自太行望霍岳

王惲

山行四月似涼秋，秋半摇鞭下嶺頭。心苦自憐嘗越膽，歌長不用撫吴鈎。風煙動色開中鎮，禾稼連靈際四州。碌碌一官成底事，春風歸夢仲宣樓。

明　胡謐《（成化）山西通志》卷一六（民國二十二年景鈔明成化十一年刻本）

汾水道中

王惲

蒼巔互出縮，峪勢曲走蛇。回瞰驚後擁，迎着復横遮。云林蕩高秋，半嶺翻清霞。十里九渡水，消流帶寒沙。山溪本幽寂，激之聲乃譁。解鞍憇美陰，覺我心静嘉。風枝滿秋實，野蕪被水涯。幽馨散蘭馥，紅鮮綴丹砂。二物固瑣碎，託興騷人誇。我欣記所見，信筆嘗田家。

明　胡謐《（成化）山西通志》卷一六（民國二十二年景鈔明成化十一年刻本）

同題二首

王惲

日融池面爛生紅，更□南山障碧空。一夜高臺汗如洗，州人説是廣南風。

解梁城下解鹽池，萬寶光生奪日輝。我欲大觀窮似窟，乳泉一賦了天機。

明　胡謐《(成化)山西通志》卷一六(民國二十二年景鈔明成化十一年刻本)

舜井

王惲

舍鞍夏陽西，褰裳躡雲頂。盤折下濬溝，失身墮幽阱。孤松突危巔，望望雙目炯。不圖兩芒屩，踐迹聖人嶺。重華不復返，欽此孝慕炳。降觀臨帝泉，冠佩爲肅整。泓澄一勺多，浩若淵水迴。彷徉不忍去，盃飲濯帶梗。慨焉念高風，滅没□倒景。野人前致辭，此事傳歲水。有鰥昔在微，怒爲瞽所屏。窮歸此來田，號泣痛日省。空山無所得，扶來子孤影。彼倉彰聖誠，暍餒恐成眚。一事兩崖間，二水出俄頃。北崖縈帶流，南壑湛寒井。

至今山中人，飲食了二頃。我生千載後，懷聖心耿耿。風俗日淪喪，道誼奚所秉。安得天瓢手，挹此霜露等。千林摧姦□，比屋化封顓。滌易臣子心，骫骳變骨鯁。暮歸田舍眠，有志安得騁。此心怒未能，作詩聊自儆。且當就岩蕨，酌水煮殷鼎。

明胡謐《（成化）山西通志》卷一六（民國二十二年景鈔明成化十一年刻本）

絳州公廨即事

王惲

河東池館絳園優，才守豪王樂宴遊。興廢事闌俱不見，斛王祠半暮山稠。

明　胡謐《（成化）山西通志》卷一六（民國二十二年景鈔明成化十一年刻本）

潞公軒

王惲

唐都東望故城荒，澮水翔山半夕陽。前日潞公遺愛在，至今亭構比甘棠。

明　胡謐《（成化）山西通志》卷一六（民國二十二年景鈔明成化十一年刻本）

環翠亭二絶

王惲

秀色四圍供坐嘯，山城終歲早休衙。陂塘清淩知秧稻，畝嶺横縱看藝麻。

簡城南北幾經還，赤日紅塵赭背顔。□得解視心適喜，暫容高卧對青山。

明胡謐《（成化）山西通志》卷一六（民國二十二年景鈔明成化十一年刻本）

同題

王惲

人去山空草木香，撑庭非爲漢文章。三休方擬遺身累，一情應憐爲國亡。明月不汙黄浪濁，清高風並首陽芳。滿斟三詔亭前水，拜乞神靈滌肺腸。

明　胡謐《（成化）山西通志》卷一六（民國二十二年景鈔明成化十一年刻本）

同題　王惲

嗚條山遠聳孤墳，千古蒿高仰甫申。有意誕稱無實用，竟將新法遂諛臣。

明　胡謐《（成化）山西通志》卷一六（民國二十二年景鈔明成化十一年刻本）

夷齊墓　王惲

遠避東鄰虐，還遽北伐頻。與天重立極，叩馬死成仁。落日悲歌壯，東風紫蕨春。一飢雖可療，終媿是商臣。

明　胡謐《（成化）山西通志》卷一六（民國二十二年景鈔明成化十一年刻本）

遊萬□寺　王惲

中條鬱蒼蒼，首尾固雄大。連山一卧虎，矯首盡兩戒。東南萬峪門，犖确入幽阸。空青上絶壁，巀嶪兩崖對。南北開畫屏，高下蔚萬檜。扶藜到山門，黄衣六士輩。寺殘薄水賞，一水良可愛。尋源入雲蘿，不惜阮屐敗。□飲清臆塵，尖□巨石怪。山空響珮環，林迴勝狻猊。行聽溪聲回，周覽詢勝概。當年爽心亭，萬竹争映帶。碧鮮照清泚，襟□濯沆瀣。人境兩渺茫，佳句儘誇邁。開軒邀客飲，放因欣一快。盤餐固疏糲，泉洌幾肉嘬。山僧少焉林風振，萬壑一氣噫。前林疑虎嘯，作勇助吾憊。筆落還自驚，一掃衆峯靉。山僧喜醉顛，海會得珠貝。興來本無心，游藏詫佛界。夕陽送歸鞍，依□虎谿外。風烟作破墨，塔廟失所在。鍾英厭摹寫，閟伏化機藹。盤空乏硬語，技癢若無賴。馬首詩□成，一笑豁吾隘。

明　胡謐《（成化）山西通志》卷一六（民國二十二年景鈔明成化十一年刻本）

霍邑懷古

王惲

堂堂義幟下并門，六合風雲已併吞。軟甲不憂三日雨，妖氛久厭兩都昏。緬懷戍火城頭語，死愧忠精地下魂。謂宋先生。慘淡鑾鈴原上月，至今英氣凛生存。

明　胡謐《（成化）山西通志》卷一六（民國二十二年景鈔明成化十一年刻本）

讀絳守居園池記二絶

王惲

周孔文章載道輈，定删元自典謨留。不知魁紀操觚意，地絶天通就與儔。

樊守文章未易窺，艱深宜被後人譏。一言能盡興衰理，愛煞當年李格非。

明胡謐《（成化）山西通志》卷一六（民國二十二年景鈔明成化十一年刻本）

過聞喜縣有懷元鼎故事

王惲

窮兵無似漢皇雄，六合爲家意未充。一喜政能留故事，舞干終愧有虞風。

明　胡謐《（成化）山西通志》卷一六（民國二十二年景鈔明成化十一年刻本）

汾睢懷古二絶

王惲

武皇誇大喜雄奇，鼎出汾陰恐事爲。更着壽王相嫵媚，守經深見漢儒卑。

神倪三面削蒼崖，中擁汾睢寶氣開。夾道老槐君莫訝，虬枝曾拂漢旗來。

明胡謐《(成化)山西通志》卷一六(民國二十二年景鈔明成化十一年刻本)

同題

王惲

鷄聲茅店月微茫，山遠行人促曉裝。良驥虺隤身自健，不須拭目認孫陽。

明　胡謐《(成化)山西通志》卷一六(民國二十二年景鈔明成化十一年刻本)

同題

王惲

巖廊瀟灑壓城闉，解愠歌殘又幾春。一道殿簷凉似水，至今猶有夢華人。

明　胡謐《（成化）山西通志》卷一六（民國二十二年景鈔明成化十一年刻本）

同題

王惲

前冬兩拜首陽祠，野雪摇光晚霽時。蒼栢滿山人欲去，亂鴉飜影上枯枝。

明　胡謐《（成化）山西通志》卷一六（民國二十二年景鈔明成化十一年刻本）

同題

王惲

瀟瀟風雨暗秋山，聲滿疏林萬珮環。拂曉開門看晴霽，白雲依舊伴僧閑。

明　胡謐《（成化）山西通志》卷一六（民國二十二年景鈔明成化十一年刻本）

同題

王惲

東山如髻鬱重重，人倚西巖第一峯。似是晚烟開畫障，濃揮淡抹鬬丰容。

明　胡謐《（成化）山西通志》卷一六（民國二十二年景鈔明成化十一年刻本）

同題

王惲

溪寒春冰碧迢迢，一帶斜陽映野橋。風土亦涵鰲降意，野花如靨點裙腰。

明　胡謐《（成化）山西通志》卷一六（民國二十二年景鈔明成化十一年刻本）

同題

王惲

石竇懸流雪練飛，夜深和月映松扉。恨子不遇貽溪老，一笑山間説化機。

明　胡謐《（成化）山西通志》卷一六（民國二十二年景鈔明成化十一年刻本）

絳州法帖歌謝張元禮兼呈按察先生

王惲

君不見晉人九京吾莫與，天遣元精留綱緒。絳州一帖天下奇，要以鍾王爲藝祖。内家中秘無雜收，餉問等書爲世取。固知瓦注覷天巧，虎卧龍跳照今古。羌子嗜書昧所守，集古無由似歐九。玉城陸海幾燃犀，下照光怪駢萬首。管窺雖得見一斑，隨即遺忘非我有。承君惠此石本佳，□字模糊真弊帚。奔蛇走虺幾千丈，詭狀奇形驚户牖。手追心慕日有得，顏氏服膺承善誘。明窗一日百回看，什襲深藏重窮玖。就云好奇家四壁，破屋潤餘豐且蔀。三杯適喜徑醉眠，墨池濡首追任顛。覺來捉筆便揮灑，往往遶興驚蒙顚。斐旻劍舞凌雲烟，作詩問君君豈然，一笑乃父中令前。

明　胡謐《（成化）山西通志》卷一六（民國二十二年景鈔明成化十一年刻本）

大尖山

元總管府推官王惲

大尖山前好原隰，隴畝縱横忘南北。人家種麥秋社前，一片蒼煙朝雨濕。田家稍豐即昇平，十年遊宦功無成。會須了却人間事，白髮歸來伴汝耕。

明　劉魯生《（嘉靖）曲沃縣志》卷四（明嘉靖刻本）

遊嫣川水谷太玄道宫

王惲字仲謀汲縣人元翰林學士

迎謁次嫣野，將爲旦夕間。尚餘百里遠，却得三日閑。追陪玉堂翁，清遊指仙山。窮秋草木盡，諸峯慘無顔。兩崖蓄餘暖，嵓樹如春妍。洞口疑有光，望中已欣然。始至覺夷曠，稍深更幽寬。山英喜客來，夜雨濯翠鬟。層巒與疊巘，供我拄笏看。雲封石上鉢，初，大道酈五祖者逃難此山，衆追及，棄衣鉢石上而匿。其物重，莫能舉，衆異焉，遂請主其教。今道院蓋酈所創也。玉漱山腰泉。灌溉滋樹藝，一脉窮灣環。西臺頗峻絶，兩折躋其顛。詩翁見精健，登頓不作難。礧磚凛莫留，松風吹袂寒。降阿集晴疏，高談渺孤攀。山荒苦無稱，似待新詩傳。諸君垂橐來，稛載雲煙還。因公得勝賞，此詩其可緩。但恐雲霞峰，暮景去猶慳。我非桓野王，今識東山安。

明　謝庭桂《（嘉靖）隆慶志》卷十《藝文》（明嘉靖刻本）

長清縣學樂育堂碑記

元翰林待制王惲

趙君明叔尹長清之明年，政夷訟簡，眡其民可教，迺敞廟垣爲數畝宫。於是治學舍，聚經史，立教條，率儒生屬吏日講授其中，雖造次多故，未嘗少輟。不半載，士勤於業，吏循其軌，禮容文物，郁郁可觀。

十有四年春，與予會京師，因以鄙所聞爲問，曰：「有是焉，奚足多爲？然長清爲縣，顧瞻岱宗，背負河濟，風聲教習出齊魯間。在昔，距濟南爲近，邑生徒率就學大府，故禮殿庠序之屋庳隘無足稱於前，俎豆絃歌之盛，不接於閭里青衿之耳目，蓋有年於兹矣。此僕所以不敢狃安故常，鄙薄其俗，勉有此舉也。」已而，以學記來請。嘗試論之。

古之君子以先知覺後知，以先覺覺後覺，是天之所以責於我者甚重，我惡得而避之？况有能致之資，居可行之位，尤當急先務。惟令尹爲民之師帥，政之得失，俗之美惡，一繫於志尚所在，於以設施云耳。夫天生蒸民，有物有則，民之秉彝，好是懿德。苟有以率之、迪之，日復一日，民知從化而莫不好德焉，則政行而俗亦易矣，豈小補哉？叔世道微，功利之説興，督責之令密，士以區區末學，苟禄代耕，奔走鞅掌於簿書期會之間，遑恤乎俎豆禮容之事哉？今君以修敏之才，奮跡諸生間，歷事臺省，而宰劇邑，卒於簿書期會、奔趨督責之餘，遵詔條，確志嚮，務以德義牖民、力行不倦爲樂，俾羣材長育，如中陵者莪，菁菁然而盛，可謂賢也已！昔韓潮陽牒置鄉校，曰：「刺史、縣令不躬爲帥，使後生無所從學爲恥。又以養育人材爲吾君之事，顧天之所以責我者，當何如哉？」若明叔者，庸知夫不異曰得時行志，以斯道覺斯民，爲天下之樂且儀乎？吾身有開必先之兆，於是乎書。君諱文昌，濟南人。

至元丁丑歲三月丙申，翰林待制、奉訓大夫汲郡王惲記。

右西皐公至元癸酉嘗宰是邑，朞月政成，學校興焉，遂起堂廟後，曰樂育，爲諸生講授之所，儒風始爲之振。越丙子，今翰林學士、嘉議大夫秋澗公以《學記》付之，公已拜監察御史去矣。是後踵而爲政者，往往多故，不暇及此。至監縣闊哥不花等，深究牧民之道，知學校爲教化之源，每公餘，率僚屬儒生講書於斯，未嘗少輟。僕以《學記》出示，遂鑱諸石，俾十八年之廢，一日而舉，可謂知先務也。今西皐公由令尹累官中議大夫，同知福建道宣慰司事，以政事文章自爲一代宗師，況秋澗公已記之前，直以謹年月次第云耳。長清縣教諭東平陳文彦斂衽跋。

清　成瓘《（道光）濟南府志》卷六八（清道光二十年刻本）

臨汾縣新廨記

王惲 見元名宦

平陽當河汾間，爲鉅鎮，屬邑五十餘城，臨汾則而最要。經界纔百里，占籍者幾萬千户，凡兵賦之重，徭役之煩，十常居其二，而風聲氣勤儉果譎，宛然雜唐晉餘俗。惟其物浩壤狹且不相能，故人囂於訟，必直曲迺已，聽約束，俟審辨者，動填里閈。縣舊署在府右廂康南坊之南城，易代來，爲工人民豪據。有司假老屋隙舍寓理曹務，一歲間輒三五易處，簿書儀具，坌集委積，棼不可瞫。奔趣執事者，當夏熾冬冽，赭汗僵立，尤寔艱苦，前政狃故，常眄瓜代。日復一日，漫不加省，庶幾赫令尹之威，具視瞻之微，清承宣風化之源，其惟艱哉！逮今縣監某洎尹某諗其如是，適時和訟理，嚮化有漸，以其故詢諸衆。僉曰：「念茲在茲，竊有年矣。第率先無自，訖千今唈唈也。」既度其人之樂爲，遂經辨焉。應直得景行里友氏之故第，凡成室一十有五楹，略不加易，其來如歸，廳事適中，吏舍兩列，閱門前啓，衡達里逵。於是遠湫隘，處高明，委蛇安舒，各有攸叙，中外竦然，大易觀仰。既而，史亢淵曰：「其興滯易弊之勞，趣事樂成之懇，公倡私應，共濟厥有，匪劖書珉石，代爲縣者烏能究根據而見經始？」贊禮樂來謁文。予以歷官内外，因知天下之治在於宰相、師帥得人而已。佐天子，理百官，發號施令，以遂物宜者，宰相也；推君治，宅民生，供事取决，會歸有極，撫字百里間者，師帥也。是則宰相與師帥勢雖霄壤，以本末體要而言，實相須成化耳。故前代選重其人，咨東於清流，册授於軒陛，疏名殿屏，蓋繇是也。今國家條草具舉，百度惟貞，顓任責成，垂意殊切，作縣者苟非恪勤官守，推忠及物，何以稱經緯相需之望？今一縣署之置，固匪政之大者之類，能若是，尚何患仕之不優，俗弗易，責罔塞而績用不章於時哉予？特喜縣僚屬達於從政，有志於民，得《春秋》憫雨之義，故以所繫重者告焉，幸來者毋忽。至元丙子三月日記。

明　胡謐《（成化）山西通志》卷一二（民國二十二年景鈔明成化十一年刻本）

太平縣重建文廟賢廊記

王惲

二帝三王之道，建孔子而後明，然師授私淑，傳之後世，俾奐倫攸序而不戰者，七十子預有力焉，是則配侍於聖人也宜矣。太平，晉國故封，今爲絳之劇邑，襟帶河，衝會南北，故其俗率勤儉剛毅，憂深思遠，有陶唐之遺風焉。

爲縣者，必欲明倫復古，吾夫子之教，其可後乎？縣有廟學舊矣，國朝以來，具法宫而虚兩序，春秋奠獻，自侯以降，位設牖下，其於典憲，是殆闕然。迨至元八年夏，進義副尉平進仕與嗣來主縣簿，覩其如死，愾焉興感，迺祇會教官張鑄孫天鐸、費彦良洎邑之士人，相與庀材地工，經營以方，不期月而告成厥功。凡爲室東、西各五楹，翬飛翼棘③，奂焉維新。遂圖七十子肖像于壁，元哲當廔，素臣儼如，載尊載儀，成列斯官④。吁，其偉哉！以至元癸酉秋八月，祭菜之禮，用安神棲，邦人慟化，士異於學。若仕君者，其於承宣之職，可謂知所先務矣。爰作詩之歌之，其辭曰：

元聖垂教，廣天後終。用光發超，羣賢之功。於赫魚語，如日在空。建極明治，萬古攸同。宜其穀禮，極熾而隆。奕奕兩序，厥功固徵。小善罔棄，大焉可希。剩詩廟門，來者唐幾。

明　胡謐《（成化）山西通志》卷一三（民國二十二年景鈔明成化十一年刻本）

絳州重修文宣王廟碑銘

王惲

絳爲州□劇，其地界河山之壤，總六縣，以參萬户爲河東魁。俗明儉，尚氣義，奄焉有二晉餘習。州治民廬，高下覆壓，蟠踞枕跨，崗陵是依。唯夫子廟學據城之東北輿，□

朗夷行，莫澤官甚宜。而素汾北來，盤折容與，帶郡城而西，望之一泮水然。廢□寖灾，莽爲□墟。建州將郭天祐未，始圖與復，遂處大成殿、泮宫門各三楹，消朽□而公卒，漠然狼藉者，蓋三年于兹。

今□郡名力尹馬希稱武政□中孚判官趙福，憫人垂成之功日就□剥，即属正平縣監匣丑尹趙慶簿王鈞，以完故益新爲任。属邑承風幸未，於是完正殿，北壹門，創而序，又就屋五十餘楹，層棟□翥，□陛整削，柖捕有舄，碩碩其庭。中設素王像，以顔、孟十哲配侍左右，東西兩廡繪六十二子及大儒二十有四，衮冕畔裳，峨峨奉璋，金壁輝映，焕焉有光。既落成之，道逢令下，士子來歸，洋澤素庠。已而，衆議以州之治化及民者非一，其大者著者可無聞於後？來謁文於余，因勉爲撰述，且寓夫予之所感焉。

嗚呼！三代之治道，莫先於教化，無重於育材，材弗育則用之，其人民失教刻不明乎善，善不明則民入於僻，民入於僻則幾何不爲禽犢也？哀哉！欲求吏之良、政之善，胡可得已？若夫天地絪緼，山川間□，蟠精粹靈，非有今昔醇醨之間。天之生材，人之所受。□彝具存，□之不就。然氣之不充，俗之不美者，持以教之無素，養之未至焉耳。今國家崇聖道，開化源，建辟□於京師，立學師於鄉遂，顓本業者復其身，鳴一藝者無不庸，是則大易人文之化、菁莪育材之道莫不備至。若之何吏治者鮮明其本，以簿書獻訟是務；爲士者不思根極聖道，以大學自任，區區從事於章句之末？足不副上之所求所望爲。而曰「道不明，世乏材」也宜矣！諸君執其然，故蒞政以來，首下學校，作新士民耳目，至成勒若肅，可謂能也已。既書其與建本末，而繫之以詩。其辭曰：

厥初民生，木□昭融。物慾外遷，良心蔽蒙。於□元聖，乃大有覺。何效何則，莫先乎學。嗟嗟世，降及隋唐。道統湮微，絺文繪章。士嵩空言，夫妹厥治。朝夕孜孜，匪不厚勵⑫。科學異端，簿書期會。愚者不及，淪於自棄。聖不世出，發越道源。粃糠虛文，浩浩其天。而吏而士，能弗勉旃。盤盤澤宮，完故盖新。郡僚之功，本既立矣，道由生矣。視爲□羊，迺余之恥。

明　胡謐《（成化）山西通志》卷一三（民國二十二年景鈔明成化十一年刻本）

聞喜縣重修廟學碑銘

王惲

堯舜用道，以治天下；孔子任道，以垂萬世。其所以明倫建極，論政造士，遊説遠懷者，不外夫術有序、國有學而已。後之君人者思欲化隆唐虞，坐收臆易之道，舍夫子之教，將安法與？

我國家尊師重道，明德新民，風動海寓。爰自京師，達於郡國鄉遂，率建教官，勉士以德，趨民於學，其比隆政治之意，固云極矣。而承宣奉行，寔守令之職。建削道生之本，教始之基，其可後而？聞喜先秦曰左邑祠鄉，建漢元鼎間始易今名。其爲縣，浸董澤，奠鳴條，雄盤遠帶，風土夷沃，通晉蒲，古爲咽會，名卿碩德，代不乏人。顧山川之氣鍾靈萃秀，必自人文德化、薰陶汲漬、輔相裁成者耳。縣廟學舊矣，杞城之民隅，地脊穹窿，如神龜負圖，背露淵水，蒼官薈鬱，環列庭戺，秋煙古色，望之儼然，皆數百年物也。按廟碑，由宋迄金⑨，宰是邑者增崇非一，故制度宏麗，甲於諸縣。遷革以來，神棲碑産，幸脱煨燼，然歲年綿邈，人跡罕至，浸淫于壞。蓁革棘而宅狐狸，蓋有年於縣。至元己巳，從仕郎張君來尹是縣，首以營治爲任。迺謀於因僚，曰：「建役之與，雖仰體教，條當以身，帥先贊襄者，繫公等是賴。」於是，監縣事脱治、簿司天禄、佐史劉瑀爭出廪料，貴所須而濟厥蝦，□及吏民感其誠，敬來趨事，如棟棟桶棧之傾靡者，瓴甋陛階之缺裂者，舉易而新之。復起講歸之堂，齊盧之伍，洎人神門庭庫、畦圖游急之所，英不畢備。用至元十年春二月釋菜禮，告成厥功，百年偉觀，頓還於舊。

專明年春，佐史劉瑞令汾西前尹王延年持温國文正公學記踵門而請曰：「不臕數邑，爣致力然鄉校，功甫潺而尹適去，於可俾上官之善藐焉無聞於後？以爣以分，瑞也寔任其責，擬揭請麗石，以告來哲。」不肖素陋於文，以忽禱堅扣，辭不能已，教勉爲書之。又竊喜章得列名於司馬公之下風，固所願也。尹，晉之臨汾人，諱仲拜，資明良，果於從政，故其爲善，卓卓有成也如是。較夫從事於簿書期會之末者，不曰「有志於本，知改之所與」與？新令尹義君復繼而克行，以增益其未至者。異時化成俗具，不權典於諸君者耶？誠可歌也已，其辭曰：

維漢聞喜古桐鄉，東浚董澤南條崗。千年喬不秋煙蒼，廟宮盤監枕艮方。平時弦誦藹兩庠，代不乏人古明良。如儉顯魏虔相唐，風雲感會龍虎驤。至今德業何昭彰，神居雖存尤且□。蒿萊没人孤免藏，風雨穿漏摧棟梁。張君下車心慨傷，首以營治如弗遑。罔□見義爲賢農，咨嗟吾道百孔唐。進舊觀尉有光，齊廬有室講有堂。我南過此邦，親覩盛事思彷徨。吾儒有例則揚，作詩豈唯示未志。士民嚮化此本張，於乎廟碑古甘棠。

明　胡謐《（成化）山西通志》卷一三（民國二十二年景鈔明成化十一年刻本）

待旦軒記

王惲

至元壬申歲，子自御史調官平陽，扁私居之軒曰待旦，蓋所以礪厥志而儆不建也。

矧河東列城五十，棋布相望，大府實隸所在而風俗繫焉。

國制，張宫五廳幕例，下僚位東西，與别駕嚮，至扶筆剖斷，一定于上。官僚若無所事，占署績尾，無細大，通得可否之。是判位雖下，所責亦不輕。第以品位有崇卑，材術有厚簿，得其人則分要而政舉，非其材則身骫而事去。自唯氣質疏散，心雖勉强，撫字無方，故就列以來，朝夕加勵，如恐弗勝。當其夜漏將盡，農雞始興，雙起盥漱，即人清明假寐之際，得無深思者乎？其於德澤川流，何宣布焉？庠序謂與，何申重焉？綱維承振，何主張焉？風俗未醇，何肅清焉？使務棼，何理亂焉？訟繁獄滞，何簡衃焉？屬邑不共，曷先率焉？賢才在下，曷焉薦揚焉？静言念兹，有公以處心，勤以集事耳。

噫！周公，聖臣也，負扆履籍以當冢宰之位，至于思兼三王而施四事，猶坐以待旦，勤强不息，况其下者乎？蓋勤則爲補拙之責，公則具生明之本。無私則心宰，心宰則理得，理得則言順；克勤則匪懈，匪懈則力行，力行則事立，事立則物化。此理之固然，無復疑者。苟不是念，而廿真上其身，卑舉詉詉，藉廬禄爲代耕之地，與夫工不事事、計日取墉者其異哉？恐食焉而氣怖，寢焉而體骫，尚何根本是賴，風化得喪之所繫焉？若此者，豈惟媿負中稽而授罪于時？將見嘯於梁者下瞰其室矣。於是大書屋壁，庶抑《詩》之自警去。

明年夏五月二日，靖共堂主人汲郡王惲記。

明　胡謐《（成化）山西通志》卷一三（民國二十二年景鈔明成化十一年刻本）

登鸛雀樓記

王惲

予少從進士泌陽趙府君學，先生河中人，故允時得聞此州樓觀雄天下，而鸛雀者尤爲之甲。及讀唐李虞部、暢當、王之涣等詩，其藻思令人飄飄然有整翮凌雲之想，擬一登而未能也。

至元壬申春三月，由御史裏行來官晉府，因竊喜幸，曰：「蒲爲屬郡，且判府職固廳幕，而關掌有顓務。」國制，判官典郵傳，季得乘馹檢劾稽緩。西南河關勝概，固形於夢寐中矣。其歲冬十一月戊寅，奉堂移，偕來伻，按事此州，遂復登故基，徙倚□礴，情□雲上。於是俯洪河，面太華，揖首陽，雖能觀委地，昔人已非，而河山之偉，風煙之勝，不殊於在古矣。

於是詠《採薇》之歌，有懷舜德；起臨河之嘆，而惠禹功。坐客顔笑，舉酒相屬，何其思之深而樂之多也。噫！昔韓吏部欲造登南昌閣者屢矣，至於刺潮、移袁、濱潭，卒莫之遂，秖後載名其上，列三王之次。今雖罄適□昔，盡登臨之美，而不覩瓌偉□業之觀，迺知勝賞有數，樂事不可并也。偕來者：古肥戴則柔克、滏陽馬昫德□、營州張思誠叔、子翁孺侍行。

是歲陽復後一日，承直郎汲郡王惲仲謀甫記。

明　胡謐《（成化）山西通志》卷一三（民國二十二年景鈔明成化十一年刻本）

新修岱獄行祠記 平陽路景行里

王惲

岱宗，東方之鎮山，有國者得以旅焉。祭典下表，世以神司命萬類死生禍福，幽明會歸，故所在駿奔奉祀，惟恐居後。去之遠者其敬篤，事之肅者祠愈崇，蓋其風俗使然，復何怪焉？

平陽故族張信等信之篤，事之尤謹者也。常以匪貌而廟之，不足妥靈揭虔，牖人於善也，於是傾貲擇勝，得東南陬景行里塏之地甚延，奠其神觀焉。寔經始于辛卯之三月，落成于元之戊辰，凡締幾三十楹，前殿後寢，翼中設寘諸像，曰昭惠君、蒿里相、柳嗣位、五藴使直及圜變相，擁衛環列，罔不畢備。巍巍煌煌，帝居之光，伸觀者起敬加聳，知所勸戒，善油然而生于衷，洋洋焉對越靈威，如在其左右也。下至作樂有亭，省牲有湢，便户鑿乎西，臺門敬其南，概瞻餘祠，號稱整肅。吁，勤亦至矣！一日，來匄文於予，將紀其興建本末洎信助者之名氏，永昭于後，因略爲論述之。

嗚呼！古人以神道設教，今也以作新祠宇爲事，理雖殊而摯有固然者。自禮義亡而世教不明於下，一鄉之士秉彝心而私淑人者，不爾則弗克悟陋民而儆簿俗，是則後人之意也歟？然神也者，聰明正直，福善禍滛乃其職耳。奉之者歲時儀獻，能齊莊沐潔，遠惡遷善，可薦而不爲神羞，吾知夫朋酒斯饗，獲簡穰之祉矣。不然，慊負申檣，象恭于神，雖將之以鍾鼓之音，腆之以牲幣之禮，芳菲滿堂，三獻具舉，神將厭而不顧，尚何福之有哉？幸來者詳特書之意，庶乎其近之矣。

明　胡謐《（成化）山西通志》卷一四（民國二十二年景鈔明成化十一年刻本）

元王惲游霖落山記

州西北四十里，有山曰霖落，寺曰香泉者。初，自寺庄入山門，約行六七里，峯回路轉，得古浮圖，亭亭出杳靄間，青嶂回抱，真畫圖也。望東北諸峯，頂歷蒼穹，足注絶壑。

山之椒，萬石林立，極太湖奇特之狀。半空磊落，勢若飛來，蒼巖老柏，儼視上下，雲煙空翠，顧接不暇，即霖落山也。行百餘步，徑漸狹束，石犖确，不能騎，青鞋竹杖，推挽以進還，自絶澗底陟西磴道入寺。殿廢基巔崖上，東西二佛龕，歲月崢嶸，皆開元間物。南瞰哀壑，心魄爲動。王子與客循東崖而下，抵霖落足，仰看青壁，斗絶如削，今謂之捨身崖者是也。少憩，轉而升東北石磴，攀蘿蹴鱗，度滴乳古巖，再折華嚴壁下。壁磨崖爲之，作隸書，刻《華嚴》部，特精緻可觀，字約萬數。木客誕誇，時出光怪，中鑿巨龕古佛，護以龍象。其香泉自經洞石罅中流出，穿雲霤石，復從乳巖半腹下瀉，作瀑布流，飛濺叢石間，珠跳玉迸百折。山藉以潤，寺仰以清也。西崖對峙，老藤怪石，出槲樹間，蹲踞騰拏，如衆獸相搏，望之愕然而恐。野人曰：「此獅子峼也。」其西北一峯天成如臺，石逕作梯，盤屈而上，若雌霓掛樹，連卷未收，即寺之眺月臺也。故址山中相傳昔魏安王起雪宫於此，故宋人石刻皆引魏離宫故事，有「崎嶇一逕入禪扉，魏主離宫在翠微」之詩。金盛時，殿閣極侈，今祇禪師一殿巋然獨存，所恨薄暮，不獲陟。連雲絶頂，放曠遠目以盡諸山之勝，令人仰視，飄然有整翮凌雲之志。既而，林風振壑，寒日下山，蒼然暮色，自遠而至。猿鳴兕叫，凜然不可留，遂洎南山半腰歷，俯落岸，盤馬謹轡而還。回顧寺塔，暝烟四合，無復所見。但覺西山爽氣，清潤雄秀，溢我心目，襟袂以之淋漓，詩脾爲之清壯也。

明　何鏜《古今遊名山記》卷六（明嘉靖四十四年盧陵吴炳刻本）

匏瓜亭，在府南一十里亭。多野趣，元趙參謀别墅。王惲詩：君家匏瓜盡罇彝，金玉雖良適用齊。爲報主人多釀酒，葫蘆從此大家提。

明　李賢《明一統志》卷一（清文淵閣四庫全書本）

王惲徵夢記

明　葉盛

至元十七年春，某官真定，夢先祖敦武府君親告某曰：「今濟源縣宋宰相陳堯叟碑文内王其姓者，即王氏遠祖也，汝其識之。」廿年正月，在燕與懷州劉節使相會，問及陳相石刻，云濟源見有陳堯叟讀書堂故碑，但不知有無王姓者。記之以志異日求訪。此元翰林學士秋澗王文定公紀夢也。

《水東日記》卷三七（中華書局一九八〇年版）

遺廟荒凉古木稠（元吴世忠）幾度登臨倍惆悵（元燕敬）夕陽惟見水東流（唐韋莊）罷吟鸚

鵲草芊芊（唐譚用之）一線清風值萬錢（元秋澗）漁父自醒還自醉（宋党懷英）汀洲無浪復無煙（唐劉文房）湫潭隱奧龍非蓄（元柳道傳）

《襄城縣志》卷七（天一閣藏明嘉靖刻本）

王秋澗《湖上樂》四首，純乎元曲，其佳句云：「新詞淡似鵝黃酒」，「豆葉黄，亦是曲意，即元人一半兒也。

清　鄒祗謨《倚聲初集》卷四《韻辨一》（清順治十七年刻本）

《詩家鼎臠》二卷

編修汪如藻家藏本

不著編輯者名氏。卷首有題詞，署曰「倦叟」，亦不知倦叟爲誰也。所録有王惲之詩，頗疑爲元人所輯。然元王惲爲東平人，而此題曰：「古汴王惲」，里籍既不相符，考《秋澗集》内亦不載此詩，則非元王惲明矣。方回《瀛奎律髓》稱慶元、嘉定以來，有詩人爲謁客者，錢塘湖山，什佰爲群。阮梅峰秀實，林可山洪，孫花翁季蕃，高菊磵九萬，往往雌黄士大夫，口吻可畏。今考是書，阮秀實、林洪、孫季蕃、高九萬諸人之詩，並在選中，或即其時所刊，如陳起《江湖小集》之類歟？上卷凡五十八人，下卷凡三十七人，每人各著其里居字號，爲例不一，所存詩多者十餘首，少者僅一二首，蓋取「嘗鼎一臠」之意，故以爲名。其間家數太雜，時代亦多顛倒，編次頗爲無緒，然宋末佚篇，賴此以存者頗多，亦未可以書肆刊本忽之矣。上卷首原脱半頁，上卷末金沙夏某一人，名字詩篇均有闕佚，今亦姑仍之云。

清　永瑢等《四庫全書總目提要》卷一八十・集部四十・總集類二（中華書局一九六四年版）

元王文定公惲《秋澗集》載《孔履記》略云：「履制極古，長尺有二寸，其圈以絲。藉則以枲爲之紋，作古方花，角結駢羅，紕縞如畫，不可端倪。厥首几二，似圓而方，狀若物勾，勢欲上達。循口有衣如罾，可相掩覆，傍綴繩約，長約數寸，殆用拘縛，以斂口哆。環唇之周，中貫繶紃。疊踵之後，辮結方舒。犢鼻穿徹，色蒼艾無光。枲之纖疧者逮弊，絲之堅凝者不變也……中統三年夏五月，同宣撫徐世隆、都司劉郁、幽陵張著拜觀于先進趙公學舍」。千八百年物，尚存人間，可興起步趨者之遐慕矣。今去中統又幾三百年，不知此履爲誰氏寶藏也？

明　胡震亨《讀書雜録》卷上（清康熙刻本）

元王惲秋澗《玉堂嘉話》多有訛舛，如錢文僖跋鍾繇墨蹟《議事表》云：「尚父嘗寶此帖」，惲云：「尚父謂忠懿王鏐」。按，吴越國王鏐謚武肅，若忠懿，乃俶謚也。李北海《毒熱帖》後題觀者黄魯直已下六十九人，並列張浮休、張舜民，不知舜民即浮休也。楊凝式小字詩，凝式字虚白，按歐史凝式附見《唐六臣傳》、陶岳《五代史補》皆不言字虚白，未知何據。「柘枝舞本拓拔舞，金人以名不佳改之。」按《樂府雜録》，健舞曲有《柘枝》，軟舞曲有《屈柘》。《樂苑》羽調有《柘枝曲》，商調有《屈柘枝》，舞因曲爲名。又雜見《教坊記》、《羯鼓録》。唐沈亞之《柘枝賦》云：「柘枝信其多妍」，其本曲首句七字，第二、第三句皆五字，第四句復七字；薛能有三首，止是五言六句；温庭筠《屈柘詞》所謂「楊柳縈橋緑，玫瑰拂地紅」，則五言律詩也。《柘枝》自唐世已盛傳，烏得云自金人始耶？「宋高宗善書學，擇諸王命史彌遠教之，孝宗其一。」按，彌遠寧宗時人，安得云教孝宗耶？「宋曾册金爲東懷國。」乃遼册之，非宋也，其謬誤大抵如此。

王秋澗云海州「東入海八百里峽島，是龍宫地。生海棠作矮樹，花色深紅，大如茶盌而百葉，香韻殊絶。每歲自島中移百本入海州御園，明年再移百本，而以先所種者供御。每花一金籤牌記之，重九始開」。昔人謂惟昌州海棠有香，不知海州，然云開于九月，當别是一種，非西府垂絲之類。

清　王士禎《居易録》卷八（清文淵閣四庫全書本）

明　王鏊

跋吴文定公與沈石田手札

聞之王秋澗云「字畫亦可以觀人之壽夭」，文定以甲子七月十日奄逝，此札作於是月之六日，相去四日耳。點畫法度具在，言辭温潤諄切，與平日無異也。秋澗之言，豈欺我哉？昔曾子臨終，所以告孟敬子者，尤謹於容貌、顔色、辭氣之間。文定此札，久要之誠，恬退之節，蓋略見焉，其所養可知矣。公於石田最厚，往來簡牘尤多，而此札則若與永訣然者，故尤重之、寶之，裝潢成卷，俾予書其後。於戲，公之筆於是乎絶矣！

《震澤集》卷三五（清文淵閣四庫全書本）

王秋澗云：「作文亦當從科舉中來，不然豈惟不中格律，而汗漫狂披，無首無尾，是出入不由户也」，此論亦是確言。每見未曾爲舉業者，作詩或有好句，爲古文輒不解布局、措詞之法，雖之乎者也，往往安頓不妥，固知須從此徑入來。秋澗，名惲，元人。

清陳弘緒《寒夜録》下卷（清鈔本）

飛廉館瓦

清　王士禎

元王文定惲《秋澗集》有《飛廉館瓦硯歌》，略云：「劉郎杳杳秋風客，神鳥冥飛憶初格。豹章爵首尾蟠蛇，建章千門風洌洌」云云。此亦在銅雀之前，知漢瓦無不可爲硯也。

《池北偶談》卷一一（清文淵閣四庫全書本）

王秋澗論文

清　王士禎

元秋澗王惲述承旨王公論文語曰：「入手當如虎首，中如豕腹，終如蠆尾。首取其猛，腹取其楦穰，尾取其螫而毒也。」見本集。《喬吉夢符論作今樂府法》亦云：「鳳頭、豬肚、豹尾，大概起要美麗、中要浩蕩、結要響亮。」見《輟耕録》。

秋澗又記鹿庵先生曰：「前漢列傳多少好樣度，於後插一銘詞，篇篇是箇碑表、墓誌，作者觀此足矣，不必他求也。」

《池北偶談》卷一三（清文淵閣四庫全書本）

霍山，在霍州東南三十里，接趙城界。周爲冀州之鎮，今爲中鎮。元王惲《望霍嶽詩》：老澗灣環兩翼分，一川草木氣如薰。土人爲説山靈異，欲雨先占頂上雲。王惲，中統間平陽路總管府判官，太平縣有疑獄，久不決，惲一訊即得其實，乃盡出所逮繫者，時境内久旱，一夕大雨。

明　李賢《明一統志》卷二〇（清文淵閣四庫全書本）

王秋澗酒榜

清　褚人穫

王秋澗惲《酒榜》云：伏聞三尺紫簫，吹破金臺之月；一竿青旆，飄摇淇水之春。孝先張君系出豪華，長居紈綺。壯狃五陵之裘馬，老尋中聖之家風。左顧東城，名標新館。雖借作養廉之地，已大蒐破敵之兵。瀧春溜於連床，貯秋香於百甕。與同至樂，任價寬沽。罄翠罌銀勺之歡，是非何有；聽白雪陽春之曲，風月無邊。信不比於尋常，莫等閒而空過；任使高陽公子，從他宫錦仙人。争貰金貂，紛縻劍珮。繫馬鳳凰樓柱，掛纓日月牕扉。白骨蒼苔，古人安在？流光逝水，浮世堪驚！況百年渾是者能幾迴？一月開口者不數日。忍辜妙理，竟作獨醒？莫思身後無窮，且鬥尊前現在。那愁紅雨，春闈繡幕之風；來對黄花，共落龍山之帽。快傾銀而注瓦，任枕麴以藉糟。頓空工部之囊，扶上山翁乙馬。前歸後擁，盡日而然。

王秋澗花約

清　褚人穫

王秋澗又有《花約》云：良辰樂事，雖曰難并；旨酒嘉有，豈容獨饗？兹者小園竹木粗有可觀，故里賓僚可疏一宴。忍教康節獨擅花時，敢擬右軍同修禊事。伊誰有語，花枝羞上老人頭；來日無多，此樂莫教兒輩覺。玉盤濯月，已煩竹裏行厨；繡勒攢香，暫簇花邊駿馬。擇佳日，就敝園聊備芳尊；望群英，移玉趾早垂光降。

《堅瓠集》補集卷六（清康熙刻本）

義俠行

王惲

予爲王著作《劍歌行》，繼更曰《義俠》。或詢其所以，因爲之解曰：「彼惡貫盈，禍及天下，大臣當言天吏得以顯戮。而著處心積慮，一旦以計殺之，快則快矣，終非正理。夫以匹夫之微，竊殺生之柄，豈非暴豪邪？不謂之俠，可乎？然大姦大惡，凡民罔不憝，又以《春秋》法論，亂臣賊子，人人得以誅之，不以義與之，可乎？又且以游俠言，古今若是者不數人，如讓之止報己私，軻之劘軀無成，較以此舉，于尋常萬萬也。凡人臨小利害，尚且顧父母，念妻子，慮一發不當且致後患。著之心，孰謂不及此哉？然所以略不顧藉者，正以義激於衷，而奮捐一身爲輕，爲天下除害爲重。足見天之降衷，仁人義士有不得自私而已者，此著之心也。何以明之？事既露，著不去，自縛詣司敗，以至臨命，氣不少挫。而視死如歸，誠殺身成名，季路、仇牧，死而不悔者也。故以『劍歌』易而爲『義俠』云。」著字子明，益都人。少沉毅有膽氣，輕財重義，不屑小節。嘗爲吏，不樂，去而從軍，後與妖僧高北行假千夫長，歸有此舉，死年二十九。時至元十九年壬午歲三月十七曰丁丑夜也。

元　蘇天爵《元文類》卷四（四部叢刊景元至正本）

進實録表

王惲

典謨述堯舜之功，令名顯著；方册布文武之政，義問宣昭。粤自漢隋，及夫唐宋，咸有信史，以貽後來。況大業豐功，震今耀古，惟深善述，首議丕揚。洪惟世祖皇帝仁孝英明，睿謀果斷。爰從潛邸，有志斯民。植根幹而佐理皇綱，聘耆德而講明治道。始平大理，再駕長江，過化存神，有征無戰。迨其龍飛灤水，鼎定上都，革弊政以惟新，擴同仁而一視，規模宏遠，朝野清明。内則肇建宗祧，創設臺省，修舉政令，登崇俊良；外則整治師徒，申嚴邊將，布揚威德，柔服蠻羌。加以聖無不通，明靡不燭，守之以勤儉朴素，養之以慈惠雍和。收攬權綱，綜覈名實，賞罰公而不濫，號令出以惟行。萬彙連茹，羣雄入彀，削平下土，統正中衷。慕義嚮風，聲教實朔南之暨；梯山航海，職貢無遐邇之殊。方且開學校而勸農桑，考制度而興禮樂。國號體乾坤之統，書畫焕奎壁之文。罄所有而醻戰功，不待計而救民乏。聽言擇善，明德緩刑。斂福錫民，遇灾知懼，得《洪範》惟皇之理，過周宣修政之勤。以致時和歲豐，民安吏職。蓋帝德克周於廣運，故至公均被以無方。可謂文致太平，武定亂略。繼一祖四宗之志，兼三皇五帝之功。開天立極者三十五年，立經陳紀者二萬餘事。以謙讓弗遑於備紀，故纂修未至於成書。欽遇皇帝陛下寅紹詒謀，厲精圖治，亟鑒觀於成憲，思遹駿於先聲。深詔下臣，俾爲實録。宅心宗祏，凝孝羹墻。開館局而增置官僚，敕羣司而大紬圖籍。編摩既富，搜訪加詳。采摭於時政之編，參取於起居之注。張皇初稿，增未見於罕聞；承奉綸音，俾鐫繁而就簡。俯殫管見，仰體宸衷；盡略虚文，一存實事。其饗會征伐，文物典章，粲焉列三代之英，蔚爾開萬世之業。與夫才德孝廉之士，忠良姦佞之臣，版圖生齒之繁，財賦畜牧之盛，謹依條據，粗致無遺。今具所修成《世祖皇帝實録》二百一十卷，《事目》五十四卷，《聖訓》六卷，凡二百七十卷。謹繕寫爲二百七十帙，用黄綾夾複封全，隨表上進。臣等忝備台司，幸膺盛典。顧惟載筆，才何有於三長；勉進蕪辭，慮庶幾於一得。冒瀆聖聽，不勝驚惶。

元　蘇天爵《元文類》卷一六（四部叢刊景元至正本）

卓行劉先生墓表

王惲

先生諱德淵，字道濟，襄國内丘人。性擗直，有操守，好學，能自刻厲。及游滹南王先生門，思索《辨惑》等説，自是饜飫史學，爲專門之業。非禮義不妄言動，一介不取於人。朋友死，雖千里遠，徒步必至。覩前賢奇蹟偉行，擊節嘆賞而不能自已。至椎耕牛以饗竇王，殺乘馬而祭昭烈。其或憫時之艱，急人之難，切於己私而不置也。始則人大以爲異，既而疑焉，終迺歎服，曰：「先生篤行直躬，守死善道者也。」北渡後，赴戊戌試，魁河北西路。逮中統建元，三府辟其行能，授翰林待制。晚節知圓鑿方枘，不能與時阿合，乃以所得成就學者，立言傳後，著《三爲書》數萬言，其説爲天地立極，爲生民立本，爲聖賢立法。敷析温公《通鑑》數百條，扶翊章武，俾承正統，及見考亭《綱目》書多所吻合，沾沾而喜，曰：「吾天地間可謂不孤矣。」又通古文奇字，士多傳習之。凡經指授者，雖節目磥砢，表表有所立。或惜其獨善，不顯諸用，然振衰善俗，激厲後人多矣。太保劉公、左轄張公以鄉曲義來周卹，皆却之，曰：「吾非踽踽涼涼，闇然媚於世者也。」至有以禮願交而弗之允者。魯齋許公每道邢，必式閭致恭而去。壬子秋，予始見先生於胙，對榻學館，夜半，欻起撼予曰：「吾於漢丞相亮論議際有所得，惜不並時，當有説。」云云。至元壬午，予按部夷儀，謁先生於天貺齋，棲遲蓬蓽，心融一天，自樂其樂，英發之氣至老不衰。「先生近何述？」曰：「適作《四兇辨》、《天府七星挽章》，于以張皇幽眇，振濯漢靈，一何壯也。」臨訣握予手，曰：「吾耄矣。斯文未喪，子其自將。」既而聞卧疾，慮乏調養。詢諸友生，始知先生有子樸，早世，女孫一，適康氏子，新婦、女孫皆不聽侍疾。卒年七十有八，時至元丙戌九月二十二日也，葬順德之西丘里。後十五年，晚進王寧合鄉國議來請曰：「先生學貫三才，養素丘園，行媲於古人，望高乎一世，没當易名，用垂光範。」予謂寧曰：「士風之不振也久矣，安得高風古節如先生者哉。昔孟東野以詩鳴唐，張籍私謚曰『貞耀』，程伯淳以道自任，潞公揭之曰『明道』，今扳二例，如以『卓行』加之，則名與行爲顯允矣。」門生户部尚書戎益礲石表墓，以圖不朽。翰林學士汲郡王惲爲之表。

元　蘇天爵《元文類》卷五六（四部叢刊景元至正本）

烈婦胡氏傳

王惲

劉平妻胡氏，濱州渤海縣秦臺鄉田家子。至元庚午，平挈胡洎二子南戍棗陽，垂至，宿沙河岸。夜半，有虎突來，啞平左臑，曳之而去。胡即抽刀前追，可十許步及之，徑刺虎，劃腸而出，斃焉。趣呼夫，猶生，曰：「可忍死去此，若他虎復來，奈何？」委裝車，遂扶傷携幼，涉水而西。黎明及季陽堡，訴於戍長趙侯，爲捄藥之。軍中聚觀，哀平之不幸，咤胡之勇烈也。信宿，平以傷死，趙移其事上聞，得復役終身。嘻！胡，柔懦者也，非不懼獸之殘酷，正以援夫之氣激於衷，知有夫而不知有虎也。平雖死，其志烈言言，方之太山虢婦，何壯毅哉！

元　蘇天爵《元文類》卷六九（四部叢刊景元至正本）

烈婦胡氏傳

王惲

劉平妻胡氏，濱州渤海縣秦臺鄉田家子。至元庚午，平挈胡洎二子南戍棗陽，垂至，宿沙河岸。夜半，有虎突來，啀平左髃，曳之而去。胡即抽刀前進追，可十里步及之，竟刺虎，劃腸而出，斃焉。趣呼夫，猶生，曰：「可忍死去此，若他虎復來，奈何？」委裝車，遂扶傷攜幼，涉水而西。黎明及季陽堡，訴于戍長趙侯，爲捄藥之，軍中聚觀，哀平之不幸，咤胡之勇烈也。信宿，平以傷死，趙移其事上聞，得復後終身。嘻！胡，柔懦者也，非不惧獸之殘酷，止以援夫之氣激于衷，知有夫而不知有虎也。平雖死，其志烈言言，方之太山虢婦，何壯毅哉！

元　陶宗儀《草莽私乘》（清初鈔本）

咏漢柏

王惲

蒼柏無城擁漢陵，閟宫遺樹鬱峥嶸。崔嵬不植明堂礎，造化潛通岳頂靈。萬壑烟霏封傑幹，半空風雨撼秋聲。白頭會見東封日，秀映鸞旂一色青。

明　查志隆《岱史》卷一五《登覽志》（明萬曆刻本）

拜奠宣聖林墓

王惲　山東副使

庭訓隳渺茫，師授悖嚴戒。□予不惑年，行已得夷隘。今歲客東魯，似爲神所介。駕言逐秋風，得展闕里拜。遥遥魯甸餘，汶水走湍瀨。憑軾望雲林，鬱鬱佳氣靉。齊莊趨兩楹，奠獻成孤酹。巋然三聖封，迎止高泰岱。恨生千載後，今夕備掃灑。披雲覩天日，太極開一畫。彼蒼詎能言，諄諄聖爲代。三綱與九法，籠圍無内外。君臣以之定，乾坤以之泰。東周不可爲，述作萬古賴。聄聆徇鐸音，光化雷雨解。敬想燕居容，金聲鏗玉珮。當時七十子，授受嚴如待。鳳兮鳴幾時，諸子沸秋籟。一朱亂紅紫，百谷茂稊稗。愚者甘下達，誕者樂語怪。韞藏寶康瓠，斡棄清廟鼐。明倫得不泯，而有六經在。天高孰可階，一氣包厚載。茲遊固難言，默契心有會。胸中九雲夢，吞納失蔕芥。循循善誘詞，師也書諸帶。經懷伯禽業，郁郁文獻最。三桓張公室，霸功熾而□。一□去無復，荒陵餘石獬。煌煌天乙孫，膚敏半冠蓋。德博慶自修，道大勢能邁。今泥貫元精，泗波來遠派。汪濊一聖海，不隨梁木□。歸侍金□堂，持齋聞謦欬。恍如到帝所，鈞天廣樂備。洗我兩耳聰，肉味忘一□。詠歸寫遺音，風推變鄘邶。一簞老東家，吾知其樂大。遲遲不□六，寒日下蒼檜。

明　陳鎬《闕里志》卷一一《譔述三》（明嘉靖刻本）

請立襲封衍聖公事狀

元　王惲

伏見歷代尊禮孔聖，世有襲封，以奉祀事。會驗國朝自壬辰年間欽奉聖旨，於南京取到五十一代孫孔元措赴闕，令襲封於魯。自元措之後，嗣襲遂闕，歲時主祀，止令曲阜令治承權祀事，甚非大宗主祭之義。我國家尊師重道，焜耀百代，三教九流，莫不崇奉，豈惜一人爵禄而不議封建，蓋未有舉行者。合無聞奏，明考族譜，令宗親推其賢而有文者襲其封爵，俾奉祀事，以明天下風俗之本，寔聖代殊常之盛典也。

明　陳鎬《闕里志》卷一二《奏表》（明嘉靖刻本）

請教孔顔孟子孫事狀

王惲

伏見國朝尊師重道，德及後裔，其孔、顔、孟子孫，故□者特設教官，使之養育。比年以來，不聞一人有學業聞聖者，雖親炙祖庭，其淵源聞見終□□□。□□司無途三家德性頗明俊者①，使入京師國學，令學士等官教育，庶幾有成，以昭先世之德。

明　陳鎬《闕里志》卷一二《奏表》（明嘉靖刻本）

王惲《玉堂嘉話》云：東坡《洗玉池銘》，擘窠大字，極佳。洗玉，龍眠以十六古玉洗於池中云。時置之几上，則不應有擘窠書，想別寫一大石也。

明　陳繼儒《妮古録》卷四（明寶顔堂秘笈本）

岳武穆鄂王廟復建記

王惲

按，此文有「成化戊戌夏四月」語，且王惲世爲金人，岳飛抗金，亦未至杭州一帶，故不至作此文，當爲誤題。不録。

明　陳全之《蓬窗日録》卷五《事紀一》(明嘉靖四十四年刻本)

題錢舜舉画梨花

王惲

香黐玉笛真妃怨，雨暗□□樂語凄。不似錢郎能駐□，□風庭日醉如泥。

□西千樹鬧春華，莫把芳容帶雨誇。看取一枝横絶處，洗粧還是漢宫娃。

錢舜舉折枝圖

王惲

探花走馬醉西城，歲與東君似有情。不是今春風色惡，折枝圖上看清明。

題錢選臨曹將軍燕脂驄圖

王惲

涪翁醉草丹青引，秘省珍藏獵騎圖。老眼再觀知有數，喜從唐本玩臨摹。第三句一作「書入昭陵那復得」。

龍種中來見異姿，春風舞影下瑶池。馬中岳湛錢郎筆，寫盡坡仙七字詩。

刻烙天全固可悲，不應顧影自驚嘶。君看慘淡經營意，重爲莊生解馬蹄。

首脱金羈藉帝閑，春風沙苑草芊綿。承恩幸在休閑地，誰與争鳴八駿先。

良驥初非以力聞，丹青傳寫畫圖新。超超説是千金駿，踶囓何曾到圉人。

錢舜舉牡丹折枝圖

王惲

翠帷高捲出傾城，並□凝粧別有情。似爲洛人矜絶艷，兩枝相倚鬥輕盈。

錢舜舉桃花黄鶯圖

王惲

金衣公子絳桃芳，飛下喬林過錦江。細按玉琴能巧囀，絳紗高捲薛濤窗。

題梵隆古畫雅集圖

王惲

龍章紅爛紹興文，入手休驚玉盌新。奎壁細看輝映處，半爲元祐黨中人。第二句一作「内府芸香秘幾春」。係四府畫，上有《紹興志》。今爲霍清甫家藏。

江貫道畫江山萬里圖

王惲

抖擻衣塵整豸冠，囂囂終日簿書間。何時一□□□裹，飽看江南萬里山。

明　董斯張《吴興藝文補》卷五三（明崇禎六年刻本）

劉齊王讀書堂

在阜城北墉下

元學士王惲

當年齊相讀書堂，此日金華表佛幢。碧色尚餘書帶草，綺□猶是聚螢窗。

明樊深《（嘉靖）河間府志》卷三《建置志·讀書堂》（明嘉靖刻本）

過董子廟

元翰林學士王惲

吾觀漢家制，所法皆亡嬴。中間去取之，易苛稍寬平。何參不足責，本是刀筆生。文景尚黄老，申公負虚名。賢哉董大夫，三策貫漢庭。論説天人際，高吐三代英。仁義我所重，功利我所輕。紛紛弘湯問，獨能尊聖經。所惜王者佐，竟老膠西卿。過蓨得遺廟，再拜瞻冠纓。至今讀公書，片語皆世程。浩浩廣川水，萬古朝滄濱。因之觀其瀾，吾道得少行。

明　樊深《（嘉靖）河間府志》卷三《建置志·董子祠》（明嘉靖刻本）

聞談劉齊王故事 并序①

元翰林學士王惲

元翰林學士王惲，某年七月十三日宿阜城縣廨。教諭劉元輔話廢齊祖塋在縣南十二里，今謂之御莊，至今石馬在焉。明日，次元州陳教授，又説豫未貴時，一日顧見一白龍見婦翁家大鏡中，但無鱗與角耳。後婦翁亦見，以女妻之，資籍之力甚厚。及生二子，以鱗、角爲名。或者謂二子長，豫當大貴，後果然。惲因作詩：

劉翁布衣時，往往人鄙棄。婦翁識其賢，資籍極至意。龍騰鏡光中，第闕鱗角異。用補二子名，既長志果遂。八百阜昌齊，有命終閏位。至今説釜銀，託子反爲累。爲淵既驅魚，齊安得不廢。朅來過故城，人指金華地。公昔此讀書，葱鬱見佳氣。尚看書帶草，碧色映階砌。蕭條縣南墳，猶以御莊謂。石馬慘無聲，山冢久蕪穢。空餘一字詠，流播傳後世。邦人陳與劉，因話談兹事。

明　樊深《（嘉靖）河間府志》卷四《宫室志》（明嘉靖刻本）

【校】

①「聞談劉齊王故事并序」，據《秋澗集》卷三補詩題。

叢臺

元學士王惲詩：黄粱夢短不須驚，滿馬紅塵過趙城。獨上荒臺重惆悵，野烟無處認温明。

明　陳棐《（嘉靖）廣平府志》卷八（明嘉靖刻本）

追挽元遺山先生

王惲秋澗集

文奎騰彩憶光臨，孺子何知喜嗣音。予年廿許，以詩文贄於先生，公喜甚，親爲刪誨，且有文筆重於相權、泰山微塵之説。即欲挈之西行，以所傳畀予，以事不克，至今有遺恨云。党趙正傳公固在，陽秋當筆我奚任。天機翻錦餘官様，月户量工更苦心。野史亭空遺事墜，荒煙埋恨九原深。

元好問《元遺山詩集箋注·附録》（清道光二年南潯瑞松堂蔣氏刻本）

王惲題遺山先生手書雜詩後 秋澗集二則

文鍵親承謦欬餘，又從珠璧見遺書。常疑落落江山筆，不放奎光到玉除。

元好問《元遺山詩集箋注·附録》（清道光二年南潯瑞松堂蔣氏刻本）

又中統五年六月初八日夜夢遺山先生指授文格覺而賦之以紀其意一首

分明昨夜夢遺山，指授文衡履絇間。道必細論能出理，文徒相剽亦何顔。江流不廢驚千古，霧管時窺得一斑。落月滿梁清境覺，紫桐花露濕吟冠。

元好問《元遺山詩集箋注·附録》（清道光二年南潯瑞松堂蔣氏刻本）

秋澗集十三則

王惲著

《遺山先生口誨》：遺山先生向與頤齋張公自汴北歸，過衛。先君命録近作一卷三十餘首爲贄，拜二公于賓館，同志雷膺在焉。先生略叩所學，喜見顔間，酒數行，命張燈西夾曰：「吾有以示之。」先生憑几東面坐，予二人前侍，披所獻狂斐，且讀且竄。即其後，筆以數語擬其非是，且見循誘善意，而于體要工拙、音韵乖叶尤切致懇。每篇終，不肖跪受教，再拜起立。夜向深，先生雖被酒，神益爽，氣益温，言益厲。覺泉蒙茅塞灑灑然頓釋，如醉者之于醒，萎者之于起也。説既竟，先生復昌言曰：「千金之貴，莫踰于卿相，卿相者，一時之權。文章，千古事業，如日星昭回，經緯天度，不可少易。顧此握管，銛鋒雖微，其重也，可使纖埃化而爲太山；其輕也，可使太山散而爲微塵，其柄用有如此者。况老成漸遠，斯文將在後來，汝等其勗毋替。」坐客四悚，有惘然自失，不覺映面發愧者。既而，鼓動客去，先生覆衾卧，予二人亦垂頭倚壁熟睡。及覺，日上，先生與客已觴詠久矣。于是胠篋取一編書，皆金石雜著，授予曰：「可疾讀，吾聽。」愜其音節句讀不忒，顧先君字而謂之曰：「孺子誠可教矣。老夫平昔問學，頗得一二，歲累月積，針綫稍多，但見其可者欲付之耳。可令吾姪從予偕往，將一一示而畀之，庶文獻之傳，罔隕越于下。」先君起拜謝不敢曰：「先生惠顧若爾，何幸如之？知王氏且有人矣，敢不惟命。期于明年春，當見先生于西山。」時歲甲寅春二月也。後三十五載戊子冬十二月臘節前三日，小子惲再拜謹述。

又《題遺山手簡後》：公道存在上者，惟恐士之不才；公議廢當塗者，惟恐士之有才。此古今通病，必然之理也。昔程伊川與韓相維游許昌西湖，坐間有以書投韓者，程視之，蓋干進者也。程曰：「相公亦令人求之耶，况爾後乎？宜其藩維棘鎖，想玉堂如在天上也。」觀此帖者，幸勿以遺山爲疑可也。

又《帝王鏡略序》：近讀遺山先生《鏡略》書，所謂立片言而得要者也。其馳騁上下數千載之間，總理繁會數百萬言之内，駢以四言，叶以音韻，世數代謝，如指諸掌。

又《題元楊手筆後》：卷中諸公，皆一時名勝，先生俎豆其門，諸賢樂與游者，其以道義故也。予早歲讀書蘇門，尚及見之，歲時吟咏于山水間，彬彬然極承平時故家風味，不知軒冕爲何物。孰謂三十年後，文物凌替而至于斯，拊卷援毫，豈勝慨慕。

又《黄石祠詩注》：黄石公祠有詩云：「天□既與赤帝子，□□願師黄石公。」題曰「騰騰老」，後復題曰「兀兀翁」。「騰騰老」者，楊紫陽也；「兀兀翁」者，楊飛卿也。二公争相謂己詩者數年，遺山聞之曰：「詩則非佳，争之之意甚可一噱也。」

又《史天澤家傳》：北渡後，名士多流寓失所，知公好賢樂善，偕來游依，若王滹南、元遺山、李敬齋、白樞判、曹南湖、劉房山、段繼昌、徒單侍講。爲料其生理，賓禮甚厚，暇則與之講究經史，推明治道。

又《玉堂嘉話》：遺山常與張噥齋論文，見有竊用前人詞意而復加雌黄者，遺山曰：「既盗其物，又傷事主，可乎？」一坐爲之絶倒。

又金清漳老人，南宫人，曾撰本縣《二郎神廟碑》，遺山見之，謂進士張和之有「讀得行得」之語。

又趙大中庸説：嘗見遺山與張緯文相謔，見碑文過，俞曰：「遺山又貨了一平天冠也。」

又觀《東坡與蒲資政傳》，正書，并《覓柿霜》、《無核棗》四。帖後有張行簡、董師中、元遺山跋語。

又《詩夢》：十一月十七日，與兒輩祓除回，就枕熟眠。近四鼓，夢與姜君文卿會歷下亭。酒半酣，姜歌《鷓鴣曲》壽予，聲甚歡亮。已而，以遺山新舊樂府爲問，予曰：「舊作極佳，晚年覺詞逸意宕，似反傷正氣。」姜以爲然。予因賦詩以贈，既覺，頗記一二，因足成之。其詩曰：「畫戟清香敞燕居，分明夢裏到庭除。恩醲故里縣車後，錦爛秋鷹斂翮初。細櫂觥船浮酒海，暫停銀管合纍珠。賞音千古遺山曲，堅意高歌要壽予。」

又《紀夢》：至元戊子八月十三日夜，送真定姬仲實上路，就枕熟睡。夢在一雪後亭榭，尚書張夢符、宣慰信雲甫、御史王子淵三人來訪，坐久話及向在東平時游燕等事。夢符衣一素練衫，當膺畫名士像，自遺山以下數人。予即題詩几上，云：「不惜黄金買東絹，丹青難寫是真容。」因大噱曰：「此衫甚佳，但到處長負一軸諸公行神也。」遂踏砌雪而散覺。乃自占其夢，復作一聯云：「想是隆江方大用，故將賢彦貯胸中。」

元好問《元遺山詩集箋注·附録》（清道光二年南潯瑞松堂蔣氏刻本）

元故三白渠副使郭公墓碣銘

元　李庭

監察御史王惲以聞其辭，有「在雷門善繼先聲，適郭氏誠爲真婦」之句，蓋實録云。

《寓庵集》卷七《墓表神道碑雜著》（清宣統刻藕香零拾本）

王惲現存碑刻信息統計

序號	題名	其他題名	碑刻信息	立石年代	書體	備注
1	蕭真人碑	額題：太一二代度師贈嗣教重明真人蕭公墓碑銘	（元）徒單公履撰；王惲書；王博文篆額	元中統五年（1264）二月十二日	正書，額篆書	陳垣《道家金石略》收此碑文。原碑在河南濟源，現藏拓片於北京大學圖書館。
2	輝州重修玉虛觀碑	首題：輝州重修玉虛觀碑	（元）王惲撰；趙孟頫書并篆額	元至元元年（1335）乙丑朔吉日	行書	陳垣《道家金石略》收此碑文。原碑在河南輝縣，現藏拓片於北京大學圖書館、國家圖書館。
3	太平縣重建文廟賢廊碑		（元）王惲撰并書；田伯英篆額	元至元十年（1273）八月一日	正書，額篆書	胡聘之《山右石刻叢編》卷二七有著録，原碑在山西太平縣，現藏拓片於北京大學圖書館。

（續）

序號	題名	其他題名	碑刻信息	立石年代	書體	備注
4	重修二賢祠碑		（元）王惲撰；王博文書并篆額	元至元十一年（1274）九月二十日	隸書，額篆書	胡聘之《山右石刻叢編》卷二七有著録，原碑在山西永濟，現藏拓片於北京大學圖書館。
5	重建棲巖寺碑	首題：重建十方棲巖禪寺之碑；額題：重建十方棲巖禪寺之碑	（元）陳賡撰；王惲書；攸中孚篆額；蘇明刻	元至元十一年（1274）十二月吉日	正書，額篆書	胡聘之《山右石刻叢編》卷二五有著録，原碑在山西永濟，現藏拓片於北京大學圖書館、國家圖書館。
6	順德府大開元寺重建普門塔銘		（元）王惲撰；商挺書；耶律鑄篆額	元至元十六年（1279）八月十八日	正書，額篆書	武億《授堂金石文字續跋》卷十三著録。原碑在河北邢臺。現藏拓片於北京大學圖書館。
7	岱廟漢柏詩		（元）王惲撰并書	元至元二十一年（1284）五月	正書	孫星衍《寰宇訪碑録》卷十一著録。原刻在山東泰安環詠亭。現藏拓片於北京大學圖書館、國家圖書館。

（續）

序號	題名	其他題名	碑刻信息	立石年代	書體	備注
8	太乙廣福萬壽宮方丈記		(元)王惲撰并書	元至元二十五年(1288)八月一日	正書	陳垣《道家金石略》收此碑文。原碑在河南汲縣，現藏拓片於北京大學圖書館。
9	樂育堂記		(元)王惲撰；陳文彦跋；張繪書；楊文郁篆額	元元貞元年(1295)閏四月十五日	正書	《(道光)濟南府志》卷六八收録。原碑在山東長清學宮，現藏拓片於北京大學圖書館。
10	王惲謁孔林詩		(元)王惲撰并書	元大德二年(1298)正月二十六日	正書	陳鎬《闕里志》卷十一收録，題名《拜奠宣聖林墓》。原碑在山東曲阜孔廟，現藏拓片於北京大學圖書館。
11	清蹕殿記	額題：清蹕殿記	(元)王惲撰；劉愻書；王復篆額	元大德二年(1298)五月一日	正書，額篆書	陳垣《道家金石略》收此碑文。原碑在河南汲縣，現藏拓片於北京大學圖書館。

（續）

序號	題名	其他題名	碑刻信息	立石年代	書體	備注
12	青巖山道院記		（元）王惲撰并書及隸額	元大德三年（1299）五月十五日	正書，額隸書	陳垣《道家金石略》收此碑文。原碑在河南淇縣雲夢山，現藏拓片於北京大學圖書館。
13	太清宫銘		（元）宋渤撰并書；王惲篆額	元大德四年（1300）九月二十一日	正書，額篆書	陳垣《道家金石略》收此碑文。原碑在河南輝縣，現藏拓片於北京大學圖書館。

主要參考文獻

書名	著者	版本
《十三經注疏》		中華書局一九八〇年影印嘉慶阮元刻本
《史記》	西漢　司馬遷	中華書局一九五九年版
《漢書》	東漢　班固	中華書局一九六二年版
《後漢書》	南朝宋　范曄	中華書局一九六二年版
《晉書》	唐　房玄齡等	中華書局一九七四年版
《新唐書》	宋　歐陽修	中華書局一九七五年版
《宋史》	元　脱脱	中華書局一九八五年新一版
《金史》	元　脱脱	中華書局一九七五年版
《元史》	明　宋濂	中華書局一九七六年版
《元史》	周良霄、顧菊英	上海人民出版社二〇〇三年版

《元朝史》　韓儒林主編　人民出版社一九八六年版
《窮廬集》　韓儒林　河北教育出版社二〇〇〇年版
《明史》　清　張廷玉等　中華書局一九七四年版
《宋史翼》　清　陸心源　中華書局一九九一年版
《元史新編》　清　魏源　光緒三十一年邵陽魏氏慎微堂刻本
《續弘簡録元史類編》　清　邵遠平　復旦大學圖書館藏康熙三十八年繼善堂刻本
《元史本證》　清　汪輝祖　上海圖書館藏清光緒十七年徐氏鑄學齋重刻本
《元書》　清　曾廉　宣統三年層漪堂刻本
《元朝名臣事略》　元　蘇天爵　中華書局一九九六年版
《滋溪文稿》　元　蘇天爵　陳高華　孟繁清點校　中華書局一九九七年版
《元史紀事本末》　明　陳邦瞻　同治甲戌江西書局刻本
《元典章》　陳高華等點校　中華書局　天津古籍出版社二〇一一年版

《通制條格校注》　方齡貴校注　中華書局二〇〇一年版

《蒙兀兒史記》　屠寄　世界書局影印版

《新元史》　清　柯劭忞　開明書店《二十五史》本

《史集》　波斯　拉斯特　余大鈞　周建奇譯　商務印書館一九八三年版

《元朝秘史》　明　佚名撰　鮑思陶點校　齊魯書社二〇〇五年版

《世界征服者史》　伊朗　志費尼著，何高濟譯　江蘇教育出版社二〇〇五年版

《多桑蒙古史》　馮承鈞譯　上海書店二〇〇三年版

《蒙古帝國史》　法　雷納·格魯塞　商務印書館一九八九年版

《察合臺汗國研究》　劉迎勝著　上海古籍出版社二〇〇六年版

《宋元史學的基本問題》　日　近藤一成主編　中華書局二〇一〇年版

《元代分封制度研究》　李治安　中華書局二〇〇七年版

《元代政治制度研究》　李治安　人民出版社二〇〇三年版
《忽必烈傳》　李治安　人民出版社二〇〇四年版
《元世祖忽必烈傳》　朱耀廷　趙連穩　北京大學出版社二〇〇九年版
《元代大都上都研究》　陳高華　史衛民　人民大學出版社二〇一〇年版
《元代社會階級制度》　蒙思明　上海人民出版社二〇〇六年版
《析津志輯佚》　(元)熊夢祥著　北京圖書館善本組輯　北京古籍出版社一九八三年版
《大元聖政國朝典章》　中國廣播電視出版社一九九八年版　影印元刊本
《補元史藝文志》　清　錢大昕　《二十五史》補編本　中華書局一九五五年版
《元史藝文志輯本》　雒竹筠、李新乾　北京燕山出版社一九九九年版
《宋遼金元正史補訂文獻彙編》　徐蜀編　北京圖書館出版社二〇〇〇年版
《遼金元石刻文獻全編》　國家圖書館善本金石組編　北京圖書館出版社二〇〇三年版
《元代奏議集録》　浙江古籍出版社一九九八年版

《書史會要》　元　陶宗儀　上海書店一九八四年版
《圖繪寶鑒》　元　夏文彦　商務印書館人人文庫本
《秘書監志》　元　王士點　商企翁　浙江古籍出版社一九九二年版
《宋元學案》　清　黄宗羲　中華書局一九八六年版
《嘉定錢大昕全集·元進士考》　清　錢大昕　江蘇古籍出版社一九九七年版
《金石文考略》　清　李光暎　影印文淵閣四庫全書本
《元和郡縣圖志》　唐　李吉甫　中華書局一九八三年版
《元豐九域志》　宋　王存　中華書局一九八四年版
《輿地廣記》　宋　歐陽忞　四川大學出版社二〇〇三年版
《輿地紀勝》　宋　王象之　中華書局一九九二年版
《方輿勝覽》　宋　祝穆　臺北文海出版社一九八二年版
《大元混一方輿勝覽》　元　劉應　李原編　四川大學出版社二〇〇三年版

《明一统志》　元　李賢　影印文淵閣四庫全書本
《大清一统志》　清　和珅　影印文淵閣四庫全書本
《讀史方輿紀要》　清　顧祖禹　中華書局一九五五年版
《河南通志》　明　王士俊　影印文淵閣四庫全書本
《汴京遺跡志》　明　李濂　周寶珠點校　中華書局一九九九年版
《衛輝府志》　明　侯大節纂修　中州古籍出版社二〇一二年版
《汲縣志》　清　徐汝瓚　清乾隆二十年刻本
《汲縣今志》　魏青鉎　民國二十四年刊印
《河南通志汲縣採訪卷》　衛輝市地方志辦公室印
《明一統志》　明　李賢等修　影印文淵閣四庫全書本
《日下舊聞考》　于敏中等纂　北京古籍出版社一九八三年版
《中國行政區劃通史——元代卷》　李治安　薛磊　復旦大學出版社二〇〇九年版

《元朝人物略》不分卷　清孫承澤　輯　清代稿本百種彙刊　臺北文海出版社一九八二年版
《中國古方志考》　張國淦　上海編輯所編輯　中華書局一九六二年版
《歸潛志》　金　劉祁　中華書局一九八三年版
《至正直記》　元　孔齊　中國科學院藏清鈔本
《研北雜誌》　元　陸友仁　影印文淵閣四庫全書本
《隱居通議》　元　劉壎　影印文淵閣四庫全書本
《草木子》　明　葉子奇　中華書局一九五九年版
《南村輟耕録》　元　陶宗儀　中華書局一九五九年版
《癸辛雜識》　宋　周密　中華書局一九八八年版
《十駕齋養新録》　清　錢大昕　上海書店一九八三年版
《廿二史劄記》　清　趙翼著　王樹民校證　中華書局一九八四年版
《上海圖書館館藏家譜提要》上海圖書館編　上海古籍出版社二〇〇〇年版

《宋元戴剡源先生表元年譜》孫弗侯　臺灣商務印書館一九七九年版

《虞文靖公年譜》清　翁方綱　清嘉慶十一年刻本

《王深寧先生年譜》清　張大昌　四明叢書約園刻本

《深寧先生年譜》清　錢大昕　四明叢書約園刻本

《王深寧先生年譜》陳僅、張恕　四明叢書約園刻本

《金代文學家年譜》王慶生著　鳳凰出版社二〇〇五年版

《張養浩年譜》王光磊　廣西師範大學碩士論文

《虞集年譜》羅　鷺　鳳凰出版社二〇一〇年版

《中國地方志聯合目録》中國科學院北京天文臺主編　中華書局一九八五年版

《浙江藏書家藏書樓》顧志興　浙江人民出版社一九八七年版

《中國歷代人物年譜考録》謝巍　中華書局一九九二年版

《趙孟頫繫年》任道斌　河南人民出版社一九八四年版

《藏園群書經眼録》 傅增湘 中華書局一九八三年版
《善本書所見録》 周振常 商務印書館一九五八年版
《中國古籍善本書目·集部》 上海古籍出版社一九九六年版
《中國古籍善本書目·史部》 上海古籍出版社一九九一年版
《四庫全書總目》 永瑢等 中華書局一九六五年版
《增訂四庫簡明目録標注》 中華書局上海編輯所一九五九年版
《元西域人華化考》 陳垣 上海古籍出版社二〇〇〇年版
《宋元方志傳記索引》 朱士嘉 中華書局一九六三年版
《海外新發現永樂大典十七卷》 上海辭書出版社二〇〇三年版
《元人傳記資料索引》 王德毅、李榮村、潘柏澄編 中華書局影印臺北新文豐出版公司本
《元人文集篇目分類索引》 陸峻嶺 中華書局一九七六年版
《元人文集珍本叢刊》 陳嘉基 臺北新文豐出版公司一九八五年版

《困學紀聞》　宋　王應麟　四部叢刊影印江安傅氏雙鑑樓藏元刊本

《玉海》　宋　王應麟　至元六年慶元路儒學刊本

《宋元版刻圖釋》　陳堅　馬文大撰輯　學苑出版社二〇〇〇年版

《秋澗先生大全文集》　元　王惲　臺北新文豐出版公司《元人文集珍本叢刊》本

《秋澗先生大全文集》　元　王惲　四部叢刊本

《秋澗集》　元　王惲　影印文淵閣四庫全書本

《秋澗集》　元　王惲　影印摛藻堂四庫全書薈要本

《秋澗先生大全文集》　元　王惲　國家圖書館藏丁丙跋宋賓王抄校本（S 1048）

《滹南遺老集校注》　金　王若虛　胡傳志、李定乾校注　遼海出版社二〇〇六年版

《湛然居士集》　元　耶律楚材　四部叢刊本

《元好問全集》　元　元好問　姚奠中、李正民等點校　山西古籍出版社二〇〇三年版

《姚燧集》　元　姚燧　查洪德點校　人民文學出版社二〇一一年版

《藏春集》　元　劉秉忠　影印文淵閣四庫全書本
《陵川集》　元　郝經　北京圖書館古籍珍本叢刊本
《桐江續集》　元　方回　影印文淵閣四庫全書本
《養蒙文集》　元　張伯淳　影印文淵閣四庫全書本
《墻東類稿》　元　陸文珪　影印文淵閣四庫全書本
《玉斗山人集》　元　王奕　枕碧樓叢書本
《谷響集》　元　釋善住　影印文淵閣四庫全書本
《紫山大全集》　元　胡祗遹　影印文淵閣四庫全書本
《金淵集》　元　仇遠　聚珍版叢書本
《牧潛集》　元　釋圓至　武林往哲遺著本
《小亨集》　元　楊弘道　影印文淵閣四庫全書本
《還山遺稿》　元　楊奂　適園叢書本

《静修文集》	元 劉因	四部叢刊本
《清崖集》	元 魏初	影印文淵閣四庫全書本
《養吾齋集》	元 劉將孫	影印文淵閣四庫全書本
《畏齋集》	元 程端禮	影印文淵閣四庫全書本
《芳谷集》	元 徐明善	豫章叢書本
《曹文貞公詩集》	元 曹伯啓	涵芬樓秘笈本
《雲峰集》	元 胡炳文	影印文淵閣四庫全書本
《申齋文集》	元 劉岳申	影印文淵閣四庫全書本
《霞外詩集》	元 馬臻	影印文淵閣四庫全書本
《艮齋詩集》	元 侯克中	影印文淵閣四庫全書本
《中庵集》	元 劉敏中	影印文淵閣四庫全書本
《剡源文集》	宋 戴表元	四部叢刊影印明萬曆刊本

《袁桷集校注》　元　袁桷　楊亮校注　中華書局二〇一二年版
《松雪齋集》　元　趙孟頫　影印文淵閣四庫全書本
《松雪齋文集》　元　趙孟頫　四部叢刊影印元沈伯玉刻本
《句曲外史貞居先生詩集》　元　張雨　四部叢刊影元刊本
《句曲外史集》　元　張雨　影印文淵閣四庫全書本
《薩天錫詩集》　元　薩都剌　四部叢刊影明弘治本
《清河集》　元　元明善　清光緒刻藕香零拾本
《靜軒集》　元　閻復　清光緒刻藕香零拾本
《此山詩集》　元　周權　影印文淵閣四庫全書本
《水雲村稿》　元　劉壎　影印文淵閣四庫全書本
《巴西集》　元　鄧文原　清抄本　北京圖書館古籍珍本叢刊
《魯齋遺書》　元　許衡　明萬曆二十四年怡愉刻本　北京圖書館古籍珍本叢刊

《吴文正集》　元　吴澄　影印文淵閣四庫全書本

《盧疏齋集輯存》　李修生輯　北京師範大學出版社一九八四年版

《淵穎吴先生集》　元　吴萊　四部叢刊本影元至正刊本

《存悔齋稿》　元　龔璛　影印文淵閣四庫全書本

《默庵集》　元　安熙　影印文淵閣四庫全書本

《雪樓集》　元　程鉅夫　影印文淵閣四庫全書本

《陳剛中詩集》　元　陳孚　影印文淵閣四庫全書本

《歸田類稿》　元　張養浩　影印文淵閣四庫全書本

《山中白雲詞》　元　張炎　四部備要本

《純白齋類稿》　元　胡助　影印文淵閣四庫全書本

《雲林集》　元　貢奎　影印文淵閣四庫全書本

《貢文靖雲林集》　元　貢奎　明貢靖國刻本影印　北京圖書館古籍珍本叢刊

《道園學古録》　元　虞集　四部叢刊影印明景泰翻元小字本
《雲林集》　元　危素　影印文淵閣四庫全書本
《榘庵集》　元　同恕　影印文淵閣四庫全書本
《白雲集》　元　許謙　叢書集成簡編本
《知非堂稿》　元　何中　影印文淵閣四庫全書本
《文忠集》　元　王結　影印文淵閣四庫全書本
《翠寒集》　元　宋无　影印文淵閣四庫全書本
《伊濱集》　元　王沂　影印文淵閣四庫全書本
《閒居叢稿》　元　蒲道源　影印文淵閣四庫全書本
《至正集》　元　許有壬　影印文淵閣四庫全書本
《圭塘小稿》　元　許有壬　影印文淵閣四庫全書本
《圭齋文集》　元　歐陽玄　四部叢刊本

《安雅堂集》　元　陳旅　影印文淵閣四庫全書本

《積齋集》　元　程端禮　影印文淵閣四庫全書本

《燕石集》　元　宋褧　影印文淵閣四庫全書本

《秋聲集》　元　黄鎮成　影印文淵閣四庫全書本

《九靈山房集》　元　戴良　四部叢刊影印明正統戴統刊本

《柳待制集》　元　柳貫　四部叢刊影印元刊本

《馬祖常集校注》　元　馬祖常　楊亮校注　著者自藏

《楊仲弘詩集》　元　楊載　四部叢刊影印元刊本

《范德機詩集》　元　范梈　四部叢刊影印元刊本

《揭傒斯全集》　元　揭傒斯　李夢生校點　上海古籍出版社一九八五年版

《宋學士文集》　明　宋濂　四部叢刊本

《范德機詩集》　元　范梈　清　康熙三十年金侃抄本　北京圖書館古籍珍本叢刊

《文獻集》 元 黃溍 四部備要本

《金華黄先生文集》 元 黄溍 四部叢刊影印瞿氏上完氏日本岩崎氏藏元刊本

《滋溪文稿》 元 蘇天爵 中華書局一九八七年版

《青陽集》 元 余闕 四部叢刊續編本

《金臺集》 元 廼賢 影印文淵閣四庫全書本

《子淵詩集》 元 張仲深 影印文淵閣四庫全書本

《僑吴集》 元 鄭元祐 影印文淵閣四庫全書本

《滎陽外史集》 明 鄭真 影印文淵閣四庫全書本

《玉笥集》 元 張憲 粵雅堂叢書本

《羽庭集》 元 劉仁本 影印文淵閣四庫全書本

《玩齋集》 元 貢師泰 影印文淵閣四庫全書本

《鹿皮子集》 元 陳樵 金華叢書本

《居竹軒詩集》　元　成廷珪　影印文淵閣四庫全書本
《梧溪集》　元　王逢　知不足齋叢書本
《南湖集》　元　貢性之　影印文淵閣四庫全書本
《玉山璞稿》　元　顧瑛　學生書局影印知不足齋抄本
《東山存稿》　元　趙汸　影印文淵閣四庫全書本
《東維子集》　元　楊維楨　四部叢刊本
《清江碧嶂集》　元　杜本　學生書局影印汲古閣刊本
《存復齋集》　元　朱德潤　四部叢刊續編本
《貞一齋雜著》　元　朱思本　適園叢書本
《寓庵集》　元　李庭　藕香零拾本
《静軒集》　元　閻復　藕香零拾本
《菊潭集》　元　孛术魯翀　藕香零拾本

《東皋集》 元 馬玉麟 續聚珍版叢書本

《竹溪稿》 元 吕溥 續金華叢書本

《丹丘集》 元 柯九思 學生書局影印繆荃孫、曹元忠輯本

《儒林宗派》 清 萬斯同 四明叢書約園刻本

《宋詩鈔》 清 吴之振、吕留良、吴自牧選，管庭芬、蔣光煦補 中華書局一九八六年版

《宋文鑑》 宋 吕祖謙 中華書局一九九二年版

《皇元風雅》 元 蔣易 宛委別藏鈔本

《皇元風雅》 高麗仿元刊本影印 四部叢刊本

《元風雅》 前集 後集 元 傅習 孫存吾 影印文淵閣四庫全書本

《中州集》 金 元好問 影印文淵閣四庫全書本

《洞霄詩集》 元 孟宗寶 知不足齋叢書本

《天下同文集》 元 周南瑞 影印文淵閣四庫全書本

《草堂雅集》　元　顧瑛　影印文淵閣四庫全書本
《玉山名勝集》　元　顧瑛　影印文淵閣四庫全書本
《宛陵群英集》　元　汪澤民、張師愚　影印文淵閣四庫全書本
《元文類》　元　蘇天爵　光緒江蘇書局刻本
《元音遺響》　元　胡布、張達、劉紹　影印文淵閣四庫全書本
《元詩體要》　明　宋公傳　影印文淵閣四庫全書本
《滄海遺珠》　明　沐昂　影印文淵閣四庫全書本
《石倉歷代詩選》　曹學佺　文淵閣四庫全書本
《歷代題畫詩類》　陳邦彦　文淵閣四庫全書本
《歷代賦話校證》　清　浦銑　上海古籍出版社二〇〇七年版
《説郛》　元　陶宗儀　新興書局影印張宗祥校勘本
《中州名賢文表》　明　劉昌　北京圖書館古籍珍本叢刊本

《元詩選》 清 顧嗣立 中華書局一九八七年版

《元詩選·癸集》 清 顧嗣立、席士臣 中華書局二〇〇一年版

《元詩選補遺》 中華書局二〇〇二年版

《元詩紀事》 陳衍著 李夢生校點 上海古籍一九八七年版

《全宋詩》 北京大學古文獻研究所編 北京大學出版社一九九一——一九九八年版

《全元文》(1—60册) 李修生主編 江蘇古籍出版社(鳳凰出版社)二〇〇一——二〇〇六年版

《全金元詞》 唐圭璋編 中華書局一九七九年版

《瀛奎律髓匯評》 元 方回選評 李慶甲集評校點 上海古籍出版社二〇〇五年新一版

《詩品集解》 唐 司空圖著 郭紹虞集解 人民文學出版社一九六三年版

《後村詩話》 宋 劉克莊 中華書局一九八三年版

《滄浪詩話校釋》 宋 嚴羽著 郭紹虞校釋 人民文學出版社一九六一年版

《宋詩話全編》 吴文治主編 江蘇古籍出版社一九九八年版

《全明詩話》(1—6册)　周維德輯校　齊魯書社二〇〇五年版
《詩藪》　明　胡應麟著　上海古籍出版社一九五八年版
《原詩》　清　葉燮著　霍松林校注　人民文學出版社一九七九年版
《一瓢詩話》　清　薛雪著　杜維沫校注　人民文學出版社一九七九年版
《説詩晬語》　清　沈德潛著　霍松林校注　人民文學出版社一九七九年版
《續詩品注》　清　袁枚著　郭紹虞輯注　人民文學出版社一九六三年版
《甌北詩話》　清　趙翼著　霍松林等校點　人民文學出版社一九六三年版
《石洲詩話》　清　翁方綱著　陳邇冬校點　人民文學出版社一九八一年版
《歷代詩話》　清　何文焕輯　中華書局一九八一年版
《歷代詩話續編》　丁福保輯　中華書局一九八三年版
《歷代詩話》　清　吴景旭著，陳衛平、徐傑校點　京華出版社一九九八年版
《清詩話》　丁福保輯　上海古籍出版社一九七八年版

《清詩話續編》　郭紹虞編，富壽蓀校點　上海古籍出版社一九八三年版

《元詩別裁集》　清張景星、姚培謙、王永祺編　上海古籍出版社一九七九年版

《文章辨體序説》　明　吴訥著　於北山校點　人民文學出版社一九六二年版

《文體明辨序説》　明　徐師曾著　羅根澤校點　人民文學出版社一九六二年版

《春覺齋論文》　林紓著　舒蕪校點　人民文學出版社一九五九年版

《程朱理學在南宋、金、元時期的傳播及其統治地位的確立》　周良霄　《文史》第三十七輯

《元代史新探》　蕭啓慶　新文豐出版公司（臺灣）一九八四年版

《内北國而外中國——蒙元史研究》　蕭啓慶　中華書局二〇〇七年版

《元史研究新論》　陳高華　上海社會科學院出版社二〇〇五年版

《元代史學思想研究》　周少川　社會科學文獻出版社二〇〇一版

《元詩史》　楊鐮　人民文學出版社二〇〇三年版

《元代文學編年史》　楊鐮　山西教育出版社二〇〇五年版

《中國詩學史·宋金元卷》　黄寶華　文師華　鷺江出版社(厦門)二〇〇二年版
《遼金元文學研究》　李正民、董國炎　文化藝術出版社一九九九年版
《遼金元文學論稿》　張晶　北京廣播學院出版社二〇〇四年版
《元西域詩人群體研究》　楊鐮　新疆人民出版社一九九八年版
《宋元詩社研究叢稿》　歐陽光　廣東高等教育出版社一九九六年版
《元詩之社會性與藝術性研究》　蕭麗華　臺灣「國家書局」一九九八年版
《金元的七言古詩》　王錫九　南京師範大學出版社二〇〇〇年版
《南宋遺民詩人群體研究》　方勇　人民出版社二〇〇〇年版
《宋元逸民事論叢》　王次澄　臺灣大安書局二〇〇一年版
《中國書院史》　鄧洪波著　東方出版中心二〇〇四年版
《元代書院研究》　徐梓著　社會科學文獻出版社二〇〇〇年版
《楊維禎與元末明初文學思潮》　黄仁生　東方出版中心 二〇〇五年版

《中國古代文學通論—遼金元卷》 張晶 遼寧人民出版社二〇〇五年版
《行省制度研究》 李治安 南開大學出版社二〇〇五年版
《元代吏制研究》 許凡 勞動人事出版社一九八七年版
《元代回族史稿》 楊志玖 南開大學出版社二〇〇三年版
《宋代婚姻家族史論》 張邦煒 人民出版社二〇〇三年版
《元代出版史》 田建平 河北人民出版社二〇〇三年版
《元代題畫詩研究》 王韶華 中國傳媒大學出版社二〇一〇年版
《蒙元史研究叢稿》 陳得芝 人民出版社二〇〇五年版
《理學的轉型—理學發生過程研究》 徐洪興 上海人民出版社一九九六年版
《科舉學導論》 劉海峰 華中師範大學出版社二〇〇五年版
《宋代文藝理論集成》 蔣述卓等著 中國社會科學出版社二〇〇〇年版
《日本學者研究中國史論著選譯》(1—10 册) 中華書局一九九二—一九九三年版

《金元之際的儒士與漢文化》趙琦　人民出版社二〇〇四年版

《金代文學研究》胡傳志　安徽大學出版社二〇〇五年版

《金代漢族士人研究》王德朋　中國社會科學出版社二〇〇六年版

《道家金石略》陳垣　文物出版社一九八八年版

《宋金元人詞》清光緒三十四年繆荃孫藝風堂抄本

《樂府雅詞》曾慥　四部叢刊本

《科舉與詩藝——宋代文學與士人社會》日本　高津孝著　潘世聖等譯　上海古籍出版社二〇〇五年版

《宋文論稿》朱迎評　上海財經大學出版社二〇〇三年版

《宋代科舉與文學考論》祝尚書　大象出版社二〇〇六年版

《中國古代文學通論（遼金元卷）》張晶主編　遼寧人民出版社二〇〇五年版

《理學背景下的元代文論與詩文》查洪德　中華書局二〇〇五年版

《元代文學文獻學》查洪德、李軍　中國社會科學出版社二〇〇二年版

《元代奎章閣及奎章人物》　姜一涵　聯經出版事業公司一九八二年版

《金元辭賦論略》　康金聲、李丹　學苑出版社二〇〇四年版

《宋元之際的哲學與文學》　羅立剛　復旦大學出版社一九九九年版

《南宋金元道教文學研究》　詹石窗　上海文化出版社二〇〇一年版

《南宋金元時期的道教美學思想》　申喜萍　巴蜀書社二〇〇九年版

《元代道教史籍研究》　劉永海　人民出版社二〇一〇年版

《金代道教研究——王重陽與馬丹陽》　日本　蜂屋邦夫　欽偉剛譯　中國社會科學出版社二〇〇七年版

《中國元代文學史》　錢基博　中華書局一九九三年版

《元明清文學史稿》　黄鈞　湖南大學出版社一九八六年版

《宋元文學史稿》　吴組緗　沈天佑　北京大學出版社一九八九年版

《元代文學史》　鄧紹基主編　人民文學出版社一九九一年版

《中國元代文學史》　顧建華　人民出版社一九九四年版

《遼金元文學史案》　劉明今　上海古籍出版社二〇〇四年版
《中國散文史》　郭預衡主編　上海古籍出版社一九八六年
《中國辭賦發展史》　郭維森　許總　江蘇教育出版社一九九六年版
《元明清詩歌批評史》　丁放　朱欣欣　安徽大學出版社一九九五年版
《中國文學批評史·宋金元卷》　顧易生、蔣凡、劉明今　上海古籍出版社一九九六年版
《金元明清詩詞理論史》　丁放　安徽大學出版社二〇〇〇年版
《經學通論》　清　皮錫瑞　中華書局一九五四年版
《經學歷史》　清　皮錫瑞　周予同注釋　中華書局二〇〇四年版
《元代書院考略》　王珽　中國史研究一九八四年第一期
《元代四書學研究》　周春健　華東師範大學出版社二〇〇八年版
《關於元代宰相銜號的兩個問題》　張帆　國學研究　第二卷，一九九四年版
《金元六部及相關問題》　張帆　國學研究　第六卷，一九九九年版

《關於元代四等人制下的科舉取士》 余大鈞 國學研究第七卷，二〇〇〇年版

《元朝詔敕制度研究》 張帆 國學研究第十卷，二〇〇二年版

《A study of Wang Yun（1227—1304）：王惲研究》 駱賓儒 香港大學一九九九年碩士學位論文

《王惲秋澗詞研究》 夏令偉 暨南大學二〇〇六年碩士論文

《王惲家世背景及學術淵源考察》 楊亮 河南教育學院學報二〇〇六年第三期

《元初文壇格局的背景與成因——以元代南北文風的交融與轉變爲中心》 楊亮 民族文學研究二〇一〇年

《論元代〈文選〉學衰落之原因》 楊亮 中國文選學會第十屆年會論文

《胡祗遹卒年和王惲生年考》 豐家驊 文學遺産一九九五年第二期

《元人王惲生卒年考——兼與豐家驊先生商榷》 鄭海濤 古籍整理研究學刊二〇〇八年第六期

《李璮、王文統事件前後的王惲》 蔡春娟 中國史研究二〇〇七年第三期

《王惲中統初年的身份問題》 温海清 中國史研究二〇一〇年第二期

《〈元史·王惲傳〉勘誤》　夏令偉　內蒙古農業大學學報二〇一〇年第二期

《元代典籍校勘中工具書之應用——兼談工具書之問題》　徐勝利　著者自藏

《元人選編元代詩文總集敘録》　鍾彦飛　開封教育學院學報二〇一一年第四期

《王惲與太一教——兼論太一教之興衰》　宋福利　開封教育學院學報二〇一一年第四期

《太一教嗣教疑雲與元朝宗教政策窺視》　宋福利　歷史文獻學會年會論文

後記

我爲什麼會做《王惲全集彙校》的工作？這個問題還要從我早年説起。我是河南衛輝人，很小的時候就聽祖父楊炳申公爲我講家鄉名人王惲的故事與傳説，印象最深的是講王惲讀書十分刻苦，寫了很多文章。祖父歷經坎坷，雖然生活閱歷豐富，讀書廣博，卻也並沒有接觸過王惲作品。所講述的只是流傳在衛輝民間的故事，但成爲我關於王惲最早的認識。

在我上小學的時候，每天從居住的煤山街出發，轉過街口，總會看見一個老太太在門口的躺椅上斜坐着，老太太無兒無女，身體偏癱之後由她侄女照顧。她不大和别人聊天，别的老太太常説她孤僻，眼神空洞，每天只呆呆看著過往行人。因爲每天從那兒經過，慢慢就熟悉了，經常會停下來和她也聊聊天。人總是需要傾訴和交流的，孤寂的老年人尤其渴望交流，見我和她説話，也很開心地和我作漫無目的的閑聊。聊的内容很多，其中就有關於衛輝的歷史和人物，當然也會談到王惲、潞王、袁世凱、徐世昌等人的趣聞軼事。雖然我不太懂，但我會耐心地聽，因爲不用很早回家，況且回家家裏也沒人，父母還沒下班呢。奇怪的很，年幼的我居然能夠耐心聽這些古老的故事。現在回想起來，她在談起往事時，空洞的眼睛就有了神采，大概是在講述中牽動了她的感情，或是通過語言勾起了往事的回憶。後來我才知道她居然是河南很有名的歷史學家魏青鋩，知道她的坎坷經歷之後，我更是感慨不已。在一九三五年之後，她就用科學分類新方法寫出了民國建立以來的河南省第一部汲縣縣志《汲縣今志》，後來她熱情迸發地寫出了《元順帝爲宋裔考》、《北元史考》、《南温泉遊記》、《歌樂山遊記》等文，發表在《文史雜誌》上。發表在顧頡剛主編的《禹貢》第五卷第五期上的《〈隋書・地理志〉汲郡河内風俗質疑》，考證詳實，充分顯示了她的學術功力。老人一輩子追求自由，對學術既有熱情也有信心。她歷經多地，見識豐富，我所知道的她長期呆過的地方，有鄭州、開封、南京、北京、杭州。最後命運和她開了一個玩笑，五十年代初，遷回了衛輝（當時爲汲縣）。不過命運無常，令人難以捉摸。我到現在也不了解老人的内心世界，一個破落的縣城，無書可讀，無友可談，這麼多年不知道她是如何熬過來的。不過老人的見識確實超出了很多人，就是到了晚年，她也仍保持了孤傲的氣質。故鄉風物如數家珍，她會講出很多别人不知道的故事，她的講述現在有很多我已不能記憶，因爲就我當時的知識面來講，不可能聽懂，反正老太太也無所謂我懂，人總是要有人説話的。顔之推感慨：「自喪亂已來，見因托風雲，徼幸富貴，旦執機權，夜填坑谷。」和王惲有過師生之誼的劉祁《歸潛志序》説：「因思向日二十餘年間所見富貴權勢之人，一時烜赫如火烈烈者，迨遭喪亂，皆煙銷灰滅無餘，而吾雖貧賤一布衣，猶得與妻子輩完歸，是亦不幸之幸也。」命運對祖父炳申公和魏老先生可以説是悲劇，我們往往會歸結爲時代造成，也會説生不逢時，值得安慰的是，他們總算是歷經時代磨難而又走出來，最後壽終正寢的，想想有比他們還要傑出很多的人都没躲过那個時代，總也是一種幸運。

我後來在河南大學工作後，曾經幫助過衛輝市志辦整理《衛輝市志》，也發表過有關王惲的一篇文章，被夙負盛名的耿玉儒老先生看到了，老先生一輩子立足鄉土，搞過當地文物普查，更對徐世昌、李敏修、王筱汀素有研究，而且出版過很多這方面的專著，是這方面的專家。老先生一輩子别無他好，只喜讀書，并多加抄録，他鼓勵我做好王惲的文集整理，把他抄録的有關王惲的讀書筆記送給我，看對我的研究是否有用。每次回衛輝，老先生家必是我造訪之地，聽他談天都是一種莫大的享受。

故鄉有關王惲的記載很多，「秋澗書聲」一直是萬曆《衛輝府志》、乾隆《汲縣志》、民國《汲縣採訪卷》中記載的「衛輝八景」之一，按縣志的記載，都是在戴村東山上，但戴村没有山，具體位置在哪裏，仍需查考。我先後六次去王惲所在的太公泉鎮及其家鄉古子澗村查訪，問了很多人都不清楚，而且有人領你去的地方，並不符合王惲文集中的記載。也許是時代久遠，很多人都没有聽説過王惲，不免令人泄氣。我想我的察訪方法有問題，鄉間之人不一定能聽懂你的語言，而且人家不知道你的目的是什麽，就這樣一直錯過。今年九月，我和同學叫上其祖父梁東成老先生，老先生就是當地知名的土專家，但是他對王惲也不熟悉。很多人對他熟識，有了他，當地人非常熱情，先是領着我去看了清末民初對河南教育界和政界都有廣泛影響的李敏修讀書處「澗西别墅」，因爲年久失修，已經全部坍塌，絲毫看不出當年「澗西别墅」的風采了。經過一番周折，如果説王惲，當地人不知道，但説丞相都知道，我想王惲在當地人眼中是當過很大的官，而且是刻苦讀書才走入仕途的。

當地一位叫崔新燦的老先生領我到王惲讀書處，這裏居然和李敏修的讀書處只相隔二百米，找得辛苦，原來就在身邊。經過七百年歲月的沖刷，早已是一片荒涼，王惲讀書處正好是在西河旁邊，而且地處高臺，老先生説在二十年前這裏的水落差有二十多米，水聲急湍，緑樹成蔭，涼風習習，是避暑好去處。站在高臺上，正好可以看見遠處的東山。如今能依稀看到當年影子的是在高臺上確實能感到涼風陣陣，眼界寬闊，高臺下的西河變成了小池塘，上面的荷葉正是一抹深緑，河對面的小竹園能告訴我們這裏過去文人的逸事與情趣。

從地理空間上來講，這裏離百泉的蘇門山、霖落山、雲夢山、淇河都在方圓不到三十平方公里之內，來往方便，從王惲的文集中也可看到他對這片土地的熱愛。同時，蘇門山是當時海内文人聚集的地方，元好問、劉祁、許衡、姚樞、姚燧都曾在這裏駐足。李敏修「澗西别墅」原來就在王惲讀書處的旁邊，可以看出李敏修對王惲的熟識與敬重了。還有一點，太一道的創始人蕭抱珍生在這裏，其發源地也在此處。

有意味的是，西河下游不遠，就是從古至今相傳的姜太公釣魚處，姜太公隱居在此，尋找明主而成就霸業，王惲、李敏修在這裏隱居，何嘗不是尋求心目中理想的聖主，而希求在政治上有建功立業的機會？這種汲汲仕進的態度也影響了衛輝當地的人，對權勢的崇拜似乎並沒有絲毫改變，反而愈來愈强。

王惲一生七十八歲，對古人來説，自然是長壽，無論是仕進還是讀書治學，都比較成功，所以從福、禄、壽三者來講，都算是圓滿。死後被葬到今天衛輝城附近的八里屯。王惲墓能保持到現在確實是奇跡，他的墳墓前的石像生、石羊都在文革中被砸得面目全非，墓前的兩通石碑還好被保留下來。

我幾次去其墓地，發現情況越來越不樂觀，一是墓被盜掘，大概盜賊没發現什麽，中途放棄了，另外是墳前的周邊環境，因爲水泥廠的興建，而使王惲墓受到了更多的破壞。「世人多蔽，貴耳賤目，重遥輕近。少長周旋，如有賢哲，每相狎侮，不加禮敬；他鄉異縣，微藉風聲，延頸企踵，甚於饑渴。」雖然我曾給旅遊局、文物局的人説過多次，但仍是如舊，王惲帶不來市場價值，何苦重視？這裏重視的是比干，不過對比干的重視，是因爲希望外商投資，自然和王惲墓不可同日而語了。

對金元文獻熟悉的人，都會知道王惲的地位與重要價值，我也是在對金元文獻熟識的過程中逐漸認識到這點的。當初我在做《袁桷集校注》之時，關注的是元代詩風問題，隨著研究的深入就會發現，這是一個多麽重要的人物，凡是涉及元代研究的，他的《秋澗先生大全文集》是必然要參考的重要書籍之一，或許正是他的蕪雜，才保留了很多珍貴的文獻。在這方面，港臺學者的研究要比我們深入和敏鋭，清人方濬頤説：「有元文獻，其在斯乎？」以此來稱讚王惲的著述，那麽作爲今天的學者來講，爲推動金元學術研究的深入展開，爲學界提供一個可靠的王惲集就是當前最爲現實的任務。

這次文集整理的艱難程度確實超出了我的預料，首先是卷帙浩繁，而且俗體字、異體字、闕字甚多，本身元刊本刊刻的時候就比較混亂，僅是簡單的對校一遍，所花費的心血就十分巨大，何況還要去國圖查閲膠卷，用鉛筆一條條記録下來，我實在是没有經濟實力面對如此巨大的複製經費。之後的點校和考證工作更是超出我的想像，因爲有經驗的整理者都會清楚，爲了查考一條文獻，需要的不僅僅是對專業領域的熟悉程度和相關知識的精深掌握，同時必須具有極大的耐心和毅力。而且就目前的學術體制來講，這種原創性的古籍整理並未受到足夠的重視，很多時候我想興趣和責任是完成這份工作的最大動力。我所在的開封，如今是一個不折不扣的小地方，而自己交遊絶少，與心境正好相符，課餘正好可以静心進行此種工作了。

這次整理，是對王惲文集的全面清理與研究，所費心力之多，大大超出我的預料，不過總算圓滿完成。希望對目前的金元之際的思想、史學、文學的學術研究，也是一個很有價值的重要參考。

鍾彦飛、宋福利、徐勝利付出了很多心血和勞動。宋福利負責年譜撰寫，由楊亮修改，增删補訂。王惲交遊酬唱集輯佚由徐勝利、鍾彦飛完成，楊亮核訂、增補。清抄本的校勘和查考由鍾彦飛完成，他們幾個人都爲此付出了艱苦的努力，沒有這種犧牲精神是不可能很快完成的。此外，在書稿完成之後，吕高升、范蒙、張婉霜、王楨幫我核校書稿，改正其中的疏漏之處，在此一併感謝。

特别感謝中華書局張耕先生，正是張耕先生的大力支持，才使我有信心完成這項工作。校勘工作中得到了楊鐮先生、查洪德先生、佟培基先生、力之先生、魏崇武先生、孫振田、霍德柱諸位師友的幫助，讓我獲益匪淺。佟培基先生特意爲我題寫書籤，讓我非常感動。我所師從的幾位老師都有著傳奇般的經歷，都靠著自身的艱苦卓絶的努力在各自的領域做出了傑出貢獻，特别是楊鐮先生，本身就是一個充滿了故事的人，還是一個新疆探險家和作家，讀他的作品往往是一種享受，從中發現研究的快樂和探案揭示謎底的樂趣，這就是我從老師身上學到最多的東西。

感謝國家古籍整理出版專項經費資助和全國高校古籍整理研究工作委員會資助，感謝河南大學國學所，這些支持讓我没有後顧之憂，確保了整理質量。

還應該特别感謝那些對王惲研究付出過艱苦努力的學者，我們的學術研究都不是憑空産生，正是在前人的基礎之上，我們才有了今天的學術成果。

楊亮

改訂於河南大學臥雲樓